中国现当代散文导读

第四版

袁勇麟 ◎ 主编

中国市场出版社
China Market Press

·北京·

图书在版编目（CIP）数据

中国现当代散文导读 / 袁勇麟主编. — 4版. — 北京：中国市场出版社有限公司，2021.5
ISBN 978-7-5092-2023-8

Ⅰ. ①中⋯　Ⅱ. ①袁⋯　Ⅲ. ①散文–文学欣赏–中国–现代 ②散文–文学欣赏–中国–当代　Ⅳ. ①I207.6

中国版本图书馆CIP数据核字（2020）第246437号

中国现当代散文导读（第四版）
ZHONGGUO XIANDANGDAI SANWEN DAODU

主　　编	袁勇麟
责任编辑	辛慧蓉（xhr1224@aliyun.com）

出版发行　中国市场出版社

社　　址	北京西城区月坛北小街2号院3号楼　邮政编码　100837
电　　话	编辑部（010）68033692　读者服务部（010）68022950
	发行部（010）68021338　68020340　68053489
	68024335　68033577　68033539
	总编室（010）68020336
	盗版举报（010）68020336
印　　刷	河北鑫兆源印刷有限公司
规　　格	170mm×240mm　16开本
印　　张	21.5　　　　　　　　　字　数　380千字
版　　次	2021年5月第4版　　　　印　次　2021年5月第1次印刷
书　　号	ISBN 978-7-5092-2023-8　定　价　58.00元

版权所有　侵权必究　　印装差错　负责调换

主编简介

袁勇麟，1967年生，福建柘荣人。苏州大学文学博士，复旦大学中文博士后、新闻传播学博士后。现为福建师范大学文学院教授、博士生导师。兼任中国世界华文文学学会副会长、福建省台港澳暨海外华文文学研究会会长等。曾获教育部第二届"高校青年教师奖"、霍英东教育基金会第八届"青年教师奖"、福建省第五届"高等学校教学名师"、"福建省优秀教师"、福建省首批特支人才"双百计划"哲学与社会科学领军人才等。主持国家"十五"社科基金青年项目"中国散文的现代化与民族化"等，是国家社科基金重大项目"两岸现代中国散文学史料整理研究暨数据库建设"和"百年台湾文学中的中华民族叙事研究"子课题负责人。著有《20世纪中国杂文史》、《中国当代杂文史》、《当代汉语散文流变论》、《文学艺术产业》、《中国当代文学编年史》第十卷、《大中华二十世纪文学史》第五卷、《华文文学的言说疆域：袁勇麟选集》、《21世纪台湾文化创意产业发展与前景研究》等，著作曾获第四届"国家图书奖"提名奖、福建省社科优秀成果奖一等奖、第二届"冰心散文奖"等。2010年负责的《中国现当代散文研究》被评为国家精品课程（网络教育）；2014年负责的《中国现当代散文研究》被评为国家级精品资源共享课（网络教育），主编的《文学欣赏与创作》和《文化创意产业十五讲》入选第二批"十二五"普通高等教育本科国家级规划教材；2020年负责的《文化创意产业》被评为首批国家级一流本科课程。

目录

Contents

导言 / 001
笑 / 069
落花生 / 071
故乡的野菜 / 073
苍蝇 / 076
背影 / 079
我所知道的康桥 / 082
阿长与《山海经》 / 092
《野草》题辞 / 097
魏晋风度及文章与药及酒之关系 / 099
给我的孩子们 / 112
卖豆腐的哨子 / 116
救火队 / 118
雨前 / 126
鸟的天堂 / 129
故都的秋 / 133

萤火虫 / 137
鹰之歌 / 142
山之子 / 146
囚绿记 / 153
野草 / 157
雅舍 / 159
增订伊索寓言 / 163
鹭鸶 / 168
闲 / 170
况钟的笔 / 173
第二次考试 / 176
叶笛 / 181
印度情思 / 183
海滩拾贝 / 189
傅雷家书（选一） / 195
长江三日 / 198

"伟大的空话" / 207

拣麦穗 / 210

华表的沧桑 / 215

秦腔 / 219

羞女山 / 227

庄周买水 / 232

大题小做 / 235

捉不住的鼬鼠 / 238

躯体 / 243

哪朝哪代《纤夫的爱》 / 248

大地上的事情（节选） / 251

寒风吹彻 / 257

独立花吹雪 / 263

一只特立独行的猪 / 267

父与女 / 271

髻 / 276

那树 / 282

听听那冷雨 / 287

别离的故事 / 293

田园之秋（一章） / 299

一个女人的爱情观 / 304

春夜灯语 / 309

酱缸国医生和病人 / 311

宠物K / 314

中年是下午茶 / 316

香港故事 / 319

在地下车读诗 / 324

渐渐死去的房间 / 329

第四版后记 / 336

导　言

一、现代散文发展概述

中国是个散文大国，几千年来源远流长。不过，中国古代散文在逐渐发展的过程中，一方面积累了丰富的经验，趋于成熟和完美；另一方面却也背上了许多包袱，形成框框套套，捆住了自己灵活的手脚。

散文需要变革，正如刘勰在《文心雕龙》里所指出的："文变染乎世情，兴废系乎时序"。随着"五四"新文化运动的勃兴，外国散文的介绍，现代报刊的创办，为适应除旧布新的时代需要，中国散文从内容到形式都发生了空前未有、焕然一新的"质变"，开始走上现代化的发展道路。

中国现代散文产生和成长于"思想革命"和"文学革命"广泛开展、各种新文学形式蓬勃兴起的"五四"时期，繁荣兴盛于阶级矛盾和民族矛盾异常尖锐的20世纪30年代，在民族民主革命战争的漫天烽火中拓展奋进，取得了"几乎在小说戏曲和诗歌之上"（鲁迅语）的辉煌业绩。

（一）

中国现代散文萌芽于"文学革命"和"思想革命"。"文学革命"的倡导者胡适、陈独秀尖锐批判古文家"文以载道"的正统观念和近世文坛的拟古主义文风，钱玄同则把那些死抱古文不放的旧文人斥为"桐城谬种"和"选学妖孽"。他们大力提倡平民、写实、求真、通俗的白话文学，现代白话散文便是其中的重要组成部分。

在"文学革命"的呐喊中就有散文变革的呼声。刘半农在1917年5月号《新青年》上发表的《我之文学改良观》中，最早具体论述散文变革的有关问题，并首先提出"文学散文"的概念。周作人在1921年6月发表的《美文》一文中，率先把文学散文称为"美文"。王统照在1923年6月发表的《纯散文》一文中，则把文学散文称为"纯散文"。他还借用美国学者的分法，把"纯散文"分为五类：一是历史类的散文，又称叙述的散文；二是描写的散文，包括状物写景一类的作品；三是演说类的散文，又称激动的散文；四是教训的散文，又称说明散文；五是时代的散文，又称杂散文。胡梦华在1926年3月发表的《絮语散文》一文中，着重介绍了欧美的Familiar Essay，称它是"散文中的散文"，"是一种不同凡响的美的文学"。这些理论主张有破有立，更新了散文观念，在散文的语言形式、文体格式、思想内容诸方面提出了革故鼎新的任务和要求，对现代散文的创建和发展具有重要的指导意义。

"五四"时期创立的新型散文有多种多样的体裁样式，以性质和功用区分，主要包括议论性散文和记叙抒情散文两大类型。

适应除旧布新、思想启蒙的时代需要，议论性散文率先兴起。《新青年》创办初期，陈独秀、李大钊等人的一些议论文思想新颖、激情充沛，可说是白话散文的一种最初形式。《新青年》1918年4月号首先开辟《随感录》专栏，专登短小泼辣的议论文字，这些具有文学意味的杂感短评便是后来统称为"杂文"一类作品的先导。继《新青年》之后，《每周评论》、《民国日报·觉悟》、《时事新报·学灯》、《晨报副刊》、《京报副刊》以及《语丝》、《莽原》、《现代评论》等报刊也竞相开辟杂文栏目，共同促进现代杂文的蓬勃发展。在各式各样的杂文作品中，杂文家不仅"对于中国的社会、文明，都毫无忌惮地加以批评"，而且倾注了唤醒民众、改造社会、探求民族解放之路的革命激情和理想愿望，同时还注重提高论辩说理的艺术性，努力形成各人的独特风格，使杂文有别于一般的论说文而成为一种特殊的文学形式。鲁迅在这方面的贡献是众所公认的，他是中国现代杂文的开山大师和最杰出的代表。此外，陈独秀、李大钊、周作人、刘半农、钱玄同、林语堂、陈西滢等人也对中国现代杂文的创建和发展有过一定的贡献。

记叙抒情的白话散文几乎与杂感短评同时发轫于"五四"文学革命初期。早在1918年间《新青年》杂志上开始出现白话文学作品时，就有胡适等人的记叙散文和刘半农的语体散文诗试作陆续发表。只是杂感短评因其更便于从事除旧布新的工作而率先盛行开来，记叙抒情散文这时尚处于起步阶段。到了新文学运动由致力于"破旧"向致力于"立新"深入发展的阶段，记叙抒情散文的各种样式才快步赶上杂文的发展势头。

中国现代散文中的记叙抒情文是以众多的记游之作开头的。游记、通讯一类文体适应社会开放、中外沟通的时代需要而迅速兴起，风行一时，出现了一批游记名家和游记专集，如瞿秋白的《饿乡纪程》和《赤都心史》、孙福熙的《山野掇拾》和《归航》、孙伏园的《伏园游记》、冰心的《寄小读者》、朱自清的《踪迹》、徐志摩的《巴黎的鳞爪》、徐蔚南和王世颖的《龙山梦痕》等。这些作品或介绍域外社会风貌，充满异国情调；或采写国内风土人情，各具地方色彩；或以新的眼光领略山水名胜，尽情讴歌自然美，都开拓了游记、通讯的新题材新境界。此外，早期游记体散文中还出现了一些可称为"漂泊记""流浪记"的作品，如郁达夫的《还乡记》、成仿吾的《太湖游记》、倪贻德的《东海之滨》、陈学昭的《倦旅》等。这些作品侧重抒写作者的漂泊生涯、不幸遭遇及其不满现实、崇拜自然的浪漫感伤情绪，带有浓厚的自叙传色彩和释愤抒情气息。

抒情性散文小品的勃兴发生在"五四"运动爆发之后。这时，思想解放运动波及全国，各种新思潮广泛传播，新与旧、个人与社会、理想与现实等矛盾冲突相当尖锐。觉醒的知识分子挣脱封建主义束缚，思想感情获得大解放，他们热烈追求新的人生理想，积极探索个人和社会的出路，但同时也"更分明的看见了周围的无涯际的黑暗"（鲁迅语），更真切地感到觉醒的痛苦和前途的渺茫，更敏锐地发觉理想追求与现实社会的尖锐对立，大多处于梦醒之后无路可走的苦闷彷徨状态。这种社会心态促成了抒情散文的蓬勃发展。作家出自表达、交流思想感情的内在需要，创造出各式各样的抒情文体。

散文诗跨过幼稚的试作阶段，出现了鲁迅《野草》这样的艺术丰碑和焦菊隐《夜哭》、高长虹《心的探险》、于赓虞《魔鬼的舞蹈》以及不少单篇的成功之作，标志着散文诗这种新创的抒情文体走上了独立发展的道路。

抒情小品从《晨报副刊》的《浪漫谈》专栏上起步，到《小说月报》的《创作》专栏内的名篇迭出，表明它业已成为一种自觉的艺术创作。冰心的《笑》和《往事》、许地山的《空山灵雨》是这时期最早的抒情小品名篇和美文佳作。随后，周作人陆续发表了那些影响很大的平和冲淡之作，朱自清也写出了脍炙人口的《背影》和《荷塘月色》，王统照创作了一系列别具一格的冥想小品，徐志摩在抒情散文中自剖心态，叶圣陶随时随地抒写日常感兴，鲁迅在《朝花夕拾》中忆旧述感，郭沫若在《小品六章》中捕捉"牧歌的情绪"，俞平伯、丰子恺、梁遇春等人的随笔散文夹叙夹议……在短短五六年间，抒情性散文小品领域就出现了名家辈出、佳作连篇、形式多样、风格各异的盛况。

总体上说，自"五四"开始，记叙抒情散文率先发展成为一种自觉的艺术创作和独立的文学形式，形成了以记叙抒情散文为文学散文主体的新的发展格局。这是"五四"散文艺术变革的一个重要方面。另一个重要方面是散文的语言形式发生了根本变革。人们不仅用白话写作议论文、杂感文，而且用白话创作叙事抒情散文，不仅写得平易畅达、自然活泼，而且也能写得简洁缜密、优美隽永。白话美文的出现，打破了"'美文不能用白话'的迷信"（胡适语），显示了新文学的创作实绩。因此，"五四"时期散文艺术的蜕旧变新，在中国散文发展史上具有划时代的历史意义。

（二）

1927年大革命失败后，现代散文出现过短暂的沉寂期。随着政治风云的突变和革命形势的周折，新文学阵营也在这个历史转变关头发生了明显的分化：一部分知识分子被大屠杀所吓倒，开始动摇后退了；一部分文人则存心与当局采取同一步调；有些人处于苦闷与探索之中；以鲁迅为代表的彻底的革命民主主义者和一批从政治旋涡中撤退下来的革命知识分子则继续坚定地探索新文学的发展道路。作家的生活态度、思想立场、心理状态所发生的一系列重大变化,在当时和后来的散文创作中留下了鲜明的印记。

在20世纪20年代末"几条杂感,就可以送命的"(鲁迅语)白色恐怖时期,新兴散文原先那种蓬勃发展的势头受到阻遏,但正如政治高压遏制不了"地火在地下运行,奔突"一样,现代散文的勃勃生机也是扼杀不了的,它在逆境中仍曲折生长,"仗着挣扎和战斗"(鲁迅语)走向新的繁荣。这时,因为形势严峻,杂感短评不能不由正面交锋变为旁敲侧击,由锋芒毕露变为隐晦曲折。散文小品领域也发生明显的分化和变化:茅盾等人的抒情小品曲折表达自己对大革命失败的情感经验和理性反思,沉郁顿挫,含蓄蕴藉,如茅盾的《卖豆腐的哨子》《雾》《虹》《严霜下的梦》等,以个人抒怀方式和象征性意象表现革命低潮时期的精神苦闷,成为大革命失败后的时代象征;周作人、俞平伯等人在《骆驼草》上开始改弦易辙,往闲适、趣味的方向发展。游记方面出现了流亡、避祸、销忧之类的新内容,如阿英的《流离》、郑振铎的《海燕》、郁达夫的《灯蛾埋葬之夜》和《感伤的行旅》等。这种种变迁的迹象预示着20世纪30年代散文将迎来一个更为丰富复杂、五光十色的发展前景。

进入30年代,伴随民族民主革命浪潮日益高涨,各种散文全面复苏,新体散文萌生发展,散文界重新趋于活跃。以1932年底黎烈文接编并改革《申报·自由谈》,邀请鲁迅、茅盾等人为之撰稿为重要标志,散文创作进入了一个新的繁荣兴盛期。《申报·自由谈》继承"五四"时期《晨报副刊》等传统,注重发表杂文、随笔、速写、抒情散文,汇集了许多散文作家。影响所及,许多大报副刊纷纷仿效,《中华日报》由聂绀弩主编《动向》副刊,《立报》由谢六逸主编《言林》副刊,《大公报》由沈从文、萧乾编辑《文艺》副刊,都为散文广开门路。专注于散文的刊物有《涛声》《新语林》《芒种》《太白》《水星》《杂文》《论语》《人间世》《宇宙风》《文饭小品》《文艺风景》《天地人》《中流》《光明》,等等。1933年和1934年分别被称为"小品文年"和"杂志年",可见极一时之盛。各书店也竞相出版散文的专集、选集乃至丛书,如巴金为文化生活出版社主编的《文学丛刊》,收入散文集甚多,靳以为良友主编一套《现代散文新集》。报刊杂志上散文园地的扩大,出版商热心出版散文著作,这些都说明一个散文创作高潮业已形成,写作和阅读散文蔚成一时风气。尤其可喜的是,这时期散文创作队伍空前壮大,老作家中,鲁迅、周作人、郁达夫、朱自清、冰心、叶圣陶、郑振铎、王统照、林语堂、俞平伯等人都不断有散文新作问世,仍是这一时期散文界的主干;20年代中期开始从事散文创作的作家,如茅盾、丰子恺、鲁彦、沈从文等,到这时期取得了丰硕的成果;还有20年代末30年代初陆续涌现的一大批文学新人,如巴金、靳以、柯灵、唐弢、徐懋庸、周木斋、何其芳、李广田、吴伯箫、丽尼、陆蠡、萧红、萧军等活跃于散文界,成为30年代创作的一支生力军。在新老作家的辛勤耕耘下,30年代散文园地呈现出繁花似锦、全面丰收的动人局面。

在这热闹繁杂的散文界,存在着两种主要艺术倾向、两种流派的鲜明对立,即"论语派"和"太白派"的抗争。

1932年9月,林语堂创办《论语》半月刊,与《骆驼草》的作者周作人、俞平伯、废名、刘半农等,和《金屋月刊》的作者邵洵美、章克标等,以及一些气味相投的同好如沈启无、徐訏、陶亢德等,提倡"幽默小品"和"趣味小品";继而创办《人间世》(1934年4月),打出"以自我为中心,以闲适为格调"的旗号;后来还创办了《宇宙风》(1935年9月),从而形成了以林语堂、周作人为代表的"论语派"。他们在趣味、游戏、幽默、闲适中改变了20年代散文"问世"的径路,从意兴湍扬的激扬文字走向了沉潜适世的生命关怀与日常人生的吟味咀嚼。

太白派,指的是团结在《太白》杂志周围,以左翼作家为骨干,包括鲁迅、茅盾、陈望道、胡风、聂绀弩、曹聚仁、徐懋庸、唐弢、陈子展、夏征农等人。他们支持创办了《涛声》(1931年8月)、《新语林》(1934年7月)、《太白》(1934年9月)、《芒种》(1935年3月)、《中流》(1936年9月)等刊物,积极提倡反映现实生活斗争的"新的小品文",促进了30年代散文写实精神的发展和深化。

超然于"论语派"和"太白派"之外,有些名作家独自拓展个人的创作道路,如朱自清、冰心、叶圣陶、丰子恺、郁达夫、沈从文、李健吾等,或絮语家常琐事，领略人生情趣；或记述异域文化风习，陶写古国山水名胜；或回忆个人经历，怀念师友亲人。他们大多回避政治性题材和尖锐问题，但又不流于消闲玩世之类，主要以益人心智的知识、情趣和自然美吸引读者，在随笔、游记、传记和抒情散文等方面取得了很高的艺术成就。

还有平津一带文坛新崛起的一批年轻作家，如何其芳、李广田、缪崇群、丽尼、陆蠡、萧乾、吴伯箫、芦焚、朱企霞、方敬、陈敬容、严文井、南星、季羡林等，他们以《大公报·文艺》、《文学季刊》和《水星》为阵地，专注于叙事抒情散文的创作，力图把散文作为"一种纯粹的独立的创作"（何其芳语），刻意追求散文艺术本身的圆满完美。这种有意追求散文艺术性的倾向，突出地表现在"小说家的散文"和"诗人的散文"这两类作品里。前者吸收了小说"比较客观、刻画完整"的长处，融化短篇小说的某些观照方式和表现手法，使记叙性散文带有小说化倾向，这在李广田的《银狐集》、方敬的《风尘集》、陆蠡的《竹刀》、丽尼的《白夜》中可见一斑；后者追求"诗意"，经营意象，构思精巧，想象丰富，结构短小圆满，在散文创作中倾注了诗艺，丰富和扩张了散文表现生活实感和内心世界的能力，如何其芳的《画梦录》、丽尼的《黄昏之献》和《鹰之歌》、李广田的《画廊集》和《雀蓑记》、缪崇群的《寄健康人》、陆蠡的《海星》等。

东北沦陷后，一批原来在东北从事新文学运动的作家陆续逃亡到关内，加上流亡学生中崛起的一批文学新人，形成了一个引人注目的"东北作家群"，代表作家有萧军、萧红、李辉英、白朗、罗烽等。他们最先尝到失土流离的惨痛，因而最先喊出抗日救亡的呼声。"东北作家群"的散文创作以反映东北沦陷区人民的生活斗争和自身的逃难经历为主要内容，充满着血泪的控诉、悲愤的呼号和对白山黑水、父老同胞的刻骨镂心的思念，开了抗战文学的先声。

总之，现代散文从发轫启程到阔步迈进，从播种萌发进入全面丰收，第二个十年的散文在这一历史进程中占有突出地位。这一时期散文繁荣的局面，一方面是动荡剧变的社会现实的产物，另一方面是现代散文深入生活、不断开拓艺术视野的结果。而散文期刊的空前兴盛，也起了促进作用。它们继承和发扬"五四"文学期刊的传统,适应时代需要,在现实生活土壤中不断拓展散文的疆土,充分发挥了散文反映现实、轻便自由的特长,在现代散文史上作出了不可磨灭的贡献。

(三)

1937年7月7日,卢沟桥的枪炮声揭开了中华民族奋起抗击日本侵略者、争取民族解放的战争壮举的序幕。从此,漫天烽火,遍地硝烟,中国社会进入战时大动荡、大变迁状态。由于战争进程的起伏变迁,也由于这时期客观上形成了不同政治区域(沦陷区、国统区、解放区)并存交错和文化据点散布各地的特殊格局,作家的创作也就因时因地而异,从而构成了这一时期散文四处开花、多样共荣、迁流曼衍、此起彼伏的发展风貌。

抗战初期民族激情鼎沸,战斗热情高昂。为适应战时总动员和反映战争现实的需要,各种散文样式都有很大的发展变化。通讯报告特别发达,拥有最广大的作者和读者,"成了战时文艺的主流"(以群语)。从1937年8月起就有《卢沟桥之战》等专集问世,并诞生了一批从实地战斗生活磨炼中产生出来的优秀产品,如骆宾基的《东战场别动队》、丘东平的《第七连》、碧野的《北方的原野》、曹白的《呼吸》等。随着抗日战争进入相持阶段,报告文学在国统区被压制下去,却在解放区新天地中得以蓬勃发展。在抗战初期,杂文既是抨击敌伪的锐利武器,又是动员民众、鼓舞士气的战斗号角。郭沫若、茅盾、老舍、巴金、靳以等就充分发挥这一文体的特长,为抗战呐喊助威。因为团结抗日、共赴国难的局面业已形成,这时的杂文普遍带有热情洋溢、议论风发、明快畅达的新特点。记叙抒情散文的样式也在烽火硝烟、群情激昂的年代改变着自己的色调。血泪的控诉、救亡的呼喊、战斗的豪情、胜利的信念、不屈的斗志,充满字里行间,真是慷慨悲歌,刚健爽朗。因此,葛琴认为:"抗战以后,我们的散文中间又散发出新生的健康的生命气息了。"

抗战初期散文所呈现的阳刚美共趋流向,为战争形势的变化和各政治区域社会现实的差异造成的不同艺术需要所改变,随后出现的是受地区性现实制约的丰富多样、广泛拓展的新风貌。这种状况持续存在于整个40年代，其中较有代表性的是上海"孤岛"时期、国统区和解放区的散文创作。

从1937年11月上海失守到1941年12月太平洋战争爆发前的四年零一个月，史称上海"孤岛"时期。留居上海"孤岛"的作家有王任叔、郑振铎、王统照、阿英、夏丏尊、李健吾、芦焚、柯灵、唐弢、周木斋、孔另境、陆蠡、列车等。他们在日伪横行的险恶环境里，坚守文化岗位，巧妙地利用洋商招牌创办了一些可以发表自己作品的报刊杂志。柯灵先后主编过《文汇报·世纪风》、《大美报·浅草》和《正言报·草原》，王任叔主编过《译报·大家谈》和《申报·自由谈》，周木斋主编过《导报·早茶》，这几种报纸副刊发表了大量散文、杂文和通讯报告。注重发表散文作品的文学期刊有《鲁迅风》、《杂文丛刊》、《野火》、《文艺》、《文艺新潮》和《宇宙风乙刊》等。王任叔、唐弢、柯灵、周木斋等人承传"鲁迅风"杂文传统，王统照的《去来兮》和《繁辞集》、柯灵的《晦明》、唐弢的《落帆集》、芦焚的《上海手札》、陆蠡的《囚绿记》等，代表了"孤岛"时期散文和小品的成就；朱作同、梅益、林淡秋等发起写作报告文学总集《上海一日》。仇重（唐弢）在1940年末回顾当年散文创作时指出：在黑暗笼罩下的上海"孤岛"，"作为破坏旧生活的有战斗的杂文，作为激发自尊心的有抒情的散文"，简单地概括了"孤岛"时期杂文和散文创作的主导倾向。

国统区各地散文创作是从战争进入相持阶段开始形成自己的新特点的。这时，战争形势严峻，人民苦难深重，社会矛盾日益暴露，国人热情积淀升华，散文艺术也在反思、扬弃中走向新的成熟。40年代国统区散文克服抗战初期普遍存在的题材集中、热情浮泛、率直显露、风格较单一的局限，恢复和发展战前散文个性化、多样化的艺术传统，并向社会生活和精神生活的广度和深度突进。

杂文在国统区一直保持兴盛不衰的发展势头。1940年8月在桂林创刊的《野草》月刊，以聂绀弩、夏衍、宋云彬、孟超、秦似为骨干，后来转至香港，坚持到1949年，是这一时期持续最久、影响最大的一个杂文刊物。重庆作为战时政治、文化中心，杂文创作也相当活跃，郭沫若、冯雪峰、田仲济、廖沫沙、孔罗荪、靳以等人在《新华日报》副刊等阵地上发表杂文，他们的创作与上海"孤岛"的《鲁迅风》和桂林的《野草》有着共同的战斗倾向。抗战时期，一大批知名学者如闻一多、朱自清、吴晗、王力等都是昆明西南联大的教授，他们创作了大量有着鲜明艺术色彩的杂文，这是中国现代杂文发展史上的新气象。朱自清曾高度评价这一时期杂文的战斗实绩，认为它是"春天的第一只燕子"。40年代国统区杂文与上海"孤岛"时期杂文的交替展开，说明了现代杂文并未因鲁迅的过世而消褪其战斗威力和发展势头，也说明了现代杂文有一脉相承的现实战斗精神。

报告文学在40年代国统区基本上被压制下去以后，代之而起的是具有同样纪实功能的生活速写、旅途通讯、见闻杂记一类的记叙散文。它们承续二三十年代同类作品所形成的正视现实、面向社会、批判写实、干预生活的传统，随着作家见闻经历的丰富而拓宽发展道路。战乱流离生活、内地闭塞状况、后方社会弊端、底层人民苦难、战后萧索景象等，都在记叙散文中得到广泛而如实的反映。茅盾的《见闻杂记》和《时间的记录》，以其擅长的批判性写实手法揭露西南、西北大后方社会的畸形生活；巴金的《旅途通讯》和《旅途杂记》，以其一贯的热情笔触控诉旧社会的黑暗和不公正；丰子恺的"避难五记"（《辞缘缘堂》、《桐庐负暄》、《萍乡闻耗》、《汉口庆捷》和《桂林讲学》），染上了战争硝烟和仆仆风尘，国恨家仇融为一体；靳以的《人世百图》，让形象本身说话，进行广泛的心理活动描述，创造了散文勾描世间相的一种新写法；缪崇群的《人间百相》则是对人物素描的一个贡献，他以素描方式勾勒了世间人相的真实面貌，以鲜明的个性特征概括了同类型人物的本质特征；冯至的《山水》，从大自然中"领悟了什么是生长，明白了什么是忍耐"；如此等等，都各有新的拓展、新的收获，整体上显示着作家的视野开阔了，与现实和底层人民的关系更密切了，社会责任感和批判旧世界的色调也普遍增强了。

人们普遍认为，抗战以来抒情性散文小品产量不丰、成就有限，甚至走向衰落了。实际上，在上海"孤岛"时期与战后时期，在40年代西南大后方和东南内地，以及在华北沦陷区，都有过活跃发达的史实和大量可读的作品。可以说，40年代国统区的抒情散文与上海"孤岛"时期同类作品相互映照，共同构成这一时期散文小品的发展主流。重庆的《国民公报·文群》、《大公报·战线》和《中央日报·平明》，桂林的《救亡日报·文化岗位》、《大公报·文艺》、《文艺生活》、《文艺杂志》和《人世间》，昆明的《文聚》和《诗与散文》，永安的《现代文艺》，南平的《东南日报·笔垒》，等等，都是战时散文小品的重要园地。在一大批知名作家的带动下，散文小品创作出现新人蜂起、四面开花的景象。就艺术内容而言，这时期国统区的散文小品主要以各个作家抒怀述感的真挚性和独特性反映出历史发展的曲折性和复杂性。作家的抒情自我形象因人而异，但大多可以归并入"在暗夜里呼唤光明者"或"在黑暗中战取光明者"的形象系列。从巴金、靳以、缪崇群、李广田，到新起的田一文、刘北汜、陈敬容、莫洛、郭风等，都有声息相通之处。从表现形式上说，大多是抒情小品、散文诗一类短小凝练之作，又大多采用比喻、象征、暗示、寓意等间接抒情手法，写得曲折含蓄。通常出现的意象有曙前、冬夜、寒风、冰雪、星光、烛火、黎明、春天之类与黑暗和光明、现实和理想、今天与明天等矛盾冲突对应的景物和时序，从而曲折透露自己的心曲，隐约把握到了新旧社会处于生死决战关头的时代脉搏。这就在整体上显示了40年代国统区抒情散文的美学风貌，既不同于20年代觉醒者那种"大抵热烈，然而悲凉"的气氛，也不同于30年代那批青年作家的忧伤和迷惘，还不同于抗战初期战地抒情之作的慷慨悲壮，倒是接近于上海"孤岛"时期那种"炼狱中的火花"，犹如"曙前"的"星光"，给人一种温柔幽美而又沉着坚韧的审美感受，启迪人们坚定地度过黑夜，去迎接黎明的到来。

与上海"孤岛"和国统区散文交汇构成战时散文发展主流而又具有独特风貌的是解放区"人民文艺运动"所产生的新型散文。解放区散文是以努力"写出新生活的内容和外观"（孙犁语）而开拓现代散文发展新路的，报告文学获得了重大发展，杂文形成新的特质，记叙抒情散文改变了格调，散文的语言风格也往大众化和民族化方向迈进了一大步。

解放区新的现实生活、新的战斗业绩和新的人物风貌，为报告文学的成长提供了丰厚土壤。边区的生产建设，敌后的艰难斗争，军民的鱼水关系，干群的新型关系，人民英雄的卓著功绩，劳动模范的动人事迹，解放大军的挺进雄姿，历史巨变的壮丽画面，无一不在解放区报告文学中得到及时广泛、具体生动的反映。作为抗日根据地报告文学的最早的开拓者之一，丁玲对中国现代报告文学的发展作出了重要贡献，《田保霖》曾得到毛泽东的赞扬；周立波不仅翻译了捷克作家基希的《秘密的中国》，为现代报告文学创作提供了"好范例"，而且也写下了《晋察冀边区印象记》《战地日记》等优秀作品；何其芳从国统区进入解放区后，从"画梦"到"写实"，从空虚的想象到反映如火如荼的现实斗争，为他的创作开辟了崭新的天地，他的这些报告文学作品收在《星火集》及其续编中；沙汀记述贺龙将军在抗战初期的战地生活和回忆的长篇报告文学《随军散记》，是抗战以来描写高级将领的报告文学中最出色的一部；周而复的两篇报告文学《海上的遭遇》和《诺尔曼·白求恩断片》，获得了很大的声誉；黄钢的《开麦拉前的汪精卫》，揭露了汉奸汪精卫的丑恶嘴脸；等等。在我国报告文学史上，这是一个继往开来的重要发展阶段。

解放区杂文面临着在新的社会环境和历史条件如何发展的崭新问题，经过争论和探索，逐步走出了自己的新路。"站在人民的立场上"，全面发挥杂文团结人民、打击敌人的社会功能，成为解放区杂文作家的基本认识和努力方向。谢觉哉以"焕南"为笔名在《解放日报》上连续发表《炉边闲话》《一得书》《案头杂记》等歌颂新生活、漫谈思想修养的新型杂文；林默涵的杂文集《狮和龙》，有着一种简捷隽永、清丽朗畅的艺术风格，在解放战争时期起到打击敌人、教育人民的作用。解放区杂文大多写得明快素朴、深入浅出，形成了一种新的文风，曾对新中国成立初期的杂文创作产生深远影响。

记叙抒情散文各样式在解放区的发展是不平衡的。一般说来，记叙性散文较发达，"纯"抒情散文偶有所作，大多数作品是一种以叙事为主而兼有抒情因素、将记实与述感融为一体的散文速写。许多作家在热情歌颂新生活、新人物的同时，即兴抒写自己由新现实所激发出来的新感受和新激情，以及在新天地中脱胎换骨的精神蜕变。丁玲在《陕北风光》的《校后记所感》中指出:"在陕北我曾经经历过很多的自我战斗和痛苦,我才开始来认识自己,正视自己,纠正自己,改造自己。这种经历不是用简单的几句话可以说清楚的。我在这里又曾获得过许多愉快。"丁玲的这种感情经历和心得是进入解放区的作家所共有的,具有很强的代表性。何其芳、吴伯箫、陈学昭、严文井等人也曾在散文中表达了这种经过自我战斗的痛苦而抵达新生的快乐的情感变迁。在解放区土生土长的新作家如孙犁、萧也牧等人的散文速写,则以熟悉人民群众的思想感情、追求客体"真象"与主体"真情"统一而显示自己的特色。解放区的散文速写洋溢着清新芬芳的泥土气息和朗阔高昂的革命激情,与国统区散文的色调自然有别,在中国现代散文史上具有划时代的意义。

不过,毋庸讳言,这只是一个新开端而已,不可避免地带有某种稚气,而且又是付出了一定的艺术代价的。如何其芳,到了延安后,面对新生活,需要创造新的艺术形式。他基本抛弃了抒情散文的艺术形式及其早期积累的艺术经验,转向写作杂文和报告文学这两种他较生疏的文学形式,多少限制了自己的手脚,抑制了自己艺术个性的发展。他的杂文过于直露,明晰有余,含蕴不足,缺乏鲁迅杂文那种诗与政论结合的艺术光彩。他的报告文学似有堆砌素材、平铺直叙之嫌。倒是那几篇自我解剖、抒写自己的作品,如《一个平常的故事》、《饥饿》和《论快乐》,写得情文并茂。他的作品以新的生活、新的人物为艺术内容,又是面对新的读者,当然需要新创一种大众易于接受的艺术形式和艺术语言,通俗朴素便是他这时追求的目标。因而,他几乎放弃早期经常使用的比喻、象征、暗示的表现技巧,改用白描直叙;不用繁富绮丽的长句,而接近于平淡明白的口语。他想描摹出生活本身的天然美,但由于深入生活不够,对新的文学形式又不熟练,他感到自己笔下的无力和苍白,苦恼于艺术上的退步。

总的说来,八年抗战,三年内战,中国社会一直处于战争动乱状态。顺应时代的发展变迁,在烽火连天的战争岁月,在祖国大地的四面八方,散文的触角无处不及,散文的功能多向发挥,散文的园圃五光十色,它以自己的时代旋律谱写了中国现代散文进行曲中高昂的第三乐章!

二、当代散文发展概述

当代中国大陆散文发展以1976年为界,大致可以分为两个阶段。1949年至1976年的27年间,散文创作经历了"复兴"、"丰收"和"空白"几个时期,由于当时思想文化封闭,个性意识丧失,散文从内容到形式大都过于循规蹈矩,日趋模式化。而且由于"工具论""武器论""骑兵说""形散神不散"等框框套套的束缚,导致散文严重异化。因此,曾经在现代文学中大放异彩、被鲁迅认为成就"几乎在小说戏曲和诗歌之上"的散文小品,此时已失去往日的风采,再也没有出现朱自清当年所描绘的现代散文的繁荣景象:"有种种的样式,种种的流派,表现着、批评着、解释着人生的各面,迁流曼衍,日新月异:有中国名士风,有外国绅士风,有隐士,有叛徒,在思想上是如此。或描写,或讽刺,或委曲,或缜密,或劲健,或绮丽,或洗炼,或流动,或含蓄,在表现上是如此。"这种生动活泼、异彩纷呈的散文创作局面,只有在新时期的文坛中才又重现,甚至有了新的突破。许多散文家不仅走出杨朔、刘白羽和秦牧"三家模式"的局限,而且也不满足于现代文学史上的"百家手法",他们主张要创造出"真正属于这个时代的琳琅满目的新文体、新形式来"。

(一)

共和国成立初期的散文,是在继承"延安散文"传统的基础上发展起来的,表现"新的世界""新的人物",要求文学具有"颂歌"的基调。1951年8月12日,《人民日报》发表了《斯大林给杰米扬·别德内依同志的信》的中文译文,斯大林直截了当地给作家、艺术家规定的任务是充当"先进阶级的歌手"。散文因为短小灵活,在配合政治任务、表现新人新事、讴歌英雄模范方面,更是发挥了其他体裁的文学作品所不能代替的作用。汪曾祺在《当代散文大系总序》中指出,50年代的散文,"不管什么题目,最后都要结到歌颂祖国，歌颂社会主义，卒章显其志，有点像封建时代的试帖诗，最后一句总要颂圣"。而且，这一时期的散文基本上还保持着通讯、报告、特写的格局，纪实性散文多，狭义的抒情散文或曰美文、艺术散文少。于是，最被认可的散文作品都或多或少地带有某种通讯报告的色彩，50年代初最著名的散文就是魏巍的朝鲜通讯《谁是最可爱的人》，此外如巴金的《我们会见了彭德怀司令员》、菡子的《从上甘岭来》、臧克家的《毛主席向着黄河笑》、老舍的《我热爱新北京》、李若冰的《在柴达木盆地》、叶圣陶的《游了三个湖》、曹禺的《半日的"旅行"》、杨朔的《滇池边上的报春花》等，都是以客观的纪实或叙事为主。当时权威的散文选本也大都冠以"散文特写"的名称，以至于70年代末期中国社会科学院文学研究所当代文学研究室在选编新中国成立30年来散文作品选时，还是取名《1949—1979散文特写选》（人民文学出版社）。

人们在评价50年代初期的散文创作时，一般都认为这一时期的散文家"忽视了散文体式的文学化特征，并且过于将散文混同于一般的通讯报告，降低了散文的美学品味"。其实这只是看到主流话语和权力话语下的散文创作情况，而在文坛边缘，一些曾经有过"不光彩历史"的人如"汉奸文人"周作人、"鸳鸯蝴蝶派作家"周瘦鹃等人的"民间创作"，却长期以来为文学史所忽视。这不仅仅是一种"疏漏"，更反映出长期以来在知识话语的霸权中所形成的散文观对"民间散文"的漠视。周作人从1949年11月22日开始至1952年3月15日止，以申寿等笔名在上海的小报《亦报》副刊《隔日谈》和《饭后随笔》专栏中，发表了908篇随笔小品，另外从1950年1月10日至3月27日，还在另一份小报《大报》上发表了43篇随笔小品。其中除一部分是回忆鲁迅及其创作的文章，曾结集为《鲁迅的故家》和《鲁迅小说里的人物》出版外，其余大部分文章当时均未结集出版。由于《亦报》《大报》在文艺界、学术界影响不大，因而长期以来这些文章被埋没了。直到1988年1月岳麓书社出版《知堂集外文·〈亦报〉随笔》一书，才使这些散文重见天日。

周作人在《亦报》《大报》上写的这些随笔小品都非常短，每篇五六百字。他自定两个标准:"一是有意思,二是有意义,换句话说也即是有趣与有用。"周作人丝毫不鄙薄这些短文的写作,他说:"从前杂志和报章上,有设杂感录这一栏的,长的可以有一二千字,短的几百到几十字,却很有力量,《新青年》上这与通信都很着重,对于旧势力的战斗往往在那里展开来,比长篇大文更为得力。我们现在写的小文,统系上可以说从那里来的,就是战斗性渐减少了,篇幅的短本来合格……"他的这些随笔小品题材广泛、内容丰富,天文地理、花鸟虫鱼、三教九流、衣食住行,无所不谈。从"梅兰竹菊"到"龙凤龟麟",从《艳史丛编》到《聊斋志异》,从"日本民谣"到"苏北小调",从"南北的点心"到"男女的装扮",从"活无常与女吊"到"汤婆子与脚炉",从"街坊上的悲喜剧"到"打油诗的文字狱",从"俗谚的背景"到"师爷的笔法",从"夜读的境界"到"文章的包袱",周作人在广义的文化和文化史这个大范围内,随手拈来都是题目,也都是文章。钟叔河认为:"这类文字,不谈大道理,只是随手记下一点见识或者感受,娓娓道来,情理自见。它们继承了中国历代笔记文的传统,同时又吸取了欧洲18世纪随笔文(essay)的特色……和启蒙时期报章杂说的某种风格是一脉相承。"周作人自己也说他的这些随笔"原以识小为职,固然有时也不妨大发议论,但其主要的还是在记述个人的见闻,不怕琐屑,只要真实,不人云亦云,它的价值就有了"。

周瘦鹃在新中国成立后长期以大量精力从事园艺工作,是江南著名的园艺家。他在亲手培植花木水石盆景之余,写有大量治艺小札和风物小记,小巧玲珑,清新婉约,高雅闲适,别具一格。20世纪50年代,周瘦鹃出版了散文集《花前琐记》《花前续记》《花花草草》等。周瘦鹃的随笔小品并不追求什么重大题材、重大主题,他说:"除了漫谈我所喜爱的花木事而外,也谈及文学艺术名胜风俗等等,简直是无所不谈。"他的花草随笔多不胜数,如《山茶花开春未归》《杜鹃花发映山红》《国色天香说牡丹》《梅花时节话梅花》《一生低首紫罗兰》《一年无事为花忙》《忽见陌头杨柳色》《最是橙黄桔绿时》《花雨缤纷春去了》《柿叶满庭红颗秋》等,出之自然,挥洒而成,篇幅短小,清灵秀丽。尤其是周瘦鹃博览诗书,他在随笔小品中常常广征博引,将历史、民俗、典故与古诗词熔铸于一炉，涉笔成趣，给人以知识的魅力和闲谈的情趣。周瘦鹃的随笔小品虽然貌似山野自生的闲花野草，却自有其独特的艺术魅力。正如他在一首诗中所写："愿君休薄闲花草，万国衣冠拜下风。"

新中国成立后相当长一段时间里，人们对散文的多本质性缺乏理解，排斥大量知识性、闲适性和趣味性的随笔小品，把它们当成资产阶级的"闲情逸趣"而否定禁绝，周作人和周瘦鹃等人的随笔小品被长期忽视也就不足为奇了。只有到了新时期，先前恶性发展到偏执狂热的极左政治意识被广泛宽松的建设性的文化意识所取代，海阔天空、纵意而谈的文化随笔小品才日渐兴盛起来。唐弢在1982年曾指出："有人提出所谓学者的散文，就是那种笔记式的和随笔式的散文，我以为都可以写，海阔天空，古今中外，什么都谈，有的是掌故考证，有的是生活漫谈，类似英国的所谓familiar essay，信手拈来，娓娓而谈，使人觉得亲切，有味，可以有益，也可以有战斗性。"

（二）

50年代中期，大陆文坛曾出现过一个"复兴散文"的运动。大概鉴于新中国成立初期"精心写作美文的传统，我们继承和发扬得似乎尚不够；散文作品中可以称得上美文的，毕竟还不算多"，时任中共中央宣传部副部长的胡乔木，在1956年5月毛泽东正式提出"双百"方针后，"多次呼吁'复兴散文'，他再三强调要继承'五四'以来散文随笔的优秀传统，还特别指出要提倡美文"。尤其是胡乔木分管的《人民日报》一改过去生搬苏联《真理报》没有副刊的做法，于1956年7月1日创办了文艺副刊。《人民日报》文艺副刊在初创到1957年"反右"前夕的近一年时间里，发表了大量老作家和新人的散文、随笔、小品和杂文，一时间异彩纷呈，大有"山阴道上目不暇接"的景象。佘树森认为："《人民日报》可谓开风气之先者，其文艺副刊成为培养散文鲜花、新苗的沃土和园地。不少传诵一时的好散文均出自这片沃土，像白桦的《洛阳灯火》，万全的《搪瓷茶缸》，何为的《第二次考试》，梅阡的《春夜》，等等。"正是由于《人民日报》观念上的导向，使散文创作在1956年下半年明显地出现了转机,"艺术散文和杂文(小品)在建国后第一次生动地勃起。周立波的《灯》,老舍的《养花》,杨朔的《香山红叶》,秦牧的《社稷坛抒情》,葛洛的《龙店乡的喜日》,姚雪垠的《惠泉吃茶记》,魏巍的《我的老师》,丰子恺的《庐山面目》,菡子的《小牛秧子》,万全的《搪瓷茶缸》,徐迟的《归来》,徐开垒的《竞赛》等,都写在这一时期。这些散文,其思想的活泼程度、文笔的洒脱情况,在十七年间的创作中是绝无仅有的"。因此,"1956年仿佛是一座分水岭,标志着我国当代散文审美层次的第一次升华和飞跃"。

在这一次短暂的"复兴散文"的运动中,艺术散文方面,叶圣陶、郑振铎、许钦文、丰子恺、老舍、巴金、李广田、李霁野、方令孺等老作家生机焕发,他们的散文既洋溢着新的时代气息,又保留着"五四"散文传统的流风余韵,对正处于审美调整中的散文创作,无疑起到了积极的示范和推动作用。而郭风、何为、菡子、柯蓝、李若冰、林遐、杨石等一批散文新人则在此散文环境的培育、熏陶下迅速崛起,奠定了他们在当代散文史上的地位。另外,与新中国成立初期散文特写多表现国际国内大事、描绘时代风云人物不同,这一时期的艺术散文创作开始注意对个人所独有的见闻、感思的抒写,散文作者的审美观照也向周围的平凡细小事物转移,诸如灯火、茶缸、红叶、吃茶、养花之类的题目常见诸报刊,而且艺术散文逐渐由叙事体制向抒情体制转变,散文家的文体意识也有所加强。当然,鉴于50年代中期特殊的政治、文化背景的制约,这次"复兴散文"运动只是赢得了散文美学特征的部分回归。随着1957年"反右"运动、1958年"大跃进"运动的开展,散文创作重新陷入困境。

与艺术散文的短暂兴起相一致,杂文也在继承和发扬"五四"以来杂文传统的基础上,迎来了新中国成立后的第一次创作高潮,而且似乎杂文比艺术散文取得的成就更大。黄秋耘说:"50年代前期,举国一致地从事社会主义的改造和建设,人人都丹心似火,壮思欲飞,随着'百花齐放,百家争鸣'口号的提出,作为人民代言人的文学家更感到创作和言论的自由,寓意抒怀,无所顾忌,尤其是杂文的创作,更是笔气纵横,豪情洋溢,佳作纷呈，名篇迭出。"改版后的《人民日报》同样在大胆提倡和刊登杂文这一点上，对全国报刊起了带头作用。据时任《人民日报》杂文编辑的蓝翎统计，从1956年7月1日到1957年6月6日这不到一年的时间里，《人民日报》文艺副刊共出了303期，发表杂文500多篇，作者200余人。篇目之多，作者之众，影响之大，实属空前。许多著名作家如郭沫若、茅盾、叶圣陶、巴金、老舍、艾青、夏衍、田汉、何其芳、巴人、徐懋庸、邓拓等都参与了杂文创作，还有一批刚学写杂文的"小字辈"如邵燕祥、唐达成、鲍昌、蓝翎、邓友梅、焦勇夫、陈泽群以及姚文元等，也加入了杂文创作队伍。在《人民日报》的带动和影响下，《解放日报》《文汇报》《新民报·晚刊》《新华日报》《长江日报》《文艺报》《新观察》等报刊也相继开辟杂文专栏，发表了不少精彩的杂文篇章。

徐懋庸和巴人是这一时期最为活跃的两位杂文家。徐懋庸说，新中国成立后由于"气候的关系"，他"噤若寒蝉"，直到1956年7月，"《人民日报》改版，在八版上又出现了杂文，我在汉口，读着读着，有一天忽然又发生了一个想头，现在的杂文，似乎我也可以写一点，于是寄了一篇去"。这就是他以"弗先"笔名所写的第一篇杂文《想到〈活捉〉》。在《人民日报》编辑的鼓励下，徐懋庸把积压胸中多年的一些感想陆续形诸笔墨。从1956年11月到1957年8月不足一年的时间里，徐懋庸以弗先、回春等笔名，在北京、天津、上海、武汉等地的报刊上发表了近100篇杂文。徐懋庸这一时期的杂文，矛头主要指向官僚主义、教条主义、宗派主义和它们的根子——封建主义，他对特权思想、不民主作风、不尊重科学的蛮干行为进行了尖锐的批评和猛烈的抨击。而且徐懋庸善于运用辩证法，在杂文中抓住矛盾，从对立双方分析事物的本质，如《批评和团结》、《老实和聪明》、《简单与复杂》、《英雄的意志和感情》、《敌与友的关系》、《同与异》、《社会的爱护和自己的奋斗》、《"思"和"随"》、《不要怕民主》和《不要怕不民主》等文，都是从社会人生的一系列矛盾现象中分析出问题的实质关键，使读者不得不折服于他的哲学思辨力。徐懋庸的这些杂文"其锐利、泼辣不减当年，但更深沉、更周密、更冷静，文字也更朴实、老练。这些杂文无疑是徐懋庸最成功的作品,也是新中国成立后杂文领域中最富有战斗力的篇章。它的意义,不仅仅限于它所揭露和讽刺的,而在于表明了一个杂文作家所应当坚持的战斗方向和杂文在新时期所应当发挥的战斗力量"。

巴人被誉为"50年代最富有战斗力的杂文家之一",他的杂文名篇《况钟的笔》为了配合昆曲《十五贯》在北京的上演,于1956年5月6日刊发在《人民日报》上,在全国范围内产生了深远的影响。当时有读者写信到《人民日报》编辑部称:"这是一篇出色的杂文,我曾经一连读了三遍。我希望像这样针砭时弊的文章,《人民日报》能经常刊登,希望老一辈的作家——像巴人等,今后多多使用杂文这一锐利的武器。"可以说,巴人的这篇杂文揭开了1956年下半年兴起的杂文创作高潮的序幕。在《"上得下不得"》与《"多"和"拖"》两篇杂文里,巴人所批评的"公文流行"和"画圈主义"的现象,"多"和"拖"的痼疾,在60多年后的今天,读来仍有发人深省的作用。如果说"文化大革命"中出现了对人的意志、权利和情感的粗暴践踏的话,那么,某些端倪早在50年代就已经开始出现。巴人对此非常敏感,他在1957年选编杂文集《遵命集》时,在《编后记》中说:"这一年多来我的思想的变化,在这个集子里也可以看得出来。我似乎对于'人'这个社会存在,更引起注意和关心了",并认为"对待一切工作","人是相与始终的主体"。他在《论人情》《唯动机论者》《"敲草榔头"之类》《略谈要爱》《真的人的世界》等杂文中,呼唤对人的尊重,包括人的尊严、人的价值和人的感情,猛烈抨击搞无情斗争、残酷打击的粗暴方法。巴人在50年代中期所写的杂文,是对鲁迅杂文的继承和发扬,"是当代杂文史上的珍品,他留给后人的不仅是丰厚的文化遗产,也是那沉重的教训和常思常新的启示"。

(三)

1957年的"反右"运动,抑制了散文创作的活力;继之而来的1958年的"大跃进",则以浮夸的社会风气直接影响散文创作,助长了"假、大、空"之风的流行,导致散文作品远离生活真实。因此,尽管这一时期散文作品满纸豪言壮语、光芒万丈，却始终掩盖不了其中苍白肤浅、浮夸空洞的实质，因而缺乏长久的艺术生命力。创作中这种不正常的现象，也引起人们的警惕。1959年2月18日至27日，中国作协召开文学创作工作座谈会，茅盾在《创作问题漫谈》的发言中，肯定了一年来的创作成就，同时批评了创作上题材狭隘，因为对革命浪漫主义的误解而造成的浮夸、空想以及片面理解为生产、为中心工作服务的错误倾向。老舍在《规律与干劲》的发言中，指出"文艺创作自有它本身的规律，不能专凭擦拳磨掌就写出作品来"，主张"跃进计划应当数量与质量兼顾，规律与干劲平衡，在体裁上力求百花齐放"。与此同时，《文艺报》从1959年第14期开辟了"让散文这枝花开得更绚丽"的专栏，先后发表了冰心的《关于散文》、秦牧的《散文领域——海阔天空》、柯蓝的《我谈〈早霞短笛〉》等文章。秦牧认为："我们现在所谈到的散文，精粹警辟的、谈笑风生的、亲切感人的、玲珑剔透的，使你读时入了神、读后印象久久不会消失的，还是不多。我们有理由来关心，来呼吁：让这枝花开得更加绚丽些。"他具体指出："除了国际、社会斗争、艺术理论、风土人物志一类的散文外，我们应该有知识小品、谈天说地、个人抒情一类的散文。"

由于"大跃进"的失误，我国国民经济不仅未能实现"跃进"，相反造成了1959年至1961年三年国民经济的严重倒退，粮食缺乏，通货膨胀，市场供应紧张，人民生活水平下降。加上"反右派""反右倾"等一系列运动，伤害了不少人，文化科学界知识分子普遍感到思想压抑，心情不舒畅。为此，中共中央于1960年9月提出了"调整、巩固、充实、提高"的八字方针。在这种情况下，胡乔木写信给《人民日报》，要求"副刊有责任鼓励增强克服困难信心、发扬乐观向上的精神，帮助人们有丰富、健康、积极的精神生活，但也不要说大话、说空话"，他具体建议"可以约写一些读书笔记的稿件，提倡多读书，多读古今中外的好书，从中获得思想上的教益，也增加知识，提高文化素养"。在胡乔木的指示下，从1960年冬天开始，《人民日报》陆续开辟了一批有关读书的栏目。

正是在散文创作开始逐步回归自身艺术规律之时，《人民日报》从1961年1月28日至6月5日，开辟《笔谈散文》专栏，先后发表了老舍的《散文重要》、李健吾的《竹简精神——一封公开信》、吴伯箫的《多写些散文》、师陀的《散文忌"散"》、凤子的《也谈散文》、柯灵的《散文——文学的轻骑队》、骞先艾的《崭新的散文》、秦牧的《园林·扇画·散文》、许钦文的《两篇散文，两种心境》、萧云儒的《形散神不散》、菡子的《诗意和风格》、黄秋耘的《向"永州八记"取点经》等20篇文章。此外，冰心、郭预衡、徐迟等人也在《文汇报》《光明日报》《中国青年报》《长江文艺》等报刊上发表了一些论述散文的文章。这些文章从理论上推动了当时散文创作的发展，当代散文继1956年之后出现了第二次全面发展的短暂时期，以意境隽永、文体优美为特征的"诗化"抒情散文大量涌现，如杨朔的《雪浪花》《茶花赋》《荔枝蜜》，刘白羽的《灯火》《日出》《长江三日》，秦牧的《土地》，吴伯箫的《歌声》《记一辆纺车》，冰心的《一只木屐》，曹靖华的《花》《忆当年，穿着细事且莫等闲看！》，袁鹰的《青山翠竹》，魏钢焰的《船夫曲》，季羡林的《马缨花》，杨石的《爱竹》等篇章，都曾在读者中广为传诵，脍炙人口，1961年因此被称为"散文年"。另外，在邓拓的《燕山夜话》杂文专栏和邓拓、吴晗、廖沫沙三人合作的《三家村札记》专栏的影响下，一时间杂文又成为报纸文艺副刊的"旗帜"，全国许多报刊纷纷重新开设杂文专栏，开始大量刊载杂文，共同推动新中国成立后杂文创作的第二次高潮。

　　60年代初期，散文界兴起"诗化"散文的创作热潮，这是对散文审美性回归的努力。杨朔最早致力于"诗化"散文的创作，他说："我在写每篇文章时，总是拿着当诗一样写。我向来爱诗，特别是那些久经岁月磨练的古典诗章。这些诗差不多每篇都有自己新鲜的意境、思想、情感，耐人寻味，而结构的严密，选词用字的精练，也不容忽视。我就想：写小说散文不能也这样么？于是就往这方面学，常常在寻求诗的意境。"而且凡遇到"动情的事"，"我就要反复思索，到后来往往形成我文章里的思想意境。动笔写时，我也不以为自己是写散文，就可以放肆笔墨，总是像写诗那样，再三剪裁材料，安排布局，推敲字句，然后写成文章"。因此，不管是"杏花春雨"，还是"铁马金戈"，杨朔都善于从中发掘出生活的诗意，在他笔下，处处洋溢着诗意的光辉。当时不仅杨朔一个人追求"诗化"散文创作，女作家菡子在

《作家自述》中谈及自己的创作时也说过:"我极盼自己的小说和散文中,在有充实的政治内容的同时,有比较浓郁的抒情的调子,并带有一点革命的哲理,追求诗意的境界。"由此可见,这是当时整个散文创作共同追求的方向。而且在"笔谈散文"中,就有两篇理论文章同时取名"散文的诗意"。刘昭明认为:"情文并茂,充满诗意,是时代对散文提出的要求。我们时代的生活是充满诗意的。劳动人民改造社会征服自然的壮举,层出不穷的激动人心的新人新事,都要求在散文——文艺的'突击队'和'轻骑兵'——中得到完美的反映,以鼓舞和推动人民群众的革命斗争。"李元洛也指出:"我们虽不能把散文和诗混为一谈,无视二者的区别,但散文中的诗意,却是我们的作家应该刻意追求的。"

正是由于杨朔等人用诗的审美价值提高了抒情散文的地位,一时间,追求诗意成了60年代初期散文创作的共同潮流。刘白羽的代表作《日出》、《灯火》、《长江三日》、《樱花漫记》、《平明小札》和《冬日草》等,都写得诗意盎然。他在回忆自己的散文创作历程时指出:"在和平建设时期,虽然我又拾起笔写散文,但经历革命与战争的锤炼,我的散文终究失去了旧世界打上的某些烙印;我从《从黄昏到夜晚》《绿》《关于长城的回忆》那种缠绵悱恻中挣脱出来,就像抖落了昨天的一身灰尘,走上今天新的路程,我有了我的散文的新格调。……《日出》《长江三日》《平明小札》是我对新的美的探索的结果。"他这种新的审美观就是诗意与政论融合的"激流勇进之美"。秦牧的散文公认以知识性见长,但他60年代初期的散文创作也明显受"诗化"的影响,如他的代表散文集《花城》就是向抒情散文倾斜的重要标志,创造了一个哲理和诗情交融的境界。秦牧虽然没有提出类似于杨朔的"把散文当诗一样写"的鲜明"诗化"理论主张,但他也认为散文创作应该向诗人学习。他说:"写散文比写长篇巨著容易,这只是相对的说法罢了。如果同样以写一千字所花的精力来说,写散文就不见得比写其他体裁的作品容易了。在一篇小小的文章中,要有新意,有感情,有鲜明形象,有警辟语言,耐人看,耐人想,这就煞费作者一番心思了。但好在在这个问题上,诗人、巧匠、画师、花王都给我们留下了很好的典范,大可借镜。诗人有时仅仅用一两句话,就引人入胜,把我们给攫住了。像'三万里河东入海,八千仞岳上摩天''横眉冷对千夫指,俯首甘为孺子牛'之类的诗句,可不就是这样么!"杨朔、刘白羽和秦牧的散文创作,集中体现了本时期散文创作"诗化"的特征,并影响着当时和此后相当长一段时期内的散文创作,从而成为27年主流权力话语下最著名的三位散文家,号称散文"三大家",并形成了"杨朔模式"、"刘白羽模式"和"秦牧模式"。

应该说,杨朔等人强调散文的抒情性,甚至极端地把散文当成诗来写,在那个特定的历史时代有其合乎规律的一面。但是,杨朔等人在恢复、强化散文的审美价值的同时,也带来了散文题材上回避尖锐矛盾,只满足于"酿造出甜美的诗意";构思、表现方法上路子过于狭窄,写法单调且成模式化的缺陷。沈从文在1961年就看出:"散文和诗写到景物时,都不知如何着手,文字不够用似的,也一点不真实。恐怕和每年选的选本作为标准也有关系。大家都用来学习,取法,越学范围越窄,再也无希望从文字上见新风格,或性格(恐怕得想点办法了)。"

在杂文创作方面,邓拓从1961年3月19日至1962年9月2日,每周二、周四在《北京晚报》副刊上开辟《燕山夜话》杂文专栏,以提倡读书、丰富知识、开阔眼界、振奋精神为宗旨,共发表了153篇杂文。《燕山夜话》以它深刻的思想、丰富的知识和特有的文采赢得了广大读者的喜爱。他还与吴晗、廖沫沙合作于1961年10月至1964年7月,在《前线》杂志开辟《三家村札记》杂文专栏,共发表了62篇杂文。邓拓是这一时期成就最大的杂文家,他在人们司空见惯、不容置疑,甚至奉若神明、大唱赞歌的事物上,看出了一场严肃的荒唐和可笑的荒谬;在举国狂热、舆论一律的政治气氛之下,喊出了不同的声音;在人们浑浑噩噩、糊里糊涂之际,写下了一些真理性的认识。他的杂文《一个鸡蛋的家当》《废弃"庸人政治"》《专治"健忘症"》等,都是暴露"大跃进"运动中浮夸风危害的力作。邓拓同时又是一个具有深厚文化背景和广博知识结构的杂文家,在60年代初期思想文化封闭,创作个性失落和杂文艺术趋于单调划一的情况下,他突破了杂文创作的狭窄空间,驰骋在大文化的广阔天地里。邓拓的许多杂文纵谈读书治学、人生修养、历史文物、民俗人情、草木虫鱼，作品视野开阔，气象恢宏。曾彦修称"邓拓应是新中国建立40年来首屈一指的杰出的杂文家"，卫建民认为邓拓的《燕山夜话》"是当代散文史里的灿烂篇章"。

在邓拓的影响下，许多报纸开设了杂文专栏，如《人民日报》的《长短录》，《重庆日报》的《巴山漫话》，《成都晚报》的《夜谈》，山东《大众日报》的《历下漫话》，《云南日报》的《滇云漫谈》，《合肥日报》的《肥边谈屑》，《西安晚报》的《秦中随笔》，等等。由于当时一大批杂文作者仍处于"摘帽右派"的尴尬地位，他们心有余悸，噤若寒蝉，因此，这次杂文兴起的创作队伍主要以党政机关相当高一级的领导干部为主。而且，与1956年下半年至1957年上半年那次锋芒毕露、直接抨击时弊、触及重大政治问题的杂文有明显的不同，这一时期的杂文主要以古论今，旁敲侧击，在向人们传播知识道理的同时，提倡科学、民主、实事求是的精神，并以此针砭时弊。遗憾的是，60年代初期的杂文创作高潮并没有维持多久，1962年底，随着"千万不要忘记阶级斗争"口号的提出，《燕山夜话》停笔了，《长短录》不再发稿了，全国各地曾经轰轰烈烈一阵的杂文专栏大都夭折了。

（四）

1966年3月28日至30日，毛泽东在杭州、上海三次与康生、江青等人谈话，点名严厉批评了邓拓、吴晗、廖沫沙合作的《三家村札记》和邓拓的《燕山夜话》，说他们贩卖封、资、修毒货，是反党反社会主义。5月8日，江青、张春桥主持的写作班子抛出署名"高炬"的文章《向反党反社会主义的黑线开火》，以显著位置刊在《解放军报》。同日，《光明日报》也以显著位置刊登关锋化名"何明"的文章《擦亮眼睛，辨别真假》。5月10日，姚文元在上海《解放日报》和《文汇报》同时抛出经毛泽东审阅的《评"三家村"——〈燕山夜话〉〈三家村札记〉的反动本质》，从此掀开了"文化大革命"的序幕。邓拓于5月18日凌晨含冤自杀，成为"文化大革命"的第一个牺牲者。稍后，老舍投湖自沉。1967年，"寿多则辱"的周作人离开了人世。1968年，杨朔、李广田、周瘦鹃被迫害致死。1969年10月10日，吴晗死于狱中。1972年7月25日，巴人精神错乱，含冤辞世……此外，一大批散文家遭到批斗，"以言治罪""以文治罪"的批判运动一浪高过一浪，这从根本上摧毁了散文生存和发展的生态环境，因此人们常常称这一时期是散文的"空白"。但是，正如秦牧所说："无声的时代，必然有地火在奔突，有风暴在酝酿。"在极左思潮支配了大陆整个思想界，登峰造极的文化专制主义垄断了新闻、出版，垄断了全部精神文化产品的制作的情况下，丰子恺的随笔和恽逸群的杂文有如那"地火"和"风暴"，是"一塌糊涂泥塘里的光彩和锋芒"。

丰子恺曾于1957年11月，将新中国成立前的旧作《缘缘堂随笔》《缘缘堂再笔》《车厢社会》《率真集》以及抗战中的散文自留稿选出59篇，由人民出版社出版新版《缘缘堂随笔》。1962年，他又应人民文学出版社上海分社之约，将1956年至1962年间创作的32篇散文随笔编成《新缘缘堂随笔》，后因发表在1962年8月号《上海文学》上的散文《阿咪》受批判牵连，这本散文集终未能出版。"文化大革命"开始后，丰子恺受冲击，身心备受折磨，曾一度被关进"牛棚"。1971年4月开始，丰子恺利用凌晨时分悄悄创作《往事琐忆》系列随笔（1973年修改时，改名为"续缘缘堂随笔"，最后定稿时取名为"缘缘堂续笔"），一共33篇。这些随笔作者生前未发表过，其中17篇曾收入浙江文艺出版社1983年5月出版的《缘缘堂随笔集》。1992年6月，浙江文艺出版社和浙江教育出版社联合出版的《丰子恺文集》第6卷收入了全部33篇随笔。丰子恺创作于1971年的这些随笔，有回忆家乡的风土人情，描写自己孩提时代的所见所闻，如《牛女》《酒令》《癫六伯》《菊林》《五爹爹》《王囡囡》《四轩柱》《小学同级生》等，有记述在杭州浙江省立第一师范学校读书时所发生的事件，如《砒素惨案》《三大学生惨案》《陶刘惨案》等，也有揭露旧社会丑陋阴暗面的文章，如《算命》《旧上海》《歪鲈婆阿三》等。这些随笔依然保持他一贯的艺术风格，平易、自然、朴实、隽永，虽属怀乡忆旧之作，但笔调潇洒，语言富有情趣，风格醇正淡雅，如叙家常，娓娓动人。尤其是《暂时脱离尘世》一文，颇能发人深省。这篇随笔为我们理解丰子恺创作《往事琐忆》提供了线索。它表明正直、率真的丰子恺在严酷的现实面前,即使不能写直接反映现实的作品,也绝不会迎合那种虚情假意的恶劣文风,更不会违心听任"四人帮"及其爪牙的摆布。正像徐开垒所说:"我有幸读了这些遗作,非常钦佩子恺先生能在这样严峻考验下,坚持文学创作,特别是依然能保持洒脱、朴素、幽默的文风,写出了富有生活气息和地方色彩的随笔,不拘一格地怀乡怀人。值得大书特书的是这些随笔小品,都发自肺腑,写在1972年(有误,系1971年——引者)这样一个帮风帮气遮天遍地的生活环境里,文章竟毫不受它的影响,心平气和,叙事议人,既像亲人谈话,又似长者叮咛。""由此,我愈益感到随笔是外衣,而诚实却是灵魂。子恺先生的随笔写得好,使人感到,因为他所叙的事是实在的,所发的议论是诚恳的。而当时他所处的环境却十分险恶,当时所流行的却是与随笔这一形式完全对立的东西:大批判文章。好的随笔要求的是实事求是,与人为善,娓娓道来,叫人心服;后者则阴险残忍,动辄引咎,张牙舞爪,以势压人。"确实,在"文化大革命"十年充斥"大批判文章"的话语霸权环境里,丰子恺的随笔以冷峻深刻的思想和超脱的情趣观察事物,文章短小,感情深沉,笔调亲切生动,在从容中见功力,于细微处显幽趣。它以清新的风格,睥视当时主流权力话语的八股陈词滥调,尤为难能可贵。

恽逸群在新中国成立后曾任《解放日报》总编辑、华东新闻出版局局长等职,1951年在"三反"运动中,因将报社存款借给友人开采小煤矿事,被责令停职检讨,并于1952年3月被开除党籍。1955年受"潘汉年杨帆事件"牵连,蒙上莫须有的叛徒、汉奸罪名,被捕入狱。狱中十年,独囚一室,与世隔绝。1965年底出狱后,被贬谪到江苏阜宁县中学图书馆管理图书。不久,又逢"文化大革命",被关进"牛棚",惨遭迫害。他在1973年7月8日写给胡愈之的信中说:"弟之遭遇,非楮墨所能宣。但既未抑郁萎顿而毕命,亦未神经错乱而发狂。平生以'不以物移,不为己忧'自律,经此二十年检验,幸未蹈虚愿。"即使身处逆境,恽逸群仍然"位卑未敢忘忧国"。他在1973年写给周恩来的信中表示:"文化大革命中怪论层出,忧心如捣,强自抑制,自念既被剥夺发言权,也就没有发言的责任,以中国之大,何待于'罪人'之喋喋不休,终不能忍。……逸群被逐出党已逾廿一年,戴上'反革命'帽子已逾十八年,理合谨小慎微,依违从众,唯唯否否,以终余年,庶几邀人怜悯,复为庶民,但平生既耻为乡愿,不惯于趋向潮流,荣辱祸福,久置度外,心所谓危,不敢不言,苟于党于民有毫发之益,则摩顶放踵,亦所不吝。"

正是出于"心所谓危,不敢不言"的凛然正气,恽逸群于1973年写下了《平凡的道理——略谈个人崇拜》和《论新八股》。在前一篇杂文里,他对当时泛滥一时的个人崇拜现象产生的根源及其在社会上造成的严重恶果,进行了鞭辟入里的分析,揭露了"造神运动"的本质在于:"蓄意篡夺权力的奸人,就千方百计地提倡个人崇拜,把最高领导人宣扬为几乎全知全能的超人,大树特树其绝对权威。一方面用无数面凸镜包围最高领导人,让他终日陶醉于欣赏自己的高大形象,逐渐脱离群众;一方面就利用最高领导人的信任,以封住群众(从人民到领导机构的成员)的嘴(因为'一句抵万句',非权威的人说上一大船管什么用)。领袖成了偶像,群众成了崇拜偶像的愚民,天下大事就不难任凭他为所欲为了。"在后一篇杂文中,恽逸群针对"四人帮"及其北门学士之流的"帮八股",指出这种断章取义、任意歪曲革命导师言论的"新八股"比老八股的危害性要大得多,因此,他呼吁:"现在对八股化文风来一次彻底革命,应该是到时候了。"

恽逸群在1971年10月12日写给妻子刘寒枫的信中说:"我对于自己认为不妥的事,不论对方的地位多高,权力多大,我都要说明我的看法和意见。""过去我曾说过:'我是在八卦炉中炼过的'。这句话是两个意义,一、不怕腐蚀;二、炼出了火眼金睛,能看出妖魔鬼怪,虽然不是一眼就能看穿,但要长期瞒过我是困难的。我看人看问题并不尖刻,对非本质的事很马虎,对本质的东西一旦抓住就不放,就是要揭它的皮。"正是在"八卦炉中"炼出了"火眼金睛",所以,恽逸群才能目光如炬,才在"万马齐喑"的沉闷空气中发出隐隐的雷鸣。曾彦修称他是"中国知识分子中真正的精英人物",牧惠说他是"中国的脊梁"。在"文化大革命"的漫漫长夜中,正是有了恽逸群这类"精神界之战士"的出现,才给当代杂文的再一次复兴带来了希望的曙光,毕竟"石在,火种是不会绝的"!

（五）

"忽如一夜春风来，千树万树梨花开。"有着灿烂悠久传统的散文创作，度过了十年"北风卷地白草折"的漫漫岁月，在新时期砸碎了长期禁锢着人民的精神枷锁，冲开了久被封闭压制的情感闸门，呈现出冬眠后的复苏的勃勃生机。1981年，全国散文创作会议在北京举行，这是新中国成立后第一次有关散文创作的盛会。同年，《文艺报》从第三期开始，开辟了《我与散文》专栏，先后发表了碧野、黄秋耘、柯蓝、李若冰等人的文章。1982年，《文艺报》又以"繁荣和发展散文创作"为总题，专门发表了冰心、叶圣陶、臧克家、冯牧、李健吾、季羡林、吴伯箫、叶至诚等人的专论。与此同时，1980年第1期的《文艺报》开辟《杂感》专栏，为了办好这个专栏，促进杂文创作，《文艺报》编辑部邀请廖沫沙、王子野、陶白、曾彦修、胡思升、姜德明、冯亦代、叶至善和王春元等人举行座谈，并在该刊第三期发表了他们的发言摘要。1981年4月，《南方日报·南粤》邀请广州部分杂文家秦牧、苏烈、岑桑、柳嘉、杨群等人，就如何提高杂文的质量、发挥杂文的功能等问题举行座谈，4月22日《南方日报》文艺评论版刊登了部分作者的发言。1982年1月18日和11月22日，《新观察》杂志两度召开座谈会，就发展和繁荣杂文创作等问题，夏衍、廖沫沙、唐弢、宋振庭、谢云、蓝翎、袁鹰等人发表了各自的见解，1982年第4期、第24期和1983年第1期的《新观察》刊登了这两次座谈会的发言摘要。可以说，有关散文和杂文中兴与繁荣的号角，已经吹响了。

1979年6月，《随笔》在广州创刊。1980年1月，《散文》在天津创办。一南一北，各有侧重。《随笔》以有文学色彩的随笔、杂文、文史小品、读书札记擅胜；《散文》则以抒情、叙事、记游的作品为正宗。两本刊物都以自己的优势和特色拥有不同风格的作者，吸引不同层次的读者群。散文创作在文学领域破天荒地开辟了属于自己专门的发表园地，被认为在"当代散文发展史上，不能不说是一种创举"。此后相继创办的专门性散文刊物有《散文选刊》《散文世界》《青年散文家》《散文百家》《当代散文》《中华散文》《美文》《散文海外版》《散文天地》等，另外还有不定期散文丛刊《万叶》

《榕树》《中外散文选萃》《散文与人》《读书之旅》等，而且许多文学刊物也每年定期或不定期推出"散文专号"和"散文专辑"。与此同时，1984年10月2日，我国历史上第一家专门刊登杂文的报纸《杂文报》在河北石家庄创办。臧克家说："《杂文报》为杂文开路，打响了第一炮，响应之声，不绝于耳，足征时代需要，读者欢迎。杂文，这个文学品种，在众人眼目中，附庸蔚然成了大国了。"1985年1月，中国历史上第一家杂文理论刊物《杂文界》也在石家庄创办。此后陆续面世的杂文报刊有《杂文家》（后改名为《杂文选刊》）、《杂文》（后改名为《语丝》）、《江苏杂文界》、《当代杂文》、《杂文与生活》等，《河北日报》《北京日报》《福建日报》等报纸也相继开辟"杂文专版"。可以说，散文和杂文的园地已不再荒疏，而呈现出春日里欣欣向荣的中兴景象。

在新时期的文艺复兴中，开始形成一支庞大的散文创作队伍，它的成员遍及社会生活的各个领域，在所有文学门类中堪称第一。老一辈作家冰心、巴金、施蛰存、季羡林、萧乾、张中行、金克木、孙犁、杨绛、黄秋耘、陈白尘、柯灵、黄裳、贾植芳、谷林、郭风等，组成了散文创作的第一梯队。他们把自己的经验阅历、所遭遇的世道沧桑、人情世故，升华为一种人生哲理，在散文中灵活地表现出来，这是参透了人生艺术的大手笔才能达到的境界。他们全然给人一种饱经沧桑、阅尽人生又深得其中三昧的智者形象，正如李辉所指出的："一些早已步入耄耋之年的老人，其思想、其笔锋却永远带着青春的活力。像冰心、巴金、萧乾、柯灵等，他们表现出来的对现实生活的关注，他们表现出来的对历史和现实的思考，其敏感和深刻，在许多方面绝对超出于很多年轻人。阅历的丰富，人生的坎坷，自然是其中的原因，但更重要的在于他们是智者。"

"老年散文"这一道独特的文坛风景线，不仅体现了作者年龄上的特性，而且展示了作家阅尽世态沧桑的睿智与通达，显示了他们渊博的学识和人格的魅力。冰心早年以纯真的童心讴歌母爱，拨动了亿万小读者的心弦，并以她清新隽丽、流畅宛转的散文风格形成了当时广为流行的"冰心体"。到了晚年，冰心的散文于清新柔美中增添了一股刚健方正之气，她的议政论文之作《唯有读书低》《无士则如何》《我请求》等,锋芒凌厉,切中时弊。巴金曾写信告诉冰心说:"近九十岁的人了,您还写出叫人感到'烫手'的文章,使人尝到'辣味'的作品""您的笔还是那么锋利,您还在关心我们国家、民族的前途""您是中国知识分子的良心""我本来就想搁笔,但是看见您那些在暗夜里闪光的文章,我不敢躺倒,不敢沉默,又拿起笔来"。巴金自己也被称作是当代中国良知的代表,他在《随想录》《再思录》里以真诚、质朴、洗练的文字抒写了自我在历史沧桑中极其丰富、复杂、深刻的心路历程和感情世界,表现了他的迷惘和探索、愚昧和觉醒、悔恨和痛苦、悲哀和欢乐、失望和希望。《随想录》浸透了一位文化老人对历史、时代、民族和国家沉重的责任感,喊出了中国正直知识分子探索真理的心声,展现出可昭日月的人格光辉。《随想录》标志着当代文学彻底告别夸饰的时代,进入了一个真诚的、敢于说真话的时代。因此,这一部"力透纸背,情透纸背,热透纸背"的"说真话的大书",被誉为"继鲁迅之后,我国现代散文史上的又一座高峰""这部巨著在现代文学史上,可与鲁迅先生晚年的杂文相并比"。孙犁1956年以后"十年荒于疾病,十年废于遭逢",新时期以来他潜心著文,出版了《晚华集》《秀露集》《澹定集》《尺泽集》《远道集》《老荒集》《陋巷集》《无为集》《如云集》《耕堂读书录》等。他认为散文是一种"老年人的文体",适合于抒写自己一生的思想和情感的积淀。他晚年"闭门谢客,面壁南窗,展吐余丝,织补过往",是因为他视散文创作为"最大的最有效的消遣""常常在感到寂寞、痛苦、空虚的时刻进行创作",在创作中,他倾吐了心中的郁结,倾注了真诚的感情,说出了真心的话语。孙犁晚年的散文貌似超脱,而实怀忧患,文字冷静,而内含苦涩。如果说他早年的散文曾散发出荷花般清纯的芳香,那么晚年孙犁的散文,则呈现出一种萧萧落木的苍郁清疏的意味。

此外,杨绛的《干校六记》、陈白尘的《云梦断忆》和《对人世的告别》、季羡林的《牛棚杂忆》、黄秋耘的《丁香花下》和《往事并不如烟》、张中行的《负暄琐话》《负暄续话》《负暄三话》和《流年碎影》、萧乾的《北京城杂忆》、贾植芳的《狱里狱外》、黄裳的《过去的足迹》和《珠还记幸》、韦君宜的《思痛录》，等等，都以对人生的回忆、总结与反思见长，或以平静的文字抒写人世忧患，或寄严酷生活于幽默之笔墨，或是曲尽缠绵的描写与感伤，或有深刻的见解和独特的辛辣味。郭风在他的《晴窗小札·序》中认为，这种当代散文中新的文学景象——"老年散文"，带有老作家社会实践和人生经历之深刻的烙印："大体言之，这便是对于时代和历史的沉思；这便是作品中出现的忧虑情绪以及感奋精神，对于时局、世情、世态的特有的关注；这便是诤言以及告诫；这便是作品中出现人世阅历的丰富和具有历史见证的性质；这便是真实以及对于这个时代特有的思辨力量，等等。"楼肇明也认为，这些老作家坚持文化品味和人文精神，反庸俗，反小市民气，反商业习气，反卑劣人格，他们的散文创作成为抗拒文化学术滑坡、抗拒知识分子学识单维度化与人格矮化的一道有力屏障，"他们取得的不仅仅是散文发展一个阶段的成绩，他们最好的作品将作为20世纪中国散文史上最主要成果的一部分而留传后世"。

第二代的散文作者许多来自其他领域，如诗人、小说家、学者等，他们给新时期散文多元格局增添了一股厚实坚固的力量，而且，"随同他们一起涌入散文世界的小说家的细节、诗人的激情、学者的思考和评论家的辨析，极大地扩展和丰富了散文的内涵和表现力"。

新时期文坛上，邵燕祥、刘征、公刘、流沙河、吕剑、李汝伦等曾经颇具影响的诗人，纷纷改行写起了杂文随笔，而且一改惊人，"再说他们是诗人已不恰当，而确实是全国公认的杂文家了"。他们以杂文延续自己的文学创作生涯，从诗的王国走向杂文的世界。邵燕祥等人由写诗而转入杂文创作，既是诗人自觉追求的结果，也是时代的要求使然。邵燕祥就说过："我多年来主要是兴之所至，写些抒情小诗。近来，特别是从1984年初至今，转而多写杂文——'予岂好辩哉？予不得已也'——一方面是由于时代的需要、社会的需要，一方面也是找到了一个能对社会生活及时作出反应，能把我和群众的一些思考、情绪、意向直接加以表达的形式。"正是由于中国知识分子固有的自觉的忧患意识以及强烈的历史使命感和社会责任感，促使邵燕祥等一批诗人选择了杂文这种形式，直面现实人生，充分发挥了杂文的批判战斗作用。牧惠曾把邵燕祥的杂文比作是"政治抒情诗",其实这些诗人所写的许多篇章都可以视为"杂文的诗"或"诗的杂文"。在这些杂文中,依然充溢着诗人的激情和理性,爱与憎,呐喊与沉思。邵燕祥等人凭借诗人的敏感,用杂文这一文体,表现了深刻的社会批判精神,因此,他们的杂文不仅独具一格,而且是新时期杂文界不可或缺的重要组成部分。

不少80年代初期享誉文坛的小说家,如汪曾祺、林斤澜、王蒙、蒋子龙、李国文、冯骥才、刘心武等人,面对转型期社会光怪陆离的人生百态,散文随笔成了他们触动时代神经末梢最便捷的文学形式。汪曾祺在他的散文集《蒲桥集》的"再版后记"中指出,读者对散文感兴趣有很深刻的社会原因和文学原因。他说:"生活的不安定是一个原因。喧嚣扰攘的生活使大家的心情变得很浮躁,很疲劳,活得很累,他们需要休息,'民亦劳止,迄可小休',需要安慰,需要一点清凉,一点宁静,或者像我以前说过的那样,需要'滋润'。"而写得平淡、自然、家常一点的散文随笔正好可以满足读者这方面的需要。蒋子龙在《随笔 随心 随缘》一文中也谈到为何当今许多小说家热衷于创作散文随笔的缘故。他认为,由于许多小说中的人生显得空泛无力,故事没有吸引力,枝蔓横生,拖沓漫衍,废话连篇,而且作者反映的人生远不如现实生活中暴露的更深刻,更触目惊心,这在一定程度上成全了抒写真实人生的散文随笔的"热"。90年代中期以来,湖南文艺出版社相继推出三辑《小说家散文丛书》,包括林斤澜的《散花记散》、李国文的《说三道四》、刘心武的《你哼的什么歌》、蒋子龙的《珍爱心灵》、梁晓声的《丢失的香柚》、王安忆的《独语》、叶兆言的《录音电话》等15本散文集。"小说家的散文带来的是一种对传统散文思维模式的更新,虽然在以前或者更远时期,散文作者的家族中,就有不少是以写作小说名世的散文好手,比如在'五四'以来的文坛上,许多大手笔就曾留下为数不少的散文精品。不过,作为一个集团群体,小说家们集中地并高产优质地推出大批散文随笔,是这个时代的文学的新气象"。但是,由于一些小说家过于随意,使他们的散文随笔"或者忸怩作态,或者假装闲适,或者冒充博雅,或者以堕落为潇洒,或者以媚俗为直面,或者以不平常心说平常心,或者热中于小悲欢小摆设",

给散文随笔的发展带来了负面影响。

新时期以来，学者写散文随笔的日渐增多，他们不仅给散文创作带来了新的生力军，甚至有人认为："学者随笔是90年代散文地平线上一道亮丽的风景。刘小枫、朱学勤、徐友渔、葛剑雄、葛兆光、雷达、周国平、楼肇明、孙绍振、潘旭澜、吴方、吴亮、李庆西、陆建德、王晓明、陈思和等一代学人，在从事各自的研究之外，推出了一批思想深邃、学识渊博、形式活泼的知性散文。这些对学术、对宇宙、对存在进行诠释和重新诠释的散文，不仅使他们的学术成果从相对狭小的学术圈子走向了社会，让一般读者得以分享，学术话语和学者个体性的心灵絮语的渗透和融汇，冲击和解构了使人们心灵粗糙的教条式社会话语，从而促进了散文的本体回归，使五四一代文化巨人开创的散文传统得以薪火相传，引领中国的散文创作从马鞍型凹槽中走了出来，90年代散文创作的繁荣，从一定的意义上讲，是包括中青年学者为其主力军的学者散文随笔的繁荣。"不仅常有学者散文随笔见诸报刊，而且有大量文集、丛书面世，如太白文艺出版社的"学者自选散文精华"丛书、东方出版中心的"当代中国学者随笔"丛书、中共中央党校出版社的"京华学者随笔"丛书、新华出版社的"学人文库"、四川人民出版社的"当代著名批评家随笔"丛书、辽宁教育出版社的"书趣文丛"、三联书店的"读书文丛"、中央编译出版社的"读译文丛"等。学者散文的盛行，有读者需要的原因，而更重要的则是社会环境的开放宽松和民主风气，为学者提供了自由叙写人生感悟、发议论、抒慷慨、浇块垒的必要条件和可能。因为散文与其他文体不同，作者必须直接面对社会和读者，不可能隐瞒自己。因而如果没有清明政治和思想自由作保障是不可能繁荣和发展的。有人说过："试想，如果还是像左倾思想泛滥时期那样，知识分子头上总是悬着一柄达摩克利斯剑，动辄即可得咎，得咎便被置之死地，谁还有心思去抒写真情，自投罗网？"学者散文让我们看到了20世纪末中国知识分子的所思所感，看到了一代学人艰难不屈的治学人生路。在一片汪洋大海般的"一次性文化消费"的散文随笔的包围中，学者散文被视为"世纪末中国散文成就的代表"。

第三代散文创作群体最明显的一个特色就是女性散文的崛起。新时期以来女性意识的复苏带来女性散文的勃兴,散文家韩小蕙说:"从没有一个年代,能像诺曼底登陆似的,一下子涌现出这么一大群才华横溢的女散文家"。这在当代文学史上是值得大书特书的现象。在27年短暂的几次散文创作热潮中,所有的精神指向统一在政治需要的前提下,一切情感的细微、奇妙、差异都粗糙为集体的共同模式,散文的美学建构成了阐述政治功利的"雕梁画栋"。本来就为数不多的女性散文家,也将仅有的女性声音汇入时代的"颂歌"之中,自我异化了女性的话语状态。张抗抗就指出:"关注自我、关注内心、关注作为一个女人的存在,是女性散文最显著的特色。而它恰恰是新中国成立以来很长一段时间女性散文所缺少的。过去即使是女作家写的散文,也大多强调女人与社会的关系,女人在其中几乎是作为中性人存在的。"叶梦最早扬起女性意识的大旗,她的散文《羞女山》破除了封建意识强加在女性形态上的不洁歧视,为女性个体生命的体验与感悟掘开了生花的一笔,因而被认为是"标志了中国'女性文学'的自觉"。她的《今夜,我是你的新娘》《不能破译的密码》《创造九章》把女性独特而又普遍的"生理—心理"体验第一次搬上了散文的艺术殿堂。唐敏、赵玫则以独特的感受打开了一个奇妙的充溢女性感觉的艺术天地。唐敏自称致力于"写女性苦难的美丽",她的《女孩子的花》以新颖别致的奇思妙想,淋漓尽致地刻画了女性细腻温婉、柔情似水而又略带伤感甚至有些自怨自艾的心理世界。赵玫说:"散文之于我,是有着彻骨的疼痛,是有着诗的灵魂在其中挣扎的一种文体。"她的散文集《以爱心以沉静》大胆地剖露了一个敏感多思、丰富细腻的女性内心世界,文中充满女性天生的多疑、自尊和伤感忧郁。斯妤早期的散文为尽情讴歌"爱"与"美"的"冰心体",1985年她经历了从审美到审丑的转折,她的"荒诞散文"系列正如她自己所欣赏的散文那样,"深深侵入我们的灵魂、触摸我们心灵深处的哀怨、痛苦与孤独,为我们沉闷的存在提供一个爆破口,使激情不致淹灭,想象得以驰骋,精神空间得以扩展"。总之,在男性散文作者对深层历史感的开掘有突破的同时,女性散文家总体上提高了散文的悟性。

在女性散文咄咄逼人的气势中,第三代散文创作群体中也出现了余秋雨、张承志、周涛、史铁生、韩少功、张炜等颇具男性风格的理性散文和鄢烈山、朱铁志、王小波等充满理性批判精神的杂文。他们的散文和杂文充满清醒冷峻的现代理性精神，在物欲横流、世风日下的社会环境里，他们倾心营造精神之塔，挖掘人文之泉。余秋雨的《文化苦旅》和《山居笔记》，凭借山水风物以探求和透视民族文化底蕴、传统文化精神及人生秘谛，反省民族文化和知识分子的人格构成，并进而表现出强大深厚的文化反思、理性批判和现代知识分子人格重构理想的启蒙精神。在习惯从历史文化的视角来探索人生和社会这一点上，周涛与余秋雨有相同之处。周涛也是以一种当代人的思想和宏大的文化精神，对落后贫困、几近原始荒野的新疆和西北大地作深沉的思索，对那狂奔的马、孤独的狼、矫健的山鹰、震撼山河的信天游以及绵延不绝的万里长城，进行独具个性的文化思考。史铁生由于双腿瘫痪而逸出了生活的常轨，但他在病痛的折磨中，开始深入思索人的生存、苦难和困境，关注人的超脱、救赎和彼岸。他说："二十一岁过去，我被朋友们抬着出了医院，这是我走进医院时怎么也没料到的。我没有死，也再不能走，对未来怀着希望怀着恐惧。……但是有一天我认识了神，他有一个更为具体的名字——精神。在科学的迷茫之处，在命运的混沌之点，人唯有乞灵于自己的精神。不管我们信仰什么，都是我们自己的精神的描述和引导。"他的《我与地坛》《好运设计》《随笔十三》等，探索人生，拷问灵魂，为散文开创了一片精神的新天地。韩少功说张承志和史铁生都"献身于一场精神圣战"，虽然他们有很多的不同，如史铁生没有张承志那种"民族史的大背景，而是以个体的生命力为路标，孤军深入，默默探测全人类永恒的纯静和辉煌"，但是，他们的意义"在于反抗精神叛卖的黑暗"，并且达到了"在最尖端的话题上与古今优秀的人们展开了对话"。其实，韩少功自己也是这样一种献身于"精神圣战"的战士。他的《夜行者梦语》一文，以近7000字的篇幅，为我们描绘出一幅现代人的生存图画：在物欲的极大膨胀与精神文化的空前苍白面前，人类到底应该怎样面对世界？作者提醒人们思考：人类精神的支点到底在哪里？韩少功着力在这个浮华躁动的时代，构建一种高尚的人文精神。张炜认为作家是一个"精神之路上的探求者、思索者"，是"点燃精神之火的、有信仰的人"。他在散文《融入野地》中曾询问：一个知识分子的精神源自何方？他认为知识分子那种悲天的情怀应该"来自大自然，来自一个广漠的世界"。鄢烈山的杂文有一种深沉的忧患意识和可贵的批判精神，而且他喜欢把中国历史与中国现实相对照，并在历史的评述中蕴含着对现实的评价，如《毁誉何人判真伪——西湖之畔的随想》《研究太监是一门学问》《哪朝哪代〈纤夫的爱〉》等杂文，都有振聋发聩之声，发人深省之见。朱铁志是学哲学出身的，他的杂文创作努力追求一种形而上的哲学境界，并通过严谨的推理和睿智的思索，使人见出理性之美。他在《智慧的喜悦》一文中指出，歌星的鼓噪虽能帮助宣泄一时，却不能抚慰心灵于一世；酒色财气虽可填满虚妄的生活，却不能使人在命运的无定中坦然地微笑；"唯有哲学，才是思想的主人、灵魂的归宿"；他认为没有什么能比以追求真理为使命的哲学更使人获得"理智之乐"，更使人感到幸福愉悦。作为一名自觉而坚定地与主流话语圈、流行话语圈保持距离的自由主义知识分子，王小波在杂文中积极弘扬科学、理性、独立、自由、宽容的理念，坚决反对愚昧、专制、教条、虚伪、奴气等恶习。他认为，"在现代，知识分子最大的罪恶是建造关押自己的思想监狱"，因此，他提醒人们警惕姚文元之类的"思想流氓"进行"思想的大屠杀"，"灭绝思想的丰饶"。作为一个"关怀整个社会、人类"的知识分子，王小波的杂文充分体现了一个知识分子"独立之精神，自由之思想"，从中可以看出一个思想者的深度和锋芒，也可看到一个优秀杂文家的敏锐和犀利。

在第三代散文创作群体中，值得注意的散文家还有贾平凹。周涛曾谈到，他与贾平凹两人的散文"各有风格，难分高下；天差地别，互为补充"，"他细腻，我粗犷；他灵秀，我雄浑；他隐，我显；他含蓄，我直露；他长河落日圆，我大漠孤烟直；他更多的是以情动人、以人感人，我大多则以势压人、得理不让人；他文如细雨润物、潜入人心，我文则似山洪暴发、浑流四溢；他是一种青山秀水的风致，我是风吹草低的野韵"。确实，早期贾平凹的散文《一棵小桃树》《月迹》《丑石》等，重视诗意的酝酿和意境的创造，语言纤巧漂亮，具有一种阴柔的风格。但是，他很快就意识到纤细柔弱文风的局限性。他在1984年8月15日的《关于散文的日记》中写道："认认真真读了几本新到的杂志上的散文。看来，作家都厌烦了那些华丽的声嘶力竭的空喊之文。但我却隐隐有些忧虑，现在有趋于甜媚的倾向。若以此发展，又如何不是一种末路呢？甜而无力，媚而无骨，皆宫中妇人、室内柔花之形象。有味或许有味，却全步入牛角，导致于小家子之气。"而他此时创作的《秦腔》《关中论》《商州初录》《商州又录》《商州再录》等描绘西北风情的散文，大有"汉唐之气"，风而有骨，雄浑厚重，令人称绝。进入90年代，贾平凹更是"鼓呼大散文的概念，鼓呼扫除浮艳之风，鼓呼弃除陈言旧套，鼓呼散文的现实感、史诗感、真情感，鼓呼真正的散文大家，鼓呼真正属于我们身处的这个时代的散文"，他创办《美文》杂志，呼唤大境界和大气的散文，"大开散文的门户，任何作家，老作家、中年作家、青年作家，专业作家、业余作家、未来作家，诗人、小说家、批评家、理论家，以及并未列入过作家队伍，但文章写得很好的科学家、哲学家、学者、艺术家，等等，只要是好的文章，我们都提供版面"。

　　第四代散文创作群体也就是"新生代"散文家。"新生代"一般泛指"知青族"一代人之后的新一代，他们大致生在60年代，成长于1976年以后的"经济时代"，他们是"信仰危机"的产儿。因此，他们"就是一部'无主题变奏'……差异性和变易性正是这一代人的基本特征"。他们是"精神上的流浪儿"，这一切使他们与上述张承志、史铁生、韩少功等知青一代作家区别开来。新生代散文家绝大多数都是从学院散文起步的，80年代中期曹明华《一个女大学生的手记》的风行一时，预示着新生代散文的崛起。曹明华的意义在于：她的散文以个体情绪性的强化和发散式思维方式，导致了散文结构的随意自如的开放性，"标志着当代散文传统的深刻断裂，使素来为我们所认可并推崇的杨刘秦模式显示自身隐伏的缺憾"。在曹明华之后，涌现出一大批新生代散文作者，如苇岸、老愚、胡晓梦、元元、冯秋子、杜丽、钟鸣、张锐锋、庞培、鲍尔吉·原野、曹晓冬、尹慧、潘向黎、程黧梅、安民、王开林等。1991年6月，北方文艺出版社推出《上升——当代中国大陆新生代散文选》，是第一次对这一青春方阵的隆重托举。新生代散文作者树立了自己的美学原则："散文是活的生命的语言形式，它是人类精神漫游的无限可能性的最个性化的显示,本真、本色、本性是艺术的最高境界,生命在无限开放的形式里获得自己永恒的魅力。思想不再是区别作品层次的绝对尺度,作家与作家之间依赖各不相同的语感区别自然划开。"1993年10月,北京师范大学出版社出版《九千只火鸟——新生代散文》;1995年12月,中国对外翻译出版公司出版《蔚蓝色天空的黄金——当代中国60年代出生代表性作家展示·散文卷》。至此,"'上升''火鸟''天空'这样的关键词已明明白白地宣示了一代年轻的散文作家不可遏止的超越激情。如果说他们'共有'的东西是'青春'的话,莫如说是一种超越的自觉"。我们从新生代的散文创作中,明显可以感觉到他们对传统散文模式的超越而表现出自觉的文体探索意识。胡晓梦擅长反讽手法,钟鸣热衷文本解放,张锐锋注重智性写作,苇岸追求陌生化效果……他们从根本上恢复了散文文体的活力,因此,有人预言:"从他们手上,必将出现真正的多元化的散文格局;而且,20世纪以来的中国散文,必将在他们身上结出重要果实"。

三、台港澳地区散文发展概述

(一)

台湾地区当代散文历经20世纪50年代的"战斗散文"、闲适散文,60年代的"现代散文"、批判性散文(杂文)、学者散文,70年代的乡土散文,80年代的都市散文、生态环保散文,直至90年代的旅游散文、专业散文、网络散文,一直呈现"作者多,书目多,读者亦众"的繁荣景象。50年来,按照台湾社会独特的历史演进过程和文学发展状况,当代台湾散文发展脉络约略可以年代为限大而化之地划分为五个阶段。

50年代是台湾散文发展的第一个阶段。当时由于台湾本土作家一时还很难把日文调适成中文,而且绝大多数优秀作家都留在大陆,因此在文坛上"军中作家和妇女作家支撑了相当长的时间"。有着强烈反共意识的"战斗散文"、追忆大陆山川风物和亲朋故旧的乡愁散文、抒写身边家庭琐事和儿女情长的闺秀散文,成了这一时期散文创作的主要倾向。"战斗散文"由于"堕为政策上的附庸",很快时过境迁。

真正能代表台湾50年代散文成就的是女性作家的创作,包括张秀亚、谢冰莹、王文漪、钟梅音、林海音、徐钟珮、张濑菡、艾雯等人,她们在散文创作中对"战斗文学"表现出一种游离和反拨的倾向,从而托起了台湾散文的一片天空。台湾学者彭瑞金指出:"50年代的散文,女作家不但多,产量高,就散文的质地而言,也普遍较优秀,原因极可能是,她们不属于反共文学的正规部队,拥有较多的发展空间。"张秀亚的散文大多以往昔在大陆的经历为题材,用真挚而细腻的笔触,表现忆旧怀乡的胸臆。她常说,怂恿她写作的是故乡那苍茫的原野和壮丽得近乎凄怆的景色。谢冰莹在散文中,用娴熟的笔调,记叙了自己的少年时代、故乡亲人及难以忘怀的往事,流露出淡淡的乡思愁绪。此外,王文漪、钟梅音、林海音、徐钟珮、张漱菡、艾雯等人,大多抒写故乡杂忆、身边琐事和生活情趣,文笔清新,词藻优美,思绪细致,"在枯燥的八股文学时代,却成为一份精神清凉剂",因此说,"女作家的散文……所写虽以琐事为主,都是第一个十年可观的文学成就"。

女散文家不仅崛起于50年代的台湾文坛,而且,半个多世纪以来一直绵延不绝,"巾帼不让须眉"。从琦君、徐钟珮、林海音、张秀亚、罗兰、胡品清,到林文月、张晓风、杏林子、三毛、席慕蓉、季季、喻丽清、洪素丽、廖玉蕙、龙应台、陈幸蕙、方娥真、张曼娟、简媜、钟怡雯……台湾"散文得以繁荣,却大半是女性之功","散文盛行于台湾,而且由许多女作家来撑场面,实在是台湾文坛的一大胜景"。

60年代,伴随着台湾地区的对外开放,大量的外国资本涌入,使台湾的经济结构和意识形态发生了急剧的变化。在强劲的欧风美雨的侵蚀和熏染下,西方现代主义文学思潮开始全面登陆台湾文坛。以现代诗为发端的台湾现代主义文艺运动,由现代派小说的发生发展将其推向高潮,造成60年代台湾文坛现代派文学居主流的局面。现代主义对于散文的影响,相对要微弱一些。这是因为台湾散文的发展接受"五四"散文传统的影响较大,而且主要以报纸副刊为园地的散文创作与读者始终保持十分紧密、贴近的联系,不容作者有过多游离读者之外的奇思异想,所以散文界没能形成一股如现代诗和现代派小说那样强大的潮流。但是,"右手写诗左手写文"的余光中,还是在台湾文坛上第一个喊出了"散文革命"的口号。余光中主张"下五四的半旗""剪掉散文的辫子",发出迈向"现代散文"的宣言。余光中心目中的"现代散文",是指"讲究弹性、密度和质料的一种新散文"。弹性,是指散文对于各种文体各种语气能够兼容并包、融和无间的高度适应能力,是采用各种其他文类的手法及西方句式、古典句式与方言俚语的生动口吻,将其重新熔铸后产生的一种活力;密度,是指散文在一定的篇幅或字数内满足读者对于美感要求的分量;质料,是指作家在遣词用字方面对文字的精心锤炼与选用。

余光中不但从理论上规范了"现代散文"的三要素,而且以自己的散文创作实践了"现代散文"的理论主张。在《鬼雨》《逍遥游》《咦呵西部》《登楼赋》《地图》《伐桂的前夕》《蒲公英的岁月》等充分体现他那感情充沛、汪洋恣肆创作特色的散文代表作里,余光中"把中国的文字压缩、捶扁、拉长、磨利","在变化各殊的句法中,交响成一个大乐队",使他的散文不仅"有声,有色,有光",而且"有木箫的甜味,釜形大铜鼓的骚响,有旋转自如像虹一样的光谱",更有一种"奇幻的光""明灭闪烁于字里行间"。

可以说,余光中的"现代散文"理论与创作实践,是当代汉语散文发展史上一次颇具创新意味的"革命",奠定了台湾新散文的构架。此外,诗人杨牧、叶维廉、洛夫等人也各自从不同侧面丰富和深化了"现代散文"。

在余光中等人发动"散文革命"的同时,柏杨和李敖则以他们充满现实批判和文化批判精神的杂文一扫"反共杂文"的陈套,为台湾当代杂文发展史写下了熠熠生辉的一页。

柏杨从1960年开始在《自立晚报》上撰写《倚梦闲话》专栏,这是他杂文创作之始。1962年,他又在《公论报》上写作《西窗随笔》专栏。柏杨的杂文内容极其广泛,历史、文化、社会、生活,无所不谈。在他犀利的笔锋下,那些强奸民意、"各刮钞票几十年"的"阔(国)大代表"和"立发(法)委员",一抓权、二抓钱的特权人物,只为有钱有势的人服务、对穷苦老百姓则消极地不理和积极地修理的警察,丧失民族自尊心、一味媚外的"官崽"和"西崽"等可憎可鄙的对象,以及堕落的社会道德、落伍的政治观念、萎缩的学术文化和势利眼、奴性心理、权诈、诏谀、泥古、保守、作伪等国民劣根性,都受到有力的讽刺和无情的攻击。由于柏杨在杂文中敢于针砭时弊,揭露官场黑暗,痛斥传统文化中的病态部分,使他为当局所忌恨。1968年3月7日,台湾"司法行政部调查局"借口"大力水手漫画"事件,以"挑拨人民与政府间感情"、"共谍"和"侮辱元首"罪,判处柏杨有期徒刑12年。经海内外人士和国际特赦组织多方营救,柏杨才于1977年4月1日被释放。

"愤怒青年"李敖也崛起于60年代初期,他和《文星》杂志发动了一场中西文化论战。李敖在《文星》上发表《给谈中西文化的人看病》《我要继续给人看看病》《中国思想趋向的一个答案》等文章,以"全盘西化"的观点对中国传统文化的消极面进行了猛烈的抨击,他在列举三百年来中西文化冲突的历史事实后,集中批评了中国文化的保守性和狭隘性导致了中国人落后的群体性集体意识。李敖在抨击传统文化弊端的同时,借古喻今,指斥国民党政治上的保守性,他从否定传统继而发展到否定"道统",隐隐发出"换马"的呼声。显然,李敖的这些言论已触及国民党统治的敏感部分。1965年12月,李敖在《文星》发表《我们对国法党限的严正表示》后,台湾当局终于下令停办了《文星》杂志。1967年,李敖以"妨害公务"罪名被提起公诉。1971年3月19日,李敖被捕入狱。1972年以"叛乱"罪被判刑10年。1976年11月李敖刑满出狱。

柏杨和李敖开始写作杂文的时代,正是台湾处于军事戒严的特殊岁月。"(台湾)当代散文在这个过程中受害尤其严重,柏杨、李敖的批判性散文(杂文)曾经具有足够的呼唤力量,改变散文与大时代隔绝的机会,但是他们抨击时政、与鲁迅一样尖锐的呐喊不仅被意识形态国家机器所抑压,同样也被当时的文坛权力关系所排斥;尤有甚者,他们后来先后以文字书写贾祸、锒铛入狱,更是形成散文圈作者心头的重压,从而只能以身边琐事、性灵、小我情感作为书写题材。久而久之,抒情小品在错误的时代中,也扭曲形貌,成为散文书写的中心,而可能借古讽今的历史散文、可能启发思想的批判散文、可能抵触三民主义的哲学散文,都因而绝尘"。直到80年代中期龙应台以《野火集》杂文专栏,在台湾岛刮起强劲的"龙卷风",才使人想到"自柏杨、李敖以还,社会批评的风久不吹了,逆耳忠言的调久不弹了。宜乎龙应台登高一呼,即群山回响,万壑呼应"。龙应台自称《野火集》是一个不戴面具不裹糖衣的社会批评,她深挖中国人传统劣根性的祖坟,抨击台湾社会政治挂帅、政治姑息以及公仆滥用权威的弊端,探讨台湾工业污染的公害和教育制度存在的严重问题。龙应台在《生了梅毒的母亲》一文中说:"我之所以越过我森森的学院门墙,一而再、再而三地写这些'琐事',是因为对我而言,台湾的环境——自然环境、生活环境、道德环境——已经恶劣到了一个生死的关头。我,没有办法继续做一个冷眼旁观的高级知识分子。"于是,她那支越出学院门墙犀利的笔,悍然无畏地揭开了当今台湾社会的种种病象,她的杂文也因此成为80年代台湾"最有分量的批评之声"。

20世纪六七十年代,有一批学界中人在教学、科研之余,也写起散文,知名者有钱歌川、洪炎秋、梁实秋、林语堂、台静农、吴鲁芹、傅孝先、颜元叔、夏元瑜等。余光中认为,学者的散文"包括抒情小品、幽默小品、游记、传记、序文、书评、论文等等,尤以融合情趣、智慧和学问的文章为主。它反映一个有深厚的文化背景的心灵,往往令读者心旷神怡,既羡且敬","这种散文,功力深厚,且为性格、修养和才情的自然流露,完全无法作伪"。

台湾乡土文学在60年代中期以后开始复苏,70年代形成文坛主潮。在乡土文学运动的影响下,许多散文家把关注的目光投向现实大地和社会底层的劳动大众,王鼎钧、司马中原、萧白、张拓芜、许达然、林文义、林双不、萧萧、吴晟、阿盛等都潜心于乡土散文的创作。其中,王鼎钧、司马中原、萧白、张拓芜描写的是大陆故乡的风土民情,而许达然等本省籍散文家,立足台湾的历史和现实,刻绘的是"此时此地"的乡土。

生于鲁南乡村的王鼎钧，长于苏北农庄的司马中原，在诸暨山区牛背上长大的萧白和在皖南小镇油坊中度过童年时光的张拓芜，出生于20年代中期和30年代初期，都在少年时代离家入伍，日本入侵的炮火搅散了他们童年的梦幻，使他们过早地体验了人生的坎坷和世事的沧桑。人到中年，他们回首往事，不禁百感交集，思绪万千。王鼎钧说："大家初来台湾的时候思乡说愁甚为盛行，十几年后（指70年代初——引者），乡愁有渐成禁忌之势，我这个后知后觉还拿它大做文章。"又说："我写乡愁比人家晚，如果乡愁是酒，在别人杯中早已一饮而尽，在我瓮中尚是陈年窖藏。""乡愁是美学，不是经济学。思乡不需要奖赏，也用不着和别人竞赛。"

许达然、林文义、林双不、萧萧、吴晟、阿盛等省籍散文家的出现，更是具有特殊的意义。这不仅标志着省籍散文家从此开始在台湾散文界扮演重要角色，而且他们把笔伸入社会现实底层，表现普通人的生活，使台湾散文题材内容单一的格局得到一定的改观。在他们笔下，萦绕着泥土的回忆。

80年代，台湾散文发展进入一个新的历史时期。一方面，台湾散文家的创作视野更为扩大，散文体式也日趋多元化，都市散文、山林散文、环保散文的出现，给人耳目一新的感觉。另一方面，由于大众文化的流行，带来文学消费现象的出现，导致散文的严重异化，大量"短小轻薄"的作品充斥市场，对散文创作形成巨大的冲击和破坏。

对于大部分购买文学书籍（包括散文集）或浏览报纸杂志的读者来说，文学只是用来休闲的消费品，他们希望花少许时间、力气与精神就可以读完一份作品。据台湾学者郑明娳介绍，在媒体和出版社的导引下，80年代台湾散文逐渐形成了迎合读者口味的四大特点：第一，字数要少。读者没有时间对散文细嚼慢咽，所以希望作家提供简食快餐，结果导致各种札记体、笔记体、警句体、短书体的散文集大量出炉，报纸副刊也竞相刊登短文。第二，文意要浅。读者把文学当成休闲之用，所以文章的含意越明白浅露越好。它甚至也影响到散文的题目和书名，80年代初期的散文集《花之随笔》《紫色小札》《有情岁月》等，书名与内容一样典雅可观；可是到了80年代末期，读者似乎更偏爱像《我曾经那样仓皇失措的想着你》（小野著）、《婚姻最近缺货》（温小平著）、《永不止息的爱》（凝川著）等开口见喉的书名。第三，影像要多。文学书籍的影像造型偏重文字的美感排列和大量精心设计的插图，甚至刻意把作者的照片美化加工后，插入正文，结果书中文字大量缩水，正文反而沦为整本图书包装设计的配角。第四，内容要熟悉。读者看书，不但要求能"速食"，而且要"速饱"，那些泛淡爱情人生的情趣及哲理小品最受欢迎。于是，80年代台湾文坛的消费环境导致一种讨喜的散文模式的诞生："短短的篇章、甜甜的语言、浅浅的哲学、淡淡的哀愁和帅帅的作者"。而且一部分散文作者在社会环境的影响下，很少潜心追求与探索散文艺术，反而成了"消费性作者"，一旦成名，便大量复制同样题材的作品。如林清玄自1979年获《中国时报》文学奖散文优等奖崛起后，在80年代出版了二十余本散文集，每本字数不多，且有不少重复。因此，散文作者也面临严峻的挑战：尚未成名之前，如果不跟着潮流走，几乎出不了头；一旦出了名，又如演员般被定型，苦于不得脱身。这些都严重影响和制约了台湾散文的发展。

80年代，台湾社会都市化程度更为提高，正经历着从工业文明向后工业文明的过渡。随着都市化的快速进程，描写都市生活题材，表现崭新"都市精神"的作品，逐渐取代了乡村题材作品而成为文坛主流。标举"都市文学"旗号的林燿德认为，"都市文学"并非局限于与"乡村"对立的地域界限内的文学题材，也不只侧重于描绘外在的都市景观，而是"主要表现人类在'广义的都市'下的生活情态，表现现代人文明化、都市化以后的思考方式和行为模式；它的多元性、复杂性、多变性"。正是在这种背景下，林燿德、林彧、杜十三、简媜、张启疆、周志文等人创作的都市散文开始崛起，郑明娳称它是散文界"一支突起的异军""在中国散文史上却有革命性的意义"。

20世纪80年代由于台湾工业的畸形发展，环境污染、自然生态受破坏日益严重，已经到了威胁人类生存的地步。针对这一现状，具有十分强烈的现实批判性的环保文学形成一股强大的潮流，构成80年代台湾文坛的一大特殊景观。它几乎囊括了所有文体，而散文在其中扮演了相当重要的角色，主要作家有刘克襄、陈煌、洪素丽、杨宪宏等。刘克襄十数年如一日地历遍台湾的山山水水，从事鸟类的观察、摄影和报道，著有《随鸟走天涯》《台湾旧路踏查记》等。他表示，通过这种耐心的等待和观察，人类不只是增长了鸟类知识，而且培养出崭新思路，认识到自己在自然界中所扮演的角色和原本具有的原始性，从而"重新获得对其它事物的亲切与关爱"，并且从鸟类数量锐减、栖息环境恶化等现象中，感受到生态环境遭到破坏的现实，进而认识到人类长远的环境危机。陈煌、洪素丽等人的生态散文也常有类似的主题，甚至采用十分相似的亲炙自然的角度和方式。如陈煌《人鸟之间·冬春篇》即为作者独自潜入"野鸟新乐园"观察鸟类生活情景及搜索生态破坏事实的记录和感怀。与生态环保散文相类似的，有以陈冠学、孟东篱、粟耘、陈列等人为代表的山林散文，他们以隐逸的心态面对大自然，侧重于人与大自然关系的和谐。他们的作品对于忙碌的现代都市人来说，不啻是心灵的一帖清凉剂。

　　进入90年代，台湾散文不仅在主题、技巧上有新的突破，而且在书写模式方面也有新的跨越，呈现出开放的文学观念和崭新的审美视角，为21世纪汉语散文的发展作了有益的尝试和可贵的探索。首先，在题材的选择上，台湾散文家不再像以往那样单从自己丰富的生活经验下笔，而是逐步走向专业化、深度化、系统化。90年代台湾散文令人瞩目的新类型有旅游散文、专业散文、族群散文等。其次，迈入后工业社会之后的90年代，台湾各种影像模拟媒体和多媒体传播体系加速发展，一方面威胁着传统文学的生存，另一方面却也为文学注入了新的血液，拓展了更多重的书写空间，电脑网络散文的出现便是一个例子。

　　旅游散文当然是由来已久，不过，大量以旅行见闻为题材的作品涌现于报端、出版物，却是80年代后期的事。1979年，台湾才开放出境观光，在此之前能够外出"看世界"的人，只局限于少数留学生、外交人员和异国婚姻者。从70年代中期开始，三毛有关异域的散文作品《撒哈拉的故事》《雨季不再来》《哭泣的骆驼》《万水千山走遍》等，让许多渴望了解异国文化的台湾地区读者大饱眼福。1979年开放出境旅游，1987年开放大陆探亲，使台湾居民外出旅行之风大盛。据统计，90年代，台湾每年有500万人次出外旅游，平均每四个人中就有一位到过外国。在旅行宛如"全民运动"的90年代，旅行经验的普遍使得旅游文学的创作者日增，报刊媒体也开辟大量有关旅游的版面，如《中时晚报》时代副刊的《风景明信片》专栏，《明道文艺》的《游记行脚》专栏，《幼狮文艺》的《双人记》专栏，《联合文学》的《旅游文学》专栏等。同时，旅游散文较过去的游记也有"质的沉潜"。传统游记结构固定为描写游览时的天气、名胜、掌故及少许旅游者的心情，而旅游散文则摆脱走马观花式的旅程叙述，充满着旅游者更深刻的文化体会。正如作家杨泽所说："它不单是作者在文明边缘流浪的所得所闻，也是一种努力追求和异地、异文化对话的文体。"

专业散文如运动散文、音乐散文、海洋散文等的出现，不仅开拓了新的题材和类型，使散文的天地较以往更为辽阔，也使未来散文的发展充满更多的可能性。

和过去一些提到运动的作品不同，运动散文完全以运动为主题，而且作者也是个中行家，精确地评判，专业的分析，加上原本流畅的文笔，使运动散文逐渐风行。萧萧在编选《八十二年散文选》时，第七卷就以"运动散文"为名，收入四篇文章：亮轩谈国际马拉松比赛、刘大任谈美国网球公开赛、廖鸿基谈海钓、刘克襄谈职业棒球联赛。此外，全书以运动为题材的散文集也开始出现，如刘大任于1995年出版的《强悍而美丽》一书，内分篮球、网球、乒乓球、钓鱼、狩猎、足球几类，描写运动员"强悍而美丽"的求胜斗志和运动生命。张启疆分别于1996年出版的《运动大乌龙》、1997年出版的《六点半男人》，则以趣味的笔法，着重描写风靡台湾全岛的职业棒球联赛的方方面面。

庄裕安、吕正惠等人的音乐散文创作，也日渐受到读者欢迎。庄裕安著有《一只叫浮士德的鱼》《寄居在莫扎特的壁炉》等，写出了聆听世界音乐大师作品时的感受、思绪并加以学术性的分析或知识性的介绍。1994年台湾"吴鲁芹散文奖"授予他时，评委们特别提到他散文创作的特殊人文价值："他作品中用力最多的旅行和音乐题材，虽在过去散文领域中常见，但在庄裕安集中火力经营，以他特有的幽默、诙谐的笔调，加上随时跳动着知识与智慧火花的文字，使人耳目一新。……除了文字风格和题材不落俗套，庄裕安对音乐、旅行……等题材的持续关注和处理,对现代社会也是健康、明朗的启发,值得鼓励。"

海洋散文的代表作家是廖鸿基和雅美族的夏曼·蓝波安。廖鸿基高中毕业后,当过五年渔民,现为台湾寻鲸小组负责人,著有散文集《讨海人》《鲸生鲸世》等。前一本书,作者用人类独特的海洋经验,去展示海洋的"壮阔和危险、晃荡和幻灭";后一本书,作者则在对八种鲸豚作详细的跟踪调查的基础上,用亲切动人的笔调为它们立传。同样以海洋为主题,夏曼·蓝波安所写的《冷海情深》展现的却是另外一种迥然不同的生活画面。蓝波安在都市谋生受挫后,回到兰屿,像他的雅美族祖先一样,学会了潜水射鱼以养家糊口,并且"顽强而尊严地立足于人类原始生产者的坚石上"。因此,何寄澎认为:"这里我们看到两种不同的'台湾人'情调:同样跨越海洋文学和自然写作的质素,由媒体赞助甚至包装,《鲸生鲸世》或许流演成为通俗消费赏鲸文化的时尚读物;谈飞鱼、鬼头刀鱼、浪人鱼参、大龟鱼的《冷海情深》却是养儿女保妻子的生存斗争,那'美好的仗'也许廖鸿基已经'打过了',而蓝波安却正迎向前去"。

当网络成为当代不可或缺的传播新形式后,有别于平面媒体,以其声光效应、迅速、匿名等特质,"制造思路跳接、语意断裂,却又可能机巧横生的新书写"。于是,综合了文字、图形、动画、声音的网络文学诞生了。创刊于1996年11月的《涩柿子的世界》,是台湾著名的实验文学网上杂志,它集合了多种体裁的创作,有长篇章回实验虚拟历史小说、短篇小说、小品、散文、新诗、前卫乐评、画作和虚拟文字游戏等。其中"印象书"是个前卫小品、散文分页,主要内容有关现代文明、新食主义、广告文化、新方言、古今眼、文化随想等,随意、人文气是其最大特色,其中也不失对当下应景文化尖刻的批评。所有文章按风格分别归类在《那个地方》《这个城市》《第三城》《Village》四个栏目中。《涩柿子的世界》的网主是毕业于美国加州伯克利大学的历史学博士曹志涟,他在谈到网络文艺的新方向时认为:"多媒体的语言意味着表达形式的错综质感,意味着错感、通感,意味着语境的多变和复杂,意味着拼贴的美学,时空压缩,象征错置,时空消失,象征在此时此刻开始新象征———一种涩的'文'。"《涩柿子的世界》的缘起即来自他的新文化逆反情绪,针对时下文学界媚俗现象,他提出了反媚俗、反主流、反盲目崇拜欧洲文化、反学院派、反为取悦不知名的"大众"而一定要写得"让谁都懂"的"通俗"主张。为了达到这个目的,他不惜一"涩",这"涩"不是"艰涩""苦涩",也不是"晦涩""青涩",而是"纯涩",即"涩"是"没有苦辣,不可言喻,深不可测,卡着不肯走的够呛,摩擦人的感觉和理解,刺激人不断试探,创新,自我挑战,发展出新抗体"。他认为假设人都有追求好东西和新感觉的潜能,身为信息时代的文字工作者,是有责任提供一些人们现在都不懂、将来都会懂的,或者现在不习惯、将来却会喜欢的新文化内容。对于前卫的网络文学,台湾文坛褒贬不一。欣赏者认为它"活泼生动,兼具声光之美和新奇的创意,常能让人在出乎意料之外还能延伸出极大的想象空间",而且"提供了突破艺术规位限制的阅读经验,开创了新文类的阅读型态"。批评者则指责道:"网络的发达改变了人们的阅读习惯,捧书、眉批的情景少见;电脑并创造出一种无法成为文体的破碎语言,重创中国几千年发展出来的语言文化,也改变了文学,因为文学的单位就是语言、文字,中文品质败落虽然是既有趋势,但电脑加快了它的速度。……我屡次看网络上的文字,总感到不忍卒睹。电脑甚至也改变了创作的过程,每个人都可以公开发表自己的作品,网络是最方便的通路。""图像使用的泛滥也简化了文字,造成广告语言、电报语言和破碎语言的出现。某方面来说这是退化,好比远古时期原始人以图画传播一样。"但不管正反双方意见如何不统一,大家却都一致认为电脑将对文学产生巨大影响。

(二)

散文是香港文学的一个重要文类,也是香港文学中"收获最大的一环"。尤其是香港报刊的专栏杂文,"更是香港文学最大的特色,其盛况为两岸以至四海五洲所无"。五六十年代是香港当代散文的奠基期,这一阶段的香港散文继承中国现代散文的流风余韵,叶灵凤、曹聚仁、徐訏等现代作家薪火承传，为香港散文的发展奠定了坚实的基础。70年代，报刊专栏杂文大量涌现，至今不衰，形成独具特色的"杂文的时代"，"香港杂文数量之多、篇幅之短、内容之百家争鸣，在中国文学史上，可说独一无二"。学者散文的勃兴和女性散文的崛起，是70年代以来香港文坛的另一个重要的文学现象。学者创作的精制篇章，在香港通行的散文中，堪称高华贵重的"另类文章"，在一定程度上提升了香港散文的品质。而在香港庞大的散文创作队伍中，女性作家占有相当大的比重，形成颇具规模的女散文作家群，她们在林林总总、五光十色的香港散文界，构筑起另一片天空。80年代，随着中国大陆的逐步开放和香港居民外出旅游日渐成为时尚，香港游记散文创作蔚为大观，"在数量上，比起杂文集并不见得逊色"，而且取材十分广阔，内容丰富精采。进入90年代，除了报刊专栏杂文一枝独秀外，香港散文的处境"日见窘迫"，"散文出场的机会是愈来愈少了"。

1949年10月1日，中华人民共和国成立，香港社会进入"转型期"，文坛出现了很大的变动。原先留港的大批进步文化人纷纷北上回归大陆，"香港的文学生命几乎因此失去延展所需的条件"；与此同时，另一批文化人"为了追求旧的生活方式进入香港"，这批新来的文化人"日子过得十分艰难，空虚，失落，精神苦闷到极点"。由于"离乡别井与前途未卜的渺茫，经济一时无法解决的困顿"，在这批文化人笔下，"弥漫人生途上不可预知的彷徨"。他们在散文中抒发"有家归不得的悲情"，《中国学生周报》《人人文学》《海澜》《文坛》《星岛日报》《新生晚报》《香港时报》《文学世界》等报刊上，几乎成为"夜""海""梦""落叶""雪""故园故乡""寂寞""无依"题材的园地，散文风格也呈现"柔弱、无奈、空泛的呓语式文风"，影响所及，年轻一辈竟也形影模拟，一时满纸"海""夜"。

徐訏赴港后，相继创办了小品文半月刊《幽默》和《论语》，继承了由林语堂开创的幽默小品文路数，表现了洞察世态人情的达观、幽默、深刻的文化个性，在香港散文界独树一帜。《幽默》于1952年5月15日创刊，徐訏任主编，主要作者有徐訏、曹聚仁、南宫搏、皇甫光、易君左、姚克、李辉英等。《幽默》走的是30年代林语堂《论语》时代的老路线。当年《论语》

有"论语社同人戒条"十条,而《幽默》也有"本刊十则",其最后一则是:"本刊不信鬼,但怕鬼,见鬼则停刊。"30年代,《论语》在上海能畅销一时;但50年代,《幽默》似乎不太为香港读者喜爱,1952年10月1日停刊。《论语》创刊于1957年4月6日,徐訏任主编,主要作者有徐訏、思果、李辉英、朱省斋、易金等,1959年11月6日停刊。

50年代香港报刊上的专栏杂文虽不及后来那么多元多量,但讽世刺时、消闲野趣的杂文怪论却甚为可观,三苏、十三妹、任毕明是其中的代表作家。三苏早在1945年12月就在《新生晚报》上开设《怪论连篇》专栏,首开港式怪论之先河。1952年2月以后,他又相继在《新生晚报》上写作《人间鬼话》《午茶经》《怪文怪论》等专栏。"怪论"是富有香港特色的杂文,它往往在嬉笑噱谑中抨击现实,针砭时弊,很受读者欢迎。从这时的三苏怪论直到80年代的哈公、王亭之怪论,都给人留下了深刻的印象。香港学者小思(卢玮銮)说:"怪论,不容易写得好,有些怪而不论,有些论而不怪,有些怪而无当,有些论而无力,除了因笔力薄弱,最重要的是作者的机智与洞察力不足。三苏先生的连篇怪论,往往谈笑用兵,把问题层层逼出,把人的虚伪剖破。被骂的人脸皮被刺穿,既切齿痛恨但又无可奈何,读者却看得拍案叫绝。"三苏还创造了结合国语句式、白话方言和文言虚词的"三及第文体",港味十足,迷倒港人,读者之多,可与金庸的武侠小说相媲美。香港学者黄继持认为:"若要举出最能代表香港五六十年代的作品,就其内容有一定的广度,笔法有一定的特色,言之也未尝无物,广受读者欢迎,甚且雅俗共赏的,客观上不能不推高雄(即三苏——引者)与金庸的作品。"十三妹,原名方式文,她从1958年开始,先后在《新生晚报》上开设了《冬日随想录》《迎福挥春集》《我爱夏日长》《十三妹漫谈》《十三妹随笔》等杂文专栏,从古到今,由中至西,文学、历史、时事以至身边琐事,无所不谈。任毕明是资深报人,他在《星岛晚报》上开设的杂文专栏《闲花集》,一写就是二十多年,足见其受欢迎的程度,因此他被誉为香港杂文作家中的"一支健笔"。他在杂文集《闲花二集》的序言中谈到了自己创作杂文的本意:"这是一个大动乱的时代,这是一个错综复杂的社会,我们要理解它,从中间去建筑起我们思想的堡垒,发挥我们智慧和手中武器的力量。"

真正能代表香港五六十年代散文创作成就的是1938年就来到香港的叶灵凤以及曹聚仁、吴其敏、黄蒙田、张千帆、高伯雨等人的作品,尤其是叶灵凤和曹聚仁的散文成就,同时在当代汉语散文发展史上占有不可替代的一席。叶灵凤等人"均多写故乡风貌、文物掌故、读书札记、民俗考据、艺术评鉴、怀人思旧,尽管与现世无所涉,但亦不致无病呻吟"。叶灵凤在港期间,曾主编过《星岛日报》《星座》副刊、《华侨日报》《文艺》周刊等,并创作了大量随笔小品。叶灵凤的随笔小品主要有两大类:读书随笔和抒情小品。他是一个"读书破万卷"的博学者,对图书版本、版画石刻等都很有研究,他的一生被称作是"为书籍的一生"。他的读书随笔不同于大陆同时期唐弢的《晦庵书话》那样主要局限于中国现代文学领域,而是涉及古今中外,作者旁征博引,援古论今,知识面广,材料丰富。而且叶灵凤的读书随笔在写法上也颇具特色,他在《文艺随笔》一书的后记里谈到:"我一向认为要写这一类的随笔,将自己读过了觉得喜欢的书介绍出来,是应该将这本书的作者、他的生平和一点有趣的小故事融合着这本书自身来一起谈谈的。有时,一本书在这世间的遭遇,会与这本书的内容同样的有趣。这都是我特别感兴趣的。"因此,他的笔端常常流露出对文化和书籍的浓烈馥郁的一片深情。叶灵凤的抒情小品主要收在《能不忆江南》中,怀乡思亲忆旧,情致真挚感人。其中《南京的马车》《烟花三月下扬州》《吃蟹的余兴》等篇,描写早年生活过的江南风土人情,笔墨看似冲淡、简古、平和,实际上他"敢将春温遣笔端",作品明净如寥廓的秋野,具有明清性灵派小品文的意境之美。曹聚仁赴港定居后,曾几度回大陆采访,写成《北行小记》《北行二记》《北行三记》等书,向香港和海外读者介绍新中国在政治、经济、文化、教育等方面的巨大变化。他的《我与我的世界》和《万里行记》,则带有自传色彩,前者记述了自己的家族、地域文化背景、家庭出身、师友及相关的人和事,后者则是作者抗战时期担任战地记者的所见所闻。他的这些文章在报上发表时深受读者欢迎,慕容羽军回忆道:"50年代的'专栏',是不足道,如果有的话,想来只有一两个,其一是曹聚仁式的军政接触的回忆……他的专栏有可信的素材,加上他懂得剪裁,写来趣味盎然。"

吴其敏50年代中叶曾创办新地出版社,主编《乡土》半月刊,后又创办嘤鸣出版社,主编《新语》半月刊,发现和培养了一批青年作者。60年代,为团结爱国进步作家,推动香港文学创作,他编辑出版了《五十人集》《五十又集》等散文合集,这些作品被誉为"60年代香港文坛活动史的新页"。吴其敏熟谙古典文学,对古典诗词钻研颇深,他的散文随笔因此具有浓郁的书卷气息和典雅的诗赋风格。吴其敏的文史小品则通今博古、论文说史,在信手拈来的题目中,举重若轻地写出寓知识、见解、文采和趣味于一体的文章。黄蒙田是位著名的艺术家,一生挚爱中华艺术,为普及和传播中华民族的艺术史知识、提高香港读者的审美能力,奉献了自己的毕生精力。他说:"自己的文章大部分和美术家的美术作品有关,是按照自己的兴趣进行欣赏而非评论,准确地说是写散文或小品。"黄蒙田一些游记作品如《春暖花开》,作者以深情的笔墨、明快的线条和色彩,在一幅幅生动的生活画面中点染着浓郁的诗情画意。张千帆著有《劲草集》等,他的散文善于即景抒情,咏物言志,从平凡事物中提炼动人的诗意。如《绍酒、珠茶、腐乳、香糕》一文,从绍酒等有名的土特产联想到山清水秀、物产丰富的江南水乡绍兴,从风景如画的鉴湖联想到坐乌篷船游览名胜古迹的情趣,从大街小巷的酒馆联想到河上许多构造复杂而又形式优美的石桥,作者为我们勾勒出一幅具有浓厚鲜明地方色彩的绍兴轮廓画。高伯雨对晚清及民国史事掌故极为熟稔,60年代曾独立创办文史刊物《大华》,著有《听雨楼杂笔》《听雨楼随笔》《听雨楼丛谈》等。高伯雨的文史随笔求真求实,寻根究底,其中不乏新颖见解和精辟论述,颇具知识性和趣味性。吴其敏、黄蒙田、张千帆、高伯雨在学养、见识和艺术表现上都具备相当功力,因此,他们在随笔小品中,"观古今于须臾,抚四海于一瞬",表现出作家知识学理的丰厚广博。

70年代,香港经济呈多元化发展,"香港经济逐步逍遥高飞,而报刊上的专栏文章和经济比翼,很有百花万草齐放的灿烂"。报刊由专人执笔的杂文栏目逐渐发展壮大和多元化起来,香港学者黄维樑指出:"自1970年以来,报纸和杂志上的框框杂文,作者日多,读者日众,也许称得上香港文学中最重要的文类（genre）。这些框框杂文，每篇短则二百字，长则千字，无所不谈，充分表现香港这个自由开放社会的精神。香港报刊每天登载的杂文，字数不会少于半部《红楼梦》。"打开香港报章，由固定作者占据一框一栏的局面比比皆是，而多彩多姿的杂文专栏也是每张报纸不可或缺的重要组成部分。

关于香港杂文繁荣的原因，许多论者都认为这是香港特殊的思想环境、文化气候、出版条件、阅读习惯，最主要的是言论自由，再加上经济繁荣等综合的产物。专栏作家南思在《香港，香港》一文中指出：

> 香港有自由，有富人吃鲍翅、坐轿车的自由，也有穷人粗茶淡饭、搭巴士的自由。但绝没有被随意抓去"坐牢"的自由，也没有"构陷加罪"的自由；更重要的是有其"言论自由"。不管是左中右人士，都允许有自己的政治见解、发表言论的自由。热衷政治的，可以樽前论时事，甚至唾沫四溅，面红耳赤；不问政治的，可以"躲进小楼成一统"，不管他娘屁事，没有人横加干涉。

正是在这种相对宽松的社会环境里，香港杂文作者可以畅所欲言，没有禁忌。举凡政治琐议、时事怪论，科学漫谈、学术争鸣，历史掌故、文化动态，读书随笔、旅游散记，日常琐事、风花雪月，都能涉笔成章，无所不谈，真个是"笼天地于形内，挫万物于笔端"。上下数千年，纵横几万里，宇宙之大，苍蝇之微，都成为杂文驰骋的广阔天地。而且，香港社会始终处于中西文化、传统与现代的碰撞、调和和融汇之中，都市文化灵活时新，港人因此习惯了"群言淆乱"而不必"折衷于圣"，习惯了姹紫嫣红而很难欣赏满园一色。香港作家阿浓说："香港的专栏文字，各有自己的风格特点，说得上百花齐放，繁华富丽。"黄维樑也认为："香港杂文的内容，极为丰富多样。有严肃载道的，也有轻松言志的；有的大至宇宙，有的小至苍蝇；有的是'个人社论'，有的是谈艺录；众专栏作家有的摆其龙门阵，有的'八卦'一番，gossip一番。有的如蒙田（Montaigne）那样写个人情绪变化，有的则如培根（Bacon）那样提供知识和智慧。"许迪锵更具体指出："与各种内容一并展现的，是种种不同的风格。李国威的不事雕饰、绿骑士的亲切、陈辉扬的雅致、陆离的直率、康夫的苦涩、肯肯的轻灵，都是作品上鲜明的标签。于辛其氏因事见情，感慨系之传统写法之外，亦有游静无一定起承转合可寻的现代感。戴天每出之以寓言而极尽挖苦能事的评议，与张文达的婉讽和平实，各具面貌。即使如女作家中，既有钟晓阳的摇曳生姿，亦不乏柴娃娃的爽朗明快。"

杂文本来又叫"千字文"，可是香港的框框杂文愈来愈短，从60年代的千字专栏，到七八十年代的半千字专栏，甚至两三百字专栏，越写越短。"报纸副刊专栏化之后，一千字以上的杂文就不多了。触目的框框，多半在五百字上下，而短到一二百字的也不稀奇"，"各栏的字数是少了，文章是短了。朝小挺进无疑是专栏文章二十年来的大势"。方块日小，栏目日多，一方面是因为香港的生活节奏越来越快，大家都只争朝夕，要在有限的时间内做最多的事情，香港人在忙碌侘傺之际，根本没有时间也没有兴趣阅读长篇大论，而短小的框框杂文则成了他们寻求资讯、调剂精神、获得情趣的最佳途径。另一方面也因为香港人越来越接受思想与风格的多元化，喜欢倾听不同的声音，因此，报纸编辑想容纳较多作家的作品，使副刊杂文阵容更为鼎盛，便把版面越分越细、越划越小。对于框框杂文的短小形式，专栏作家和学者都谈到了它的利弊。阿浓认为："文章短的好处是开门见山，一针见血，简洁明快，没有那么多的转弯抹角、婆婆妈妈。""文章短的坏处是缺少了细致的描写、缺少了匠心的经营，往往有骨而无肉，容易流于干枯；一览无遗，谈不上委曲多姿。"梁锡华则指出："杂文的短化，往往意味杂文的劣化，因为说到底（识浅才疏的作者不论），即使翰墨高手，也难以在三四百字之间做到浓缩意念而能畅尽所怀。过短的文章会困锁才情是不争的事实；一个人长期处身文字小圈，到一天，习惯了，惰下来了，筋骨松了，头脑钝了，要再大展身手就难乎其难。这是对作者的大不利。对读者来说，短文像糖果，长期吞吃，营养是不足的，更无所谓欣赏力的提高了。"因此，香港专栏杂文虽然篇幅短小，如果要求它简练精悍、轻盈灵动、内容丰富生动、别开生面，写作的时候，作家必须要有"大狮搏象全力，搏兔亦用全力"的精神。只有这样，才能达到"幅短而神遥，墨希而旨永"的艺术境界。

现代杂文大师鲁迅认为，杂文是"匕首""投枪"，是促进社会进步变革的有力武器。虽然时代不同了，但杂文的社会作用依然存在，"我们不一定要使它成为所谓投枪与匕首，但总该使它成为一点照亮幽暗的光明。不论是慰藉之光，勖勉之光，知识之光，智慧之光，都是一个清明健康的社会所需要和宝贵的"。可是，在香港这个"边缘城市"，长期以来，港英政府的殖民政策淡化了它的民族意识和政治意识，杂文作者较少"道德和民族的负担，也较少文化使命感"；况且，在香港这样一个商业社会里，作家的写作很容易为读者的趣味所左右。黄维樑就曾说过："时下本港报纸的好些方块文章，喜欢记述名流巨公、俊男美女的言行。某某富户如何把门窗镶金镀银，以竞豪奢；某某贵妇如何以千万元购买皮草钻戒，以相炫耀；某某公子如何香车美人，傲视同侪；某某与某某仳离，某某与某某相好，也都在报道之列。有人批评这类社交专栏作家的文字，说是揭秘文字，以满足读者的窥秘欲为目的。"因此，"目前香港的杂文，一般来说，没有成为文化的先锋和社会的明灯，而某些文章，反沦为浅薄无聊的标志"。香港杂文如何不沦于媚俗而又能在现实中保持一定的清醒，进而指引千万读者走向真善美的精神境界，是所有杂文作者都应关心的一个问题。鲁迅在谈到他怎么做杂文时还说过："'杂文'很短……用力极少，是一点也不错的。不过也要有一点常识，用一点苦工，要不然，就是'杂文'，也不免更进一步的'粗制滥造'，只剩下笑柄。"可是香港用心写作的作者日见稀少，不少人抓起笔来就写，全无结构、章法，也不讲求修辞、文采，总之填满框框格子便算，因此，"使杂文丧失了精练、有力、机智、启发思考、含蕴感情等等良好特质"。这是由于香港许多杂文作者以写作专栏为生，有人最多一天要写18个专栏，有量无质。再加上商业社会中，阅读属于一次性消费的"娱乐阅读"，大部分人对于专栏文章不求什么真正的文化精神食粮，只需点入口毋庸咀嚼的软性小吃聊济饥肠就算了。因此，专栏杂文鱼龙混杂，泥沙俱下，良莠不齐，往往"略输文采"，甚至"略无文采"。当然，香港也有如小思那样严肃的作者，

"不以写方块谋生，不求多产"，她的文章构思严谨，笔路绵密，文字精致，蕴藏着深刻的思想底蕴和哲理品格，"为香港报纸的'块块框框'专栏做了一个证明：那也是文学，至少那里面也有文学，而不全是咬了片刻就必须唾弃的香口胶"。如果香港框框杂文作者都能做到"求少（写少些）、求慢（不要常常急就章）、求精（写得精致些）、求大（不要囿于数百字的框框，要兼写长篇作品）""'长短由之'地驰骋其想象，'各体俱备'地试验其风格"，那么，我们就有理由相信，香港框框杂文确实是"香港因为自己特殊条件而对中国现代散文的特殊贡献"。

香港作为国际性大都会，"在对外交际方面是非常开放的，资讯自由流通"，创造了良好的人文社会环境，加上它处于中西文化的交汇点，"是沟通东西文化的桥梁"，于是吸引了世界各地大批华人学者汇集于此。70年代以来，宋淇、金耀基、高克毅、余光中、思果、陈之藩、黄维樑、梁锡华、潘铭燊、卢玮銮、梁秉钧、黄国彬、陈耀南、刘绍铭、董桥、张五常、梁巨鸿、陈永明、周兆祥、刘创楚、黄子程、陶杰等人，或根生于斯，或从外而来，在教学、科研和工作之余，挥洒七彩健笔，"吐露心声心情，礼赞自然山水，议论社会人文，其感性有春花秋月的璀璨明丽，其知性有春秋史笔的中肯正义"，黄维樑认为："这些散文中，多的是当行本色的'学者式散文'——也就是多学识而富机智的散文。……这些学者既埋首于象牙塔中，也徜徉于市井街巷，……他们是中国当代散文的名家以至重镇，不但驰名于香港，于台湾，甚至已享誉中国大陆以至所有华人社区。"

香港学者散文风格多样，个性各异，但也具有一些共同点，如知识丰富，视野开阔，对中国社会历史和整个人类文明有一种深切的关怀，而且他们的散文融学养、智慧、才情、辞采于一炉，汇感性、知性、情趣、理趣为一体，具有很高的文学品位和审美价值。正如董桥在散文集《这一代的事》自序中所说："散文须学、须识、须情，合之乃得 Alfred North Whitehead 所谓'深远如哲学之天地，高华如艺术之境界'。"

第一，香港学者散文具有浓厚的书卷气。余光中说："学者腹笥充盈，下笔不免引经据典，或借古人撑腰，或找圣贤抬杠，于是论兼正反，文多波澜。"梁锡华也认为:"由于所受的是所谓学院式的训练,我们这一类学院中人行文的时候,特别从事散文或杂文的创作,不免有所谓'掉书袋'的倾向。有些文友对此很反感,诋之为'造作'。其实,香老大说香老大的话,臭老九说臭老九的话,这原是十分自然的。东施效颦,那才是'造作'。……如果有学者说话写文章像个幼稚生,他有这点自由,但他按着自身的学养而发言而动笔,肩上挂的是书袋而掉的是书袋,世人大概没有什么理由一定要勉强他掉钱袋、公文袋、旅行袋或玩具袋的。"确实,学者散文家首先是学者,是各个学科的专家,如金耀基是社会学家,陈之藩是电子科学家,高克毅、余光中、思果、梁秉钧、黄国彬是翻译家兼评论家,梁锡华、黄维樑、卢玮銮是现代文学研究专家,张五常是经济学家,等等;其次才是作家,他们兼有学者广博的知识和作家卓越的才华,因此他们写起散文来游刃有余,并呈现出高雅的文化品位。黄维樑把学术论文当成"主要产品",而把自己的散文创作称作"副产品",他的一本散文集就叫《我的副产品》。他说自己平时"以无穷的学问为题材,尝试用生动亲切的文字,以短小的篇幅,写其一点一滴,发表在报纸上或杂志上,有助于文化的普及",他的这种以普及文化为使命的文章,就是富有知识性和书卷气的学者散文,是他"对社会、国家以至人类文化沉思冥想后真切的记录"。

  第二,香港学者散文兼有情趣和理趣之美。一般来说,学者散文重知性,尚理趣,但这并不意味着摒弃感性,缺乏情趣。董桥的许多散文既显出中国人的智慧,又不乏英国式的幽默,他的《一室皆春气矣》写当代的人情不是太浓就是太淡,话里话外颇有情趣和理趣:"太浓,是说彼此又打电话又吃饭又喝茶又喝酒,脸上刻了多少皱纹都数得出来,存在心中的悲喜也说完了,不得不透支、预支,硬挖些话题出来损人娱己。友情真是身外之物了,轻易赚来轻易花掉,毫不珍惜。太淡,是说大家推说各奔前程,只求一身佳耳,圣诞新年签个贺卡,连上款都懒得写就交给女秘书邮寄,收到是扫兴,收不到是活该。"潘铭燊被余光中称作是一个"情趣与理趣兼长,见解与想象并高的小品妙手",他的小品文集《人生边上补白》系模仿钱钟书的《写在人生边上》之作,同样"兼有理趣和情趣"。

第三，香港学者散文文笔优美，辞采飞扬。黄维樑说："我对自己写作的要求，是文字清通之外，还加上些文采。……适量而恰当的典故，贴切而力求新颖的比喻，一语双关或字字牵连的机智，都是我所谓的文采；严谨的、前后呼应的组织布局，也算在内。"余光中、梁锡华、董桥、金耀基、卢玮銮、潘铭燊等人的散文创作，同样在遣词造句上颇见功力，他们的散文佳作文采斐然，风格多样，或豪放，或幽默，或飘逸，或儒雅，或隽永，或冲淡，卓然成家。

在五六十年代的香港散文界，女性作者很少，知名者不过十三妹、李素、农妇几人。可是，到了70年代，女性散文家异军突起，活跃在香港文坛上。最早崛起的是1974年4月开始在《星岛日报》上写作《七好文集》杂文专栏的柴娃娃、杜良媞、圆圆、小思、陆离、尹怀文、亦舒、蒋芸、秦楚等人。黄维樑在评论她们的作品时指出："她们走在一起竟没有成墟，没有道张三长李四短，没有闲聊，没有'八卦'，这几乎是令人吃惊的事。……她们写的，虽不是什么鲁迅风、钱钟书风、邓拓风杂文，但竟然有很多篇是不折不扣的社会批评。"在"七好"之外，李碧华以她的尖锐笔调和鲜明感性，引起了广泛的注意；黄碧云和游静"另起炉灶"，尝试"透过独特的、个人的精神不平衡的经验，以文字重现一种有普遍性的集体不平衡状态"，充满了新的反省和新的思考。而林燕妮、何锦玲、李洛霞、孙宝玲、白韵琴、西西、钟晓阳、谢雨凝、西茜凰、蒋芸、吴煦斌、方娥真、王璞等人，不论写身边琐事，还是谈社会人生，或开掘心灵世界，都个性活现，代表了城市女性的不同形态，显示了香港女散文家的创作实绩。

香港女作家方华曾在散文《短歌微吟》中说过这样一番话：

> 这一个时代，是一个难于缄默的时代，尤其懂两个字，可以吞吞吐吐模糊表达一下的人，总是不甘寂寞，对这个那个诉说着。这也是为什么报纸副刊永不愁没有人填专栏框框的缘故。每一个人都急切地要告诉人他喜欢什么不喜欢什么，他认识哪个人不认识哪个人，人人忙于展览肚脐眼。拥挤的时代，忙乱的时代，生命大规模的生产，灾难也是大规

模地发生。生命毫无保障，说不定那天走过骑楼底，一个瓶砸下来，那时还说些什么呢？薤露一般的人生，偏又逢着风雨飘摇的时代，谁个能不急于一吐为快呢？所以我们忙不迭写散文、杂文、小品，谁个还去长篇小说一番？

而据黄维樑对1985年3月8日香港13家有代表性的报纸副刊和三八妇女节前后出版的16家刊物所作的一次抽样调查，这一期间仅女作家撰写的散文作品（不包括介绍烹饪、译述健康和心理问题、推荐唱片和影片的文章等）就有86篇之多，可见香港女作家确是"难于缄默""急于一吐为快"的。至于"人人忙于展览肚脐眼"，倒也道出了香港女作家的散文常常取材自日常琐事，着笔于事物细处，而呈出"俗、小、杂、碎"的特点。不过，女作家方娥真在《肚脐眼》一文中认为："初写作时，写自己熟悉的身边琐事没有什么不好。""初写作的人应该多写身边熟悉的风花雪月，连身边事都写不好，就想写身边以外的事，那是好高骛远。"她并且说："只要写得好，身边琐事也一样可以是好文章。自爱的作者自然会懂得超越这个阶段。"确实，如果没有较高的文学素养和透彻的洞察力，一些女作者很容易在她们的散文创作中就事记事，就事论事，把鸡毛蒜皮现炒现卖，牛溲马勃诉之笔端，妇姑勃谿充斥纸上。但是，高明的作者往往会"超越这个阶段"，她们"静观万物，摄取机微，由一粒沙子中间来看世界"，即使题材琐碎细小，"仍能表现作者伟大的心灵，反映社会复杂的现象"，把"普通不被人注意的东西"在作品中表现出来。如女作家小思，她的一些因物悟理的小品文，因小见大，意境深远，被认为在"七好"中，"脱颖而出，是写得最好的一位""就文字典雅、描绘精细而言，小思的咏物小品是可与朱自清的《荷塘月色》、《绿》等相媲美"。

20世纪80年代以来，由于经济发达，居民生活水平提高，香港人旅游成风，不论对华夏风光，还是异国情调，都充满浓厚的兴趣，"旅游业因之鼎盛，甚至可以说炽旺到近乎白热，于是纪游文字也跟着熊熊然，在书店书架上灿然生辉"。据香港大学黄康显博士统计，整个70年代香港出版的游记单行本并不多，只有胡菊人的《旅游闲笔》、梁惠平的《旅日见闻录》、黄枝连的《印欧一月行》、彦火的《中国名胜记游》和《桂林风光》、刘业和区彬的《英国的印象》以及黄国彬的《华山夏水》等寥寥几部。进入80年代，游记书籍风行一时，仅1982年至1985年间，出版的香港作家所写的游记已不下33种，而且销路看好，"印九版的有《神州行》，印七版的有《丝绸之旅》，印三版的有《河山影踪》《天竺行》《记者眼·中国》《日本风情录》《日影行》等，游记在香港实占有一个重要地位"。

80年代初期，大陆实施改革开放政策，"中国大地幅员辽阔，名胜众多，从江南到塞北，山川景物不同，风土人情各异，无不吸引着本港作家去寻幽探胜，这就是近年来香港旅游文学蓬勃发展的原因"，于是掀起了香港第一波游记创作热。其中以夏婕著述最丰，出版了《漫漫新疆路》《丝路万里行》《带你游内蒙》《塞外云影——长城内外》《塞外云影——沙漠奇遇》《塞外云影——再游新疆》《远上白云间——西藏纪行》《无人区里》《拉萨·蜀道》等一系列游记作品。夏婕这种写于旅途，"记叙真诚真实且不藏真心真意"的游记作品，感情细腻，笔调自然，行文流利，诗意葱茏，很受读者欢迎。此外，曾展强的《神州行》、水禾田的《黄河行》和《丝绸之旅》、朱维德的《河山影踪》、彦火的《大地驰笔》和《醉人的旅程》、梁秉钧的《山光水影》和《山水人物》、陈非的《记者眼·中国》、李洛霞的《丝路过客》、张君默的《新疆小品》、华莎的《母女浪游中国》、岑逸飞的《福建奇秀甲东南》、卢青云的《江山花雨》和《千里烟波》、梁漪的《西南千里行》、成绶台的《长江三峡》、梅创基的《湘西黔南写生记》、黄国彬的《三峡·蜀道·峨眉》，等等，或刻意状物、层次繁富，或巧妙比喻、生动谐趣，或综览细写、声色绚丽，或淡墨素笔、顺其自然，"一方面生动地反映了大江南北的客观景物，一方面真实地表现了作者内心深处的主观感受，文情并茂，虚实相生"。

与此同时，由于香港是一个自由港，出入境极为便捷，加上现代化交通工具四通八达，许多作者不辞跋涉，历尽艰险，成功地将个人内心世界引导出来的心路历程，拓展到充满了异国情调的域外他乡。他们"以这种新奇题材为经，动人的浪漫情调为纬，加上个人内心世界的生动描绘，予读者以强烈的新鲜感所写出来的作品，其受欢迎的程度，就在某些名家的长篇小说之上。甚至连流行小说的销路都为之黯然失色"。这些作家，常常将所到之地的山川景物、风土人情、名胜古迹、地方掌故、历史传说真实生动地再现，从而使读者不仅领略异国的风光习俗，而且获得艺术上的美感和享受。在这方面，写得较多并不断结集出书的是吴康民、伦文标、尹怀文等。

在域外游记中，蔡澜的作品可说是别具一格。他以专栏文章的形式来写一国一地的见闻感受，往往夹叙夹议，甚至议多于叙。他的作品《蔡澜谈日本》《蔡澜再谈日本》《蔡澜三谈日本》《海隅散记》《西班牙》《印度、泰国》《南斯拉夫》等，写得很随意，很轻松。以轻松而随意的笔调来写游记散文的还有李英豪，他的《走到世界尽头》就是以旅途随笔的形式记述在斯里兰卡之游的美好记忆，和另一本游记《心灵的回归》有异曲同工之妙。夏婕《向南极》系列游记也以轻松而优美的笔调，随意而又巧妙的形式向读者展示所到之处的风光人情，生动而隽永。而以音乐家的眼光和感觉来抒发旅游感受的周文珊，其《音乐之旅》和《缤纷五彩万里游》，既有一般游记的特点，又有艺术家个人的风格，被誉为"游记文学的一朵奇葩"。在香港的域外游记中，还有一些颇富特色的留学生创作的"日记""日志""手记"体作品，这些游记以个人亲切的感受，娓娓动听的语言，叙述自己留学所在地的见闻，写得生动活泼，亲切自然，而且作品往往熔地域性、知识性、文学性于一炉，可读性极强。如小思在日本京都研究文学时所写的玲珑可爱、深刻隽永的《日影行》，西茜凰具有柔美婉约风格的《牛津之歌》和《西茜凰游记》，周蜜蜜的《留英风情画》、罗海雷的《留英学生日记》、潘明珠的《日本构图——留日学生手记》、丘虹的《在日本念书的日子》、卢子健等人的《留英拾絮》等，都是这方面的佳作。

在香港域外游记创作中，特别值得一提的是金耀基，他的《剑桥语丝》和《海德堡语丝》两书，不是那种用大量图片来与文字争位的畅销作品，"金氏行文，潇洒畅达，不论叙事、写景、抒情、论说，一派旅游不忘自身所业的学者文人风范，很能触动同调者的思弦与心弦。这种文字，好的是不沾市井粗鄙,在明澈、清新、雍容之外,兼有不是一般弄笔者所能攀企的书卷气和绅士气,加上撩人的咖啡香和袅袅的烟斗青霭,正是普罗莫近的格局"。金耀基这种写景写情写得有诗意又有历史感和文学神韵的文字,被董桥称为"金体文"。《剑桥语丝》和《海德堡语丝》虽是异域见闻录,但并非一般的旅游文字。作为一个关怀文化问题的著名社会学家,金耀基实际上是把剑桥和海德堡这两座有着700年历史的大学城,当作西方文化的典型来予以解剖的,丰富的人文内容,使他的散文散发着理性的精神光辉,而且作者充沛的个人情怀的抒写,使它实质上的社会学内涵洋溢着诗意的色彩。金耀基在《剑桥语丝》的自序中称"这些语丝,有的是感情上的露(但你无法在此享受到徐志摩笔下的浓郁醉意);有的是历史的探寻(但绝不是严谨的历史考证);有的是社会学的分析(但却不是冷性的社会学的解剖);还有的则是'诗'的冲动与联想(我不会吟诗,但在剑桥时,我确有济慈在湖区时的那份'我要学诗'的冲动)"。

香港作家丝苇在1985年所写的《文化沙漠么?》一文中指出,香港不仅有"商业文学""消闲文学",也有"现代派的作品"。确实,香港散文中最大量的是框框杂文,这些"为时""为事"而写的文字大半可以说是"消费者的文学"。刘以鬯指出:"香港是个商业社会,大部分报纸(包括少数不是站在纯商业立场办的报纸),为了稳固经济基础,都会在副刊里刊登大量庸俗的、趣味低级的、消闲的东西,借以争取读者、刺激报份。"作为一个中西文化交汇的现代大都市,香港很早以前就有一股现代主义的文学思潮悄然兴起。1956年,香港出现了第一份以介绍西方现代文学、推动现代主义文学创作为宗旨的刊物《文艺新潮》。很显然,它与60年代出现的现代派文学创作之间有着必然的内在联系。70年代末期,也斯、西西等人受其影响,发起了一场小型的"散文的后现代主义革命"。"80年代的香港专栏出现了一些新人,有新的感性和新的反省,他们当然不是主流,与主导的想法有或明或暗的距离,提出另外的生活态度、不同的文化反思",这些新人包括《号外》杂志的一批作者以及女作家钟晓阳、黄碧云、游静等,他们"尝试用种种方式,打破读者的阅读或思考习惯"。尤其是女作家们,更加注重心灵的开掘,她们的散文以艺术触觉的细腻见长，淋漓尽致地赋予散文高度的感觉化和情绪化品格。但是，在香港这样一个纯文学生存日益困难的城市，探索性散文虽然丰富了香港散文的质素，却如也斯所说："他们能否写下去，发挥作用，作出影响，这就要看报馆老板和编辑包容的程度，以及他们自己的坚持和发展了。"

进入90年代，香港散文的发展前景依然是框框杂文一家独秀。据参加香港市政局于1991年举办的第一届香港中文文学双年奖散文组评判工作的评论家璧华介绍，这次参赛的散文集共51本，"其中杂文或小品文（即专栏文章，字数一般是三五百字或八百字左右）占绝大多数，约百分之八十；散文（篇幅较长，更为注重写作技巧）只占百分之二十"。他认为这种情况很能反映当前香港散文创作的现状，即"专栏文章——杂文是香港散文的主流。它展示出题材丰富多样、风格缤纷多彩、迅速反映现实生活的特征，香港的社会面貌在这些文章中展露无遗。但是由于篇幅所限，加上写得匆忙，在不少作品中也呈现出对题材挖掘不深，忽略文字的推敲与结构的安排，因而有内容肤泛、文句多沙石、结构松散凌乱的弊病"。璧华指出，香港散文家只有在知识的把握、思想与文学技巧的修养，特别是文字方面加强磨练，持之有恒，"才能有未来更丰硕的散文的收获"。

（三）

澳门当代文学的发展，经历着一个艰难的进程。五六十年代，澳门的文学园地很少，主要是《学联报》和《新园地》周刊（该刊于1958年8月扩大成《澳门日报》）。当时澳门的散文创作也比较单纯，而且深受大陆社会、文学思潮的影响，很重视对社会现实的批判和宣扬爱国主义精神。除了这类思想激进的散文外，也有一些平实的生活小品文，如松山客的《松山亭话》专栏，多写生活琐事；腊斋的《腊斋漫谈》专栏，评说书画篆刻，兼及宗教文化；慧敏的《欧风美雨》专栏，介绍西方新知，富有知识性；老马交的《濠江怪人录》系列，记人叙事，充满澳门风情；瓦风领斋主、学弹居主等执笔的《妙语连篇》专栏，风趣幽默，富有方言特色。70年代，澳门散文作者开始摆脱激进思潮的影响，逐渐放弃过去浮夸的文风，普遍重视生活中的真实感觉，将眼光投射到现实生活的反映上。70年代中期，澳门报刊上散文专栏品种骤增，除了知识小品、艺术小品等专栏外，生活散文也日益增多。如1976年开设的《望洋小品》专栏，作者包括鲁茂、叔华、杨明、方菲、陶莎、夏耘等；1978年有丽莎的《八妹手记》，林韬、易枫的《余韵》，航青的《生活素描》，鲁茂的《单刀集》；1979年有徐敏的《闻见录》，鲁茂、陶里等人执笔的《斗室漫笔》等。70年代末澳门的散文比五六十年代的散文水平有明显的提高，内涵较为深刻，同时也为进入80年代中期以后澳门散文创作的飞跃发展奠定了良好的基础。

80年代以来，澳门教育的发展为文学创作提供了源源不断的生力军，新生代作家生于澳门、长于澳门的人生经验，使他们的作品自然植根于澳门的文化土壤；澳门开始出现了独立的文学社团和纯粹的文学刊物，改变了以往澳门文学在很大程度上对香港的"寄生"状态，澳门文学开始建立自己的形象。在年轻的"澳门文学"中，散文创作队伍最为壮观，包括李鹏翥、徐敏、鲁茂、陶里、胡晓风、林中英、林蕙、梦子、沙蒙、郑妙姗、穆欣欣、懿灵等四五十人。同时，澳门的散文创作，品类丰富多彩，"成绩较之其他体裁的创作要高"。澳门散文风格多样，粗略划分，以下四类比较引人注目。

第一类是反映澳门风土人情、富有澳门地方色彩的散文小品，代表作家有李鹏翥、徐敏、鲁茂等。李鹏翥著有《澳门古今》，内收二百多篇风物掌故小品，集澳门历史、文化、胜迹之大成。作者熔历史、地理、风物、景观于一炉，寓知识于趣味之中，全书像一座精致的画廊，展现了澳门独特的丰姿和情调。徐敏的《镜海情怀》，内收120篇小品文，以清澄朴实的文笔抒发了浓浓的澳门街坊之情。李鹏翥在该书的序言中指出："作者是土生土长的老澳门，踏遍了这个小城的大街小巷，目睹古旧的市容逐步走向现代化。他以老记者的敏锐观察力，透视澳门的沧桑，作品地方色彩浓郁。他怀着充沛的感情，倾注进《我爱这小城》《爱在小城》中，他对街巷的感情、大桥的遐思、黑沙的怀古、渡轮的回忆、路标的趣话、拆楼的联想，以至灯火的憧憬，在在洋溢着关心小城的变化、讴歌小城的发展的感情。"鲁茂著有《望洋小品》，字里行间洋溢着一位老澳门的本土情怀。他在解释散文集的取名时说道："因为澳门一地，有东、西望洋山的胜景，虽不属崇山峻岭，但亦有茂林修竹，配合了日益发展、朝气蓬勃的都市新貌，可算大自然与市民勤奋创造力的和谐结合。而本集中选入的小品，大多又是以描述和评议澳门人、澳门事为题材的，因此，为了点染地方色彩，故以'望洋'为名焉。"此外，林中英的《人生大笑能几回》中也有一系列"怀旧"之作，如《土地神·土地诞》《街道·在回忆中》《风筝》《屐声踢踏》等，在忆旧中酿出浓浓的温馨情感，把一个土生土长的作家对这座"多情城市"的爱怨喜忧之情淋漓尽致地抒发出来。

第二类是感世忧时、针砭时弊的杂文，主要作者有胡晓风、鲁茂等。胡晓风以东方一羽和南宫燕两个笔名在《华侨报》上开设的《横眉集》和《低眉小语》专栏，题材精，构思巧，开掘深，如《妓女·老鼠·贪污》《相逢莫问开工事》《市政厅应否受检控》等杂文力作，对澳门社会发生的重大事件都能及时反映，或弹或赞，或褒或贬，毫不隐讳自己的观点，深受广大市民欢迎。鲁茂一直从事教育工作，他的杂文带有明显的社会责任感和知识分子使命感。

第三类是侧重抒发自我情趣的散文，主要以女性作者为代表。80年代中期以后，女性散文在澳门文坛崛起，它的标志是《七星篇》的出版。《七星篇》原是澳门8位女作家林蕙、沈尚青、林中英、丁璐、梦子、玉文、懿灵、沙蒙联合在《澳门日报》上开设的散文专栏，1991年星光出版社推出《七星篇》，第一次集中地展示了澳门女性在散文创作方面的实力和个性，正如内地学者钟晓毅所指出的："澳门的女性散文园地里确实蕴藏着一种力量，因固守着寻常形态的人情物理而焕发出一种普通的人性人情的魅力。"林蕙的散文在继承中国散文传统的基础上，追求飘然脱俗的风俗，她常常借着对大自然的观赏，于山水之中寄托对生命、人生的了悟。林中英以细腻的笔墨、温婉风雅的文采，将女性对人生的观察、透悟一层层剖析而见力度和深刻性，是澳门女作家中极为突出的一位。她在《女人情结》系列散文中，刻画了中年女性"到了四十这个门槛上才有摧心刻骨的体会"，凝眸追寻逝去的时光往事，虚虚实实，似幻似真，连自己都不相信自己了。有人评论说："林氏散文具有达观、宽容、慈慧的情思，同时不失进取之心，淡泊而不淡漠，实在而不刻板，这种中年的思绪、中年的飘逸、中年的智慧、中年的知趣在其作品中表现得清新明快。"青年一代的女性散文有迥异于中年的地方，她们较少描写生活琐事，她们的个性更突出富有青春的朝气和激情。梦子在《疯了的壮举》中说："我颇喜欢干些突如其来的事情，倒厌恶于循规蹈矩的刻板生活。""要活得开心，偶尔还是需要疯了的壮举的。"这种生活姿态与中年的稳妥和安定截然不同，在她们身上少了那种久经生活历练而具有的人生智慧，而更多年轻人的生命冲动。郑妙姗对徐志摩诗歌的感受极具个性，她在《文字恋爱与自杀意识》一文中指出："初次读到徐志摩诗……就触动起这潜藏已久的死的幻想，也触起我的一个主意，继续去搜寻这类很具杀伤力的诗，为的是，每逢看它们的时候就连带生出一种快感，一种激起的对死亡的强烈要求就如临死亡之境，何其凄美，也许这种感觉要跟吸毒有些相似。"这种极端化的感性表述和彻底私人化的感觉与中年女性散文的平衡美感和落到实处的生活感悟颇为不同。

第四类是注重散文艺术形式上的实验和创新的探索性散文，代表作家有陶里、沙蒙等。陶里的实验性散文收在《静寂的延续》一书里，他的这些散文常采用主观描写、时空错动、超现实主义的梦幻想象等手法。如《落日时分》意识流动，情境大开大合；《珠江水流时》时空错动，感觉幻化；《幻》和《奇梦录》则是超现实的幻梦描写，显得更加诡异迷离；《追踪》和《葛布》借用武侠小说的形式，既神秘又颇具阅读趣味。沙蒙的散文继承了其父陶里的实验探索，在艺术方面的追求上更凸显青年一代的开放意识和创新锐意。《一堆东西》表现的是现代主义的经典主题——人的异化："屋子好空好大，把我压缩成墙角的一堆东西。一堆东西，对，一堆东西。我在脑子搜索了好几遍，才找到一个如此贴切的词。至于是怎样的一堆东西？如何的东西？我想是没有形态，没有意识的生物。一堆。倒塌的金字塔，打翻的麦片。"自我的异化、分裂、破碎通过作者既抽象又具象的描绘深刻地呈现出来。《木马》把无标点的诗性文字和奇怪的数码无理地拼贴在一起，构成一种后现代型的新散文文本。《养猪村》和《鸟人》是魔幻现实主义式的散文，《女人死了》和《待》则具有荒诞派的特色。沙蒙的散文实验是澳门文坛走得最远也是最极端的。

进入90年代，澳门散文题材和风格更为广泛。与台港的散文发展趋势一样，澳门散文随着城市经济的起飞，迈入一个新的发展空间，在继承传统的同时，渐渐呈现出开放性、前卫性和多元性。

> 冰心（1900—1999）原名谢婉莹，福建福州人。散文家、小说家、诗人。散文集有《寄小读者》《樱花赞》《小橘灯》《晚晴集》等。

笑

  雨声渐渐地住了，窗帘后隐隐地透进清光来。推开窗户一看，呀！凉云散了，树叶上的残滴，映着月儿，好似萤光千点，闪闪烁烁地动着——真没想到苦雨孤灯之后，会有这么一幅清美的图画！

  凭窗站了一会儿，微微地觉得凉意侵人。转过身来，忽然眼花缭乱，屋子里的别的东西，都隐在光云里；一片幽辉，只浸着墙上画中的安琪儿——这白衣的安琪儿，抱着花儿，扬着翅儿，向着我微微地笑。

  "这笑容仿佛在哪儿看见过似的，什么时候，我曾……"我不知不觉地便坐在窗口下想——默默地想。

  严闭的心幕，慢慢地拉开了，涌出五年前的一个印象——一条很长的古道。驴脚下的泥，兀自滑滑的。田沟里的水，潺潺地流着。近村的绿树，都笼在湿烟里。弓儿似的新月，挂在树梢。一边走着，似乎道旁有一个孩子，抱着一堆灿白的东西。驴儿过去了，无意中回头一看——他抱着花儿，赤着脚儿，向着我微微地笑。

  "这笑容又仿佛是哪儿看见过似的！"我仍是想——默默地想。

  又现出一重心幕来，也慢慢地拉开了，涌出十年前的一个印象——茅檐下的雨水，一滴一滴地落到衣上来。土阶边的水泡儿，泛来泛去地乱转。门前的麦陇和葡萄架子，都濯得新黄嫩绿的非常鲜丽——一会儿好容易雨晴了，连忙走下坡儿去。迎头看见月儿从海面上来了，猛然记得有件东西忘下了，站住了，回过头来。这茅屋里的老妇人——她倚着门儿，抱着花儿，向着我微微地笑。

这同样微妙的神情，好似游丝一般，飘飘漾漾地合了拢来，绾在一起。

这时心下光明澄静，如登仙界，如归故乡。眼前浮现的三个笑容，一时融化在爱的调和里看不分明了。

（选自1921年1月10日《小说月报》第12卷第1号）

导读

冰心是中国现代叙事抒情散文的重要奠基者。她在燕京大学读书时，受五四新文化运动的感召，走上新文学创作的道路。她在写小说、小诗的同时，兼写散文小品。冰心的散文是在《笑》发表之后，才引起人们关注的。《笑》是冰心早期散文的代表作，也是新文学运动初期美文的典范。

这篇散文短小精悍，充满浓郁的温情爱意。文中描绘了当下、五年前、十年前三个微笑的人物，赋予他们鲜明的喻意："墙上画中的安琪儿"娴雅温柔的笑容，代表了神对人类的爱抚；古道旁小孩纯真质朴的笑容，代表了青少年对长者的敬爱；茅屋里的老妇人慈祥淳厚的笑容，代表了老一代对年轻人的关爱。整篇散文一以贯之的是冰心"爱的哲学"。

《笑》构思精巧，全文结构缜密整饬，层次清楚，过渡自然。文中描写的三个笑容相对独立，但作者把它们巧妙地连接在一起，形成一个统一的整体。第一个笑容是眼前见到的，第二、第三个笑容是回忆五年、十年前的印象，中间用"默默地想""我仍是想——默默地想"等过渡语加以串连，使整篇文章描绘的情景，由远及近，由分散到集中，脉络十分清晰。几个各自独立的段落，环环相扣，似断实连，最后又用两句话收束，把它"合了拢来，绾在一起"，使文章形成一种连环套扣式的结构，给人以匀称、和谐、熨贴、完整的美感。

> **许地山**（1893—1941） 笔名落华生，原籍福建，生于台湾。学者、小说家、散文家。散文集有《空山灵雨》。

落 花 生

我们屋后有半亩隙地。母亲说："让它荒芜着怪可惜，既然你们那么爱吃花生，就辟来做花生园罢。"我们几姊弟和几个小丫头都很喜欢——买种的买种，动土的动土，灌园的灌园；过不了几个月，居然收获了！

妈妈说："今晚我们可以做一个收获节，也请你们爹爹来尝尝我们底新花生，如何？"我们都答应了。母亲把花生做成好几样的食品，还吩咐这节期要在园里底茅亭举行。

那晚上底天色不大好，可是爹爹也到来，实在很难得！爹爹说："你们爱吃花生么？"

我们都争着答应："爱！"

"谁能把花生底好处说出来？"

姊姊说："花生底气味很美。"

哥哥说："花生可以制油。"

我说："无论何等人都可以用贱价买它来吃；都喜欢吃它。这就是它的好处。"

爹爹说："花生底用处固然很多；但有一样是很可贵的。这小小的豆不像那好看的苹果、桃子、石榴，把它们底果实悬在枝上，鲜红嫩绿的颜色，令人一望而发生羡慕之心。他只把果子埋在地底，等到成熟，才容人把它挖出来。你们偶然看见一棵花生瑟缩地长在地上，不能立刻辨出它有没有果实，非得等到你接触它才能知道。"

我们都说："是的。"母亲也点点头。爹爹接下去说："所以你们要像花生，因为它是有用的，不是伟大、好看的东西。"我说："那么，人要做有用的人，不要做伟大、体面的人了。"爹爹说："这是我对于你们的希望。"

我们谈到夜阑才散，所有花生食品虽然没有了，然而父亲底话现在还印在我的心版上。

（选自1922年8月《小说月报》第13卷第8号）

导 读

这是一篇很朴实的文章，然而富有哲理性。作者从花生的种植过程，一路谈到收获。于是母亲把花生做成食品，并在园子的茅亭开一个"收获节"。父亲来到孩子们中间，并提出一个饶有兴味的问题："谁能把花生底好处说出来？"话音一落，引发孩子们的联想，找出各种各样的答案。在这基础上，父亲总结道，花生好处固然很多，但"有一样是很可贵的"，即它不像其他果实悬挂在枝上，而是把果实埋在地里，等着"成熟"，才容人挖出。由花生"结果"的现象，进而阐释做人的道理，"你们要像花生，因为它是有用的"，不是好看而无用的。"我"因而进一步悟出："人要做有用的人，不要做伟大、体面的人了。"文章以夹叙夹议的笔调，熔知识、趣味、生活于一炉，让人读后留下回味和思索的余地。

> **周作人**（1885—1967） 浙江绍兴人。散文家。散文集有《自己的园地》《雨天的书》《泽泻集》《苦茶随笔》等。

故乡的野菜

我的故乡不止一个，凡我住过的地方都是故乡。故乡对于我并没有什么特别的情分，只因钓于斯游于斯的关系，朝夕会面，遂成相识，正如乡村里的邻舍一样，虽然不是亲属，别后有时也要想念到他。我在浙东住过十几年，南京东京都住过六年，这都是我的故乡；现在住在北京，于是北京就成了我的家乡了。

日前我的妻往西单市场买菜回来，说起有荠菜在那里卖着，我便想起浙东的事来。荠菜是浙东人春天常吃的野菜，乡间不必说，就是城里只要有后园的人家都可以随时采食，妇女小儿各拿一把剪刀一只"苗篮"，蹲在地上搜寻，是一种有趣味的游戏的工作。那时小孩们唱道："荠菜马兰头，姊姊嫁在后门头。"后来马兰头有乡人拿来进城售卖了，但荠菜还是一种野菜，须得自家去采。关于荠菜向来颇有风雅的传说，不过这似乎以吴地为主。《西湖游览志》云，"三月三日男女皆戴荠菜花。谚云，三春戴荠花，桃李羞繁华"。顾禄的《清嘉录》上亦说，"荠菜花俗呼野菜花，因谚有三月三蚂蚁上灶山之语，三日人家皆以野菜花置灶陉上，以厌虫蚁。侵晨村童叫卖不绝。或妇女簪髻上以祈清目，俗号眼亮花"。但浙东人却不很理会这些事情，只是挑来做菜或炒年糕吃罢了。

黄花麦果通称鼠曲草，系菊科植物，叶小微圆互生，表面有白毛，花黄色，簇生梢头。春天采嫩叶，捣烂去汁，和粉作糕，称黄花麦果糕。小孩们有歌赞美之云：

> 黄花麦果韧结结，
> 关得大门自要吃；
> 半块拿弗出，一块自要吃。

清明前后扫墓时，有些人家——大约是保存古风的人家——用黄花麦果作供，但不作饼状，做成小颗如指顶大，或细条如小指，以五六个做一攒，名曰茧果，不知是什么意思，或因蚕上山时设祭，也用这种食品，故有是称，亦未可知。自从十二三岁时外出不参与外祖家扫墓以后，不复见过茧果，近来住在北京，也不再见黄花麦果的影子了。日本称作"御形"，与荠菜同为春天的七草之一，也采来做点心用，状如艾饺，名曰"草饼"，春分前后多食之，在北京也有，但是吃去总是日本风味，不复是儿时的黄花麦果糕了。

扫墓时候所常吃的还有一种野菜，俗称草紫，通称紫云英。农人在收获后，播种田内，用作肥料，是一种很被贱视的植物，但采取嫩茎瀹食，味颇鲜美，似豌豆苗。花紫红色，数十亩接连不断，一片锦绣，如铺着华美的地毯，非常好看，而且花朵状若蝴蝶，又如鸡雏，尤为小孩所喜。间有白色的花，相传可以治痢，很是珍重，但不易得。日本《俳句大辞典》云："此草与蒲公英同是习见的东西，从幼年时代便已熟识。在女人里边，不曾采过紫云英的人，恐未必有罢。"中国古来没有花环，但紫云英的花球却是小孩常玩的东西，这一层我还替那些小人们欣幸的。浙东扫墓用鼓吹，所以少年们常随了音乐去看"上坟船里的姣姣"；没有钱的人家虽没有鼓吹，但是船头上篷窗下总露出些紫云英和杜鹃的花束，这也就是上坟船的确实的证据了。

（选自 1924 年 4 月 5 日《晨报副刊》）

导 读

对普通人的平凡人生充满了一种琐细、温煦的关怀是周作人散文的一个显著特点。将自己真切的关怀投注到普通人生的各个角落，在人们熟视无睹的地方，他写出了许许多多感人至深的好文章。《故乡的野菜》即为这方面的代表作之一。荠菜、鼠曲草、紫云英都是些很平常的植物，但作者朴实亲切的文笔、博雅温厚的诗情却一下子拉近了人们与野菜的距离。尤其难得的是，他的描写是那么纤悉周备、委曲近情，充满了生活的原汁原味。如最后一段对"紫云英"的介绍，不避琐细，娓娓道来，细腻真切的笔法感人至深。论周作人的学问和思想博大精深，绝非常人能及，但在行文时，他却始终能以一颗平常的心、平实中肯的语气，条理清晰地将深奥或复杂的对象清楚明白地表述出来，态度诚恳谦和，不愠不火，文风质朴而儒雅，这是很难得的。

读《故乡的野菜》，我们很容易被作者的"博识"所吸引。每当介绍一种野菜时，他都会从儿歌、传说、游记、辞典、地方志、乡贤著作以及自己的见闻中旁征博引，似信手拈来却又娓娓动听，别有风味。

苍　蝇

　　苍蝇不是一件很可爱的东西,但我们在做小孩子的时候都有点喜欢他。我同兄弟常在夏天乘大人们午睡,在院子里弃着香瓜皮瓤的地方捉苍蝇——苍蝇共有三种,饭苍蝇太小,麻苍蝇有蛆太脏,只有金苍蝇可用。金苍蝇即青蝇,小儿谜中所谓"头戴红缨帽,身穿紫罗袍"者是也。我们把他捉来,摘一片月季花的叶,用月季的刺钉在背上,便见绿叶在桌上蠕蠕而动,东安市场有卖纸制各色小虫者,标题云"苍蝇玩物",即是同一的用意。我们又把他的背竖穿在细竹丝上,取灯心草一小段放在脚的中间,他便上下颠倒地舞弄,名曰"戏棍";又或用白纸条缠在肠上纵使飞去,但见空中一片片的白纸乱飞,很是好看。倘若捉到一个年富力强的苍蝇,用快剪将头切下,他的身子便仍旧飞去。希腊路吉亚诺思(Lukianos)的苍蝇颂中说,"苍蝇在被切去了头之后,也能生活好些时光",大约两千年前的小孩已经是这样的玩耍的了。

　　我们现在受了科学的洗礼,知道苍蝇能够传染病菌,因此对于他们很有种恶感。三年前卧病在医院时曾作有一首诗,后半云:

　　　　大小一切的苍蝇们,
　　　　美和生命的破坏者,
　　　　中国人的好朋友的苍蝇们呵,
　　　　我诅咒你的全灭,
　　　　用了人力以外的
　　　　最黑最黑的魔术的力。

但是实际上最可恶的还是他的别一种坏癖气，便是喜欢在人家的颜面手脚上乱爬乱舔，古人虽美其名曰"吸美"，在被吸者却是极不愉快的事。希腊有一篇传说，说明这个缘起，颇有趣味。据说苍蝇本来是一个处女，名叫默亚（Muia），很是美丽，不过太喜欢说话。她也爱那月神的情人恩迭米盎（Endymion），当他睡着的时候，她总还是和他讲话或唱歌，使他不能安息，因此月神发怒，把她变成苍蝇。以后她还是记念着恩迭米盎，不肯叫人家安睡，尤其是喜欢搅扰年轻的人。

苍蝇的固执与大胆，引起好些人的赞叹。诃美洛思（Homeros）在史诗中尝比勇士于苍蝇，他说，虽然你赶他去，他总不肯离开你，一定要叮你一口方才罢休。又有诗人云，那小苍蝇极勇敢地跳在人的肢体上，渴欲饮血，战士却躲避敌人的刀锋，真可羞了。我们侥幸不大遇见渴血的勇士，但勇敢地攻上来舐我们的头的却常常遇到，法勃耳（Fabre）的《昆虫记》里说有一种蝇，乘土蜂负虫入穴之时，下卵于虫内，后来蝇卵先出，把死虫和蜂卵一并吃下去。他说这种蝇的行为好像是一个红巾黑衣的暴客在林中袭击旅人，但是他的彪悍敏捷的确也可佩服，倘使希腊人知道，或者可以拿去形容阿迭修思（Odysseus）一流的狡狯英雄罢。

中国古来对于苍蝇也似乎没有什么反感。《诗经》里说："营营青蝇，止于樊。岂弟君子，无信谗言。"又云："非鸡则鸣，苍蝇之声。"一据陆农师说，青蝇善乱色，苍蝇善乱声，所以是这样说法。传说里的苍蝇，即使不是特殊良善，总之绝不比别的昆虫更为卑恶。在日本的俳谐中则蝇成为普通的诗料，虽然略带湫秽的气色，但很能表出温暖热闹的境界。小林一茶更为奇特，他同圣芳济一样，以一切生物为弟兄朋友，苍蝇当然也是其一，检阅他的俳句选集，咏蝇的诗有二十首之多，今举两首以见一斑。一云：

"笠上的苍蝇，比我更早地飞进去了。"这诗有题曰归庵。又一首云：

"不要打哪，苍蝇搓他的手，搓他的脚呢。"我读这一句，常常想起自己的诗觉得惭愧，不过我的心情总不能达到那一步，所以也是无法，《尔雅》云，"蝇好交其前足，有绞蝇之象……亦好交其后足"，这个描写正可作前句的注解。又绍兴小儿谜语歌云，"像乌豇豆格乌，像乌豇豆格粗，堂前当中央,坐得拉胡须",也是指这个现象。("格"犹云"的","坐得"即"坐着"之意。)

据路吉亚诺思说,古代有一个女诗人,慧而美,名叫默亚,又有一个名妓也以此为名,所以滑稽诗人有句云,"默亚咬他直达他的心房"。中国人虽然永久与苍蝇同桌吃饭,却没有人拿苍蝇作为名字,以我所知只有一二人被用为诨名而已。

(选自1924年7月13日《晨报副刊》)

导 读

1934年林语堂创办《人间世》杂志,他在《发刊词》中指出:"宇宙之大,苍蝇之微,皆可取材,故名之为《人间世》。"左翼作家徐懋庸针对"论语派"的闲适,提出:"小品文虽写苍蝇之微,但那不是孤立的苍蝇,那是存在于宇宙体系中而和整个体系相联系的苍蝇,因此,小品文虽从小处落笔,却是着眼在大处的。"这就是现代散文史上有名的"宇宙"与"苍蝇"之争。撇开这一理论论争不讲,周作人写于1924年的《苍蝇》,却是一篇难得的描写苍蝇的"美文"。美学家朱光潜认为:"在现代中国作者中,周先生而外,很难找得第二个人能够做得清淡的小品文学。他究竟是有些年纪的人,还能领略闲中情趣。如今天下文人学者都在那儿著书或整理演讲集,谁有心思去理会苍蝇搓手搓脚!"

苍蝇,从来是中国人厌恶的东西,然而,周作人信手写来,博古征今,出神入化,把这种令人讨厌的小东西写绝了。文章从儿时玩苍蝇写起,细述几种不同的玩法,充满童趣。接着,作者引用神话传说,赋予苍蝇以人的美貌和感情,使人不由自主地对苍蝇没了反感。而日本俳句诗人小林一茶的咏蝇诗,更是使人对苍蝇产生了一丝同情之心。散文评论家张恩和说:"《苍蝇》一篇,作者用各种手法,从不同方面,把人们厌恶的苍蝇写得这么可爱有趣,不但显示了他的艺术眼光,也显示了他的艺术本领。"

朱自清（1898—1948） 江苏扬州人。诗人、散文家。散文集有《背影》《欧游杂记》《你我》《伦敦杂记》等。

背　影

　　我与父亲不相见已两年余了，我最不能忘记的是他的背影。那年冬天，祖母死了，父亲的差使也交卸了，正是祸不单行的日子，我从北京到徐州，打算跟着父亲奔丧回家。到徐州见着父亲，看见满院狼藉的东西，又想起祖母，不禁簌簌地流下眼泪。父亲说，"事已如此，不必难过，好在天无绝人之路！"

　　回家变卖典质，父亲还了亏空，又借钱办了丧事。这些日子，家中光景很是惨淡，一半为了丧事，一半为了父亲赋闲。丧事完毕，父亲要到南京谋事，我也要回北京念书，我们便同行。

　　到南京时，有朋友约去游逛，勾留了一日；第二日上午便须渡江到浦口，下午上车北去。父亲因为事忙，本已说定不送我，叫旅馆里一个熟识的茶房陪我同去。他再三嘱咐茶房，甚是仔细。但他终于不放心，怕茶房不妥帖，颇踌躇了一会。其实我那年已二十岁，北京已来往过两三次，是没有甚么要紧的了。他踌躇了一会，终于决定还是自己送我去。我两三回劝他不必去；他只说，"不要紧，他们去不好！"

　　我们过了江，进了车站。我买票，他忙着照看行李。行李太多了，得向脚夫行些小费，才可过去。他便又忙着和他们讲价钱。我那时真是聪明过分，总觉他说话不大漂亮，非自己插嘴不可。但他终于讲定了价钱，就送我上车。他给我拣定了靠车门的一张椅子；我将他给我做的紫毛大衣铺好坐位。他嘱我路上小心，夜里要警醒些，不要受凉。又嘱托茶房好好照应我。我心里暗笑他的迂；他们只认得钱，托他们真是白托！而且我这样大年纪的人，难道还不能料理自己么？唉，我现在想想，那时真是太聪明了！

我说道，"爸爸，你走吧。"他望车外看了看，说："我买几个橘子去。你就在此地，不要走动。"我看那边月台的栅栏外有几个卖东西的等着顾客。走到那边月台，须穿过铁道，须跳下去又爬上去。父亲是一个胖子，走过去自然要费事些。我本来要去的，他不肯，只好让他去。我看见他戴着黑布小帽，穿着黑布大马褂，深青布棉袍，蹒跚地走到铁道边，慢慢探身下去，尚不大难。可是他穿过铁道，要爬上那边月台，就不容易了。他用两手攀着上面，两脚再向上缩；他肥胖的身子向左微倾，显出努力的样子。这时我看见他的背影，我的泪很快地流下来了。我赶紧拭干了泪，怕他看见，也怕别人看见。我再向外看时，他已抱了朱红的橘子往回走了。过铁道时，他先将橘子散放在地上，自己慢慢爬下，再抱起橘子走。到这边时，我赶紧去搀他。他和我走到车上，将橘子一股脑儿放在我的皮大衣上。于是扑扑衣上的泥土，心里很轻松似的，过一会说："我走了，到那边来信！"我望着他走出去。他走了几步，回过头看见我，说："进去吧，里边没人。"等他的背影混入来来往往的人里，再找不着了，我便进来坐下，我的眼泪又来了。

近几年来，父亲和我都是东奔西走，家中光景是一日不如一日。他少年出外谋生，独力支持，做了许多大事。哪知老境却如此颓唐！他触目伤怀，自然情不能自已。情郁于中，自然要发之于外；家庭琐屑便往往触他之怒。他待我渐渐不同往日。但最近两年的不见，他终于忘却我的不好，只是惦记着我，惦记着我的儿子。我北来后，他写了一信给我，信中说道："我身体平安，唯膀子疼痛厉害，举箸提笔，诸多不便，大约大去之期不远矣。"我读到此处，在晶莹的泪光中，又看见那肥胖的、青布棉袍、黑布马褂的背影。唉！我不知何时再能与他相见！

1925 年 10 月于北京

（选自 1925 年 11 月 22 日《文学周报》第 200 期）

导读

朱自清是抒情的高手,《背影》一文是传父子之情的佳作,也是他最为人称诵的名篇。作者以八年前家中祖母去世、父亲失业这"祸不单行的日子"为背景,透出惨淡悲戚的氛围,用可感的形象写出父亲对他深厚的疼爱和他对父亲别后的感念,奏出温馨缠绵的父爱颂和思亲曲。送行的细节——亲自送站、与脚夫商谈小费,直到细致描述买橘子的情景,焦点集中在父亲的"背影"上,而这背影又凝聚着舐犊的深情,混和着作者感动的眼泪,暗含着生离和奔波的酸辛,给读者以极大的感染。

叶圣陶在《跟〈人民文学〉编辑谈短篇小说》中谈到朱自清的《背影》时说:"写他父亲的身材和穿戴,不过几句话,而且不放在文章开头他回家见着父亲的时候,而放在临别之前,父亲把他送上了火车,又横截经过铁轨到对面去给他买橘子的时候,在文章的结尾,朱先生写他记忆中的父亲的'背影':肥胖的身材,青布棉袍,黑布马褂,字用得更少了,给人的印象却很深刻。至于父亲的面貌,全篇中一个字没有提,似乎连表情也没有怎样描写,咱们读了,并不感觉缺少了什么。"这里指点了朱自清描述和结撰的功夫。背影这一焦点连结着父子俩飘泊生活的共同命运,引起读者无限的同情与吟味。

| **徐志摩**（1896—1931） 浙江海宁人。诗人、散文家。散文集有《落叶》《巴黎的鳞爪》《自剖》《爱眉小札》等。

我所知道的康桥

一

我这一生的周折，大都寻得出感情的线索。不论别的，单说求学。我到英国是为要从罗素。罗素来中国时，我已经在美国。他那不确的死耗传到的时候，我真的出眼泪不够，还做悼诗来了。他没有死，我自然高兴。我摆脱了哥伦比亚大学博士衔的引诱，买船票过大西洋，想跟这位二十世纪的福禄泰尔认真念一点书去。谁知一到英国才知道事情变样了：一为他在战时主张和平，二为他离婚，罗素叫康桥给除名了，他原来是 Trinity College 的 Fellow，这来他的 Fellowship 也给取消了。他回英国后就在伦敦住下，夫妻两人卖文章过日子。因此我也不曾遂我从学的始愿。我在伦敦政治经济学院里混了半年，正感着闷，想换路走的时候，我认识了狄更生先生。狄更生——Galsworthy Lowes Dickinson——是一个有名的作者，他的《一个中国人的通信》（*Letters from John Chinaman*）与《一个现代聚餐谈话》（*A Modern Symposium*）两本小册子早得了我的景仰。我第一次会着他是在伦敦国际联盟协会席上，那天林宗孟先生演说，他做主席；第二次是宗孟寓里吃茶，有他。以后我常到他家里去。他看出我的烦闷，劝我到康桥去，他自己是王家学院（King's College）的 Fellow。我就写信去问两个学院，回信都说学额早满了，随后还是狄更生先生替我去在他的学院里说好了，给我一个特别生的资格,随意选科听讲。从此黑方巾黑披袍的风光也被我占着了。初起我在离康桥六英里的乡下叫沙士顿地方租了几间小屋住下,同居的有我从前的夫人张幼仪女士与郭虞裳君。每天一早我坐街车(有时自行车)上学,到晚回家。这样的生活过了一个春,但我在康桥还只是个陌生人,谁都不认识,康桥的生活,可以说完全不曾尝着,我知道的只是一个图书馆,几个课室,和三两个吃便宜饭的茶食铺子。狄更生常在伦敦或是大陆上,所以也不常见他。那年的秋季我一个人回到康桥,整整有一学年,那时我才有机会接近真正的康桥生活,同时我也慢慢地"发现"了康桥。我不曾知道过更大的愉快。

二

"单独"是一个耐寻味的现象。我有时想它是任何发现的第一个条件。你要发现你的朋友的"真",你得有与他单独的机会。你要发现你自己的真,你得给你自己一个单独的机会。你要发现一个地方(地方一样有灵性),你也得有单独玩的机会。我们这一辈子,认真说,能认识几个人?能认识几个地方?我们都是太匆忙,太没有单独的机会。说实话,我连我的本乡都没有什么了解。康桥我要算有相当交情的,再次许只有新认识的翡冷翠了。呵,那些清晨,那些黄昏,我一个人发痴似的在康桥!绝对的单独。

但一个人要写他最心爱的对象,不论是人是地,是多么使他为难的一个工作?你怕,你怕描坏了它,你怕说过分了恼了它,你怕说太谨慎了辜负了它。我现在想写康侨,也正是这样的心理,我不曾写,我就知道这回是写不好的——况且又是临时逼出来的事情。但我却不能不写,上期预告已经出去了。我想勉强分两节写,一是我所知道的康桥的天然景色,一是我所知道的康桥的学生生活。我今晚只能极简地写些,等以后有兴会时再补。

三

康桥的灵性全在一条河上:康河,我敢说,是全世界最秀丽的一条水。河的名是葛兰大(Granta),也有叫康河(River Cam)的,许有上下流的区别,我不甚清楚。河身多的是曲折,上游是有名的拜伦潭——"Byron's

Pool"——当年拜伦常在那里玩的；有一个老村子叫格兰骞斯德，有一个果子园，你可以躺在累累的桃李树荫下吃茶，花果会掉入你的茶杯，小雀子会到你桌上来啄食，那真是别有一番天地。这是上游。下游是从骞斯德顿下去，河面展开，那是春夏间竞舟的场所。上下河分界处有一个坝筑，水流急得很，在星光下听水声，听近村晚钟声，听河畔倦牛刍草声，是我康桥经验中最神秘的一种：大自然的优美，宁静，调谐在这星光与波光的默契中不期然地淹入了你的性灵。

但康河的精华是在它的中权，著名的"Backs"，这两岸是几个最蜚声的学院的建筑。从上面下来是Pembsoke, St. Katharine's, King's, Clare, Trinity, St. John's。最令人留连的一节是克莱亚与王家学院的毗连处，克莱亚的秀丽紧邻着王家教堂（King's Chapel）的闳伟。别的地方尽有更美更庄严的建筑，例如巴黎赛因河的罗浮宫一带，威尼斯的利阿尔多大桥的两岸，翡冷翠维基乌大桥的周遭；但康桥的"Backs"自有它的特长，这不容易用一两个状词来概括，它那脱离尽尘埃气的一种清澈秀逸的意境可说是超出了画图而化生了音乐的神味。再没有比这一群建筑更调谐更匀称的了！论画，可比的许只有柯罗（Corot）的田野；论音乐，可比的许只有萧班（Chopin）的夜曲。就这也不能给你依稀的印象，它给你的美感简直是神灵性的一种。

假如你站在王家学院桥边的那棵大菊树荫下眺望，右侧面，隔着一大方浅草坪，是我们的校友居（Fellows Building），那年代并不早，但它的妩媚也是不可掩的，它那苍白的石壁上春夏间满缀着艳色的蔷薇在和风中摇颤，更移左是那教堂，森林似的尖阁不可冘的永远直指着天空；更左是克莱亚，呵！那不可信的玲珑的方庭，谁说这不是圣克莱亚（St. Clare）的化身，哪一块石上不闪耀着她当年圣洁的精神？在克莱亚后背隐约可辨的是康桥最潢贵最骄纵的三清学院（Trinity），它那临河的图书楼上坐镇着拜伦神采惊人的雕像。

但这时你的注意早已叫克莱亚的三环洞桥魔术似地摄住。你见过西湖白堤上的西泠断桥不是（可怜它们早已叫代表近代丑恶精神的汽车公司给踩平了，现在它们跟着苍凉的雷峰永远辞别了人间）？你忘不了那桥上斑驳的苍苔，木栅的古色，与那桥拱下泄露的湖光与山色不是？克莱亚并没有那样体面的衬托，它也不比庐山栖贤寺旁的观音桥，上瞰五老的奇峰，下临深潭与飞瀑；他只是怯怜怜的一座三环洞的小桥，它那桥洞间也只掩映着细纹的波粼与婆娑的树影，它那桥上栉比的小穿阑与阑节顶上双双的白石球，也只是村姑子头上不夸张的香草与野花一类的装饰；但你凝神地看着，更凝神地看着，你再反省你的心境，看还有一丝屑的俗念沾滞不？只要你审美的本能不曾泯灭时，这是你的机会实现纯粹美感的神奇！

但你还得选你赏鉴的时辰。英国的天时与气候是走极端的。冬天是荒谬的坏，逢着连绵的雾盲天你一定不迟疑地甘愿进地狱本身去试试；春天（英国是几乎没有夏天的）是更荒谬的可爱，尤其是它那四五月间最渐缓最艳丽的黄昏，那才真是寸寸黄金。在康河边上过一个黄昏是一服灵魂的补剂。呵！我那时蜜甜的单独，那时甜蜜的闲暇，一晚又一晚的，只见我出神似地倚在桥阑上向西天凝望：——

> 看一回凝静的桥影，
> 数一数螺细的波纹；
> 我倚暖了石阑的青苔，
> 青苔凉透了我的心坎；……

还有几句更笨重的怎能仿佛那游丝似轻妙的情景：

> 难忘七月的黄昏，远树凝寂，
> 像墨泼的山形，衬出轻柔暝色
> 密稠稠，七分鹅黄，三分橘绿，
> 那妙意只可去秋梦边缘捕捉……

四

这河身的两岸都是四季常青最葱翠的草坪。从校友居的楼上望去，对岸草场上，不论早晚，永远有十数匹黄牛与白马，胫蹄没在恣蔓的草丛中，从容地在咬嚼，星星的黄花在风中动荡，应和着它们尾鬃的扫拂。桥的两端有斜倚的垂柳与菊荫护住。水是彻底的清澄，深不足四尺，匀匀地长着长条的水草。这岸边的草坪又是我的爱宠，在清早，在傍晚，我常去这天然的织锦上坐地，有时读书，有时看水；有时仰卧着看天空的行云，有时反扑着搂抱大地的温软。

但河上的风流还不止两岸的秀丽。你得买船去玩。船不止一种：有普通的双桨划船，有轻快的薄皮舟（Canoe），有最别致的长形撑篙船（Punt）。最末的一种是别处不常有的：约莫有二丈长，三尺宽，你站直在船梢上用长竿撑着走的。这撑是一种技术。我手脚太蠢，始终不曾学会。你初起手尝试时，容易把船身横住在河中，东颠西撞的狼狈。英国人是不轻易开口笑人的，但是小心他们不出声的皱眉！也不知有多少次河中本来悠闲的秩序叫我这莽撞的外行给搅乱了。我真的始终不曾学会：每回我不服输跑去租船再试的时候，有一个白胡子的船家往往带讥讽地对我说："先生，这撑船费劲，天热累人，还是拿个薄皮舟溜溜吧！"我哪里肯听话，长篙子一点就把船撑了开去，结果还是把河身一段段地腰斩了去！

你站在桥上去看人家撑，那多不费劲，多美！尤其在礼拜天有几个专家的女郎，穿一身缟素衣服，裙裾在风前悠悠地飘着，戴一顶宽边的薄纱帽，帽影在水草间颤动，你看她们出桥洞时的姿态，捻起一根竟像没有分量的长竿，只轻轻地，不经心地往波心里一点，身子微微地一蹲，这船身便波的转出了桥影，翠条鱼似的向前滑了去。她们那敏捷，那闲暇，那轻盈，真是值得歌咏的。

在初夏阳光渐暖时你去买一支小船，划去桥边荫下躺着念你的书或是做你的梦，槐花香在水面上飘浮，鱼群的唼喋声在你的耳边挑逗。或是在初秋的黄昏，迎着新月的寒光，往上流僻静处远去。爱热闹的少年们携着他们的女友，在船沿上支着双双的东洋彩纸灯，带着话匣子，船心里用软垫铺着，也开向无人迹处去享他们的野福——谁不爱听那水底翻的音乐在静定的河上描写梦意与春光！

住惯城市的人不易知道季候的变迁。看见叶子掉知道是秋，看见叶子绿知道是春；天冷了装炉子，天热了拆炉子；脱下棉袍，换上夹袍，脱下夹袍，穿上单袍：不过如此罢了。天上星斗的消息，地下泥土里的消息，空中风吹的消息，都不关我们的事。忙着哪，这样那样事情多着，谁耐烦管星星的移转，花草的消长，风云的变幻？同时我们抱怨我们的生活，苦痛，烦闷，拘束，枯燥，谁肯承认做人是快乐？谁不多少间咒诅人生？

但不满意的生活大都是由于自取的。我是一个生命的信仰者，我信生活绝不是我们大多数人仅仅从自身经验推得的那样暗惨。我们的病根是在"忘本"。人是自然的产儿，就比枝头的花与鸟是自然的产儿；但我们不幸是文明人，入世深似一天，离自然远似一天。离开了泥土的花草，离开了水的鱼，能快活吗？能生存吗？从大自然，我们取得我们的生命；从大自然，我们应分取得我们继续的资养。哪一株婆婆的大木没有盘错的根柢深入在无尽藏的地里？我们是永远不能独立的。有幸福是永远不离母亲抚育的孩子，有健康是永远接近自然的人们。不必一定与鹿豕游，不必一定回"洞府"去；为医治我们当前生活枯窘，只要"不完全遗忘自然"一张轻淡的药方，我们的病象就有缓和的希望。在青草里打几个滚，到海水里洗几次浴，到高处去看几次朝霞与晚照——你肩背上的负担就会轻松了去的。

这是极肤浅的道理，当然。但我要没有过康桥的日子，我就不会有这样的自信。我这一辈子就只那一春，说也真可怜，算是不曾虚度。就只那一春，我的生活是自然的，是真愉快的！（虽则碰巧那也是我最感受人生痛苦的时期。）我那时有的是闲暇，有的是自由，有的是绝对单独的机会。说也奇怪，竟像是第一次，我辨认了星月的光明，草的青，花的香，流水的殷勤。我能忘记那初春的睥睨吗？曾经有多少个清晨我独自冒着冷去薄霜铺地的林子里闲步——为听鸟语，为盼朝阳，为寻泥土里渐次苏醒的花草，为体会最微细最神妙的春信。呵，那是新来的画眉在那边啁不尽的青枝上试它的新声！呵，这是第一朵小雪球花挣出了半冻的地面！呵，这不是新来的潮润沾上了寂寞的柳条？

静极了，这朝来水溶溶的大道，只远处牛奶车的铃声，点缀这周遭的沉默。顺着这大道走去，走到尽头，再转入林子里的小径，往烟雾浓密处走去，头顶是交枝的榆荫，透露着漠楞楞的曙色；再往前走去，走尽这林子，当前是平坦的原野，望见了村舍，初青的麦田，更远三两个馒头形的小山掩住了一条通道。天边是雾茫茫的，尖尖的黑影是近村的教寺。听，那晓钟和缓的清音。这一带是此邦中部的平原，地形像是海里的轻波，默沉沉的起伏；山岭是望不见的，有的是常青的草原与沃腴的田壤。登那土阜上望去，康桥只是一带茂林，拥戴着几处娉婷的尖阁。妩媚的康河也望不见踪迹，你只能循着那锦带似的林木想象那一流清浅。村舍与树林是这地盘上的棋子，有村舍处有佳荫，有佳荫处有村舍。这早起是看炊烟的时辰：朝雾渐渐的升起，揭开了这灰苍苍的天幕（最好是微霞后的光景），远近的炊烟，成丝的，成缕的，成卷的，轻快的，迟重的，浓灰的，淡青的，惨白的，在静定的朝气里渐渐地上腾，渐渐地不见，仿佛是朝来人们的祈祷，参差的翳入了天厅。朝阳是难得见的，这初春的天气。但它来时是起早人莫大的愉快。顷刻间这田野添深了颜色，一层轻纱似的金粉糁上了这草，这树，这通道，这庄舍。顷刻间这周遭弥漫了清晨富丽的温柔。顷刻间你的心怀也分润了白天诞生的光荣。"春"！这胜利的晴空仿佛在你的耳边私语。"春"！你那快活的灵魂也仿佛在那里回响。

……

伺候着河上的风光，这春来一天有一天的消息。关心石上的苔痕，关心败草里的花鲜，关心这水流的缓急，关心水草的滋长，关心天上的云霞，关心新来的鸟语。怯怜怜的小雪球是探春信的小使。铃兰与香草是欢喜的初声。窈窕的莲馨，玲珑的石水仙，爱热闹的克罗克斯，耐辛苦的蒲公英与雏菊——这时候春光已是缦烂在人间，更不须殷勤问讯。

瑰丽的春放。这是你野游的时期。可爱的路政，这里不比中国，哪一处不是坦荡荡的大道？徒步是一个愉快，但骑自转车是一个更大的愉快。在康桥骑车是普遍的技术；妇人、稚子、老翁，一致享受这双轮舞的快乐。（在康桥听说自转车是不怕人偷的，就为人人都自己有车，没人要偷。）任你选一个方向，任你上一条通道，顺着这带草味的和风，放轮远去，保管你这半天的逍遥是你性灵的补剂——这道上有的是清荫与美草，随地都可以供你休憩。你如爱花，这里多的是锦绣似的草原。你如爱鸟，这里多的是巧啭的鸣禽。你如爱儿童，这乡间到处是可亲的稚子。你如爱人情，这里多的是不嫌远客的乡人，你到处可以"挂单"借宿，有酪浆与嫩薯供你饱餐，有夺目的果鲜恣你尝新。你如爱酒，这乡间每"望"都为你储有上好的新酿，黑啤如太浓，苹果酒姜酒都是供你解渴润肺的……带一卷书，走十里路，选一块清静地，看天，听鸟，读书，倦了时，和身在草绵绵处寻梦去——你能想象更适情更适性的消遣吗？

陆放翁有一联诗句："传呼快马迎新月，却上轻舆趁晚凉。"这是做地方官的风流。我在康桥时虽没马骑，没轿子坐，却也有我的风流：我常常在夕阳西晒时骑了车迎着天边扁大的日头直追。日头是追不到的，我没有夸父的荒诞，但晚景的温存却被我这样偷尝了不少。有三两幅画图似的经验至今还栩栩地留着。只说看夕阳，我们平常只知道登山或是临海，但实际只须辽阔的天际，平地上的晚霞有时也是一样的神奇。有一次我赶到一个地方，手把着一家村庄的篱笆隔着一大田的麦浪，看西天的变幻。有一次是正冲着一条宽广的大道，过来一大群羊，放草归来的，偌大的太阳在它们后背放射着万缕的金辉，天上却是乌青青的，只剩这不可逼视的威光中的一条大路，一群生物！我心头顿时感着神异性的压迫，我真的跪下了，对着这冉冉渐翳的金光。再有一次是更不可忘的奇景，那是临着一大片望不到头的草原，满开着艳红的罂粟，在青草里亭亭的像是万盏的金灯，阳光从褐色云里斜着过来，幻成一种异样的紫色，透明似的不可逼视，霎那间在我迷眩了视觉中，这草田变成了……不说也罢，说来你们也是不信的！

一别两年多了，康桥，谁知我这思乡的隐忧？也不想别的，我只要那晚钟撼动的黄昏，没遮拦的田野，独自斜倚在软草里，看第一个大星在天边出现！

1926 年 1 月 15 日

（选自《巴黎的鳞爪》，新月书店 1927 年 8 月版）

导读

　　《我所知道的康桥》是以徐志摩留学英国期间在康桥的所见所闻写成的，作者自叙所写"一是我所知道的康桥的天然景色，一是我所知道的康桥的学生生活"，实际上更大程度是表述作者"发见"康桥之美时所获得的最大愉悦以及康桥的"灵性"与自我心灵的契合。

　　徐志摩认为，"单独"是"发见一个地方""灵性"的重要条件，他笔下的康桥的景致、色彩、气氛、意境，无不留存着"单独"的自我的印痕。无论是康河上游的拜伦潭、格兰骞斯德村的果子园，还是可供春夏间竞舟的河面、星光下的水声、近村的晚钟声或河畔倦牛的刍草声，作者所刻意表现的是："大自然的优美，宁静，调谐在这星光与波光的默契中不期然的淹入了你的性灵。"而康河中段两岸几个著名学院调谐匀称的建筑，"它那脱离尽尘埃气的一种清澈秀逸的意境可说是超出了画图而化生了音乐的神味"。至于妩媚的校友居，克莱亚玲珑的方庭，潇贵骄纵的三清学院，掩映着细纹的波鳞与婆娑的树影的三环洞桥，作者无不强调凝神观之的反省心境，洗净俗念而"实现纯粹美感"。更为难忘的是在康河上泛舟游乐，作者由撑船女郎敏捷轻盈的身姿，道出了对自由闲暇境地的倾慕。徐志摩对大自然的描写十分强调闲暇、自由和孤独，追求适情、适性，这是他个人主义的自然流露。不过，他不是把大自然当成逃世的避风港，而是作为医治生活枯窘的药方。这与作者爱美和自由的人生理想是一致的。胡适在《追忆志摩》一文中就曾说过："他的人生观真是一种单纯的信仰，这里只有三个大字：一个是爱，一个是自由，一个是美。"徐志摩认为，与大自然接触可以恢复人生的美丽，并以此为改变黑暗社会的药石。

　　徐志摩的散文同他的诗歌一样，感情炽烈，富有想象力和浪漫气息。他是本着自己的印象、感受，或独特的内心意象，而撒开笔墨尽情挥洒。阿英在《现代十六家小品·徐志摩小品序》中指出："作为诗人的徐志摩，在想像力方面，本是特殊强的，这一样的反映在小品文方面，那些作品，大都是

'流丽轻脆',到处都反映了他的想象之流,如一双银翅在任何地方闪烁。"阿英还说:"在小品文的写作上,徐志摩的发展,也是多方面的。他最欢喜述写的,大概是属于冥想的一类的小品,用一颗宁静的心,抓住了一个问题的中心,慢慢地发展开去,而且发展得很远,甚至把问题的每个细胞,也同样的加以发展又发展。"确实,我们在《我所知道的康桥》一文里,可以充分感受到徐志摩散文随心所欲、浮想联翩、流丽轻脆的艺术风格。

> **鲁迅**（1881—1936） 原名周树人，浙江绍兴人。小说家、散文家。散文集有《野草》《朝花夕拾》《坟》《热风》等。

阿长与《山海经》

长妈妈，已经说过，是一个一向带领着我的女工，说得阔气一点，就是我的保姆。我的母亲和许多别的人都这样称呼她，似乎略带些客气的意思。只有祖母叫她阿长。我平时叫她"阿妈"，连"长"字也不带；但到憎恶她的时候——例如知道了谋死我那隐鼠的却是她的时候，就叫她阿长。

我们那里没有姓长的；她生得黄胖而矮，"长"也不是形容词。又不是她的名字，记得她自己说过，她的名字是叫作什么姑娘的。什么姑娘，我现在已经忘却了，总之不是长姑娘；也终于不知道她姓什么。记得她也曾告诉过我这名称的来历：先前的先前，我家有一个女工，身材生得很高大，这就是真阿长。后来她回去了，我那什么姑娘才来补她的缺，然而大家因为叫惯了，没有再改口，于是她从此也就成为长妈妈了。

虽然背地里说人长短不是好事情，但倘使要我说句真心话，我可只得说：我实在不大佩服她。最讨厌的是常喜欢切切察察，向人们低声絮说些什么事，还竖起第二个手指，在空中上下摇动，或者点着对手或自己的鼻尖。我的家里一有些小风波，不知怎的我总疑心和这"切切察察"有些关系。又不许我走动，拔一株草，翻一块石头，就说我顽皮，要告诉我的母亲去了。一到夏天，睡觉时她又伸开两脚两手，在床中间摆成一个"大"字，挤得我没有余地翻身，久睡在一角的席子上，又已经烤得那么热。推她呢，不动；叫她呢，也不闻。

"长妈妈生得那么胖,一定很怕热罢?晚上的睡相,怕不见得很好罢?……"

母亲听到我多回诉苦之后,曾经这样地问过她。我也知道这意思是要她多给我一些空席。她不开口。但到夜里,我热得醒来的时候,却仍然看见满床摆着一个"大"字,一条臂膊还搁在我的颈子上。我想,这实在是无法可想了。

但是她懂得许多规矩;这些规矩,也大概是我所不耐烦的。一年中最高兴的时节,自然要算除夕了。辞岁之后,从长辈得到压岁钱,红纸包着,放在枕边,只要过一宵,便可以随意使用。睡在枕上,看着红包,想到明天买来的小鼓、刀枪、泥人、糖菩萨……然而她进来,又将一个福橘放在床头了。

"哥儿,你牢牢记住!"她极其郑重地说,"明天是正月初一,清早一睁开眼睛,第一句话就得对我说:'阿妈,恭喜恭喜!'记得么?你要记着,这是一年的运气的事情。不许说别的话!说过之后,还得吃一点福橘。"她又拿起那橘子来在我的眼前摇了两摇,"那么,一年到头顺顺流流……"

梦里也记得元旦的,第二天醒得特别早,一醒,就要坐起来。她立刻伸出臂膊,一把将我按住。我惊异地看她时,只见她惶急地看着我。

她又有所要求似的,摇着我的肩。我忽而记得了——

"阿妈,恭喜……"

"恭喜恭喜!大家恭喜!真聪明!恭喜恭喜!"她于是十分欢喜似的,笑将起来,同时将一点冰冷的东西,塞在我的嘴里。我大吃一惊之后,也就忽而记得,这就是所谓福橘,元旦劈头的磨难,总算已经受完,可以下床玩耍去了。

她教给我的道理还很多,例如说人死了,不该说死掉,必须说"老掉了";死了人、生了孩子的屋子里,不应该走进去;饭粒落在地上,必须拣起来,最好是吃下去;晒裤子用的竹竿底下,是万不可钻过去的……此外,现在大抵忘却了,只有元旦的古怪仪式记得最清楚。总之,都是些烦琐之至,至今想起来还觉得非常麻烦的事情。

然而我有一时也对她发生过空前的敬意。她常常对我讲"长毛"。她之所谓"长毛"者,不但洪秀全军,似乎连后来一切土匪强盗都在内,但除却革命党,因为那时还没有。她说得长毛非常可怕,他们的话就听不懂。她说先前长毛进城的时候,我家全都逃到海边去了,只留一个门房和年老的煮饭老妈子看家。后来长毛果然进门来了,那老妈子便叫他们"大王"——据说对长毛就应该这样叫——诉说自己的饥饿。长毛笑道:"那么,这东西就给你吃了罢!"将一个圆圆的东西掷了过来,还带着一条小辫子,正是那门房的头。煮饭老妈子从此就骇破了胆,后来一提起,还是立刻面如土色,自己轻轻地拍着胸脯道:"阿呀,骇死我了,骇死我了……"

我那时似乎倒并不怕,因为我觉得这些事和我毫不相干的,我不是一个门房。但她大概也即觉到了,说道:"像你似的小孩子,长毛也要掳的,掳去做小长毛。还有好看的姑娘,也要掳。"

"那么,你是不要紧的。"我以为她一定最安全了,既不做门房,又不是小孩子,也生得不好看,况且颈子上还有许多炙疮疤。

"哪里的话?!"她严肃地说,"我们就没有用么?我们也要被掳去。城外有兵来攻的时候,长毛就叫我们脱下裤子,一排一排地站在城墙上,外面的大炮就放不出来;再要放,就炸了!"

这实在是出于我意想之外的,不能不惊异。我一向只以为她满肚子是麻烦的礼节罢了,却不料她还有这样伟大的神力。从此对于她就有了特别的敬意,似乎实在深不可测;夜间的伸开手脚,占领全床,那当然是情有可原的了,倒应该我退让。

这种敬意,虽然也逐渐淡薄起来,但完全消失,大概是在知道她谋害了我的隐鼠之后。那时就极严重地诘问,而且当面叫她阿长。我想我又不真做小长毛,不去攻城,也不放炮,更不怕炮炸,我惧惮她什么呢!

但当我哀悼隐鼠,给它复仇的时候,一面又在渴慕着绘图的《山海经》了。这渴慕是从一个远房的叔祖惹起来的。他是一个胖胖的、和蔼的老人,爱种一点花木,如珠兰、茉莉之类,还有极其少见的,据说从北边带回去的马缨花。他的太太却正相反,什么也莫名其妙,曾将晒衣服的竹竿搁在珠兰的枝条上,枝折了,还要愤愤地咒骂道:"死尸!"这老人是个寂寞者,因为无人可谈，就很爱和孩子们往来，有时简直称我们为"小友"。在我们聚族而居的宅子里，只有他书多，而且特别。制艺和试帖诗，自然也是有的；但我却只在他的书斋里，看见过陆玑的《毛诗草木鸟兽虫鱼疏》，还有许多名目很生的书籍。我那时最爱看的是《花镜》，上面有许多图。他说给我听，曾经有过一部绘图的《山海经》，画着人面的兽，九头的蛇，三脚的鸟，生着翅膀的人，没有头而以两乳当作眼睛的怪物……可惜现在不知道放在哪里了。

我很愿意看看这样的图画，但不好意思力逼他去寻找，他是很疏懒的。问别人呢，谁也不肯真实地回答我。压岁钱还有几百文，买罢，又没有好机会。有书买的大街离我家远得很，我一年中只能在正月间去玩一趟，那时候，两家书店都紧紧地关着门。

玩的时候倒是没有什么的，但一坐下，我就记得绘图的《山海经》。

大概是太过于念念不忘了，连阿长也来问《山海经》是怎么一回事。这是我向来没有和她说过的，我知道她并非学者，说了也无益；但既然来问，也就都对她说了。

过了十多天，或者一个月罢，我还很记得，是她告假回家以后的四五天，她穿着新的蓝布衫回来了，一见面，就将一包书递给我，高兴地说道：

"哥儿，有画儿的'三哼经'，我给你买来了！"

我似乎遇着了一个霹雳，全体都震悚起来；赶紧去接过来，打开纸包，是四本小小的书，略略一翻，人面的兽，九头的蛇……果然都在内。

这又使我发生新的敬意了，别人不肯做，或不能做的事，她却能够做成功。她确有伟大的神力。谋害隐鼠的怨恨，从此完全消灭了。

这四本书，乃是我最初得到，最为心爱的宝书。

书的模样，到现在还在眼前。可是从还在眼前的模样来说，却是一部刻印都十分粗拙的本子。纸张很黄；图像也很坏，甚至于几乎全用直线凑合，连动物的眼睛也是长方形的。但那是我最为心爱的宝书，看起来，确是人面的兽；九头的蛇；一脚的牛；袋子似的帝江；没有头而"以乳为目，以脐为口"，还要"执干戚而舞"的刑天。

此后我就更其搜集绘图的书，于是有了石印的《尔雅音图》和《毛诗品物图考》,又有了《点石斋丛画》和《诗画舫》。《山海经》也另买了一部石印的,每卷都有图赞,绿色的画,字是红的,比那木刻的精致得多了。这一部直到前年还在,是缩印的郝懿行疏。木刻的却已经记不清是什么时候失掉了。

我的保姆,长妈妈即阿长,辞了这人世,大概也有了三十年了罢。我终于不知道她的姓名,她的经历;仅知道有过一个过继的儿子,她大约是青年守寡的孤孀。

仁厚黑暗的地母呵,愿在你怀里永安她的魂灵!

1926年3月10日

(选自1926年3月25日《莽原》第1卷第6期)

导 读

《阿长与〈山海经〉》是鲁迅的一篇回忆性散文,在人与事的忆旧中,蕴藏了"童年情结",而且,写人方面炉火纯青的技巧,让读者对鲁迅的散文风格多了一分新的认识。鲁迅选择典型细节、典型事件突出人物个性的主要特征,他们的音容笑貌,带着浓厚的历史感进入散文的画廊。因此,使人感念的不只是人物的命运,还会使你对造成人物如此命运的社会历史环境作更深沉的思考。同时,鲁迅的这类散文,也开创了中国现代散文为平民写照塑像的先河。

鲁迅写阿长,是通过几个细节加以塑造的:阿长讲规矩,好切切察察,睡觉摆一个"大"字,《山海经》念成"三哼经",等等。每一件事都很小,但每一件事都充满了情趣,极富表现力。鲁迅写阿长,写得很轻松,笔调显得精练雅正,亦庄亦谐,至于情感的表露也是十分自由的。"我"对阿长,最初是十分讨厌的,她不但絮絮叨叨,而且编"长毛故事"唬人,谋害"我"的隐鼠。可是,"我"对阿长最终又生了敬仰之心,因为大字不识的她给"我"买了绘画的《山海经》,无意中形成了对"我"的文化启蒙,也表现出阿长性格中仁厚的一面。鲁迅用孩子的眼睛,发现了人性中真、善、美的东西,这也因此成为他在黑暗社会中的一丝期冀和安慰。

《野草》题辞

当我沉默着的时候,我觉得充实;我将开口,同时感到空虚。

过去的生命已经死亡。我对于这死亡有大欢喜,因为我借此知道它曾经存活。死亡的生命已经朽腐。我对于这朽腐有大欢喜,因为我借此知道它还非空虚。

生命的泥委弃在地面上,不生乔木,只生野草,这是我的罪过。

野草,根本不深,花叶不美,然而吸取露,吸取水,吸取陈死人的血和肉,各各夺取它的生存。当生存时,还是将遭践踏,将遭删刈,直至于死亡而朽腐。

但我坦然,欣然。我将大笑,我将歌唱。

我自爱我的野草,但我憎恶这以野草作装饰的地面。

地火在地下运行,奔突;熔岩一旦喷出,将烧尽一切野草,以及乔木,于是并且无可朽腐。

但我坦然,欣然。我将大笑,我将歌唱。

天地有如此静穆,我不能大笑而且歌唱。天地即不如此静穆,我或者也将不能。我以这一丛野草,在明与暗,生与死,过去与未来之际,献于友与仇,人与兽,爱者与不爱者之前作证。

为我自己,为友与仇,人与兽,爱者与不爱者,我希望这野草的死亡与朽腐,火速到来,要不然,我先就未曾生存,这实在比死亡与朽腐更其不幸。

去罢,野草,连着我的题辞!

1927年4月26日,鲁迅记于广州之白云楼上

(选自1927年7月2日《语丝》第138期)

导读

在中国现代散文史上,鲁迅的开创性业绩不仅表现在杂文方面,在散文诗和记叙抒情散文领域也有突出贡献。散文诗集《野草》连《题辞》共24篇,意蕴精深,技巧瑰奇,是中国现代散文史上的艺术神品。

鲁迅写作《题辞》时,正经历了广州"四一五"事变。他在目睹这场血腥屠杀后的第11天,愤然写下这篇《题辞》,表达自己面对白色恐怖毫不退缩的激愤情绪和坚韧前行的乐观精神。与《野草》中的其他篇章一样,《题辞》也洋溢着鲁迅的诗人情怀。全篇追求一种诗的韵味,结构谨严,一气呵成。作者运用复沓手段,重复一些诗意最浓的句式,强化了全文的诗的旋律感,情绪的表达与语言的节奏达到了和谐一致。同时,鲁迅喜欢运用有情感内在联系的并列句式和反义结构的短句,传达一种张力极大的哲理情思。鲁迅研究专家孙玉石认为:"这篇《题辞》,因为锐利的锋芒,博大的爱憎,诗意的情怀,闪光的文字,紧迫的节奏,便超越时间的限制,而有了不朽的思想价值和艺术魅力。"

魏晋风度及文章与药及酒之关系

——九月间在广州夏期学术演讲会讲

我今天所讲的，就是黑板上写着的这样一个题目。

中国文学史，研究起来，可真不容易，研究古的，恨材料太少，研究今的，材料又太多，所以到现在，中国较完全的文学史尚未出现。今天讲的题目是文学史上的一部分，也是材料太少，研究起来很有困难的地方。因为我们想研究某一时代的文学，至少要知道作者的环境、经历和著作。

汉末魏初这个时代是很重要的时代，在文学方面起一个重大的变化，因当时正在黄巾和董卓大乱之后，而且又是党锢的纠纷之后，这时曹操出来了——不过我们讲到曹操，很容易就联想起《三国志演义》，更而想起戏台上那一位花面的奸臣，但这不是观察曹操的真正方法。现在我们再看历史，在历史上的记载和论断有时也是极靠不住的，不能相信的地方很多，因为通常我们晓得，某朝的年代长一点，其中必定好人多；某朝的年代短一点，其中差不多没有好人。为什么呢？因为年代长了，做史的是本朝人，当然恭维本朝的人物了；年代短了，做史的是别朝人，便很自由地贬斥其异朝的人物，所以在秦朝，差不多在史的记载上半个好人也没有。曹操在史上的年代也是颇短的，自然也逃不了被后一朝人说坏话的公例。其实，曹操是一个很有本事的人，至少是一个英雄，我虽不是曹操一党，但无论如何，总是非常佩服他。

研究那时的文学，现在较为容易了，因为已经有人做过工作：在文集一方面有清严可均辑的《全上古三代秦汉三国晋南北朝文》。其中于此有用的，是《全汉文》《全三国文》《全晋文》。

在诗一方面有丁福保辑的《全汉三国晋南北朝诗》——丁福保是做医生的，现在还在。

辑录关于这时代的文学评论有刘师培编的《中国中古文学史》。这本书是北大的讲义，刘先生已死，此书由北大出版。

上面三种书对于我们的研究有很大的帮助，能使我们看出这时代的文学的确有点异彩。

我今天所讲，倘若刘先生的书里已详的，我就略一点；反之，刘先生所略的，我就较详一点。

董卓之后，曹操专权。在他的统治之下，第一个特色便是尚刑名。他的立法是很严的，因为当大乱之后，大家都想做皇帝，大家都想叛乱，故曹操不能不如此。曹操曾自己说过："倘无我，不知有多少人称王称帝！"这句话他倒并没有说谎。因此之故，影响到文章方面，成了清峻的风格——就是文章要简约严明的意思。

此外还有一个特点，就是尚通脱。他为什么要尚通脱呢？自然也与当时的风气有莫大的关系。因为在党锢之祸以前，凡党中人都自命清流，不过讲"清"讲得太过，便成固执，所以在汉末，清流的举动有时便非常可笑了。

比方有一个有名的人，普通的人去拜访他，先要说几句话，倘这几句话说得不对，往往会遭倨傲的待遇，叫他坐到屋外去，甚而至于拒绝不见。

又如有一个人，他和他的姊夫是不对的，有一回他到姊姊那里去吃饭之后，便要将饭钱算回给姊姊。她不肯要，他就于出门之后，把那些钱扔在街上，算是付过了。

个人这样闹闹脾气还不要紧，若治国平天下也这样闹起执拗的脾气来，那还成甚么话？所以深知此弊的曹操要起来反对这种习气，力倡通脱。通脱即随便之意。此种提倡影响到文坛，便产生多量想说甚么便说甚么的文章。

更因思想通脱之后，废除固执，遂能充分容纳异端和外来的思想，故孔教以外的思想源源引入。

总括起来，我们可以说汉末魏初的文章是清峻、通脱。在曹操本身，也是一个改造文章的祖师，可惜他的文章传的很少。他胆子很大，文章从通脱得力不少，做文章时又没有顾忌，想写的便写出来。

所以曹操征求人才时也是这样说，不忠不孝不要紧，只要有才便可以。这又是别人所不敢说的。曹操做诗，竟说是"郑康成行酒伏地气绝"，他引出离当时不久的事实，这也是别人所不敢用的。还有一样，比方人死时，常常写点遗令，这是名人的一件极时髦的事。当时的遗令本有一定的格式，且多言身后当葬于何处何处，或葬于某某名人的墓旁；操独不然，他的遗令不但没有依着格式，内容竟讲到遗下的衣服和伎女怎样处置等问题。

陆机虽然评曰："贻尘谤于后王"，然而我想他无论如何是一个精明人，他自己能做文章，又有手段，把天下的方士文士统统搜罗起来，省得他们跑在外面给他捣乱。所以他帷幄里面，方士文士就特别地多。

孝文帝曹丕，以长子而承父业，篡汉而即帝位。他也是喜欢文章的。其弟曹植，还有明帝曹睿，都是喜欢文章的。不过到那个时候，于通脱之外，更加上华丽。丕著《典论》，现已失散无全本，那里面说："诗赋欲丽"，"文以气为主"。《典论》的零零碎碎，在唐宋类书中；一篇整的《论文》，在《文选》中可以看见。

后来有一般人很不以他的见解为然。他说诗赋不必寓教训，反对当时那些寓训勉于诗赋的见解，用近代的文学眼光来看，曹丕的一个时代可说是"文学的自觉时代"，或如近代所说是为艺术而艺术（Art for Art's Sake）的一派。所以曹丕做的诗赋很好，更因他以"气"为主，故于华丽以外，加上壮大。归纳起来，汉末、魏初的文章，可说是："清峻，通脱，华丽，壮大。"在文学的意见上，曹丕和曹植表面上似乎是不同的。曹丕说文章事可以留名声于千载；但子建却说文章小道，不足论的。据我的意见，子建大概是违心之论。这里有两个原因，第一，子建的文章做得好，一个人大概总是不满意自己所做而羡慕他人所为的，他的文章已经做得好，于是他便敢说文章是小道；第二，子建活动的目标在于政治方面，政治方面不甚得志，遂说文章是无用了。

曹操曹丕以外，还有下面的七个人：孔融，陈琳，王粲，徐幹，阮瑀，应玚，刘桢，都很能做文章，后来称为"建安七子"。七人的文章很少流传，现在我们很难判断；但，大概都不外是"慷慨"、"华丽"罢。华丽即曹丕所主张，慷慨就因当天下大乱之际，亲戚朋友死于乱者特多，于是为文就不免带着悲凉、激昂和"慷慨"了。

七子之中，特别的是孔融，他专喜和曹操捣乱。曹丕《典论》里有论孔融的，因此他也被拉进"建安七子"一块儿去。其实不对，很两样的。不过在当时，他的名声可非常之大。孔融作文，喜用讥嘲的笔调，曹丕很不满意他。孔融的文章现在传的也很少，就他所有的看起来，我们可以瞧出他并不大对别人讥讽，只对曹操。比方操破袁氏兄弟，曹丕把袁熙的妻甄氏拿来，归了自己，孔融就写信给曹操，说当初武王伐纣，将妲己给了周公了。操问他的出典，他说，以今例古，大概那时也是这样的。又比方曹操要禁酒，说酒可以亡国，非禁不可，孔融又反对他，说也有以女人亡国的，何以不禁婚姻？

其实曹操也是喝酒的。我们看他的"何以解忧？惟有杜康"的诗句，就可以知道。为什么他的行为会和议论矛盾呢？此无他，因曹操是个办事人，所以不得不这样做；孔融是旁观的人，所以容易说些自由话。曹操见他屡屡反对自己，后来借故把他杀了。他杀孔融的罪状大概是不孝。因为孔融有下列的两个主张：

第一，孔融主张母亲和儿子的关系是如瓶之盛物一样，只要在瓶内把东西倒了出来，母亲和儿子的关系便算完了。第二，假使有天下饥荒的一个时候，有点食物，给父亲不给呢？孔融的答案是：倘若父亲是不好的，宁可给别人——曹操想杀他，便不惜以这种主张为他不忠不孝的根据，把他杀了。倘若曹操在世，我们可以问他，当初求才时就说不忠不孝也不要紧，为何又以不孝之名杀人呢？然而事实上纵使曹操再生，也没人敢问他，我们倘若去问他，恐怕他把我们也杀了！

与孔融一同反对曹操的尚有一个祢衡，后来给黄祖杀掉了。祢衡的文章也不错，而且他和孔融早是"以气为主"来写文章的了。故在此我们又可知道,汉文慢慢壮大起来,是时代使然,非专靠曹操父子之功的。但华丽好看,却是曹丕提倡的功劳。

这样下去一直到明帝的时候,文章上起了个重大的变化,因为出了一个何晏。

何晏的名声很大,位置也很高,他喜欢研究《老子》和《易经》。至于他是怎样的一个人呢?那真相现在可很难知道,很难调查。因为他是曹氏一派的人,司马氏很讨厌他,所以他们的记载对何晏大不满。因此产生许多传说,有人说何晏的脸上是搽粉的,又有人说他本来生得白,不是搽粉的。但究竟何晏搽粉不搽粉呢?我也不知道。

但何晏有两件事我们是知道的。第一,他喜欢空谈,是空谈的祖师;第二,他喜欢吃药,是吃药的祖师。

此外,他也喜欢谈名理。他身子不好,因此不能不服药。他吃的不是寻常的药,是一种名叫"五石散"的药。

"五石散"是一种毒药,是何晏吃开头的。汉时,大家还不敢吃,何晏或者将药方略加改变,便吃开头了。五石散的基本,大概是五样药:石钟乳,石硫黄,白石英,紫石英,赤石脂;另外怕还配点别样的药。但现在也不必细细研究它,我想各位都是不想吃它的。

从书上看起来,这种药是很好的,人吃了能转弱为强。因此之故,何晏有钱,他吃起来了;大家也跟着吃。那时五石散的流毒就同清末的鸦片的流毒差不多,看吃药与否以分阔气与否的。现在由隋巢元方做的《诸病源候论》的里面可以看到一些。据此书,可知吃这药是非常麻烦的,穷人不能吃,假使吃了之后,一不小心,就会毒死。先吃下去的时候,倒不怎样的,后来药的效验既显,名曰"散发"。倘若没有"散发",就有弊而无利。因此吃了之后不能休息,非走路不可,因走路才能"散发",所以走路名曰"行散"。比方我们看六朝人的诗,有云:"至城东行散",就是此意。后来做诗的人不知其故,以为"行散"即步行之意,所以不服药也以"行散"二字入诗,这是很笑话的。

走了之后,全身发烧,发烧之后又发冷。普通发冷宜多穿衣,吃热的东西。但吃药后的发冷刚刚要相反：衣少，冷食，以冷水浇身。倘穿衣多而食热物，那就非死不可。因此五石散一名寒食散。只有一样不必冷吃的，就是酒。

吃了散之后，衣服要脱掉，用冷水浇身；吃冷东西；饮热酒。这样看起来，五石散吃的人多，穿厚衣的人就少；比方在广东提倡，一年以后，穿西装的人就没有了。因为皮肉发烧之故，不能穿窄衣。为预防皮肤被衣服擦伤，就非穿宽大的衣服不可。现在有许多人以为晋人轻裘缓带，宽衣，在当时是人们高逸的表现，其实不知他们是吃药的缘故。一班名人都吃药，穿的衣都宽大，于是不吃药的也跟着名人，把衣服宽大起来了！

还有，吃药之后，因皮肤易于磨破，穿鞋也不方便，故不穿鞋袜而穿屐。所以我们看晋人的画像或那时的文章，见他衣服宽大，不鞋而屐，以为他一定是很舒服，很飘逸的了，其实他心里都是很苦的。

更因皮肤易破，不能穿新的而宜于穿旧的，衣服便不能常洗。因不洗，便多虱。所以在文章上，虱子的地位很高，"扪虱而谈"，当时竟传为美事。比方我今天在这里演讲的时候，扪起虱来，那是不大好的。但在那时不要紧，因为习惯不同之故。这正如清朝是提倡抽大烟的，我们看见两肩高耸的人，不觉得奇怪。现在就不行了，倘若多数学生，他的肩成为一字样，我们就觉得很奇怪了。

此外可见服散的情形及其他种种的书，还有葛洪的《抱朴子》。

到东晋以后，作假的人就很多，在街旁睡倒，说是"散发"以示阔气。就像清时尊读书，就有人以墨涂唇，表示他是刚才写了许多字的样子。故我想，衣大，穿屐，散髪等等，后来效之，不吃也学起来，与理论的提倡实在是无关的。

又因"散发"之时，不能肚饿，所以吃冷物，而且要赶快吃，不论时候，一日数次也不可定。因此影响到晋时"居丧无礼"——本来魏晋时，对于父母之礼是很繁多的。比方想去访一个人，那么，在未访之前，必先打听他父母及其祖父母的名字，以便避讳。否则，嘴上一说出这个字音，假如他的父母是死了的，主人便会大哭起来——他记得父母了——给你一个大大的没趣。晋礼居丧之时,也要瘦,不多吃饭,不准喝酒。但在吃药之后,为生命计,不能管得许多,只好大嚼,所以就变成"居丧无礼"了。

居丧之际,饮酒食肉,由阔人名流倡之,万民皆从之,因为这个缘故,社会上遂尊称这样的人叫作名士派。

吃散发源于何晏,和他同志的,有王弼和夏侯玄两个人,与晏同为服药的祖师。有他三人提倡,有多人跟着走。他们三人多是会做文章,除了夏侯玄的作品流传不多外,王何二人现在我们尚能看到他们的文章。他们都是生于正始的,所以又名曰"正始名士"。但这种习惯的末流,是只会吃药,或竟假装吃药,而不会做文章。

东晋以后,不做文章而流为清谈,由《世说新语》一书里可以看到。此中空论多而文章少,比较他们三个差得远了。三人中王弼二十余岁便死了,夏侯何二人皆为司马懿所杀。因为他二人同曹操有关系,非死不可,犹曹操之杀孔融,也是借不孝做罪名的。

二人死后,论者多因其与魏有关而骂他,其实何晏值得骂的就是因为他是吃药的发起人。这种服散的风气,魏、晋,直到隋、唐,还存在着,因为唐时还有"解散方",即解五石散的药方,可以证明还有人吃,不过少点罢了。唐以后就没有人吃,其原因尚未详,大概因其弊多利少,和鸦片一样罢?

晋名人皇甫谧作一书曰《高士传》,我们以为他很高超。但他是服散的,曾有一篇文章,自说吃散之苦。因为药性一发,稍不留心,即会丧命,至少也会受非常的苦痛,或要发狂;本来聪明的人,因此也会变成痴呆。所以非深知药性,会解救,而且家里的人多深知药性不可。晋朝人多是脾气很坏,高傲,发狂,性暴如火的,大约便是服药的缘故。比方有苍蝇扰他,竟至拔剑追赶;就是说话,也要胡胡涂涂地才好,有时简直是近于发疯。但在晋朝更有以痴为好的,这大概也是服药的缘故。

魏末,何晏他们以外,又有一个团体新起,叫做"竹林名士",也是七个,所以又称"竹林七贤"。正始名士服药,竹林名士饮酒。竹林的代表是嵇康和阮籍。但究竟竹林名士不纯粹是喝酒的,嵇康也兼服药,而阮籍则是专喝酒的代表。但嵇康也饮酒，刘伶也是这里面的一个。他们七人中差不多都是反抗旧礼教的。

这七人中，脾气各有不同。嵇阮二人的脾气都很大；阮籍老年时改得很好，嵇康就始终都是极坏的。

阮年轻时，对于访他的人有加以青眼和白眼的分别。白眼大概是全然看不见眸子的，恐怕要练习很久才能够。青眼我会装，白眼我却装不好。

后来阮籍竟做到"口不臧否人物"的地步，嵇康却全不改变。结果阮得终其天年，而嵇竟丧于司马氏之手，与孔融何晏等一样，遭了不幸的杀害。这大概是因为吃药和吃酒之分的缘故：吃药可以成仙，仙是可以骄视俗人的；饮酒不会成仙，所以敷衍了事。

他们的态度，大抵是饮酒时衣服不穿，帽也不带。若在平时，有这种状态，我们就说无礼，但他们就不同。居丧时不一定按例哭泣；子之于父，是不能提父的名，但在竹林名士一流人中，子都会叫父的名号。旧传下来的礼教，竹林名士是不承认的。即如刘伶——他曾做过一篇《酒德颂》，谁都知道——他是不承认世界上从前规定的道理的，曾经有这样的事，有一次有客见他，他不穿衣服。人责问他；他答人说，天地是我的房屋，房屋就是我的衣服，你们为什么进我的裤子中来？至于阮籍，就更甚了，他连上下古今也不承认，在《大人先生传》里有说："天地解兮六合开，星辰陨兮日月颓，我腾而上将何怀？"他的意思是天地神仙，都是无意义，一切都不要，所以他觉得世上的道理不必争，神仙也不足信，既然一切都是虚无，所以他便沉湎于酒了。然而他还有一个原因，就是他的饮酒不独由于他的思想，大半倒在环境。其时司马氏已想篡位，而阮籍名声很大，所以他讲话就极难，只好多饮酒，少讲话，而且即使讲话讲错了，也可以借醉得到人的原谅。只要看有一次司马懿和阮籍结亲，而阮籍一醉就是两个月，没有提出的机会，就可以知道了。

阮籍作文章和诗都很好，他的诗文虽然也慷慨激昂，但许多意思都是隐而不显的。宋的颜延之已经说不大能懂，我们现在自然更很难看得懂他的诗了。他诗里也说神仙，但他其实是不相信的。嵇康的论文，比阮籍更好，思想新颖，往往与古时旧说反对。孔子说："学而时习之，不亦说乎？"嵇康做的《难自然好学论》，却道，人是并不好学的，假如一个人可以不做事而又有饭吃，就随便闲游不喜欢读书了，所以现在人之好学，是由于习惯和不得已。还有管叔蔡叔，是疑心周公，率殷民叛，因而被诛，一向公认为坏人的。而嵇康做的《管蔡论》，就也反对历代传下来的意思，说这两个人是忠臣，他们的怀疑周公，是因为地方相距太远，消息不灵通。

但最引起许多人的注意，而且于生命有危险的，是《与山巨源绝交书》中的"非汤武而薄周孔"。司马懿因这篇文章，就将嵇康杀了。非薄了汤武周孔，在现时代是不要紧的，但在当时却关系非小。汤武是以武定天下的；周公是辅成王的；孔子是祖述尧舜，而尧舜是禅让天下的。嵇康都说不好，那么，教司马懿篡位的时候，怎么办才是好呢？没有办法。在这一点上，嵇康于司马氏的办事上有了直接的影响，因此就非死不可了。嵇康的见杀，是因为他的朋友吕安不孝，连及嵇康，罪案和曹操的杀孔融差不多。魏晋，是以孝治天下的，不孝，故不能不杀。为什么要以孝治天下呢？因为天位从禅让，即巧取豪夺而来，若主张以忠治天下，他们的立脚点便不稳，办事便棘手，立论也难了，所以一定要以孝治天下。但倘只是实行不孝，其实那时倒不很要紧的，嵇康的害处是在发议论；阮籍不同，不大说关于伦理上的话，所以结局也不同。

但魏晋也不全是这样的情形，宽袍大袖，大家饮酒。反对的也很多。在文章上我们还可以看见裴𬱟的《崇有论》，孙盛的《老子非大贤论》，这些都是反对王何们的。在史实上，则何曾劝司马懿杀阮籍有好几回，司马懿不听他的话，这是因为阮籍的饮酒，与时局的关系少些的缘故。

然而后人就将嵇康阮籍骂起来，人云亦云，一直到现在，一千六百多年。季札说："中国之君子，明于礼义而陋于知人心。"这是确的，大凡明于礼义，就一定要陋于知人心的，所以古代有许多人受了很大的冤枉。例如嵇阮的罪名，一向说他们毁坏礼教。但据我个人的意见，这判断是错的。魏晋时代，崇奉礼教的看来似乎很不错，而实在是毁坏礼教，不信礼教的。表面上毁坏礼教者，实则倒是承认礼教，太相信礼教，因为魏晋时所谓崇奉礼教，是用以自利，那崇奉也不过偶然崇奉，如曹操杀孔融，司马懿杀嵇康，都是因为他们和不孝有关，但实在曹操司马懿何尝是著名的孝子，不过将这个名义，加罪于反对自己的人罢了。于是老实人以为如此利用，亵黩了礼教，不平之极，无计可施，激而变成不谈礼教，不信礼教，甚至于反对礼教——但其实不过是态度，至于他们的本心，恐怕倒是相信礼教，当做宝贝，比曹操司马懿们要迂执得多。现在说一个容易明白的比喻罢，譬如有一个军阀，在北方——在广东的人所谓北方和我常说的北方的界限有些不同，我常称山东山西直隶河南之类为北方——那军阀从前是压迫民党的，后来北伐军势力一大，他便挂起青天白日旗，说自己已经信仰三民主义了，是总理的信徒。这样还不够，他还要做总理的纪念周。这时候，真的三民主义的信徒，去呢？不去呢？不去，他那里就可以说你反对三民主义，定罪，杀人。但既然在他的势力之下，没有别法，真的总理的信徒，倒会不谈三民主义，或者听人假惺惺地谈起来就皱眉，好像反对三民主义模样。所以我想，魏晋时所谓反对礼教的人，有许多大约也如此。他们倒是迂夫子，将礼教当做宝贝看待的。

还有一个实证，凡人们的言论，思想，行为，倘若自己以为不错的，就愿意天下的别人，自己的朋友都这样做。但嵇康阮籍不这样，不愿意别人来模仿他。竹林七贤中有阮咸，是阮籍的侄子，一样的饮酒。阮籍的儿子阮浑也愿加入时，阮籍却道不必加入，吾家已有阿咸在，够了。假若阮籍自以为行为是对的，就不当拒绝他的儿子，而阮籍却拒绝自己的儿子，可知阮籍并不以他自己的办法为然。至于嵇康，一看他的《绝交书》，就知道他的态度很骄傲的；有一次，他在家打铁——他的性情是很喜欢打铁的——钟会来看他了，他只打铁，不理钟会。钟会没有意味，只得走了。其时嵇康就问他："何所闻而来，何所见而去？"钟会答道："闻所闻而来，见所见而去。"这也是嵇康杀身的一条祸根。但我看他做给他的儿子看的《家诫》——当嵇康被杀时，其子方十岁，算来当他做这篇文章的时候，他的儿子是未满十岁的——就觉得宛然是两个人。他在《家诫》中教他的儿子做人要小心，还有一条一条的教训。有一条是说长官处不可常去，亦不可住宿；官长送人们出来时,你不要在后面,因为恐怕将来官长惩办坏人时,你有暗中密告的嫌疑。又有一条是说宴饮时候有人争论,你可立刻走开,免得在旁批评,因为两者之间必有对与不对,不批评则不像样,一批评就总要是甲非乙,不免受一方见怪。还有人要你饮酒,即使不愿饮也不要坚决地推辞,必须和和气气地拿着杯子。我们就此看来,实在觉得很稀奇:嵇康是那样高傲的人,而他教子就要他这样庸碌。因此我们知道,嵇康自己对于他自己的举动也是不满足的。所以批评一个人的言行实在难,社会上对于儿子不像父亲,称为"不肖",以为是坏事,殊不知世上正有不愿意他的儿子像他自己的父亲哩。试看阮籍嵇康,就是如此。这是,因为他们生于乱世,不得已,才有这样的行为,并非他们的本态。但又于此可见魏晋的破坏礼教者,实在是相信礼教到固执之极的。

不过何晏王弼阮籍嵇康之流,因为他们的名位大,一般的人们就学起来,而所学的无非是表面,他们实在的内心,却不知道。因为只学他们的皮毛,于是社会上便很多了没意思的空谈和饮酒。许多人只会无端的空谈和饮酒,无力办事,也就影响到政治上,弄得玩"空城计",毫无实际了。在文学上也这样,嵇康阮籍的纵酒,是也能做文章的,后来到东晋,空谈和饮酒的遗风还在,而万言的大文如嵇阮之作,却没有了。刘勰说:"嵇康师心以遣论,阮籍使气以命诗。"这"师心"和"使气",便是魏末晋初的文章的特色。正始名士和竹林名士的精神灭后,敢于师心使气的作家也没有了。

到东晋,风气变了。社会思想平静得多,各处都夹入了佛教的思想。再至晋末,乱也看惯了,篡也看惯了,文章便更和平。代表平和的文章的人有陶潜。他的态度是随便饮酒,乞食,高兴的时候就谈论和做文章,无尤无怨。所以现在有人称他为"田园诗人",是个非常和平的田园诗人。他的态度是不容易学的,他非常之穷,而心里很平静。家常无米,就去向人家门口求乞。他穷到有客来见,连鞋也没有,那客人给他从家丁取鞋给他,他便伸了足穿上了。虽然如此,他却毫不为意,还是"采菊东篱下,悠然见南山"。这样的自然状态,实在不易模仿。他穷到衣服也破烂不堪,而还在东篱下采菊,偶然抬起头来,悠然地见了南山,这是何等自然。现在有钱的人住在租界里,雇花匠种数十盆菊花，便做诗，叫作"秋日赏菊效陶彭泽体"，自以为合于渊明的高致，我觉得不大像。

陶潜之在晋末，是和孔融于汉末与嵇康于魏末略同，又是将近易代的时候。但他没有什么慷慨激昂的表示，于是便博得"田园诗人"的名称。但《陶集》里有《述酒》一篇，是说当时政治的。这样看来，可见他于世事也并没有遗忘和冷淡，不过他的态度比嵇康阮籍自然得多，不至于招人主意罢了。还有一个原因，先已说过，是习惯。因为当时饮酒的风气相沿下来，人见了也不觉得奇怪，而且汉魏晋相沿，时代不远，变迁极多，既经见惯，就没有大感触，陶潜之比孔融嵇康和平，是当然的。例如看北朝的墓志，官位升进，往往详细写着，再仔细一看，他是已经经历过两三个朝代了，但当时似乎并不为奇。

据我的意思，即使是从前的人，那诗文完全超于政治的所谓"田园诗人""山林诗人"，是没有的。完全超出于人间世的，也是没有的。既然是超出于世，则当然连诗文也没有。诗文也是人事，既有诗，就可以知道于世事未能忘情。譬如墨子兼爱，杨子为我。墨子当然要著书；杨子就一定不著，这才是"为我"。因为若做出书来给别人看，便变成"为人"了。

由此可知陶潜总不能超于尘世，而且，于朝政还是留心，也不能忘掉"死"，这是他诗文中时时提起的。用别一种看法研究起来，恐怕也会成一个和旧说不同的人物罢。

自汉末至晋末文章的一部分的变化与药及酒之关系，据我所知的大概是这样。但我学识太少，没有详细地研究，在这样的热天和雨天费去了诸位这许多时光，是很抱歉的。现在这个题目总算是讲完了。

（选自《而已集》，上海北新书局1928年10月版）

导读

这是一篇学术演讲，谈论魏晋时期文人的生活作风、文章特色与当时

"吃药""纵酒"的社会风气以及政治形势的关系,同时又是一篇现代杂文史上独具一格、影响深远的杂文名篇,作者目睹广州"四一五"事变大屠杀的景象,在谈魏晋文学时,用当时统治集团采取种种阴谋手段罗织成罪、借故杀人的事例,借古讽今,迂回曲折地抨击了国民党当局。《魏晋风度及文章与药及酒之关系》达到了学术性和政治性的统一,知识性和趣味性的统一。鲁迅研究专家吴中杰指出:"一个学术报告,能谈得这样深入浅出,挥洒自如,通篇用杂文笔法,实属炉火纯青的上乘之作,在学术史和文学史上都不多见也。"

1927年广州"四一五"事变后,鲁迅积极营救学生无效,愤而辞去中山大学教职。当时外间谣传鲁迅逃离广州,实际上他仍在白云楼寓所里整理旧作,但无疑处境十分艰难。广州市教育局请他到夏季学术会演讲,自然要很小心。他在《三闲集·序言》里说:"我是在二七年被血吓得目瞪口呆,离开广东的,那些吞吞吐吐,没有胆子直说的话,都载在《而已集》里。"鲁迅讲魏晋文学,对特定社会环境下的文人心态,分析得很深刻、细致,有不同流俗的主见,但实际上他又并不是纯粹在谈学术问题,1928年12月30日他在写给友人陈濬的信中就曾透露:"弟在广州之谈魏晋事,盖实有慨而言。'志大才疏',哀北海之终不免也。迩来南朔奔波,所阅颇众,聚感积虑,发为狂言。"

因此,《魏晋风度及文章与药及酒之关系》乍看很像一篇严肃的学术演讲,然而透过表象,却不难体味在白色恐怖下鲁迅的微言大义:魏晋时代是一个极为专制、恐怖的时代,大批正直的文人横遭杀戮,幸免者或沉湎于酒,或放浪山水。鲁迅用这样一个充满肃杀气氛的社会环境和在这个环境中形成的文人风习来影射抨击国民党法西斯专制的残暴。这篇名文,"披着学术的华衮",却具有杂文的体式与功效。

丰子恺（1898—1975） 浙江桐乡人。画家、散文家、翻译家。散文集有《缘缘堂随笔》《随笔二十篇》《车厢社会》《缘缘堂再笔》等。

给我的孩子们

我的孩子们！我憧憬于你们的生活，每天不止一次！我想委曲地说出来，使你们自己晓得。可惜到你们懂得我的话的意思的时候，你们将不复是可以使我憧憬的人了。这是何等可悲哀的事啊！

瞻瞻！你尤其可佩服。你是身心全部公开的真人。你什么事体都像拼命地用全副精力去对付。小小的失意，像花生米翻落地了，自己嚼了舌头了，小猫不肯吃糕了，你都要哭得嘴唇翻白，昏去一两分钟。外婆去普陀烧香买回来给你的泥人，你何等鞠躬尽瘁地抱他，喂他；有一天你自己失手把他打破了，你的号哭的悲哀，比大人们的破产，失恋，brokenheart，丧考妣，全军覆没的悲哀都要真切。两把芭蕉扇做的脚踏车，麻雀牌堆成的火车，汽车，你何等认真地看待，挺直了嗓子叫"汪——""咕咕咕……"来代替汽笛。宝姊姊讲故事给你听，说到"月亮姊姊挂下一只篮来，宝姊姊坐在篮里吊了上去，瞻瞻在下面看"的时候，你何等激昂地同她争，说："瞻瞻要上去，宝姊姊在下面看！"甚至哭到漫姑面前去求审判。我每次剃了头，你真心地疑我变了和尚，好几时不要我抱。最是今年夏天，你坐在我膝上发见了我腋下的长毛，当作黄鼠狼的时候，你何等伤心，你立刻从我身上爬下去，起初眼瞪瞪地对我端详，继而大失所望地号哭，看看，哭哭，如同对被判定了死罪的亲友一样。你要我抱你到车站里去，多多益善地要买香蕉，满满地擒了两手回来，回到门口时你已经熟睡在我的肩上，手里的香蕉不知落在哪里去了。这是何等可佩服的真率，自然，与热情！大人间的所谓"沉默""含蓄""深刻"的美德，比起你来，全是不自然的，病的，伪的！

你们每天做火车，做汽车，办酒，请菩萨，堆六面画，唱歌，全是自动的，创造创作的生活。大人们的呼号："归自然！""生活的艺术化！""劳动的艺术化！"在你们面前真是出丑得很了！依样画几笔画，写几篇文的人称为艺术家、创作家，对你们更要愧死！

你们的创作力，比大人真是强盛得多哩：瞻瞻！你的身体不及椅子的一半，却常常要搬动它，与它一同翻倒在地上；你又要把一杯茶横转来藏在抽斗里，要皮球停在壁上，要拉住火车的尾巴，要月亮出来，要天停止下雨。在这等小小的事件中，明明表示着你们的小弱的体力与智力不足以应付强盛的创作欲、表现欲的驱使，因而遭逢失败。然而你们是不受大自然的支配、不受人类社会的束缚的创造者，所以你的遭逢失败，例如火车尾巴拉不住、月亮呼不出来的时候，你们绝不承认是事实的不可能，总以为是爹爹妈妈不肯帮你们办到，同不许你们弄自鸣钟同例，所以愤愤地哭了，你们的世界何等广大！

你们一定想：终天无聊地伏在案上弄笔的爸爸，终天闷闷地坐在窗下弄引线的妈妈，是何等无气性的奇怪的动物！你们所视为奇怪动物的我与你们的母亲，有时确实难为了你们，摧残了你们，回想起来，真是不安心得很！

阿宝！有一晚你拿软软的新鞋子，和自己脚上脱下来的鞋子，给凳子的脚穿了，光袜立在地上，得意地叫"阿宝两只脚，凳子四只脚"的时候，你母亲喊着"龌龊了袜子！"立刻擒你到藤榻上，动手毁坏你的创作。当你蹲在榻上注视你母亲动手毁坏的时候，你的小心里一定感到"母亲这种人，何等杀风景而野蛮"罢！

瞻瞻！有一天开明书店送了几册新出版的毛边的《音乐入门》来。我用小刀把书页一张一张地裁开来，你侧着头，站在桌边默默地看。后来我从学校回来，你已经在我的书架上拿了一本连史纸印的中国装的《楚辞》，把它裁破了十几页，得意地对我说："爸爸！瞻瞻也会裁了！"瞻瞻！这在你原是何等成功的欢喜，何等得意的作品！却被我一个惊骇的"哼"字喊得你哭了。那时候你也一定抱怨"爸爸何等不明"罢！

软软！你常常要弄我的长锋羊毫，我看见了总是无情地夺脱你。现在你一定轻视我，想道："你终于要我画你的画集的封面！"

最不安心的，是有时我还要拉一个你们所最怕的陆露沙医生来，教他用他的大手来摸你们的肚子，甚至用刀来在你们臂上割几下，还要教妈妈和漫姑擒住了你们的手脚，捏住了你们的鼻子，把很苦的水灌到你们的嘴里去。这在你们一定认为太无人道的野蛮举动罢！

孩子们！你们果真抱怨我，我倒欢喜；到你们的抱怨变为感激的时候，我的悲哀来了！

我在世间，永没有逢到像你们样出肺肝相示的人。世间的人群结合，永没有像你们样的彻底地真实而纯洁。最是我到上海去干了无聊的所谓"事"回来，或者去同不相干的人们做了叫做"上课"的一种把戏回来，你们在门口或车站旁等我的时候，我心中何等惭愧又欢喜！惭愧我为甚么去做这等无聊的事，欢喜我又得暂时放怀一切地加入你们的真生活的团体。

但是，你们的黄金时代有限，现实终于要暴露的。这是我经验过来的情形，也是大人们谁也经验过的情形。我眼看见儿时的伴侣中的英雄，好汉，一个个退缩，顺从，妥协，屈服起来，到像绵羊的地步。我自己也是如此。"后之视今，亦犹今之视昔"，你们不久也要走这条路呢！

我的孩子们！憧憬于你们的生活的我，痴心要为你们永远挽留这黄金时代在这册子里。然这真不过像"蜘蛛网落花"，略微保留一点春的痕迹而已。且到你们懂得我这片心情的时候，你们早已不是这样的人，我的画在世间已无可印证了！这是何等可悲哀的事啊！

1926年《子恺画集》代序

（选自《随笔二十篇》，上海天马书店1934年8月版）

导读

儿女生活、童年时代是丰子恺随笔的取材来源之一。他曾说过："近来我的心为四事所占据了：天上的神明与星辰，人间的艺术与儿童，这小燕子似的一群儿女，是在人世间与我因缘最深的儿童，他们在我心中占有与神明、星辰、艺术同等的地位。"后来他又进一步解释自己讴歌童真的原因和用意："我向来憧憬于儿童生活，尤其是那时，我初尝世味，看见了当时社会里的虚伪骄矜之状，觉得成人大都已失去本性，只有儿童天真烂漫，人格完整，这才是真正的'人'。于是变成了儿童崇拜者，在随笔中，漫画中，处处赞扬儿童。现在回忆当时的意识，这正是从反面诅咒成人社会的恶劣。"

丰子恺"时时在儿童生活中获得感兴""玩味这种感兴，描写这种感兴"，成为他20世纪20年代后期随笔创作的中心题材，突出表现了他对儿童的热爱和一颗赤子之心。《给我的孩子们》是丰子恺讴歌儿童的名篇之一，在文章里他赞美儿童是"身心全部公开的真人""真率，自然与热情"，并且有着"比大人真是强盛得多"的"创作力"，是"不受大自然的支配，不受人类社会的束缚的创造者"。作者憎恶现实社会"全是不自然的，病的，伪的"，感叹"世间的人群结合"，永远没有像儿童那般"彻底地真实而纯洁"。作者在颂扬儿童纯真灵魂的同时，却已经想到他们将要"退缩，顺从，妥协，屈服"，最后失去纯真，因而感到深沉的悲哀。丰子恺讴歌童真，倾心于儿童的人格美，用儿童的真诚、自由、活泼、富于创造欲望，来处处反衬成人社会的虚伪、拘束、暮气和颓败，充分体现了他的人生理想。

丰子恺描写儿童生活相的随笔，可以和冰心的《寄小读者》相媲美，而且在童趣玩味、童真礼赞、父爱流露等方面还胜过冰心。正如郁达夫在《中国新文学大系·散文二集》的"导言"中所言："对于小孩子的爱，与冰心女士不同的一种体贴入微的对于小孩子的爱，尤其是他的散文里的特色。"

> **茅盾**（1896—1981） 原名沈雁冰，浙江桐乡人。小说家、散文家。散文集有《速写与随笔》《见闻杂记》《时间的记录》等。

卖豆腐的哨子

早上醒来的时候，听得卖豆腐的哨子在窗外呜呜地吹。

每次这哨子声引起了我不少的怅惘。

并不是它那低叹暗泣似的声调在诱发我的漂泊者的乡愁；不是呢，像我这样的outcast，没有了故乡，也没有了祖国，所谓"乡愁"之类的优雅的情绪，轻易不会兜上我的心头。

也不是它那类乎军笳然而已颇小规模的悲壮的颤音，使我联想到另一方面的烟云似的过去；也不是呢，过去的，只留下淡淡的一道痕，早已为现实的严肃和未来的闪光所掩煞所销毁。

所以我这怅惘是难言的。然而每次我听到这呜呜的声音，我总抑不住胸间那股回荡起伏的怅惘的滋味。

昨夜我在夜市上，也感到了同样酸辣的滋味。

每次我到夜市，看见那些用一张席片挡住了潮湿的泥土，就这么着货物和人一同挤在上面，冒着寒风在嚷嚷然叫卖的衣衫褴褛的小贩子，我总是感得了说不出的怅惘的心情。说是在怜悯他们么？我知道怜悯是亵渎的。那么，说是在同情于他们罢？我又觉得太轻。我心底里钦佩他们那种求生存的忠实的手段和态度，然而，亦未始不以为那是太拙笨。我从他们那雄辩似的"夸卖"声中感得了他们的心的哀诉。我仿佛看见他们呼出的热气在天空中凝集为一片灰色的云。

可是他们没有呜呜的哨子。没有这像是闷在瓮中，像是透过了重压而挣扎出来的地下的声音，作为他们的生活的象征。

呜呜的声音震破了冻凝的空气在我窗前过去了。我倾耳静听，我似乎已经从这单调的呜呜中读出了无数文字。

我猛然推开幛子，遥望屋后的天空。我看见了些什么呢？我只看见满天白茫茫的愁雾。

（选自1929年2月10日《小说月报》第20卷第2号）

导 读

20世纪20年代中期轰轰烈烈的大革命热潮，曾给许多热血青年带来极大的希望与憧憬；突如其来的失败挫折和白色恐怖，又给他们造成深重的心灵创伤。当时茅盾也陷入了彷徨探索的苦闷境地，他在《卖豆腐的哨子》等一系列抒写对大革命失败内心体验的散文中，比较集中、更为敏锐地反映了一个时代的苦闷和追求。

《卖豆腐的哨子》是茅盾在大革命失败后旅居日本期间所写。他敏感地捕捉到日本小贩卖豆腐时吹哨子的声音："它那低叹暗泣似的声调"；"它那类乎军笳然而已颇小规模的悲壮的颤音"；它那"呜呜"的声音，"像是闷在瓮中，像是透过了重压而挣扎出来的地下的声音"。又把它和自己的怅惘心情结合起来，象征了他内心的压抑和沉重。通篇以诗意的笔触出之，也以诗意的结构布局。作者巧妙地把个人体验转化为具体可感的艺术画面，托物寄意，带着象征意味，造成含蕴深厚的诗的艺术境界。

茅盾研究专家丁尔纲认为，事实上茅盾是把这篇抒情散文当成抒情诗来写，刻意追求诗的含蓄和凝练，以极其精练、短小的篇幅体现出寓意深厚、感情蕴藉、韵味隽永的内容。他说："特别值得注意的还有借景抒情捕捉生活的艺术功力，和寓情于境、动人心弦的诗意的笔触，这成为茅盾抒情散文创作特定时期的一个特色。除了鲁迅的《野草》之外，至今还没有第二类作品可与匹敌。"

梁遇春（1906—1932） 福建福州人。翻译家、散文家。散文集有《春醪集》《泪与笑》。

救 火 队

三年前一个夏天的晚上，我正坐在院子里乘凉，忽然听到接连不断的警钟声音，跟着响三下警炮，我们都知道城里什么地方的屋子又着火了。我的父亲跑到街上去打听，我也奔出去瞧热闹。远远来了一阵嘈杂的呼喊，不久就有四五个赤膊工人个个手里提一只灯笼，拼命喊道："救""救"……从我们面前飞也似地过去，后面有六七个工人拖一辆很大的铁水龙同样快地跑着，当然也是赤膊的。他们只在腰间系一条短裤，此外棕黑色的皮肤下面处处有蓝色的浮筋跳动着，他们小腿的肉的颤动和灯笼里闪烁欲灭的烛光有一种极相协的和谐，他们的足掌打起无数的尘土。可是他们越跑越带劲，好像他们每回举步时，从脚下的"地"都得到一些新力量。水龙隆隆的声音杂着他们心情的呐喊，他们在满面汗珠之下现出同情和快乐的脸色。那一架庞大的铁水龙我从前在救火会曾经看见过，总以为最少也要十七八个人用两根杠子才抬得走，万想不到六七个人居然能够牵着它飞奔。他们只顾到口里喊"救"，那么不在乎地拖着这笨重的家伙往前直奔，他们的脚步和水龙的轮子那么一致飞动，真好像铁面无情的水龙也被他们的狂热所传染，自己用力跟着跑了。一霎眼他们都过去了，一会儿只剩些隐约的喊声。我的心却充满了惊异，愁闷的心境顿然化为晴朗，真可说拨云雾而见天日了。那时的情景就不灭地印在我的心中。

从那时起，我这三年来老抱一种自己知道绝不会实现的宏愿，我想当一个救火夫。他们真是世上最快乐的人们，当他们心中只惦着赶快去救人这个念头，其他万虑皆空，一面善用他们活泼泼的躯干，跑过十里长街，像救自己的妻子一样去救素来不识面的人们，他们的生命是多么有目的，多么矫健生姿。我相信生命是一块顽铁，除非在同情的熔炉里烧得通红的，用人世间的灾难做锤子来使他迸出火花来，他总是那么冷冰冰、死沉沉地。怅惘地徘徊于人生路上的我们天天都是在极剧烈的麻木里过去——一种甚至于不能得自己同情的苦痛。可是我们的迟疑不前成了天性，几乎将我们活动的能力一笔勾销，我们的理智把我们弄成残废的人们了。不敢上人生的舞场和同伴们狂欢地跳舞，却躲在帘子后面呜咽，这正是我们这般弱者的态度。在席卷一切的大火中奔走，在快陷下的屋梁上攀缘，不顾死生，争为先登的救火夫们安得不打动我们的心弦。他们具有坚定不拔的目的，他们一心一意想营救难中的人们，凡是难中人们的命运他们都视如自己地亲切地感到，他们尝到无数人心中的哀乐，那般人们的生命同他们的生命息息相关，他们忘记了自己，将一切火热里的人们都算做他们自己，凡是带有人的脸孔全可以算做他们自己，这样子他们生活的内容丰富到极点，又非常澄净清明，他们才是真真活着的人们。

　　他们无条件地同一切人们联合起来，为着人类，向残酷的自然反抗。这虽然是个个人应当做的事，并没有什么了不得，然而一看到普通人们那样子任自然力蹂躏同类，甚至于认贼作父，利用自然力来残杀人类，我们就不能不觉得那是一种义举了。他们以微小之躯，为着爱的力量的缘故，胆敢和自然中最可畏的东西肉搏，站在最前面的战线，这时候我们看见宇宙里最悲壮雄伟的戏剧在我们面前开演了：人和自然的斗争，也就是希腊史诗所歌咏的人神之争（因为在希腊神话里，神都是自然的化身）。我每次走过上海静安寺路救火会门口，看见门上刻有 We Fight Fire 三字，我总觉得凛然起敬。我爱狂风暴浪中把着舵神色不变的舟子，我对于始终住在霍乱流行极盛的城里，履行他的职务的约翰·勃朗医生（Dr. John Brown）怀一种虔敬的心情（虽然他那和蔼可亲的散文使我觉得他是个脾气最好的人），然而专以杀微弱的人类为务的英雄却勾不起我丝毫的欣羡，有时简直还有些鄙视。发现细菌的巴斯德（Pasteur），发明矿中安全灯的某一位科学家（他的名字我不幸忘记了），以及许多为人类服务的人们，像林肯、威尔逊之流，他们现在天天受我们的讴歌，实际上他们和救火夫具有同样的精神，也可以说救火夫和他们是同样地伟大，最少在动机方面是一样的，然而我却很少听到人们赞美救火夫。可见救火夫并不是一眼瞧着受难的人类，一眼顾到自己身前身后的那般伟大，所以他们虽然没有人们献上甜蜜蜜的媚辞，却很泰然地干他们冒火打救的伟业，这也正是他们的胜过大人物们的地方。

有一位愤世的朋友每次听到我赞美救火夫时，总是怒气汹汹地说道，这个胡涂的世界早就该烧个干干净净，山穷水尽，现在偶然天公做美，放下一些火来，再用些风来助火势，想在这片龌龊的地上锄出一小块洁白的土来。偏有那不知趣的、好事的救火夫焦头烂额地来浇下冷水，这真未免于太杀风景了，而且人们的悲哀已经是达到饱和度了，烧了屋子和救了屋子对于人们实在并没有多大关系，这是指那般有知觉的人而说。至于那般天赋与铜心铁肝，毫不知苦痛是何滋味的人们，他们既然麻木了，多烧几间房子又何妨呢！总之，天下本无事，庸人自扰之，足下的歌功颂德更是庸人之尤所干的事情了。这真是"人生一世浪自苦，盛衰桃杏开落间"。我这位朋友是最富于同情心的人，但是顶喜欢说冷酷的话，这里面恐怕要用些心理分析的功夫罢！然而，不管我们对于个个的人有多少的厌恶，人类全体合起来总是我们爱恋的对象。这是当代一位没有忘却现实的哲学家George Santayana讲的话。这话是极有道理的，人们受了遗传和环境的影响，染上了许多坏习气，所以个个人都具些讨厌的性质，但是当我们抽象地想到人类的，我们忘记了各人特有的弱点，只注目在人们可以为美善的地方，想用最完美的法子使人性向着健全壮丽的方面发展，于是彩虹般的好梦现在当前，我们怎能不爱人类哩！英国十九世纪末叶诗人Frederich Lokcer Lanmpson在他的《自传》（*My Confidences*）说道："一个思想灵活的人最善于发现他身边的人们的潜伏的良好气质，他是更容易感到满足的；想像力不发达的人们是最快就觉得旁人可厌的，的确是最喜欢埋怨他们朋友的知识上同别方面的短处。"（不知道我那位嫉俗的朋友听了这段话作何感想，但是我绝不是因为他发现了我那一方面的短处，特地引这一段来酬他的好意。恐怕他误会了更加愤世，所以郑重地声明一下。）总之，当救火夫在烟雾里冲锋同突围的时候，他们只晓得天下有应当受他们的援救的人类，绝没有想到着火的屋里住着个杀千刀、杀万刀的该死狗才。天下最大的快乐无过于无顾忌地尽量使用己身隐藏的力量，这个意思亚里士多德在两千年前已经娓娓长谈过了。救火夫一时激于舍身救人的意气，举重若轻地拖着水龙疾驰，履险若夷地攀登危楼，他们忘记了困难和危险，因此危险和困难就丢失了它们一大半的力量，也不能同他们捣乱了。他们慈爱的精神同活泼的肉体真得到尽量的发展，他们奔走于惨淡的大街时，他们脚下踏的是天堂的乐土，难怪他们能够越跑越有力，能够使旁观的我得到一副清心剂。就说他们所救的人们是不值得救的，他们这派的气概总是可敬佩的。天下有无数女人捧着极纯净的爱情，送给极卑鄙的男子，可是那雪白的热情不会沾了尘污，永远是我们所欣羡不置的。

救火夫不单是从他们这神圣的工作得到无限的快乐，他们从同拖水龙、同提灯笼的伴侣又获到强度的喜悦。他们那时把肯牺牲自己，去营救别人的人们都认为比兄弟还要亲密的同志。不管村俏老少，无论贤愚智不肖，凡是努力于扑灭烈火的人们，他们都看做生平的知己，因为是他们最得意事的伙计们。他们有时在火场上初次相见，就可以相视而笑，莫逆于心，"乐莫乐兮新相知"，他们的生活是多有趣呀！个个人雪亮的心儿在这一场野火里互相认识，这是多么值得干的事情。怯懦无能的我在高楼上玩物丧志地读着无谓的书的时候，偶然听到警钟，望见远处一片漫天的火光，我是多么神往于随着火舌狂跳的壮士，回看自己枯瘦的影子，我是多么心痛，痛惜我虚度了青春同壮年。

但是若使我们睁开眼睛，举目四望，我们将看到世界上——最少中国里面——远处无时不是有火灾，我们在街上碰到的人十分之九是住在着火的屋子的人们。被军队拉去运东西的夫役；在工厂里从清早劳动到晚上的童工；许多失业者，为要按下饥肠，就拿刀子去抢劫，最后在天桥上一命呜呼的匪犯；或者所谓无笔可投而从戎，在寒风里抖战着，自己不知道什么时候会变做旷野里的尸首的兵士；此外踯躅街头，忍受人们的侮辱，拿着洁净的肉体去换钱的可尊敬的女性：娼妓；码头上背上负了几百斤的东西（那里面都是他们的同胞的日用必需奢侈品），咬定牙根，迈步向前的脚夫；机器间里，被煤气熏得吐不出气，天天显明地看自己向死的路上走去，但是为着担心失业的苦痛，又不敢改业，宁可被这一架机器折磨死的工人；瘦骨不盈一把，拖着身体强壮、不高兴走路的大人的十三四岁车夫；报上天天记载的那类"两个铜片，牺牲了一条生命"这类闲人认为好玩事情的凄惨背景，黄浦滩头，从容就义的无数为生计所迫而自杀的人们的绝命书……总之，他们都是无时无刻不在烈火里活着，对于他们地球真是一个大炮烙柱子，他们个个都正晕倒在烟雾中，等着火舌来把他们烧成焦骨。可是我们却见死不救，还望青天歌咏我们从来没有见过的夜莺。若使我的朋友的房子着火了，我们一定去帮忙，做个当然的救火夫，现在全地面到处都是熊熊的火焰，我们都觉闲暇得打出数不尽的呵欠来，可见天下人都是明可察秋毫，而不能见泰山，否则世界也不至于糟糕得如是之甚了。

我们都是上帝所派定的救火夫，因为凡是生到人世来都具有救人的责任，我们现在时时刻刻听着不断的警钟，有时还看见人们呐喊着往前奔，然而我们有的正忙于挣钱积钱，想做面团团、心硬硬、人蠢蠢的富家翁，有的正阴谋权位，有的正搂着女人欢娱，有的正缘着河岸，自鸣清高地在那儿伤春悲秋，都是失职的救火夫。有些神经灵敏的人听到警钟，也都还觉得难过，可是又顾惜着自己的皮肤，只好拿些棉花塞在耳里，闭起门来，过象牙塔里的生活。若使我们城里的救火夫这样懒惰，拿公事来做儿戏，那么我们会多么愤激地辱骂他们，可是我们这个大规模的失职却几乎变成当然的事情了，天下事总是如是莫测其高深的，宇宙总是这么颠倒地安排着，难怪有人喊起"打倒这胡涂世界"的口号。

有些人的确是去救火了，但是他们只抬一架小水龙，站在远处，射出微弱的水线。他们总算是到场，也可以自欺欺人地说已尽职了，但是若使天下的救火夫都这么文绉绉地，无精打采地做他们的工作，那么恐怕世界的火灾永不会扑灭，一代一代的人们永远是湮没在这火坑里，人类始终没有抬头的日子了。真真的救火夫应当冲到火焰里，爬上壁立的绳梯，打破窗户进去，差不多是拿自己的命来换别人的生命，一面踏着危梁，牵着屋角，勇敢地拆散将着火的屋子，甚至就是自己被压死也是无妨。要这样子才能济事。救火的场中并不是卖弄斯文的地点，在那里所宝贵的是胆量和筋肉，微温的同情是用不着的，好意的了解是不感谢的，果然真是热肠的男儿，那么就来拖着水龙，往火旺处冲进去罢。个个救火夫都该抱个我不先入地狱，谁入地狱的精神，相信有一人不得救，我即不能升天的道理，那么深夜里，狂风怒号，火光照人须眉的时候，正是他们献身的时节。袖手拿出隔江观火的态度是最卑污不过的弱者。

　　有人说，人生乐事正多，野外有恬静清幽、含有无限奥妙的自然，值得我们欣赏，城市里有千奇百怪、趣味无穷的世态，可以供我们玩味，我们在世之日无多，匆匆地就结束了，何不把这些须绝难再得的时光用来享乐自己呢？他们以为我们该做个世态的旁观者，冷笑地在旁看人生这套杂剧不断地排演着，在一旁喝些汽水，抽着纸烟闲谈。不错，世界是个大舞台，人生也的确是一出很妙的杂剧，但是不幸得很，我们不能离开这世界，我们是始终滞在舞台上面的，这出剧的观众是上帝，是神们，或者魔鬼们，绝不是我们自己。站在戏台上不扮个角色，老是这般痴痴地望着，也未免难为情吧！并且我们的一举一动总不能脱离人生，我们虽然自命为旁观者，我们还是时时刻刻都在这里面打滚，人间世的喜怒哀乐还是跟我们寸步不离，那么故意装做超然的旁观态度，真是个十足的虚伪者。天下最显明地自表是个旁观者，同最讨厌的人无过于做《旁观报》的 Addison 了，但是我想当他同极可敬爱的 Steele 吵架的时候，他恐怕也免不了脱下观客的面孔，扮个愚蠢的人生里一个愚蠢的满腔愤恨的角色了。我们除开死之外，永远没有法子能离开人生，站在一旁，又何苦弄出这一大串自欺欺人的话呢！并且有许多最俗不过的人们，为着要避免世上种种有损于己的责任，为着要更专心地去追求一己的名利，就拿出世态旁观者这副招牌，挡住了一切于己无益的义务，暗地里干他们自己的事情，这种人是卑鄙得不配污我的笔墨，用不着谈的。现在全世界处处都有火灾，整座舞台都着火了，我们还有闲情去与自然同化、讥讽人生吗？救火夫听到警钟不去拖水龙，却坐在家里钓鱼，跟老婆话家常，这种人恐怕是绝顶聪明的人罢？然而这正是前面所说的及时行乐的人们。当我们提着灯笼，奔过大路的时候，路旁的美丽姑娘同临风招展的花草是无心观看的，虽然她们本身是极值得赞美的。至于只知道哼着颠三倒四的文句，歌颂那大家都无缘识面的夜莺的中国新文人，我除开希望北平的刮风把他们吹到月球上面去以外，没有第二个意思。

当我们住的屋子烧着的时候，常有穷人们来趁火打劫，这样幸灾乐祸的办法真是可恨极了。然而我们一想许多人天天在火坑里过活，他们不能得到他们应得的报酬，我们坐着说风凉话的先生们却拿着他们所应得的东西来过舒服的生活；他们饿死了，那全因为我们可以多吃一次燕窝，使我们肚子涨得难受，可以多喝一杯白兰地，使我们的头更痛得厉害，于斯而已矣。所以睁大眼睛看起来，我们天天都是靠着趁火打劫过活，这真是大盗不动干戈。我们趁火打劫来的东西有时偶然被人们趁火打劫去，我们就不胜其愤慨，说要按法严办，这的确太缺乏诙谐的风趣了。应当做救火夫的我们偏要干趁火打劫的勾当，人性已朽烂到这样地步，我想彗星和地球接吻的时候真该到了。

（选自1930年8月16日《现代文学》第1卷第2期）

导 读

梁遇春的随笔，是以阐发他对知识和人生的新颖见解为灵魂的，有着不同凡响的独特风格。他的随笔，从来不作枯燥空洞的议论，他总是调动古今中外的丰富的历史文化知识，作立论的依据；在展开议论时，他调动了记叙、描写、抒情、对话、想象、联想等艺术手段，逻辑思维和形象思维结合着进行，使议论形象化和抒情化；他在论证他的论题时，常常是有张有合，有纵有横，有正面论述和反面反驳，有曲折有波澜，有具体的分析和概括的升华，多侧面多层次地使所要确立的论题得到丰富和深化，直到说深说透为止；他的随笔，文字洒脱优雅，驰骋自如，笔致富于情采，结构不落俗套。

《救火队》一文，无论从思想和艺术看，都代表了他随笔的最高水平，是充分体现其随笔风格的名篇。这篇随笔以记叙和描写三年前一个夏夜救火夫赶去救火时的矫健雄姿入题，接下去便以议论的笔墨从正面展开对救火夫的赞颂。继之他反驳了一位愤世朋友对救火夫任意贬抑的言论，把议论推进一层，把对救火夫的赞颂和描写推进一层。文章至此似可结束了，可是作者并没有就此打住，而是把议论的范围大大扩展了。他认为整个世界是在烈火中焚烧的火场，劳苦大众、知识分子都在烈火中经受炮烙的劫难，全世界的人都应是"上帝的救火夫"，都有救火的责任，都应成为扑火的英雄。这样一写，文章的气势陡然开阔了，思想也向深处、广处、高处深化、扩展、升华了。再接下去，作者又给予那些对世界大火取旁观态度的人、那些趁火打劫的大盗一连串的痛斥。与此同时，他又进一步描写救火夫的雄姿，歌颂他们赴汤蹈火、舍己救人的高尚品格。从《救火队》一文，确可窥见梁遇春随笔以议论为中心，调动一切知识积累和艺术手段，使议论形象化、情意化的风姿，以及那种知、情、理相统一的特点。

> **何其芳**（1912—1977） 重庆万州人。文艺理论家、诗人、散文家。散文集有《画梦录》《还乡杂记》《星火集》等。

雨　前

　　最后的鸽群带着低弱的笛声在微风里划一个圈子后，也消失了。也许是误认这灰暗的凄冷的天空为夜色的来袭，或是也预感到风雨的将至，遂过早地飞回它们温暖的木舍。

　　几天的阳光在柳条上撒下的一抹嫩绿，被尘土埋掩得有憔悴色了，是需要一次洗涤。还有干裂的大地和树根也早已期待着雨。雨却迟疑着。

　　我怀想着故乡的雷声和雨声。那隆隆的有力的搏击，从山谷反响到山谷，仿佛春之芽就从冻土里震动，惊醒，而怒茁出来。细草样柔的雨声又以温柔之手抚摩它，使它簇生油绿的枝叶而开出红色的花。这些怀想如乡愁一样萦绕得使我忧郁了。我心里的气候也和这北方大陆一样缺少雨量，一滴温柔的泪在我枯涩的眼里，如迟疑在这阴沉的天空里的雨点，久不落下。

　　白色的鸭也似有一点烦躁了，有不洁的颜色的都市的河沟里传出它们焦急的叫声。有的还未厌倦那船一样的徐徐的划行，有的却倒插它们的长颈在水里，红色的蹼趾伸在尾后，不停地扑击着水以支持身体的平衡。不知是在寻找沟底的细微的食物，还是贪那深深的水里的寒冷。

　　有几个已上岸了。在柳树下来回地作绅士的散步，舒息划行的疲劳。然后参差地站着，用嘴细细地抚理它们遍体白色的羽毛，间或又摇动身子或扑展着阔翅，使那缀在羽毛间的水珠坠落。一个已修饰完毕的，弯曲它的颈到背上，长长的红嘴藏没在翅膀里，静静合上它白色的茸毛间的小黑睛，仿佛准备睡眠。可怜的小动物，你就是这样做你的梦吗？

我想起故乡放雏鸭的人了。一大群鹅黄色的雏鸭游牧在溪流间。清浅的水，两岸青青的草，一根长长的竹竿在牧人的手里。他的小队伍是多么欢欣地发出啁啾声，又多么驯服地随着他的竿头越过一个田野又一个山坡！夜来了，帐幕似的竹篷撑在地上，就是他的家。但这是怎样辽远的想象啊！在这多尘土的国土里，我仅只希望听见一点树叶上的雨声。一点雨声的幽凉滴到我憔悴的梦，也许会长成一树圆圆的绿阴来覆荫我自己。

我仰起头。天空低垂如灰色的雾幕，落下一些寒冷的碎屑到我脸上。一只远来的鹰隼仿佛带着怒愤，对这沉重的天色的怒愤，平张的双翅不动地从天空斜插下，几乎触到河沟对岸的土阜，而又鼓扑着双翅，作出猛烈的声响腾上了。那样巨大的翅使我惊异。我看见了它两肋间斑白的羽毛。

接着听见了它有力的鸣声，如同一个巨大的心的呼号，或是在黑暗里寻找伴侣的叫唤。

然而雨还是没有来。

1933年春于北京

（选自《画梦录》，上海文化生活出版社1936年7月版）

导读

在"五四"散文变革的基础上，20世纪30年代中国现代抒情散文获得长足的进展，尤其是何其芳等人致力于"为抒情的散文找出一个新的方向"，执着追求散文艺术的独创与完美，改变了人们轻视散文艺术的传统偏见。何其芳说："我愿意从微薄的努力来证明每篇散文应该是一种纯粹的独立的创作，不是一段未完篇的小说，也不是一首短诗的放大。"他精心雕琢的散文集《画梦录》曾和曹禺的剧本《日出》、芦焚的小说《谷》一起，获得《大公报》1936年度文艺奖，成功地实践了自己的艺术主张。

《画梦录》收录何其芳1933—1935年间创作的散文16篇，作者说："它包含着我的生活和思想上的一个时期的末尾，一个时期的开头"；以《黄昏》为界，之前为"幻想时期"，充满着"幼稚的伤感，寂寞的欢欣和辽远的幻想"，《雨前》属于这一时期的作品；之后为"苦闷时期"，"更感到了一种深沉的寂寞，一种大的苦闷，更感到了现实与幻想的矛盾，人的生活的可怜，然而找不到一个肯定的结论"，《独语》属于这一时期的作品。

最后的鸽群带着低弱的笛声飞走了。雨就要来了。憔悴的柳条在等，白色的鸭在等，雨却迟疑着。在雨的迟疑间，作者回想起了故乡的雷声和雨声，故乡放雏鸭的人——现实的干涸与荒芜参照着记忆的湿润与美丽，让他抬起头来。天空中有一只远来的鹰隼，巨大的翅，有力的鸣声——然而雨还是没有来。很少有散文能写得如此扣人心弦，使心脏感受到一种压迫，屏住呼吸，紧张地等待。希望变成一种压力，现实又如此沉痛，雨久不落下，绷紧的心弦只有到怀念与想象中寻找缓解。但是清浅的水、两岸青青的草，一大群鹅黄色的雏鸭都不过是"辽远的想象"。现实里也可能有强大的力量，可以召唤来一场强有力的雨吗？鹰隼是雨前一个愤怒的战士。虽然最终雨还是没有来，但是我们明白：除了在回忆中逃避外，还可以有别的奋斗的出路。

何其芳有最好的描写性文字。写优美的江南景色，仿佛是一个悠扬的省略号，从容而涵咏不尽；而写那一只鹰隼，却仿佛电影中一个大特写，是灰色的天空中一个巨大的惊叹号，它定会撕开沉重的天幕，让雨，磅礴而下。文章的节奏感也极好，笼罩在一种沉重的期待之中，却不是一下将人逼入绝境，而是有张有弛，在焦躁之间有和缓的回旋，而这和缓的回旋，又在最后把情绪推得更高更险。鹰隼是一个高的极限，极限之后却又一落千丈——"雨还是没有来"。让人想到什么呢？去看看《老残游记》中白妞说书那一节吧。

> **巴金**（1904—2005） 原名李尧棠，四川成都人。小说家、散文家。散文集有《旅途随笔》《点滴》《短简》《废园外》等。

鸟的天堂

在N的小学校里我们吃过了晚饭。热气已经退了。太阳落下了山坡，只留了一段灿烂的红霞在天边，在山头，在树梢。

"我们划船去！"N提议说。那时候我们大家站在校前的池畔，看那山景。

"好。"别的朋友很高兴地接口说，我也跟着赞同了。

我们走过一条石子路，很快地就到了河边。那里有一个茅草的水阁，穿过它，在河边大树下我们发现了几只小船。

我们陆续跳在一只船上，一个朋友解开了绳，拿起竹竿一拨，于是船缓缓地动了，向着河中间流去。

三个朋友划着船，我袖手坐在船中望四周的景致。

远远地一座塔耸立在山坡上面，许多绿树拥抱着它，在这附近很少有那样的塔，那里是朋友Y的家乡，我明天就要到那里去，登那山，上那塔。

河面是很宽的，白茫茫的水上没有一点波浪。船平静地在水面流动。三只桨有规律地在水里拨动；那声音送进耳朵去就像一曲音乐。

在一个地方河面变窄了。一簇簇的绿叶突出到水面来。那树叶真绿得可爱。是许多株茂盛的榕树，但我却看不出它们的树干在什么地方。

当我说许多株榕树的时候，我的错误马上就给朋友们纠正了，一个朋友说那里只有一株榕树，另一个朋友说那里的榕树是两株。我看见过不少的大榕树，但是像这样大的榕树我却是第一次看见。

我们的船渐渐逼近那榕树了。我便有了机会看见它的真面，真是一株大树，枝干的数目是不可计数的。枝上又生根，有许多根直垂到地上，进入了土里。一部分的树枝垂到水面，从远处看，就像一株大树躺卧在水面一般。

这时候正是榕树茂盛的时期。（树上已经结了小小的果实，而且许多落下来了）。它现在好像在把它的全部生命力展示给我们看。那么多的绿叶，一簇堆在另一簇上面，不留一点缝隙。那翠绿的颜色明亮地照耀着我们的眼睛，似乎每一片树叶上都有一个新的生命在颤动。这美丽的南国的树。

船在树下泊了片刻，岸上很湿，我们没有上去。朋友说这里是"鸟的天堂"，有许多鸟在这树上做窠，农民不许人去捉它们。我仿佛听见几只鸟扑翅的声音，但等我的眼睛注意地去看那里时，我却看不见一只鸟的影儿。只有无数的树根立在地上，像许多根木桩。土地是湿的，大概涨潮时河水时常会冲上岸去。鸟的天堂里没有一只鸟儿，我不禁这样想。于是船开了。一个朋友拨着船，缓缓地流到河中间去。

在河边田畔的小径上有几株荔枝树。绿叶丛中垂着累累的红色果实，映到我们的眼帘来就带了大的引诱性。我们的船就往那里流。一个朋友拿起桨把船拨进一条小沟。在那小径旁边，船停住了，我们都跳了上岸。

两个朋友很快地爬到树上去，从树上抛下几枝带叶的荔枝下来，我们接着，我和N和Y三个人站在树下，就剥开几个来吃。等他们下地来时，我们大家一面吃着荔枝，一面回到船上去。这荔枝还没有成熟，大家后来都不想吃了。

第二天我们划着船到Y的家乡去，就是那个有山有塔的地方。从N的小学校出发，我们又经过那个"鸟的天堂"。

这一次是在早晨，阳光照耀在水面上，在树梢，一切都显得更加光明了。我们也把船在树下泊了片刻。

起初周围是静寂的。后来忽然起了一声鸟叫。朋友N把手一拍，我们便看见一只大鸟飞了起来。接着又看见第二只，第三只。我们继续地拍掌。很快地这树林变得热闹了。到处都是鸟声，到处都是鸟影。大的，小的，花的，黑的，有的站在树枝上叫，有的飞起来，有的在扑翅膀。

我注意地看着。我的眼睛真是应接不暇,看清楚了这只,又看落了那只,看见了那只,第三只又飞起了。一只画眉鸟飞了出来。给我们的拍掌声吓着,又飞进了树林,站在一根小枝上兴奋地叫着,那歌声真好听。

"走罢。"Y催促说。

当小船向着高塔下面的乡村流去的时候,我还回头去看那被抛在后面的茂盛的榕树。我感到一点儿的留恋的心情。昨天是我的眼睛骗了我。那"鸟的天堂"的确是鸟的天堂啊!

6月17日在广州

(选自1933年8月1日《文学》第1卷第2期)

导读

《鸟的天堂》记述的是1933年巴金偕友人观赏广东新会"鸟的天堂"的经历,是一曲优美动人的田园牧歌,也是中国现代散文史上写景抒情的名篇佳作。

在《鸟的天堂》中,巴金几乎是用简朴无华的文字,平铺直叙地记述了他的赏鸟经历,但实际上文中有曲折,有跌宕,有波澜,有余韵,摇曳着娓娓动人的情致,荡漾着袅袅不尽的情思。如他从随意荡舟游玩写到"注意"观赏"鸟的天堂",这是文章的曲折;他先写前一天黄昏"鸟的天堂"里竟然"看不见一只鸟的影子",再极写翌日清晨看不尽众鸟的扑翅、飞翔、欢叫、歌唱,"到处都是鸟声,到处都是鸟影",文章从跌宕跃向高潮;最后当他离开"鸟的天堂"时,仍然频频回首,心中翻腾着"留恋的心情",文章充满悠远绵长的波澜和余韵。巴金以清新流畅之笔,发掘和描绘自然胜景之美,寄托自己美好的情思,创造出一种清丽悠远的意境。

巴金的写景抒情名篇,从来不描写孤立的美、静态的美,而是追求互相联系、互相映衬、互相烘托的整体美、层次美和深度美。这篇散文的中心画面是高大茂盛、充盈着旺盛生命力的榕树,和那自由自在、快活生息的鸟儿构成的"鸟的天堂"。巴金不是孤立地描绘这"鸟的天堂",而是把它放在南国初夏水乡的夕照、青山、塔影、波光、田畴、朝暾的联系、烘托下加以凸显的,呈现出如诗似画的美趣,流贯着一种祥和宁静而又生机勃勃的田园牧歌情调。

> **郁达夫**（1896—1945） 浙江富阳人。小说家、散文家。散文集有《屐痕处处》《达夫游记》《闲书》《达夫散文集》等。

故都的秋

秋天，无论在什么地方的秋天，总是好的；可是啊，北国的秋，却特别地来得清，来得静，来得悲凉。我的不远千里，要从杭州赶上青岛，更要从青岛赶上北平来的理由，也不过想饱尝一尝这"秋"，这故都的秋味。

江南，秋当然也是有的；但草木凋得慢，空气来得润，天的颜色显得淡，并且又时常多雨而少风；一个人夹在苏州上海杭州，或厦门香港广州的市民中间，混混沌沌地过去，只能感到一点点清凉，秋的味，秋的色，秋的意境与姿态，总看不饱，尝不透，赏玩不到十足。秋并不是名花，也并不是美酒，那一种半开、半醉的状态，在领略秋的过程上，是不合适的。

不逢北国之秋，已将近十余年了。在南方每年到了秋天，总要想起陶然亭的芦花，钓鱼台的柳影，西山的虫唱，玉泉的夜月，潭柘寺的钟声。在北平即使不出门去罢，就是在皇城人海之中，租人家一椽破屋来住着，早晨起来，泡一碗浓茶，向院子一坐，你也能看得到很高很高的碧绿的天色，听得到青天下驯鸽的飞声。从槐树叶底，朝东细数着一丝一丝漏下来的日光，或在破壁腰中，静对着像喇叭似的牵牛花（朝荣）的蓝朵，自然而然地也能够感觉到十分的秋意。说到了牵牛花，我以为以蓝色或白色者为佳，紫黑色次之，淡红色最下。最好，还要在牵牛花底，教长着几根疏疏落落的尖细且长的秋草，使作陪衬。

北国的槐树，也是一种能使人联想起秋来的点缀。像花而又不是花的那一种落蕊，早晨起来，会铺得满地。脚踏上去，声音也没有，气味也没有，只能感出一点点极微细极柔软的触觉。扫街的在树影下一阵扫后，灰土上留下来的一条条扫帚的丝纹，看起来既觉得细腻，又觉得清闲，潜意识下并且还觉得有点儿落寞，古人所说的梧桐一叶而天下知秋的遥想，大约也就在这些深沉的地方。

秋蝉的衰弱的残声，更是北国的特产；因为北平处处全长着树，屋子又低，所以无论在什么地方，都听得见它们的啼唱。在南方是非要上郊外或山上去才听得到的。这秋蝉的嘶叫，在北平可和蟋蟀耗子一样，简直像是家家户户都养在家里的家虫。

还有秋雨哩，北方的秋雨，也似乎比南方的下得奇，下得有味，下得更像样。

在灰沉沉的天底下，忽而来一阵凉风，便"息列索落"地下起雨来了。一层雨过，云渐渐地卷向了西去，天又青了，太阳又露出脸来了；著着很厚的青布单衣或夹袄的都市闲人，咬着烟管，在雨后的斜桥影里，上桥头树底下去一立，遇见熟人，便会用了缓慢悠闲的声调，微叹着互答着的说：

"唉，天可真凉了——"（这了字念得很高，拖得很长。）

"可不是么？一层秋雨一层凉了！"

北方人念阵字，总老像是层字，平平仄仄起来，这念错的歧韵，倒来得正好。

北方的果树，到秋来，也是一种奇景。第一是枣子树；屋角，墙头，茅房边上，灶房门口，它都会一株株地长大起来。像橄榄又像鸽蛋似的这枣子颗儿，在小椭圆形的细叶中间，显出淡绿微黄的颜色的时候，正是秋的全盛时期；等枣树叶落，枣子红完，西北风就要起来了，北方便是尘沙灰土的世界，只有这枣子、柿子、葡萄，成熟到八九分的七八月之交，是北国的清秋的佳日，是一年之中最好也没有的 Golden Days。

有些批评家说，中国的文人学士，尤其是诗人，都带着很浓厚的颓废色彩，所以中国的诗文里，颂赞秋的文字特别的多。但外国的诗人，又何尝不然？我虽则外国诗文念得不多，也不想开出账来，做一篇秋的诗歌散文钞，但你若去一翻英德法意等诗人的集子，或各国的诗文的Anthology来，总能够看到许多关于秋的歌颂与悲啼。各著名的大诗人的长篇田园诗或四季诗里，也总以关于秋的部分，写得最出色而最有味。足见有感觉的动物，有情趣的人类，对于秋，总是一样的能特别引起深沉，幽远，严厉，萧索的感触来的。不单是诗人，就是被关闭在牢狱里的囚犯，到了秋天，我想也一定会感到一种不能自已的深情；秋之于人，何尝有国别，更何尝有人种阶级的区别呢？不过在中国，文字里有一个"秋士"的成语，读本里又有着很普遍的欧阳子的《秋声》与苏东坡的《赤壁赋》等，就觉得中国的文人，与秋的关系特别深了。可是这秋的深味，尤其是中国的秋的深味，非要在北方，才感受得到底。

南国之秋，当然是也有它的特异的地方的，比如廿四桥的明月，钱塘江的秋潮，普陀山的凉雾，荔枝湾的残荷等等，可是色彩不浓，回味不永。比起北国的秋来，正像是黄酒之与白干，稀饭之与馍馍，鲈鱼之与大蟹，黄犬之与骆驼。

秋天，这北国的秋天，若留得住的话，我愿把寿命的三分之二折去，换得一个三分之一的零头。

（选自1934年9月1日《当代文学》第1卷第3期）

导读

1933年4月，郁达夫举家移居杭州后，几乎过着一种隐逸清闲、洁身自好的名士式生活。作为这时期散心遣闷的内容之一，他徘徊于山水之间，和大自然亲近，以舒郁闷。他写下了不少山水游记，把现代山水游记创作推向了一个新的高度。他这时的山水游记与早年的漂泊记大异其趣，感伤化为旷达，不平的呼告化为自得的欣赏，作家把审美焦点移向自然美本身，更主要的是陶醉于祖国山光水色之美丽动人，神往于大自然之纯朴、清静。因而，《故都的秋》一改前期散文过于夸饰和铺张的不足，文字更洗练，意境更含蓄，精心雕刻却似浑然天成。

也许是由于三岁失怙，缺乏母爱以及成年后的诸多不幸，郁达夫天性忧郁，敏感内向，他相信"人生总是悲苦的结晶"，对风景肃杀的秋天也有一种发自内心的酷爱。在他眼中，"秋天，无论在什么地方的秋天，总是好的"，而且北国之秋更胜于江南。江南之秋，色彩不浓，回味不永，远不如北国之秋，特别地来得清，来得静，来得悲凉。在中国，要体味秋的深味，非要去北国才感受得彻底。为此，他甚至发誓，若能留住这北国的秋天的话，他愿把寿命的三分之二折去，换得三分之一的零头。

文章第四段，他从故都的秋花、秋树开始描画北国之秋的韵味。起笔之处，就使人觉得北国之秋的清、静与落寞，扑面而来。像这种情景兼到，既细且清而又真切灵活的小品文字，是郁达夫之一绝，在这篇散文中随处可见。接下去他又从秋蝉、秋雨及秋果等方面渲染秋的深沉与幽远。尤其是秋雨过后，都市闲人在桥头树下缓慢悠闲的互叹图，真有呼之欲出的情韵。细读此文，还可发现，郁达夫在写故都之秋时，除了抓住秋花、秋树、秋风、秋雨、秋果这些典型意象外，在用笔上也注意变换方式，或细描、或概述、或点化、或场景、或对话、或议论，非常灵活，看似随笔所至，其实颇为考究，使人在不知不觉间见出跌宕多姿的笔意，煞是动人。

> **贾祖璋**（1901—1988） 浙江海宁人。散文家。散文集有《鸟与文学》《生物素描》等。

萤火虫

  满天的繁星在树梢头辉耀着；黑暗中，四周都是黑魆魆的树影；只有东面的一池水，在微风中把天上的星，皱作一缕缕的银波，反映出一些光辉来。池边几丛的芦苇和一片稻田，也是黑魆魆的；但芦苇在风中摇曳的姿态，却隐约可以辨认，这芦苇底下和田边的草丛，是萤火虫的发祥地。它们一个个从草丛中起来，是忽明忽暗的一点点的白光；好似天上的繁星，一个个在那里移动。最有趣的是这些白光虽然乱窜，但也有一些追逐的形迹：有时一个飞在前面，亮了起来，另一个就会向它一直赶去，但前面一个忽然隐没了，或者飞到水面上，与水中的星光混杂了；或者飞入芦苇或稻田里，给那枝叶遮住；于是追逐者失了目标，就迟疑地转换方向飞去。有时反给别个萤火虫作为追逐的目标了。而且这样的追逐往往不止一对，所以水面上，稻田上，一明一暗，一上一下的闪闪的白光与天上的星光同样的繁多；尤其是在水面的，映着皱起的银波，那情景是很感兴趣的。

  这是幼年时暑假期中在乡间纳凉时所见的情景。当时与弟妹等一边听着在烈日中辛苦了一日才得这片刻空闲休息的邻舍们的谈笑，一边向萤火虫唱着质朴的儿歌：

    萤火虫，

    夜夜红，

飞到天上捉蚜虫，

飞到地上捉绿葱。

在这样的歌声中，偶然有几个飞到身边，赶忙用芭蕉扇去拍，有时竟会把它拍在地上，有时它突然一暗，就飞到扇子所能拍到的范围以外去了，这时就是追了上去，也往往是不能再拍着的。被拍在地上的，它把光隐了，也着实难以寻觅；或又悄悄地飞起，才再现它的光芒，也往往给它逃去。被捉住的最初是用它来赌胜负，就是放在地上，用脚一拖。在地上划起一条发光的线，比较那个人划得长，就作为胜利。不消说，这是一种残酷的行为，真所谓"以生命为儿戏"的了。后来那些幸运的个体不会这样被牺牲，它们被闭入日间预备好的鸭蛋壳里，让它们一闪一闪，作为小灯笼。就睡时就携到枕边，颇有爱玩不忍释手的样子。但大人们以为萤火虫假如有机会钻入人的耳内，就会进去吃脑子，所以又往往被禁止携入房间里的。

萤火虫是怎样发生的，乡间没有谈起；但古书上却说它是腐草所化成的。去年那号称中国第一家的老牌杂志，竟发表过罗广庭博士的生物化生说，所以腐草化萤，大概是可靠的。但罗博士经广东方面几位大学教授要求严密实验以后，一直到现在还未曾有过下文，至少那家老牌杂志，没有再把他的实验发表过，大抵罗博士已被他们戳穿西洋镜了；那么腐草为萤的传说也就有重行估定价值的必要。

原来萤有许多种数，全世界所产能够发光的萤有两千种，形态相像而不能发光的也有两千种。我们这里最常见的一种是身体黄色，而翅膀的光端有些黑色的。它们也有雌雄，结婚以后，雄的以为责任已尽，随即死去；雌萤在水边的杂草根际产生微细的球形黄白色卵三四百粒，也随即死去。这卵也能发一些微光，经过廿七八天，就孵化为幼虫，幼虫的身体有十三个环节，长纺锤形，略扁平；头和尾是黑色的，体节的两旁也有黑点。尾端有一个能够吸附他物的附属器，可代足用。尾端稍前方的身体两侧还有一个特殊的发光器官，也能放青色的光。日中隐伏于泥土下，夜间出来觅食。它能吃一种做人类肺蛭中间宿主的螺类，所以有相当的益处。下一年的春天，长大成熟，在地下掘一个小洞,脱了皮化蛹。蛹淡黄色,夜间也能发光。到夏天就化作能够飞行的成虫。看了这一个简单的生活史,腐草为萤的传说,可以不攻自破了。

最令人感到兴趣的萤火,是从哪里来的呢?在科学上的研究,以前有人以为是某种发光性细菌与萤火虫共栖的缘故,但近来经过详细的研究,确定并没有细菌的形迹可寻,还是说它是一种化学作用来得妥当。这种发光器的构造,随萤的种类和发育的时代而不同。幼虫和蛹大抵相似;在成虫普通位于尾端的腹面,表面是一层淡黄色透明质硬的薄膜,下面排列着多数整齐的细胞,形成扁平的光盘,细胞里有多数黄色细粒,叫做"萤火体"(Luciferase),遇着氧气就起化学作用而发光。这些细胞的周围又满布毛细管,毛细管连接气管能送入空气,使萤光体可以接触氧气。又分布着许多神经,能随意调节空气的输送,所以现出忽明忽暗的样子。与发光细胞相对的还有一层含有多数蚁酸盐或尿酸盐的小结晶的细胞,呈乳白色,好似一面镜子,能够把光反射到外方。

萤光不含赤外线(热线)和紫外线(化学线),所以只有光而没有热,是一种理想的照明用的光。但现在的人类还不能明白这些萤光体的内容;既不能直接利用它,也不能依照它的化学成分来制出一种人造的萤光。人类所能利用的,在历史上有晋代的车胤,把它盛在袋里,以代烛火读书。在外国,墨西哥地方出产一种巨大的萤火虫,胸部有两个大发光器,放绿色的光;腹部下面也有一个发光器,放橙黄色的光;两色相映,极为美丽,妇人把它簪在发间,作为夜舞时的装饰品。还有,就是作为玩耍而已。至于在萤火虫的自身,借此可以引诱异性,又可以威吓敌害,对于它的生活上是很有意义的。

在电灯、煤气灯和霓虹灯交互辉煌的上海,是没有机会遇到萤火虫的。故乡的萤火虫更是一年,二年,几乎十年没有见过了,最近家中来信说:三月没有雨,田里稻都已枯死,桑树也有许多枯萎了。那么往时所见的一池水,当然已经干涸,一片稻田,看去一定像一片焦土,那黑魆魆的树影,也必定很稀疏了。我那辛苦工作的邻舍们已经无工可作,他们可以作长期的休息了,但是在纳凉的时候，在他们的谈话中，未知还能闻到多少笑声。

因了萤火虫我记着了遭遇旱灾的故乡了。祝福我辛苦的邻人们，应该有一条生路可走。

（选自1934年9月20日《太白》第1卷第1期）

导读

贾祖璋是我国第一批科学小品作家之一，他写的科学小品绝大部分是关于生物学的。1942年贾祖璋进入上海商务印书馆模型标本部制作生物标本，开始研究生物学，尤其对鸟类产生了浓厚的兴趣。他说："当时遇有空闲就翻阅关于中国鸟类学的文献；也根据所见的标本，写了几篇《中国产鸟类报告》在杂志里发表。有一天，读到了密勒氏的《鸟类初步》和《鸟类入门》两本书，觉得像他那样用浅明的文字并采取文学的材料来写初步的科学书，一定可以引起初学者的研究兴趣，对于推进科学，当有助力。于是就把这两本书译了出来，并且增加一大部分中国材料（当然也删去一些不适合国情的内容），编成《鸟类研究》和《普通鸟类》两本书。这是我想用比较有趣味的文学来写科学书的第一回尝试。"1931年科学小品集《鸟与文学》出版，贾祖璋巧妙地把文学典故和鸟类知识熔于一炉，出以优美的散文笔调，使得作品知识丰富，意趣横生，成为20世纪30年代科学文艺的一部代表作。

1934年9月《太白》杂志创刊，发起"科学小品"运动，主编陈望道邀请贾祖璋撰写像"《鸟与文学》那样体例的文章"。于是，他在《太白》上发表了《萤火虫》《水仙》《金鱼》《啄木鸟》等12篇科学小品，加上刊载在《中学生》《自然界》上的9篇科学小品，1936年结集为《生物素描》一书。书中描写了21种与人生日常关系密切的花鸟虫鱼，既保持了《鸟与文学》中把生态常识、文学掌故和破除迷信谬说结合起来的体例而有所变革，又掺入感时忧世的议论、因物见人的品评和其他日常生活的感想，比先前的作品更富于生活情趣和社会意义。

《萤火虫》首先以优美抒情的笔调描绘了流萤飞舞的乡间夜景,儿时捉萤的天真童趣。然后通过"萤火虫是怎样发生的"一句过渡,引出对萤火虫的种类、生长发育过程、发光的化学原理及其作用等的详细而科学的阐述,批驳了"腐草化萤"的谬说。文章结尾两句照应开头,不仅加重了文章的抒情色彩,而且表露了作者热爱故乡、关心劳动人民疾苦的真挚感情。《萤火虫》一文,从日常生活下笔,围绕萤火虫娓娓而谈,将科学知识、生活情趣和农村现状交错写出,取材精当,剪裁得体,在生动的描述之中渗透着淡淡的抒情,因而被《一九三四年文艺年鉴》选为当年科学小品的代表作。

丽尼（1909—1968） 原名郭安仁，湖北孝感人。散文家。散文集有《黄昏之献》《鹰之歌》《白夜》等。

鹰 之 歌

黄昏是美丽的。我忆念着那南方的黄昏。

晚霞如同一片赤红的落叶坠到铺着黄尘的地上，斜阳之下的山冈变成了暗紫，好像是云海之中的礁石。

南方是遥远的；南方的黄昏是美丽的。

有一轮红日沐浴着在大海之彼岸；有欢笑着的海水送着夕归的渔船。

南方，遥远而美丽的！

南方是有着榕树的地方，榕树永远是垂着长须，如同一个老人安静地站立，在夕暮之中作着冗长的低语，而将千百年的过去都埋在幻想里了。

晚天是赤红的。公园如同一个废墟。鹰在赤红的天空之中盘旋，作出短促而悠远的歌唱，嘹唳地，清脆地。

鹰是我所爱的。它有着两个强健的翅膀。

鹰的歌声是嘹唳而清脆的，如同一个巨人的口在远天吹出了口哨。而当这口哨一响着的时候，我就忘却我的忧愁而感觉兴奋了。

我有过一个忧愁的故事。每一个年轻的人都会有一个忧愁的故事。

南方是有着太阳和热和火焰的地方。而且，那时，我比现在年轻。

那些年头！啊，那是热情的年头！我们之中，像我们这样大的年纪的人，在那样的年代，谁不曾有过热情的如同火焰一般的生活？谁不曾愿意把生命当作一把柴薪，来加强这正在燃烧的火焰？有一团火焰给人们点燃了，那么美丽地发着光辉，吸引着我们，使我们抛弃了一切其他的希望与幻想，而专一地投身到这火焰中来。

然而，希望，它有时比火星还容易熄灭。对于一个年轻人，只须一个刹那，一整个世界就会从光明变成了黑暗。

我们曾经说过："在火焰之中锻炼着自己。"我们曾经感觉过一切旧的渣滓都会被铲除，而由废墟之中会生长出新的生命，而且相信这一切都是不久就会成就的。

然而，当火焰苦闷地窒息于潮湿的柴草，只有浓烟可以见到的时候，一刹那间，一整个世界就变成黑暗了。

我坐在已经成了废墟的公园看着赤红的晚霞，听着嘹唳而清脆的鹰歌，然而我却如同一个没有路走的孩子，凄然地流下眼泪来了。

"一整个世界变成了黑暗；新的希望是一个艰难的生产。"

鹰在天空之中飞翔着了，伸展着两个翅膀，倾侧着，回旋着，作出了短促而悠远的歌声，如同一个信号。我凝望着鹰，想从它的歌声里听出一个珍贵的消息。

"你凝望着鹰么？"她问。

"是的，我望着鹰。"我回答。

她是我的同伴，是我三年来的一个伴侣。

"鹰真好，"她沉思地说了，"你可爱鹰？"

"我爱鹰的。"

"鹰是可爱的。鹰有两个强健的翅膀，会飞，飞得高，飞得远，能在黎明里飞，也能在黑夜里飞。你知道鹰是怎样在黑夜里飞的么？是像这样飞的，你瞧……"说着，她展开了两只修长的手臂，旋舞一般地飞着了，是飞得那么天真，飞得那么热情，使她的脸面也现出了夕阳一般的霞彩。

我欢乐地笑了，而感觉了兴奋。

然而，有一次夜晚，这年轻的鹰飞了出去，就没有再看见她飞了回来。一个月以后，在一个黎明，我在那已经成了废墟的公园之中发现了她的被六个枪弹贯穿了的身体，如同一只被猎人从赤红的天空击落了下来的鹰雏，披散了毛发在那里躺着了。那正是她为我展开了手臂而热情地飞过的一块地方。

我忘却了忧愁，而变得在黑暗里感觉奋兴了。

南方是遥远的，但我忆念着那南方的黄昏。

南方是有着鹰歌唱的地方，那嘹唳而清脆的歌声是会使我忘却忧愁而感觉奋兴的。

1934年12月

（选自1935年3月16日《文学季刊》第2卷第1期）

导 读

丽尼是20世纪30年代致力于抒情散文创作的新进作家，他的散文以抒发内心感受见长，长歌当哭，直抒胸臆。丽尼又是一位具有诗人气质的散文作家，他在作品中较多采用散文诗的抒情方式，善于把内心情思外化为形象画面，并借助诗的语言节奏表现出来。丽尼以浓厚的个性色彩丰富和发展了抒情体散文诗，巴金认为："现代中国文学史的研究者不会忘记他在散文的发展上所作的贡献。"

《鹰之歌》是一篇文情并茂、情思婉转的散文诗，开篇即具有浓郁的诗情画意："黄昏是美丽的。我忆念着那南方的黄昏。"作者像一位高明的画家，极力渲染出南方黄昏的自然美景："晚霞如同一片赤红的落叶坠到铺着黄尘的地上，斜阳之下的山冈变成了暗紫，好像是云海之中的礁石。""有一轮红日沐浴在大海之彼岸；有欢笑着的海水送着夕归的渔船。"在这贮满诗意的背景下，"鹰在赤红的天空之中盘旋，作出短促而悠远的歌唱，嘹唳地，清脆地"。然而，作者并非单纯写景状物，而是托物寄怀。正如他在散文集《鹰之歌》的后记中说过，"我确曾看过鹰飞，也曾听过鹰的歌唱：那声音嘹唳，清脆，那姿态也雄健，矫捷；我确曾希望我能学习那样的歌唱和飞翔"，"我怀着一颗企望黎明的心"。因此，虽然那个"忧愁的故事"令人伤感，但作者却从鹰一般矫健的同伴"能在黎明里飞，也能在黑夜里飞"的顽强斗志中受到鼓舞，"忘却了忧愁，而变得在黑暗里感觉奋兴了"。

丽尼的散文诗文字清丽，诗意盎然。他的这些作品与何其芳的《画梦录》等，被李广田称为是"诗人的散文"，"有一个时期，这一类散文产量甚丰，简直造成了一时的风尚"。有别于"小说家的散文"，这些"诗人的散文"打破了写实限制和时空观念，自由驱遣，大量运用联想、暗示、象征等艺术手法，拓展了现代散文的艺术表现力。同时，他们精心锤炼语言，造就了一种流畅、洗练、精粹和优美的文字，标志着白话散文的进一步成熟。

李广田（1906—1968） 山东邹平人。诗人、散文家。散文集有《画廊集》《银狐集》《雀蓑记》《日边随笔》等。

山之子

住在"中天门"的泰山旅馆里，我们每天得有方便，在"快活三里"目送来往的香客。

自"岱宗坊"至"中天门"，恰好是登绝顶的山路之一半。"斗母宫"以下尚近于平坦，久于登山的人说那一段就是平川大道。自"斗母宫"以上至"中天门"，则步步向上，逐渐陡险，尤其是"峰回路转"以上，初次登山的人就以为已经陡险到无以复加了。尤其妙处，则在于"南天门"和"绝顶"均为"中天门"的山头所遮蔽，在"中天门"下边的人往往误认"中天门"为"南天门"，于是心里想道这可好了，已经登峰造极了，及至费了很大的力气攀到"中天门"时，猛然抬头，才知道从此上去却仍有一半更陡险的盘路待登，登山人不能不仰面兴叹了。然而紧接着就是"快活三里"，于是登山人就说这是神的意思，不能不坐下来休息，且向神明致最诚的敬意。

由"中天门"北折而下行，曰"倒三盘"，以下就是二三里的平路。那条山路不但很平，而且完全不见什么石块在脚下磕磕绊绊，使上山人有难言的轻快之感。且随处是小桥流水，破屋丛花，鸡鸣犬吠，人语相闻。山家妇女多做着针织在松柏树下打坐，孩子们常赤着结实的身子在草丛里睡眠，这哪里是登山呢，简直是回到自己的村落中了。虽然这里也有几家卖酒食的，然而那只是做另一些有钱人的买卖，至于乡下香客，他们的办法却更饶有佳趣。他们三个一帮，五个一团，他们用一只大柳条篮子携着他们的盛宴：有白酒，有茶叶，有煎饼,有咸菜,有已经劈得很细的干木柴,一把红铜的烧心壶,而"快活三里"又为他们备一个"快活泉"。这泉子就在"快活三里"的中间,在几树松柏荫下,由一处石崖下流出,注入一个小小的石潭,水极清洌,味亦颇甘,周有磐石,恰好做了他们的几筵。黎明出发,到此正是早饭时辰,于是他们就在这儿用过早饭,休息掉一身辛苦,收拾柳筐,呼喝着重望"南天门"攀登而上了。我们则乐得看这些乡下人朴实的面孔,听他们以土音说乡下事情,讲山中故事,更羡慕从他们柳篮内送出来的好酒香,自然,我们还得看山,看山岭把我们绕了一周,好像把我们放在盆底,而头上又有青翠的天空做盖。看东面山崖上的流泉,听活活泉声,看北面绝顶上的人影,又有白云从山后飞过,叫我们疑心山雨欲来。更看西面的一道深谷,看银雾从谷中升起,又把诸山缠绕。我们是为看山而来的,我们看山然而我们却忘记了是在看山。

等到下午两三点钟左右,是香客们下山的时候了。他们已把他们的心事告诉给神明,他们已把一年来的罪过在神前取得了宽恕,于是他们像修完了一桩胜业,他们的脸上带着微笑,他们的心里更非常轻松。而他们的身上也是轻松的,柳篮里空了,酒瓶里也空了,他们把应用的东西都打发在山顶上,把余下的煎饼屑,和临出发时带在身上的小洋针、棉花线、小铜元和青色的制钱,也都施舍给了残废的讨乞人。他们从山上带下平安与快乐在他们心里,他们又带来许多好看的百合花在空着的篮里,在头巾里,在用山草结成的包裹里。我们不明白这些百合花是从哪里得来的,而且那么多,叫我们觉得非常稀奇。

我们前后在这里住过十余日,一共接纳了两个小朋友,一名刘兴,一名高立山。我几时遇到高立山总是同他开一次玩笑:"高立山,你本来就姓高,你立在山上就更高了。"这样喊着,我们大家一齐笑。

忽然听到两声尖锐的招呼,闻声不见人,使我觉得更好玩。原来那呼声是来自雾中,不过十分钟就看见我那两个小朋友从雾中走来了:刘兴和高立山。高立山这名字使我喜欢。我爱设想,玩游人孑然一身,笔立泰山绝顶被天风吹着,图画好看,而画中人却另有一番怆恨。刘兴那孩子使我想起我的弟弟,不但相貌相似,精神也相似,是一个朴实敦厚的孩子。我不见我的弟弟已经很久了。我简直想抱吻面前的刘兴，然而那孩子看见我总是有些畏缩，使我无可如何。

"呀！独个儿在这里不害怕吗？"

我正想同他们打招呼，他们已同声这样喊了。

我很懂得他们这点惊讶。他们总以为我是城市人，而且来自远方，不懂得山里的事情，在这样大雾天里孑然独立，他们就替我担心了。说是担心倒也很亲切，而其中却也有些玩弄我的意味吧，这个就更使我觉得好玩。我在他们面前时常显得很傻，老是问东问西，我向他们打听山花的名字，向他们访问四叶参或何首乌是什么样子，生在什么地方，问石头，问泉水，问风候云雨，问故事传说。他们都能给我一些有趣的回答。于是他们非常骄傲，他们又笑话我少见多怪。

"害怕？有什么可怕呢？"我接着问。

"怕山鬼，怕毒蛇——怕雾染了你的眼睛，怕雾湿了你的头发。"

他们都哈哈大笑了。笑一阵，又告诉我山鬼和毒蛇的事情。他们说山上深草中藏伏毒蛇，此山毒蛇也并不怎么长大，颜色也并不怎么凶恶，只仿佛是石头颜色，然而它们却极其可怕，因为它们最喜欢追逐行人，而它们又爬得非常迅速，简直如同在草上飞驰，人可以听到沙沙的声音。有人不幸被毒蛇缠住，它至死也不会放松，除非你立刻用镰刀把它割裂，而为毒蛇所啮破的伤痕是永难痊好的，那伤痕将继续糜烂，以至把人烂死为止。这类事情时常为割草人或牧羊人所遭遇。

"毒蛇既到处皆是，为什么我还不曾见过？"

"你不曾见过，不错，你当然不会见到，因为山里的毒蛇白天是不出来的，你早晨起来不看见草叶上的白沫吗？"说这话的是刘兴。

这件证明颇使我信服，因为我曾见过绿草上许多白沫，我还以为那是牛羊反刍所流的口涎呢。而且尤以一种叶似竹叶的小草上最常见到白沫，我又曾经误认那就是薇一类植物，于是很自然地想起饿死首阳山的两个古人。

高立山却以为刘兴的说明尚不足奇，他更以惊讶的声色告诉道：

"晴天白日固然不出来，像这样大雾天却很容易碰见毒蛇。"

刘兴又仿佛害怕的样子加说道:"不光毒蛇呀,就连山鬼也常常在大雾天出现呢。"

他们说山鬼的样子总看不清,大概就像团团的一个人影儿。山鬼的居处是巉岩之下的深洞里。那些地方当然很少有人敢去,尤其当夜晚或者雾天。原来山鬼也同毒蛇一样,有时候误认大雾为黑夜。打柴的,采药的,有时碰见山鬼,十个有八个就不能逃生,因为山鬼也像水鬼一样,喜欢换替死鬼,遇见生人便推下巉岩或拉入石窟。他们又说常听见山鬼的哭声和呼号声,那声音就好像雾里刮大风。

"你不信吗?"高立山很严肃地想说服我,"我告诉你,哑巴的爹爹和哥哥都是碰到了山鬼,摔死在后山的山涧里。"

他们的声音变得很低,脸色也有些沉郁,他们又向远方的浓雾中送一个眼色,仿佛那看不见的地方就有山鬼。

这话颇引起我的好奇,我向他们打听那个哑子是什么人物。他们说那哑巴就住在上边"升仙坊"一旁的小庙里,他遇见任何人总爱比手画脚地说他的哑巴话。于是我急忙说道:"我知道,我知道,我见过他,我见过他。"这回忆使我喜悦,也使我怅惘。一日清晨,我们欲攀登山之绝顶,爬到"升仙坊"时正看到许多人停下来休息,而那也正是应当休息的地方,因为从此以上,便是最难走的"紧十八盘"了。我们坐下来以后,才知道那些登山人并非只为了休息,同时他们是正在听一个哑子讲话。一个高大结实的汉子,山之子,正站在"升仙坊"前面峭壁的顶上,以洪朗的声音,以只有他自己能了解的语音,说着一个别人所不能懂的故事,虽然他用了种种动作来作为说明,然而却依然没有人能够懂他。我当然也不懂他,然而我却懂得了另一个故事:泰山的精灵在宣说泰山的伟大,正如石头不能说话,我们却自以为懂得石头的灵心。只要一想起"升仙坊"那个地方,便是一幅绝好的图画了:向上去是"南天门","南天门"之上自然是青天一碧,两旁壁立千仞,松柏森森,中间夹一线登天的玉梯,再向下看呢,"浮云连海岱,平野入青徐",俯视一气,天下就在眼底了,而我们的山之子就笔立在这儿,今天我才知道他是永远住在这里了。我急忙止住两个孩子:"你且慢讲,你且慢讲,我告诉你，我告诉你。"但是我将告诉他们什么呢？我将说那个哑巴在山上说一大篇话却没有人懂他，他好不寂寞呀，他站在峭岩上好不壮观啊，风之晨，雨之夕，"升仙坊"的小庙将是怎样的飘摇呢？至若星月在天，举手可摘，谷风不动，露凝天阶，山之子该有怎样的一山沉默呀！然而我却不能不怀一个闷葫芦，到底那哑巴是说了些什么呢？"高立山，告诉我，他到底是说了些什么呢？"我不能不这样问了。

"说些什么，反正是那一套啦，说他爸爸是因为到山涧采山花摔死的，他的哥哥也一样地摔死在山涧里了。"高立山翻着白眼说。

"就是啦，他们就是被山鬼讨了替代啊，为了采山花。"刘兴又提醒我。

山花？什么山花？两个孩子告诉我：百合花。

两个小孩子就继续告诉我哑巴的故事。泰山后面有一个古涧洞，两面是峭壁，中间是深谷，而在那峭壁上就生满了百合花。自然，那个地方是很少有人攀登的，然而那些自生的红百合实在好看。百合花生得那么繁盛，花开得那么鲜艳，那就是一个百合涧。哑巴的爸爸是一个顶结实勇敢的山汉，他最先发现这个百合涧，他攀到百合涧来采取百合，卖给从乡下来的香客。这是一件非常艰险的工作，攀着乱石，拉着荆棘，悬在陡崖上掘一株百合必须费很大工夫，因此一株百合也卖得一个好价钱。这事情渐渐成为风尚，凡进香人都乐意带百合花下山，于是哑巴的哥哥也随着爸爸做这件事业。然而父子两个都遭了同样的命运：爸爸四十岁时在一个浓雾天里坠入百合涧，做哥哥的到三十岁上又为一阵山风吹下了悬崖。从此这采百合的事业更不敢为别人所尝试，然而我们的山之子，这个哑巴，却已到了可以承继父业的成年，两条人命取得一种特权，如今又轮到了哑巴来占领这百合涧。他也是勇敢而大胆，他也不曾忘记爸爸和哥哥的殉难，然而就正为了爸爸和哥哥的命运，他不得不拾起这以生命为孤注的生涯。他住在"升仙坊"的小庙里，趁香客最多时他去采取百合，他用这方法来奉养他的老母和他的寡嫂。

我很感激两个小孩子告诉我这些故事。刘兴那孩子说完后还显得有些忧郁，那种木讷的样子就更像我的弟弟。雾渐渐收起，却又吹来了山风，我们都觉得有些冷意，我说了"再见"向他们告辞。

山之子

    天气渐渐冷起来了。山下人还可以穿单衣，住在山上就非有棉衣不行了。又加上多雨多雾，使精神上感到极不舒服。因为我们不曾携带御寒的衣服，就连"快活三里"也不常去了。选一个比较晴朗的日子，我们决定下山。早晨起来就打好了行李，早饭之后就来了轿子。两个抬轿子的并非别人，乃是刘兴的爸爸和高立山的爸爸，这使我们觉得格外放心。跟在轿子后面的是刘兴和高立山，他们是特来给我们送行的。此刻的我简直是在惜别了，我不愿离开这个地方，我不愿离开两个小朋友，尤其是刘兴——我的弟弟。他们的沉默我很懂得，他们也知道，此刻一别就很难有机会相遇了。而且，真巧，为什么一切事情安排得这样巧呢，我们的行李已经搬到轿子上了，我们就要走了，忽然两个孩子招呼道："哑巴，哑巴，哑巴来了！"

    不错，正是那个哑巴，我们在"升仙坊"见过他。他已经穿上了小棉袄，他手上携一个大柳筐。我特为看看他的筐里是什么东西，很简单：一把挖土的大铲子，一把刀，一把大剪子。我们都沉默着，哑巴却同别人打开了招呼。那两个孩子哑哑地学他说话，旅馆中人大声问他是否下山，他不但哑，而且也聋，同他说话就非大声不行。于是他也就大声哑哑地回答着，并指点着，指点着山下，指点着他的棉袄，又指点着他的筐子，又指点着"南天门"。我们明白他昨天曾下山去，今天早晨刚上来。我同昭都想从这个人身上有所发现，但也不知道要发现些什么。在一阵喧嚷声中，我们的轿子已经抬起来了。两个小朋友送了我们颇长的一段路，等听不见他俩的话声时，我还同他们招手，摇帽子，而我的耳朵里却还仿佛听见那个哑巴的咿咿呀呀。

1936年11月18日于济南

（选自1937年3月《文丛》创刊号）

导 读

    20世纪30年代，李广田、何其芳等散文新人把散文作为"一种纯粹的独立的创作",刻意追求散文艺术本身的圆满完美。这种有意追求散文艺术性的倾向,突出地表现在"小说家的散文"和"诗人的散文"这两类作品中,《山之子》就属于"小说家的散文"。按照李广田在《谈散文》中所介绍的,"小说家的散文"吸收了"小说的长处;比较客观,刻画严整,而不致流于空洞,散漫,肤浅,絮聒等病——而这些却正是散文所最易犯的毛病"。也就是说,"小说家的散文"比较重视选择具有典型意义的场景或片断,比较客观、切实地描述社会生活,并且比较细致地刻画人物形象和注意结构完整严密,使记叙体散文带有小说化的倾向。

《山之子》充分体现了作者散文创作"渐渐地由主观抒写变向客观的描写一方面",他的笔触开始向乡土生活的深广处延伸、拓展。作者在文章中不仅写出了泰山的雄奇超绝,更着意刻画"山之子"的悲剧。为了采摘悬崖峭壁上的百合花卖给香客以养家糊口,哑巴的"爸爸四十岁时在一个浓雾天里坠入百合涧,做哥哥的到三十岁上又为一阵山风吹下了悬崖"。而哑巴为了奉养老母和寡嫂,"不得不拾起这以生命为孤注的生涯"。李广田自称描写"山之子"等乡野人物时,是"借了一点回忆的影子来画一个仿佛的轮廓",但他不是用"想象""胡乱去揣度""瞎说"自己所不知道的事情,而是以真实的生活场景和片断叙说人物的神形面貌,在朴素的絮语般的叙述中渗透自己的同情和理解。因而,他笔下的"山之子"虽说是素描,却也简洁单纯,从中可以看出乡野人物饱经风霜、朴实亲切的面影。李广田在文章中保持白描写实之长的同时,吸取小说场景描写、细节刻画和谋篇布局的特点,丰富了散文写人叙事的艺术表现力。

李广田在《道旁的智慧》一文中曾这样评价英国散文家玛尔廷:"在他的书里,没有什么戏剧的气氛,却只使人意味到醇朴的人生,他的文章也没有什么雕琢的词藻,却有着素朴的诗的静美。"从《山之子》中,我们也可以体会到李广田散文的这种特色。

> 陆蠡（1908—1942） 浙江天台人。翻译家、散文家。散文集有《海星》《竹刀》《囚绿记》等。

囚 绿 记

这是去年夏间的事情。

我住在北平的一家公寓里。我占据着高广不过一丈的小房间，砖铺的潮湿的地面，纸糊的墙壁和天花板，两扇木格子嵌玻璃的窗，窗上有很灵巧的纸卷帘，这在南方是少见的。

窗是朝东的。北方的夏季天亮得快，早晨五点钟左右太阳便照进我的小屋，把可畏的光线射个满室，直到十一点半才退出，令人感到炎热。这公寓里还有几间空房子，我原有选择的自由的，但我终于选定了这朝东房间，我怀着喜悦而满足的心情占有它，那是有一个小小理由。

这房间靠南的墙壁上，有一个小圆窗，直径一尺左右。窗是圆的，却嵌着一块六角形的玻璃，并且左下角是打碎了，留下一个大孔隙，手可以随意伸进伸出。圆窗外面长着常春藤。当太阳照过它繁密的枝叶，透到我房里来的时候，便有一片绿影。我便是欢喜这片绿影才选定这房间的。当公寓里的伙计替我提了随身小提箱，领我到这房间来的时候，我瞥见这绿影，感觉到一种喜悦，便毫不犹疑地决定下来，这样了截爽直使公寓里伙计都惊奇了。

绿色是多宝贵的啊！它是生命，它是希望，它是慰安，它是快乐。我怀念着绿色把我的心等焦了。我欢喜看水白，我欢喜看草绿。我疲累于灰暗的都市的天空，和黄漠的平原，我怀念着绿色，如同涸辙的鱼盼等着雨水！我急不暇择的心情即使一枝之绿也视同至宝。当我在这小房中安顿下来，我移徙小台子到圆窗下，让我的面朝墙壁和小窗。门虽是常开着，可没人来打扰我，因为在这古城中我是孤独而陌生。但我并不感到孤独。我忘记了困倦的旅程和已往的许多不快的记忆。我望着这小圆洞，绿叶和我对语。我了解自然无声的语言，正如它了解我的语言一样。

我快活地坐在我的窗前。度过了一个月，两个月，我留恋于这片绿色。我开始了解渡越沙漠者望见绿洲的欢喜，我开始了解航海的冒险家望见海面飘来花草的茎叶的欢喜。人是在自然中生长的，绿是自然的颜色。

我天天望着窗口常春藤的生长。看它怎样伸开柔软的卷须，攀住一根缘引它的绳索，或一茎枯枝；看它怎样舒开折叠着的嫩叶，渐渐变青，渐渐变老，我细细观赏它纤细的脉络，嫩芽，我以揠苗助长的心情，巴不得它长得快，长得茂绿。下雨的时候，我爱它淅沥的声音，婆娑的摆舞。

忽然有一种自私的念头触动了我。我从破碎的窗口伸出手去，把两枝浆液丰富的柔条牵进我的屋子里来，教它伸长到我的书案上，让绿色和我更接近，更亲密。我拿绿色来装饰我这简陋的房间，装饰我过于抑郁的心情。我要借绿色来比喻葱茏的爱和幸福，我要借绿色来比喻猗郁的年华。我囚住这绿色如同幽囚一只小鸟，要它为我作无声的歌唱。

绿的枝条悬垂在我的案前了，它依旧伸长，依旧攀登，依旧舒放，并且比在外边长得更快。我好像发现了一种"生的欢喜"，超过了任何种的喜悦。从前我有个时候，住在乡间的一所草屋里，地面是新铺的泥土，未除净的草根在我的床下茁出嫩绿的芽苗，蕈菌在地角上生长，我不忍加以剪除。后来一个友人一边说一边笑，替我拔去这些野草，我心里还引为可惜，倒怪他多事似的。

可是每天在早晨，我起来观看这被幽囚的"绿友"时，它的尖端总朝着窗外的方向。甚至于一枚细叶，一垄卷须，都朝原来的方向。植物是多固执啊！它不了解我对它的爱抚，我对它的善意。我为了这永远向着阳光生长的植物不快，因为它损害了我的自尊心。可是我因系住它，仍旧让柔弱的枝叶垂在我的案前。

它渐渐失去了青苍的颜色，变成柔绿，变成嫩黄，枝条变成细瘦，变成娇弱,好像病了的孩子。我渐渐不能原谅我自己的过失,把天空底下的植物移锁到暗黑的室内;我渐渐为这病损的枝叶可怜,虽则我恼怒它的固执,无亲热,我仍旧不放走它。魔念在我心中生长了。

我原是打算七月尾就回南去的。我计算着我的归期,计算这"绿囚"出牢的日子。在我离开的时候,便是它恢复自由的时候。

卢沟桥事件发生了。担心我的朋友电催我赶速南归。我不得不变更我的计划,在七月中旬,不能再留连于烽烟四逼中的旧都,火车已经断了数天,我每日须得留心开车的消息。终于在一天早晨候到了。临行时我珍重地开释了这永不屈服于黑暗的囚人。我把瘦黄的枝叶放在原来的位置上,向它致诚意的祝福,愿它繁茂苍绿。

离开北平一年了。我怀念着我的圆窗和绿友。有一天,得重和它们见面的时候,会和我面生么?

1938年

(选自《囚绿记》,文化生活出版社1940年8月版)

导读

陆蠡是上海沦陷时期惨遭日伪宪兵队杀害的散文家,他以鲜血谱写了一曲新的"正气歌"。陆蠡生性宁静澹远、诚实内向,但在战乱年代里,"天天被愤怒所袭击,天天受新闻纸上的消息的磨折:异族的侵陵,祖国蒙极大的耻辱,正义在强权下屈服,理性被残暴所替代",而失去心理上的平衡,身受感情和理智的冲突。他在《囚绿记》序文中写道:"我没有达到感情和理智的谐和,却身受二者的冲突;我没有得到感情和理智的匡扶,而受着它们的轧轹;我没有求得感情和理智的平衡,而得到这两者的轩轾。我如同一个楔子,嵌在感情和理智的中间,受双方的挤压。"他力求调和二者的矛盾,却无法保持内心的平衡。他把这些"心灵起伏的痕迹""吞吐的内心的呼声","用文字的彩衣给它穿扮起来,犹如人们用美丽的衣服装扮一个灵魂",

这就有了《囚绿记》的结集问世。

陆蠡的散文以蕴藉见长,时而透露出哲理和智慧的光芒。他的散文把哲理渗透在人物心境的委婉抒写之中,散文集《海星》和《竹刀》就体现了他这种婉转含蕴的个人风格。散文集《囚绿记》在保持已有风格的基础上,进一步发展了内心剖析、哲理概括的写作倾向。从生活实感中提取人生经验,对日常现象体味甚深,把自己的人格表现出来,形成了"感情厚实,蕴藉有力,文字格外凝重不浮"的独特风格。《囚绿记》一文作为全书代表作,是众所公认的。这篇咏物散文写于1938年,回忆抗日战争爆发前夕作者旅居北平一家公寓里,因喜爱窗前的绿荫而囚禁一枝常春藤,发现它"永远向着阳光生长"的习性,他为植物这种追求自由和阳光的本性所感动,歌颂了"这永不屈服于黑暗的囚人",借此表现了一种不屈服于黑暗和暴力、执着追求自由和光明的精神品质,这对"孤岛"的读者更富有启示。

夏衍（1900—1995） 原名沈乃熙，浙江杭州人。剧作家、杂文家。散文集有《包身工》《边鼓集》《劫余随笔》《夏衍杂文随笔集》等。

野　草

有这样一个故事。

有人问：世界上什么东西的气力最大？回答纷纭的很，有的说"象"，有的说"狮"，有人开玩笑似的说：是"金刚"，金刚有多少气力，当然大家全不知道。

结果，这一切答案完全不对，世界上气力最大的，是植物的种子。一粒种子所可以显现出来的力，简直是超越一切，这儿又是一个故事。

人的头盖骨，结合得非常致密与坚固，生理学家和解剖学者用尽了一切的方法，要把它完整地分出来，都没有这种力气，后来忽然有人发明了一个方法，就是把一些植物的种子放在要解剖的头盖骨里，给它以温度与湿度，使它发芽，一发芽，这些种子便以可怕的力量，将一切机械力所不能分开的骨骼，完整地分开了，植物种子力量之大，如此如此。

这，也许特殊了一点，常人不容易理解。那么，你看见笋的成长吗？你看见过被压在瓦砾和石块下面的一棵小草的生成吗？它为着向往阳光，为着达成它的生之意志，不管上面的石块如何重，石块与石块之间如何狭，它必定要曲曲折折地，但是顽强不屈地透到地面上来，它的根往土壤钻，它的芽往地面挺，这是一种不可抗的力，阻止它的石块，结果也被它掀翻，一粒种子的力量的大，如此如此。

没有一个人将小草叫做"大力士"，但是它的力量之大，的确是世界无比。这种力,是一般人看不见的生命力,只要生命存在,这种力就要显现,上面的石块,丝毫不足以阻挡,因为它是一种"长期抗战"的力,有弹性,能屈能伸的力,有韧性,不达目的不止的力。

种子不落在肥土而落在瓦砾中,有生命力的种子决不会悲观和叹气,因为有了阻力才有磨练。生命开始的一瞬间就带来了斗争的草,才是坚韧的草,也只有这种草,才可以傲然地对那些玻璃棚中养育着的盆花哄笑。

1940年

(选自《此时此地集》,桂林文献出版社1941年5月版)

导读

夏衍的多才多艺在文艺界有目共睹,而且他创作颇丰,所写剧本、报告文学、小说、杂文和翻译作品多达几千万字,其中杂文有五六百万字之多。夏衍的杂文内容丰富,体式多样,无所不谈,廖沫沙称之为"凌云健笔意纵横"。夏衍的许多杂文简洁老练,清新蕴藉,婉转亲切,情理交融,自觉追求一种独特的说理方式和抒情方式浑然合致的境界,在现代杂文家中别树一帜。

《野草》写于1940年,正值中国人民抗日战争进入艰难的相持阶段。针对当时有人鼓吹"抗战必亡国"的悲观论调,夏衍借野草所具有的"生命力"和"长期抗战的力",来象征中国人民坚持长期抗战的顽强斗志和必胜信念。文章先以醒目的对比表现野草不为人所注意的巨大力量:植物的种子能将机械力无法分开的头盖骨完整地分开,小草的发芽能将紧压住它的庞大石块掀翻。继而分析野草之所以有力量的原因:韧性,并将它比喻为一种"长期抗战""不达目的不止的力",因此无论环境怎样恶劣,野草也不会悲观退缩,而正是在抵抗阻力的斗争中生长、崛起。我们完全可以把《野草》看作是一篇意象贴切巧妙、含蕴丰富的散文诗,作者通过对象征性事物的描写来抒情和说理,形神兼备,诗趣盎然。

梁实秋（1903—1987）　北京人。翻译家、文学评论家、散文家。散文集有《雅舍小品》《秋室杂忆》《槐园梦忆》《白猫王子及其他》等。

雅　舍

　　到四川来，觉得此地人建造房屋最是经济。火烧过的砖，常常用来做柱子，孤零零的砌起四根砖柱，上面盖上一个木头架子，看上去瘦骨嶙嶙，单薄得可怜；但是顶上铺了瓦，四面编了竹篦墙，墙上敷了泥灰，远远的看过去，没有人能说不像是座房子。我现在住的"雅舍"正是这样一座典型的房子。不消说，这房子有砖柱，有竹篦墙，一切特点都应有尽有。讲到住房，我的经验不算少，什么"上支下摘"、"前廊后厦"、"一楼一底"、"三上三下"、"亭子间"、"茅草棚"、"琼楼玉宇"和"摩天大厦"，各式各样，我都尝试过。我不论住在哪里，只要住得稍久，对那房子便发生感情，非不得已我还舍不得搬。这"雅舍"，我初来时仅求其能蔽风雨，并不敢存奢望，现在住了两个多月，我的好感油然而生。虽然我已渐渐感觉它并不能蔽风雨，因为有窗而无玻璃，风来则洞若凉亭，有瓦而空隙不少，雨来则渗如滴漏。纵然不能蔽风雨，"雅舍"还是自有它的个性。有个性就可爱。

　　"雅舍"的位置在半山腰，下距马路约有七八十层的土阶。前面是阡陌螺旋的稻田。再远望过去是几抹葱翠的远山，旁边有高粱地，有竹林，有水池，有粪坑，后面是荒僻的榛莽未除的土山坡。若说地点荒凉，则月明之夕，或风雨之日，亦常有客到，大抵好友不嫌路远，路远乃见情谊。客来则先爬几十级的土阶，进得屋来仍须上坡，因为屋内地板乃依山势而铺，一面高，一面低，坡度甚大，客来无不惊叹，我则久而安之，每日由书房走到饭厅是上坡，饭后鼓腹而出是下坡，亦不觉有大不便处。

"雅舍"共是六间，我居其二。篦墙不固，门窗不严，故我与邻人彼此均可互通声息。邻人轰饮作乐，咿唔诗章，喁喁细语，以及鼾声、喷嚏声、吮汤声、撕纸声、脱皮鞋声，均随时由门窗户壁的隙处荡漾而来，破我岑寂。入夜则鼠子瞰灯，才一合眼，鼠子便自由行动，或搬核桃在地板上顺坡而下，或吸灯油而推翻烛台，或攀援而上帐顶，或在门框桌脚上磨牙，使得人不得安枕。但是对于鼠子，我很惭愧地承认，我"没有法子"。"没有法子"一语是被外国人常常引用着的，以为这话最足代表中国人的懒惰隐忍的态度。其实我的对付鼠子并不懒惰。窗上糊纸，纸一戳就破；门户关紧，而相鼠有牙，一阵咬便是一个洞洞。试问还有什么法子？洋鬼子住到"雅舍"里，不也是"没有法子"？比鼠子更骚扰的是蚊子。"雅舍"的蚊风之盛，是我前所未见的。"聚蚊成雷"真有其事！每当黄昏时候，满屋里磕头碰脑的全是蚊子，又黑又大，骨骼都像是硬的。在别处蚊子早已肃清的时候，在"雅舍"则格外猖獗，来客偶不留心，则两腿伤处累累隆起如玉蜀黍，但是我仍安之。冬天一到，蚊子自然绝迹，明年夏天——谁知道我还是否住在"雅舍"！

"雅舍"最宜月夜——地势较高，得月较先。看山头吐月，红盘乍涌，一霎间，清光四射，天空皎洁，四野无声，微闻犬吠，坐客无不悄然！舍前有两株梨树，等到月升中天，清光从树间筛洒而下，地上阴影斑斓，此时尤为幽绝。直到兴阑人散，归房就寝，月光仍然逼进窗来，助我凄凉。细雨蒙蒙之际，"雅舍"亦复有趣。推窗展望，俨然米氏章法，若云若雾，一片弥漫。但若大雨滂沱，我就又惶悚不安了，屋顶湿印到处都有，起初如碗大，俄而扩大如盆，继则滴水乃不绝，终乃屋顶灰泥突然崩裂，如奇葩初绽，砉然一声而泥水下注，此刻满室狼藉，抢救无及。此种经验，已数见不鲜。

"雅舍"之陈设，只当得简朴二字，但洒扫拂拭，不使有纤尘。我非显要，故名公巨卿之照片不得入我室；我非牙医，故无博士文凭张挂壁间；我不业理发，故丝织西湖十景以及电影明星之照片亦均不能张我四壁。我有一几一椅一榻，酣睡写读，均已有着，我亦不复他求。但是陈设虽简，我却喜欢翻新布置。西人常常讥笑妇人喜欢变更桌椅位置，以为这是妇人天性喜变之一征。诬否且不论,我是喜欢改变的。中国旧式家庭,陈设千篇一律,正厅上是一条案,前面一张八仙桌,一旁一把靠椅,两旁是两把靠椅夹一只茶几。我以为陈设宜求疏落参差之致,最忌排偶。"雅舍"所有,毫无新奇,但一物一事之安排布置俱不从俗。人入我室,即知此是我室。笠翁《闲情偶寄》之所论,正合我意。

"雅舍"非我所有,我仅是房客之一。但思"天地者万物之逆旅",人生本来如寄,我住"雅舍"一日,"雅舍"即一日为我所有。即使此一日亦不能算是我有,至少此一日"雅舍"所能给予之苦辣酸甜,我实躬受亲尝。刘克庄词:"客里似家家似寄。"我此时此刻卜居"雅舍","雅舍"即似我家。其实似家似寄,我亦分辨不清。

长日无俚,写作自遣,随想随写,不拘篇章,冠以"雅舍小品"四字,以示写作所在,且志因缘。

(选自1940年11月《星期评论》创刊号)

导读

《雅舍》是梁实秋为《星期评论》撰写的《雅舍小品》专栏的第一篇。当时国难方殷,世事多艰,梁实秋只身流寓重庆北碚,与友人龚业雅一家合资购置一栋简陋的平房,名之为"雅舍"。他安居陋室,悠然自得。文中虽然涉及抗战时期的住房问题,如实描述雅舍的简陋与困扰,但作者却不怨不怒,心平气和,随遇而安地玩味起个中情趣,以寓所为题抒写个人独特的感怀。

在梁实秋笔下,不仅雅舍的月夜清幽、细雨迷蒙、远离尘嚣、陈设不俗令人心旷神怡,就是鼠子瞰灯、聚蚊成雷、风来则洞若凉亭、雨来则渗如滴漏之类景观也别有风味,甚至连暴风雨中"屋顶灰泥突然崩裂"的情景也如"奇葩初绽"一样可观可叹。总之,雅舍所给予之"苦辣酸甜",在作者看来,都是人生应得而难得的情味,足供玩索,何复他求?这里,生活的体验已升华为审美的玩味,困苦的境遇已转化为观赏的对象,从中表现出来的是一种审美体味对实用功利的克服和超越，是一种随缘赏玩、豁达自由的审美心态，是一种常人难以抵达的安时处顺、优游自得的人生境界，颇有刘禹锡《陋室铭》之风韵。

梁实秋并非看破红尘，隐居斗室，而是顺应境遇，知足自娱，入乎内而出乎外，入则冷暖自知，出则优游自在，可谓出入自如，毫无滞碍。这是一种人生艺术，是"雅舍"精神的内核。这种精神实质内在地决定了《雅舍》一文的艺术风貌，既充满生活气息又富有哲理意味，既朴素亲切又有雅人深致，舒徐自在而又简洁隽永，锤字炼句而又浑然天成，通体显得中和、适度、自然、大方。同时这篇作品也奠定了梁实秋《雅舍小品》超越实利、俯仰自得、随缘赏玩、优雅自娱的写作基调。

林语堂（1895—1976） 福建平和人。语言学家、散文家。散文集有《剪拂集》《大荒集》《我的话》《无所不谈》等。

增订伊索寓言

两月前旁听华东各大学英语演说比赛，竟发现有大学生某君，引《伊索寓言》为材料，可见此书入人之深，而大学生脑里盘桓者，仍是这些东西。乃思以后编大学教材，当以寓言体为主，以便灌输，而收到事半功倍之效。这且不提，只说我小学时读伊索《龟与兔赛跑》被龟赢的故事，极为兔抱不平，且深恨龟。为此蓄志日久，要修订此书，以供一班与兔、骏马等同情；而不与龟、蜗牛等同情者玩读。此为光绪末年间事也。光阴荏苒，人事牵延，至今尚未着笔，内咎不安，乃乘《十日谈》出刊之便，书数则，以了夙愿。

一 龟与兔赛跑

有一天，龟与兔相遇于草场上，龟在夸大他的恒心，说兔不能吃苦，只管跳跃寻乐，长此以往，将来必无好结果。兔子笑而不辩。

"多辩无益，"兔子说，"我们来赛跑，好不好？就请狐大哥为评判员。"

"好。"龟不自量地说。

于是龟动身了，四只脚做八只脚跑了一刻钟，只有三丈余。于是兔子不耐烦，而有点懊悔了。"这样跑法，可不要跑到黄昏吗？我一天宝贵的光阴，都牺牲了。"

于是兔子，利用这些光阴，去吃野草，随兴所之，极其快乐。

龟却在说："我会吃苦，我有恒心，总会跑。"

到了午后，龟已精疲力竭了，走到阴凉之地，很想打盹一下，养养精神，但是一想昼寝是不道德，又奋勉前进。龟背既重，龟头又小，五尺以外的平地，便看不见。他有点眼花缭乱了。

这时兔子，因为能随兴所之，越跑越有趣，越有趣越精神，已经赶前跑到离路半里许的河边树下。看见风景清幽，也就顺便打盹。醒后精神百倍，却把赛跑之事完全丢在脑后。在这正愁无事可做之时，看见前边一只松鼠跑过，认为怪物，一定要去追上他，看看他尾巴到底有多大，可以回来告诉他的母亲。

于是他便开步追，松鼠见他追，他便开步跑。奔来跑去，忽然松鼠跳上一棵大树。兔子正在树下翘首高望之时，忽然听见背后有声叫道："兔弟弟，你夺得锦标了！"

兔回头一看，原来是评判员狐大哥，而那棵树，也就是他们赛跑的终点。那只龟呢，因为他想吃苦，还在半里外匍匐而行。

凡事须求性情所近，始有成就。

世上愚人，类皆有恒心。

做龟的不应同兔赛跑。

二　太阳与风

有一天，太阳与风在争辩，谁的力气大。骄傲的太阳看见地上有行人走路，知道叫人出汗解衣，是他的拿手好戏。于是他对风说：

"我们比一比吧！谁能叫那行人脱下衣服，便算谁的力气大。"忠厚的风上当了，他答应。

风先鼓起力气，尽力地吹，可是只有吹掉那行人的帽子。老奸巨猾的太阳在旁咯咯地暗笑。他说："让我来，我多么王道，我不声不响地能叫那人马上赤膊给你看。"太阳胜利了。

这是天上的方面。

在行人的方面，只觉得天时乍暖乍寒，有点反常，哪里知道是在上者使枪法，累及下民遭殃。在他解衣之时，他对自己说道：

"那凶横的风,我倒有办法。只是那太阳,不声不响,看来似乎非常仁厚王道,一晒晒得我热昏。叫我在此地出汗受罪。风啊,来给我吹一吹吧!"

且说天上,忠厚的风无端受太阳奚落一场,心殊不快。忽然慧心一启,哈哈大笑地对太阳说:

"老奸巨猾,你也别使花枪了。我们再比一下,看谁有本事,叫那行人再穿上衣服。"

太阳为要做绅士,虽然明知必败,只好表示主张公道而答应了。

这回太阳越晒,那人越不肯穿衣服。等到风一吹,那人才感觉凉快,谢天谢地,再穿起衣服来了。

这回太阳失败了。

行人因为天时反常,冷热不调,伤肺膜炎,一命呜乎哀哉。但是天上的太阳与风,各人一胜一败,遂复和好如初,盟誓曰:"旧账一笔勾销!"

非才之难,善用其才之为难。

不声不响的人都可怕。

天上使花枪,下民空吁嗟,旧账勾销后,小民眼巴巴。

三 大鱼与小鱼

某池中,生鱼甚多,大鱼优游其中,随便张开嘴,便有几条小鱼顺水游入口中,大鱼吃来不费力。

有一条小鱼,看到这情状,心头如焚,双目凸出,向大鱼说:

"这太不公平!你大鱼为什么吃小鱼?"

大鱼很和气地说:"那么请你吃吃我看,如何?"

小鱼张开嘴,来咬大鱼的肚子,咬了一片鳞,几乎鲠死,于是不想再咬下去。大鱼乃一句话不说,扬翅而去。

世上本没有平等。

四 冬天的豪猪

叔本华有一则寓言很好,如下:

有一冬天之夜，天降大雪，林中的豪猪冰冻不堪。后来大家寻到一间破屋，一齐进去。

起初，大家觉得寒冷，所以围做一团，大家分暖。只因豪猪身上只只都是刺，一碰之后，不得不大家分开。分开之后，又觉得寒颤，又想团聚分暖。如此分后再合，合后再分，往返数次才找到一种适当的距离，既不相刺，又可稍微分暖，就此相安无事，一夜过去。

叔本华的意思说，这就是人类的社会。

（选自《有不为斋文集》，人文书店1941年6月版）

导读

林语堂是现代幽默大师。从1924年5月23日在《晨报副刊》上发表《征译散文并提倡"幽默"》，到30年代的《论幽默》等文，他非常系统地提倡幽默理论。在林语堂看来：第一，幽默是人的天性，是人生的一部分，甚而是一种人生观；第二，幽默是作家在评论和表现人生时，带着温和同情的笑，带着"我佛慈悲""悲天悯人"旁观超然淡远的态度；第三，有广义和狭义的幽默，最高的幽默是"笑中有泪，泪中有笑"，是"心灵的光辉和智慧的丰富"，是"会心的微笑"；第四，幽默与讽刺相近，讽刺"去其酸辣，而达到冲淡心境，便成幽默"，"愈是空泛的、笼统的社会讽刺及人生讽刺，其情调自然愈深远，而愈近于幽默本色"。幽默经林语堂提倡，成为现代散文的特征之一。郁达夫认为："散文的中间，来一点幽默的加味，当然是中国上下层民众所一致欢迎的事情。"但是，他也指出："在现代的中国散文里，加上一点幽默味，使散文可以免去板滞的毛病，使读者可以得一个发泄的机会，原是很可欣喜的事情。不过这幽默要使它同时含有破坏而兼建设的意味，要使它有左右社会的力量，才有将来的希望；否则，空空洞洞，毫无目的，同小丑的登台，结果使观众于一笑之后，难免得不感到一种无聊

（Nonsense）的回味，那才是绝路。"

　　《伊索寓言》是古希腊著名的寓言故事集，常常以动物世界比喻人间社会，教人处世和做人的道理。20世纪中国散文史上，不断有作家对《伊索寓言》重新改写，赋予时代新义，如林语堂的《增订伊索寓言》、钱钟书的《读〈伊索寓言〉》和鄢烈山的《续伊索寓言五则》，这都是作家在散文形式多样化方面的探索与创造。林语堂在《增订伊索寓言》中，对伊索的三个寓言和叔本华的一个寓言作了推陈出新的拓展性的改写。在他的改写中，不仅原来的寓言故事情节更丰富了，而且融进了作者对现代社会复杂微妙的人情世态和丑陋社会心理的透视，内涵意蕴也深化了。让人在笑过之后，感受到洞明了事实真相的痛快，从而透过幽默的帷幕，窥视到其中所蕴含的严肃主题。

郭沫若（1892—1978） 原名郭开贞，四川乐山人。历史学家、诗人、剧作家、散文家。散文集有《今津纪游》《山中杂记及其他》《洪波曲》等。

鹭 鸶

鹭鸶是一首精巧的诗。

色素的配合，身段的大小，一切都很适宜。

白鹤太大而嫌生硬，可不用说，即如粉红的朱鹭或灰色的苍鹭，也觉得大了一些，而且太不寻常了。

然而鹭鸶却因为它的常见，而被人忘却它的美。

那雪白的蓑毛，那全身的流线形结构，那铁色的长喙，那青色的脚，增之一分则嫌长，减之一分则嫌短，素之一忽则嫌白，黛之一忽则嫌黑。

在清水田里时有一只两只站着钓鱼，整个的田便成了一幅嵌在琉璃框里的画面。田的大小好像有心人为鹭鸶设计出的镜匣。

晴天的清晨，每每看见它孤独地站立在小树的绝顶，看来像是不安稳，而它却很悠然。这是别的鸟很难表现的一种嗜好。人们说它是在望哨，可它真是在望哨吗？

黄昏的空中偶见鹭鸶的低飞，更是乡居生活中的一种恩惠。那是清澄的形象化，而且具有了生命了。

或许有人会感着美中的不足，鹭鸶不会唱歌。但是鹭鸶的本身不就是一首很优美的歌吗？——不，歌未免太铿锵了。

鹭鸶实在是一首诗，一首韵在骨子里的散文的诗。

（选自1943年2月《文艺生活》第3卷第4期）

导 读

喜欢唐诗的读者不会对杜甫的这联诗感到陌生:"两个黄鹂鸣翠柳,一行白鹭上青天。"那一行直上青天的白鹭在诗中获得了永恒的美:它们在碧空自由飞翔的优美姿态和勃勃生机,带给人们清新可喜的美的享受。郭沫若这篇短文所讴歌和描摹的便是鹭鸶(白鹭)的美。他不强调鹭鸶那种飞扬着的鲜明而自由的生命之美,而侧重于表现和挖掘这种寻常水禽身上所默默散发的一种内敛的美。

诗人发现:鹭鸶是一首诗。它的诗意体现在它适宜合度的外形,它不似鹤那么大而生硬,也不像朱鹭那么难得一见。它是寻常的,它是乡居生活自自然然的组成部分,因寻常而被人忽略了它的美,但它也不会抱怨,而它的沉默与寻常也是美,就像乡间朴实的劳动者。它是一幅和谐的画,在诗人的眼中,它的白羽、长喙与青色的脚配合得是那么匀称而合理;当它在水田钓鱼时,好似古代飘逸的隐士;当它独立树梢时,又有了运思高远的哲人的气度,但是谁又能知道它究竟在想什么呢!

无论如何,我们应当感谢它,这优美的鸟儿,黄昏的天空它们低低飞行的形态让我们心折,仿佛是祈祷和祝福,虽然默默无声,却是虔敬诚笃的生命最真实可信的心灵之歌。鹭鸶之美,是自然界的一种自在生命之美,也是诗人心仪的东方化、沉潜化的灵性之美。

> **王力**（1900—1986） 广西博白人。语言学家、翻译家、散文家。散文集有《龙虫并雕斋琐语》。

闲

  中国的诗人，自古是爱闲的。"静扫空房惟独坐"，"日高窗下枕书眠"，这是闲居；"相与缘江拾明月"，"晚山秋树独徘徊"，这是闲游；"大瓢贮月归春瓮"，"飞琖遥闻豆蔻香"，"林间扫石安棋局"，"短裁孤竹理云韶"，这是闲消遣。如果他们忙起来，他们也要忙里偷闲；他们是"有愧野人能自在"，所以他们忙极的时候也要"闲寻鸥鸟暂忘机"。

  但是，中国的俗谚却说："成人不自在，自在不成人。"凡是愿意兴家立业的人都不肯"游手好闲"。表面看来，这和诗人们的思想是矛盾的。诗人们的思想似乎是出世的，是仙佛的一派；而社会上的老成人却是入世的，是圣贤的一派。圣贤可学，仙佛不可学，所以我们不应该爱闲，因为爱闲就是"好闲"，"好闲"就非"游手"不可，而"游手"就有没有饭吃的危险。其实，这只是一种很粗的看法。如果闲得其道，非特无损，而且有益。我们可以说，常人不可以"好闲"，而圣贤却可以"爱闲"。

  先说，一国的元首就应该闲。垂拱而治，是中国人所认为郅治的世界。身当天下的大任的人也应该闲，在军书旁午的时候，诸葛亮仍旧是纶巾羽扇，谢安仍旧是游墅围棋，这种闲情逸致才能养成他们那临事不惊的本领。爱闲和工作紧张是可以并行不悖的。唯有精神不紧张的人，工作紧张起来才有更大的效力；否则越忙越乱，越会把事情弄糟了的。

  做地方官的人也应该有相当的闲暇。如果你不能闲，不是你毫无办事能力，就是你为刮地皮而忙。"日晚爱行深竹里，月明多上小楼头"，白乐天并没有因为爱闲而减少了民众的好感；"岂唯见惯沙鸥熟，已觉来多钓石温"，苏东坡并没有因为爱闲而妨害了邑宰的去思。王禹偁诗里说："日长何计到黄昏，郡僻官闲昼掩门"，现在却是郡越僻而官越忙，因为"天高皇帝远"，正是刮地皮的好机会。天天嘴里嚷着："忙呀！忙呀！"天晓得他是否为苞苴而忙，为掊克而忙，抑或是为逢迎上司、应酬土豪劣绅而忙！

至于文人，就更不能忙，更不应该忙。《三都赋》十稔而成，并不是天天忙着写那赋，而是闲着在那里等候，灵感来时才写上一段。忙起来根本就没有灵感！非但八叉手不是忙，连九回肠也不算是忙。当你聚精会神地去推敲一篇文章的时候，只像聚精会神地下一盘棋，是闲中取乐。不应该把它当做尘樊的束缚。如果你觉得是忙着做文章，那貌子之神会即刻离开了你。但是，不幸得很，那些卖文为活的文人却不能不忙着做文章；尤其是在"文价"的指数和物价的指数相差十余倍的今日，更不能不搜索枯肠，努力多写几个字。在战前，我有一个朋友卖文还债，结果是因忙致病，因病身亡。在这抗战期间，更有不少文人因为"挤"文章而呕尽心血，忙到牺牲了睡眠，以至于牺牲了生命。忙死了也得不到代价，因为越忙越是粗制滥造，写不出好文章。不信请看我这一篇，我虽不是卖文为活，然而它是在百忙中"挤"出来的。

"穷"、"忙"二字是有连带关系的。抗战以来，谋生困难，多少原来清闲的人变了极忙的人！事情多了几倍，我们都变了负山的蚊子；白昼的差事加上了夜间的职务，我们又都变了"为谁辛苦"的蜜蜂。回想当年，真是不胜今昔之感！古人说，不是闲人不知闲中之乐；现在我说，昔闲今忙的人更能了解闲中之乐。譬如巨富变了赤贫，回想当年的繁华，更悼念乐园的丧失。当年是"溪头尽日看红叶"，现在是"灶下终年做黑奴"；当年是"一部清商一壶酒"，现在是"一堆钞票一天粮"。当年我们尽有闲工夫读遍千部书，现在我们竟没有闲工夫吃完一碗饭！

本来，在这个大时代，我们有更大的希望在前头，自然应该牺牲了我们的闲暇。不过，悠游卒岁的人仍不在少数，这就形成了我们的不平。古人说

"不患贫而患不均",现在我们说"不患忙而患不均"。如果有法子处理那些不劳而获的钱财,使人人自食其力,我相信许多人都用不着像现在这样忙。

(选自1944年4月9日昆明《中央日报·星期增刊》)

导读

王力把自己的小品文称"剩墨""琐语""詹言""清呓",一方面,寓有自谦之意;另一方面,《庄子·齐物论》说过:"大言炎炎,小言詹詹","琐语""詹言"就是小品文的意思。王力还把自己的小品文称为"血泪写成的软性文章",这种文章在"满纸荒唐言"中,有着"一把辛酸泪",不是"直言"的,而是"隐讽"。他认为这种"隐讽"比直言更有效力,而他写这种"隐讽"的小品文的"原委",除了追求"隐讽"的艺术效力之外,主要是国民党的文化专制主义逼成的,因此,"实情当讳,休言曼殊言虚;人事难言,莫怪留仙谈鬼;当年苏东坡一肚皮不合时宜,做诗赞黄州猪肉,现在我却是俩钱儿能供日用,投稿夸赤县辣椒,极力赞辣椒的功能……"事实确是如此。读王力的小品文,只有把庄与谐、泪与笑、苦与乐、实和虚统一起来,只有把作家的"弦外之音""题外之旨"把握住,才能追索它的"讽喻"之旨。

王力有极高的驾驭语言的能力。他是著名的语言学家,熟稔经史,在古典诗词上有很深的修养。他的小品文语言以流畅、富于幽默感的北京口语为主,又调和了古典诗词中的清词丽句和有一定容量的典故,加以骈赋的对仗、排偶句式,使他的语言有一种特有的凝练、柔韧和音乐的节奏感。在许多篇章中,他经常集中地引用古典诗词、古代典故,并且运用排偶句式,赋予自己的语言以鲜明的风格。如本文的开头一段,一连串古代诗人抒写自己的闲情逸致的清丽飘逸的诗句,不仅加深了文章的文采,也把当时作者为了养家糊口,又是兼课,又是赶写文章,生活忙迫到如"负山的蚊子",渴望有片刻的闲逸的心理渲染得淋漓尽致。

> 巴人（1901—1972） 原名王任叔，浙江奉化人。文艺理论家、杂文家。1949年后出版的杂文集有《遵命集》《点滴集》《巴人杂文选》《王任叔杂文集》等。

况钟的笔

看了昆剧《十五贯》，叫我念念不忘的是况钟那枝三落三起的笔。

自从仓颉造字、蒙恬造笔以来，凡是略识"之乎"的人，都是要用笔的。读书人著书立说，吟歌赋诗，要用笔；种田的，赶买卖的，记豆腐白酒账，要用笔；甚至像阿Q那样人物，临到枪毙之前，还要拿起笔来，伏在地上，在判决书上面画个圈圈，并且有慨于圈圈之画得不圆，这就可见笔之为用是大得很哩。

自然，笔各有不同，我们用的或毛笔，或钢笔，而况钟所用的是朱砂笔。况钟虽然是苏州府尹，但这回担任的工作，却是监斩。他的职责就是核对犯人和榜上名字是否属实。如果属实，那就算他"验明正身了"，大可朱砂笔一挥，向榜上名字一点，叫刽子手拉出去，一斩了事的。然而况钟偏不这么做，一听到犯人呼冤，拿起来的笔，便点不下去了。拿过判决书来看，竟是三问六审，经过不少人手，想来案情属实；又拿起笔来，又听到犯人呼冤，并且自叙经过，又点不下去了。经过临时一次调查，冤情已经属实，但他既是监斩官，无权过问判决，于是又拿起笔来，但又看到犯人含冤莫伸的情形，又点不下去。他想到人命关天，要对人负责。他终于立下决心，自担干系，延缓处斩，向巡抚大人据理力争，并且亲自勘察，破了案情，平反了冤狱。这样，况钟的朱砂笔，终于点中了真正的杀人犯。可见一个人会不会用笔是大有讲究的。

我们的机关首长、单位的负责人，以至一般的工作人员，都是要用笔的。有的是起拟计划、稿件等，有的则是拿起笔来在计划、稿件之类上面批示一下，或同意，或另拟，或写上个名字。但是，我们用笔有没有像况钟那样用得慎重而严肃？实在是大可深思一下的。我们之间固然不缺乏像况钟那样的人，善于在笔底下看到"人"，并且用行动来帮助用笔。但我们之间，也不缺乏像过于执那样的人，只知大笔一挥，看不到笔底下有"人"；或者把任何工作，往上一推，往下一压；自己仅仅经过手，签个名，只考究自己签名的字，是否"龙翔凤舞"，足够威势，也算是用过笔了。

没有对人负责的精神，不可能做出对工作负责的事。况钟的笔底下有"人"，就是况钟用笔的可贵精神。

但况钟的用笔是很不容易的。首先，这枝朱砂笔必须点中真正杀人犯，那才能为社会除掉坏人。而除掉了坏人，也就是保护了好人。但要做到这一点，他得展开两条路线的斗争：一方面，他要同只知排比事件的表面现象，并且会用"人之常情"来作推理根据，却不研究事情的实质的主观主义者作斗争；另一方面，他还要同满足于自己的高官厚禄，闭着眼睛签发文件，而又讨厌下属提出不同意见，为了去掉不顺手的干部，就故意设下陷阱叫你跳下去的官僚主义分子作斗争。这样，况钟的笔就是处在主观主义者过于执和官僚主义者周岑的两枝笔锋夹攻之间了。他要在这两枝笔锋夹攻之间，杀出一条真理的路来，实在是需要有大勇气、大智慧的。但一个能对人负责的人，一定会得到人民力量的支持，就会有大勇气；而一个得到人民力量支持的人，一定能集中群众的智慧，就会有大智慧。况钟就这样地战胜了两枝夹攻的笔锋，平反了冤狱。况钟可说是善用其笔的人了。

经常用笔而又经常信笔一挥的人，是不能不想想况钟的用笔之法的。

（选自1956年5月6日《人民日报》）

导 读

巴人自1926年开始发表杂文，在20世纪40年代上海"孤岛"文学时期，是"鲁迅风"杂文流派的主将。1949年后，巴人所发表的第一篇杂文就是《况钟的笔》。当时昆剧《十五贯》正在北京上演，此文是为了配合这个演出而特意写作的，一时脍炙人口。他是中国大陆50年代比较活跃的杂文家，被誉为"五十年代最富有战斗力的杂文家之一"。

这篇杂文篇幅短小，不可能对《十五贯》作全面的评论，其好处在于，第一，抓住了一个关键的细节——监斩官况钟在核准执行之时的犹豫。第二，如果直接就写这个犹豫，也无不可，但思想活动是比较抽象的。为了让文章更具感性色彩，他把立意集中在况钟的笔上。把文章集中到一个焦点意象上去，只是一个良好的开端，难得的是，作者把所有的思想和形象都沿着这个意象丰富地展开。《况钟的笔》不但命意很好，而且写法圆熟，现实针对性强，所以当时一发表即产生了很大的反响。

文章没有直接写思想矛盾，而是细致地展开了用笔的矛盾。强调况钟的笔"处在主观主义者过于执和官僚主义者周岑的两枝笔锋夹攻之间"，"他要在这两枝笔锋夹攻之间，杀出一条真理的路来，实在是需要大勇气、大智慧的"。况钟的笔"三落三起"，说明他对人民高度负责，笔底下有"人"。作者由此联系到现实生活中"我们的机关首长，单位的负责人，以至一般的工作人员"是如何用笔的，通过况钟用笔的慎重严肃，鞭挞了那些无视人民的"经常用笔而又经常信笔一挥的人"。

何为（1922—2011） 原名何振业，浙江定海人。散文家。散文集有《第二次考试》《织锦集》《临窗集》《闽居纪程》《老屋梦回》等。

第二次考试

著名的声乐专家苏林教授发现了一件奇怪的事情：在这次参加考试的二百多名合唱训练班学生中间，有一个二十岁的女生陈伊玲，初试时成绩十分优异，声乐、视唱、练耳和乐理等课目都列入优等，尤其是她的音色美丽和音域宽广令人赞叹。而复试时却令人大失所望。苏林教授一生桃李满天下，他的学生中间不少是有国际声誉的，但这样年轻而又有才华的学生却还是第一个，这样的事情也还是第一次碰到。

那次公开的考试是在那间古色古香的大厅里举行的。当陈伊玲镇静地站在考试委员会里几位有名的声乐专家面前，唱完了冼星海的那支有名的《二月里来》，门外窗外挤挤挨挨的都站满了人，甚至连不带任何表情的教授们也不免暗暗递了个眼色。按照规定，应试者还要唱一支外国歌曲。她演唱了意大利歌剧《蝴蝶夫人》中的咏叹调《有一个良辰佳日》，当时就以她灿烂的音色和深沉的理解惊动四座，一向以要求严格闻名的苏林教授也不由颔首表示赞许，在他严峻的眼光下，隐藏着一丝微笑。大家都默无一言地注视陈伊玲：嫩绿色的绒线上衣，一条贴身的咖啡色西裤，宛如春天早晨一株亭亭玉立的小树。众目睽睽下，这个本来笑容自若的姑娘也不禁微微困惑了。

复试是在一个星期后举行的。录取与否都取决于此。这时将决定一个人终生的事业。经过初试这一关，剩下的人现在已是寥寥无几。而复试将是在各方面更其严格的要求下进行的。本市有名的音乐界人士都到了。这些考试委员和旁听者，在评选时几乎都带着苛刻的挑剔神气。但是全体对陈伊玲都留下这样一个印象：如果合乎录取条件的只有一个人，那么这唯一的一个人无疑应该是陈伊玲。

谁知道事实却出乎意料。陈伊玲是参加复试的最后一个人，唱的还是那两支歌，可是声音发涩，毫无光彩，听起来前后判若两人。是因为怯场、心慌，还是由于身体不适而影响了声音？人们甚至怀疑到她的生活作风上是否有不够慎重的地方！在座的人面面相觑，大家带着询问和疑惑的眼光举目望她。虽然她掩饰不住自己脸上的困倦，一双聪颖的眼睛显得黯然无神，那顽皮的嘴角也流露出一种无可诉说的焦虑，可是就整个看来，她通体是明朗的，坦率的，可以使人信任的；仅仅只因为一点意外的事故使她遭受挫折，而这正是人们感到不解之处。她抱歉地对大家笑笑，于是飘然走了。

苏林教授显然是大为生气了。他从来认为，要做一个真正为人民所爱戴的艺术家，首先要做一个各方面都能成为表率的人，一个高尚的人！歌唱家又何尝能例外！可是这样一个自暴自弃的女孩子，永远也不能成为一个有成就的歌唱家！他生气地侧过头去望着窗外。这个城市刚刚受到过一次今年最严重的台风袭击，窗外断枝残叶狼藉满地，整排竹篱委身在满是积水的地上，一片惨淡的景象。

考试委员会对陈伊玲有两种意见：一种认为从两次考试可以看出陈伊玲的声音极不稳固，不扎实，很难造就；另一种则认为给她机会，让她再考试一次。苏林教授有他自己的看法，他觉得重要的是找到造成她先后两次声音悬殊的根本原因。如果问题在于她对事业和生活的态度，尽管声音的禀赋再好，也不能录取她！这是一切条件中的首要条件！

可是，究竟是什么原因呢？

苏林教授从秘书那里取来了陈伊玲的报名单，在填着地址的第一栏上，他用红铅笔划了一条粗线。表格上的那张报名照片是一张叫人喜欢的脸，小而好看的嘴，明快单纯的眼睛，笑起来鼻翼稍稍皱起的鼻子。这一切像是在提醒那位有名的声学专家，不能用任何简单的方式对待一个人——一个有生命有思想有感情的人。至少眼前这个姑娘的某些具体情况，是这张简单的表格上所看不到的。如果这一次落选了,也许这个人终其一生就和音乐分手了。她的天才可能从此就被埋没。而作为一个以培养学生为责任的音乐教授,情况如果是这样,那他是绝对不能原谅自己的。

第二天,苏林教授乘早上第一班电车出发。根据报名单的地址,好容易找到了在杨树浦的那条偏僻的马路。进了弄堂,蓦地不由吃了一惊。

那弄堂里有些墙垣都已倾塌,烧焦的栋梁呈现一片可怕的黑色,断瓦残垣中间,时或露出枯黄的破布碎片,所有这些说明了这条弄堂不仅受到台风破坏,而且显然发生过火灾。就在这灾区的瓦砾场上,有些人大清早就在忙碌着张罗。

苏林教授手持纸条,不知从何处找起,忽然听见对屋的楼窗上,有一个孩子有事没事地张口叫着:

"咪——咿——咿——咿——,吗——啊——啊——啊——"仿佛歌唱家在练声的样子。苏林教授不禁为之微笑,他猜对了,那孩子敢情就是陈伊玲的弟弟,正在若有其事地学着他姊姊练声的姿势呢。

从孩子口里知道:他的姊姊是个转业军人,刚从文工团回来不久,到上海后就分配到工厂里担任行政工作。她是个青年团员——一个积极而热心的人,不管厂里也好,里弄也好,有事找陈伊玲准没错!还是在两三天前,这里附近因为台风袭击而造成电线走火,好多人家遭受损失,一时无家可归,陈伊玲就为了协助里弄干部安置灾民,忙得整夜没有睡,终于影响了嗓子。第二天刚好是她去复试的日子,她说声"糟糕",还是去参加考试了。

这就是全部经过。

"瞧,她还在那儿忙着哪!"孩子向窗外扬了扬手说:"我叫她!我去叫她!"

"不,只要告诉你姊姊:她的第二次考试已经录取了!她完全有条件成为一个优秀的歌唱家,不是吗?我几乎犯了一个错误!"

苏林教授自言自语地说着,没有顾到孩子站在面前睁着一双惊异的眼睛,就急忙从陈伊玲家里出来,走得很快。是的,这天早晨有什么使人感动的东西充溢在他胸口,他想赶紧回去把他发现的这个音乐学生和她的故事告诉每一个人。

(选自1956年12月26日《人民日报》)

导读

20世纪50年代，散文被看作是"文艺的轻骑兵"，担负着反映现实生活、服务社会主义事业的任务。散文的主题突出地表现在歌颂新的人物、新的世界，歌颂社会主义革命和建设新的生活上，散文家手握笔管，心怀天下，一大批工农兵英雄模范人物以崭新的时代风貌出现在读者的面前。正如严文井在《开国十年文学创作选》的《散文特写·序》中所指出的："我们新的散文已经不再限制于表现作者自己和作者自己圈子里的那些人物了。工人、农民和战士登了场，他们不再是几个化了装的粗粗的概念。我们看到了具体的钢铁工人、石油工人、汽车司机、勘探者、伐木者、垦荒者、拖拉机手、志愿军战士、海防战士、荣誉军人、猎人、渔民、邮递员、演员、民间歌手、乡村小学教员，和其他各种各样人物的不同面貌。"

《第二次考试》成功塑造了两个思想性格鲜明的人物形象，陈伊玲舍己为人、心地纯洁的精神面貌，苏林教授爱惜人才、严肃认真的可贵品质，都生动地体现了新时代的新风尚。特别值得指出的是，在当时许多作品还把知识分子当做改造对象和反面人物来描写时，何为能从生活实际出发，正面歌颂知识分子形象，实属难能可贵，表现了散文家的勇气和胆识。

这篇散文在写法上借鉴了小说描写人物、细节和场景的技法，通过有特征的描写、衬托等手法来刻画人物。如作者很少直接描写陈伊玲的出众才华，而是通过别人的动作、表情等来反映："当陈伊玲镇静地站在考试委员会里几位有名的声乐专家面前，唱完了冼星海的那支有名的《二月里来》，门外窗外挤挤挨挨的都站满了人，甚至连不带任何表情的教授们也不免暗暗递了个眼色。按照规定，应试者还要唱一支外国歌曲，她演唱了意大利歌剧《蝴蝶夫人》中的咏叹调《有一个良辰佳日》，当时就以她灿烂的音色和深沉的理解惊动四座，一向以要求严格闻名的苏林教授也不由颔首表示赞许，在他严峻的眼光下，隐藏着一丝微笑。"因为这篇散文既有人物又有简单情节，常常被人当作短篇小说，不过作者认为虽然内容近似小说，所用的却是散文笔调，应以散文视之。散文评论家林非就指出："从作品的艺术构思看，很像是一篇精巧玲珑的小说，然而它叙事简洁疏朗，情思清新隽永，又分明具有散文的气派。"

《第二次考试》发表后，先后被收入多种文学选集，译成数种外文，改编成电影和广播剧，并被收入中学语文教材，是何为最有影响的作品。

郭风（1919—2010） 原名郭嘉桂，福建莆田人。散文家。散文集有《山溪和海岛》《曙》《唱吧，山溪》《早晨的钟声》《你是普通的花》等；散文诗集有《叶笛集》《鲜花的早晨》《英雄和花朵》等。

叶　笛

啊，故乡的叶笛。

那只是两片绿叶。把它放在嘴唇上，于是像我们的祖先一样，

吹出了对于乡土的深沉的眷恋，吹出了对于故乡景色的激越的赞美，

吹出了对于生活的爱，吹出自由的歌，劳动的歌，火焰似的燃烧着的青春的歌……

像民歌那么朴素。

像抒情诗那么单纯。

比酒还强烈。

啊，故乡的叶笛。

那只是两片绿叶。把它放在嘴唇上，于是从肺腑里，从心的深处，

吹出了劳动的胜利的激情，吹出了万人的喜悦和对于太阳的赞歌，

吹出了对于人民的权力的礼赞，吹出了光明的歌，幸福的歌，太阳似的升在空中的旗帜的歌！

那笛声里，有故乡绿色平原上青草的香味，

有四月的龙眼花的香味，

有太阳的光明。

（选自《人民文学》1957年第3期）

导读

郭风的散文诗清新朴实，带着浓郁的闽中气息和芬芳的泥土香味，给20世纪50年代后期沉闷的文坛吹进了一缕生机盎然的清风。郭风出生在风景秀丽、文化发达的兴化平原，故乡美丽旖旎的山水涤荡了他的童心，民间乡土的艺术陶冶了他的性情。他说："民间的、乡土的这种艺术熏陶是很有力量的，它会深入心灵中。这种艺术熏陶所培育的艺术趣味，在尔后我的创作实践中，总是给我以某种提醒、某种召唤、某种启示：应该尽自己力之所及，使自己的作品——在这里，我说的是使我所作的抒情散文、散文诗，具有浓重的乡土气息，具有民间的、乡亲的情绪。"

郭风在《叶笛》中，以真挚纯朴的心声唱出了清新明丽的乡土之歌。他从笛音里感受到人们"对于乡土的深沉的眷恋""对于故乡景色的激越的赞美""对于生活的爱"，感受到"劳动的胜利的激情""万人的喜悦和对于太阳的赞歌""对于人民的权力的礼赞"。正如作者所说，在《叶笛》中，"多少倾注了我对于乡土，对于乡亲和对于新的时代的爱情，表达了故乡的大自然、民俗以至历史的某些细小的特征"。

《叶笛》构思精巧，作者采用了诗的复沓形式，回环往复，一唱三叹，纵情咏赞。整首散文诗就像叶笛吹出的音乐那么清新明快，美妙动听。

> 杨朔（1913—1968） 山东蓬莱人。散文家、小说家。散文集有《亚洲日出》《海市》《东风第一枝》《生命泉》《茶花赋》等。

印度情思

人在旅途上，又是夜航，最容易倦。我睡得迷迷糊糊的，忽然觉得耳朵像灌满水，铮铮发响，知道飞机正在往下落。一睁眼，只见身边的星星，地面的灯火，密密点点的，恍惚是天上地下撒满珍珠，连成一片，飞机打着旋，我只担心：可别撞碎这些珍珠啊。

穿过这种幻景，我从云头里飘然落到地面上。这就是印度。好一个新奇的去处：到处是诗意，是哲理，是神话，最能引起人的美妙的幻想。

难道这不新奇么？五冬六夏，老是有开不完的鲜花。花草的名目，有时问当地人，也说不清。最奇的是一种叫"苏葛"的花木，叶子周围是锯齿模样，掐一片叶子埋到土里，嫩芽便绕着叶子从锯齿的凹巢长出来。芒果，菩提，在佛家是圣树，到处可以看见。有一回，我在一棵大菩提树上，发现累累垂垂挂着许多好大的果子。再一细看，竟不是什么果子，而是一群倒挂在树枝上的蝙蝠。到黑夜蝙蝠一亮翅膀，足有面盆大。

清晨，露水未干，你碰巧能在花阴里看见只孔雀，迎着朝阳展开彩屏，庄严地舞着。舞到得意处，浑身一抖，每根翎子都刷刷乱颤。

德里西南方有座极其漂亮的古城，叫赭堡，全城都刷成粉红色，因而别名叫玫瑰城。其实不妨叫它孔雀之乡。那儿的孔雀多得出奇，有的干脆养在人家里，跟鸡一样。天天黄昏，孔雀出来打食。路边上，野地里，三个一群，五个一伙，好像美人儿拖着翠色的长裙子，四处转悠，根本也不躲避人。赭堡还有象,更通人性。我去看赭堡附近山顶上的琥珀宫时,骑的就是大象。象的全身刺着花绣,耳朵上戴着大铜耳环,环子上系着彩色的绸子飘带。养象的人叫它是"象小姐",怪不得打扮得这样妖娆。想不到大象还爱音乐呢。爬山的时候,后边有人叮叮当当敲着小钟,象小姐便踏着拍子,迈着又慢又笨的步子,一摇一晃的,颠的人骨头都痛。

下来以后,养象的人说:"给小姐点钱买糖吃吧。"大象便伸着鼻子到你跟前。我塞一枚印度币到它鼻眼里,瞧它把鼻子往后一甩,钱就递到主人手里去,乖觉得很。

乖觉的事儿还多着呢。你在大旅馆的餐厅里吃饭,小鸟会叽叽喳喳飞进来,围着你的腿寻面包吃。你到清真寺或者名胜古迹去游玩,小松鼠会追着你跑,你站住,小松鼠便坐起来,用两只前爪拈着胡子,歪着头,还朝你挤眉弄眼呢。你走在野地里,瞧吧,路两旁常常坐着猴子的家庭:老猴子替小猴子从头上捉虱子,更小的猴子抱着母亲的肚子,就是母亲蹦跳、爬树,也不会掉。只要你嗷嗷叫上几声,哎呀呀,四下尼母树的叶子一阵乱响,更多的猴子会猱下来,都围到你跟前。胆大的竟然一只手从你掌心里拿香蕉吃。别以为它们这种种飞禽走兽是养熟的。不是,都是野的,却跟人处得十分相得,你看有意思没有意思?

在这样又古老又新奇的国度里,神话积累的自然特别丰富。象头人身的"甘尼萨"神,恒河,朱木纳河,还有一条据说隐藏在地下的沙罗索蒂河的三河女神,以及睡在毒蛇头下的湿娃天神等故事,不但刻在石头上,还流传在人民口头上。甚至于直到今天,人民的真实生活里也夹杂着带点神话色彩的东西。

我到南印度的马德拉斯旅行时,曾经亲自去看过神鸢。有关神鸢的事迹,流传很远,书上都有记载。据说由马德拉斯到孟加拉湾海岸的半路上,有座圣山,每天正午以前,一定有两只白鸢从天外飞来,落到圣山上,吃点食,喝点水,歇息一会儿,然后又飞走——几百年来,天天如此。那天我去得早,先在山脚下喝了点鲜椰子汁,尝了尝像嫩豆腐脑一样的鲜椰子肉,接着便按照当地宗教的习俗,脱下鞋,光着脚上了圣山。满山飘着一股香味,不知是野花，还是敬神点的什么香料。和尚们把神牛的粪晒干，弄成灰，往人的前额上抹，给人祝福。我急着要看神鸢，早早便坐在神鸢常落的岩石旁边等着。到十一点钟左右，一个光着膀子的老和尚打着伞，拿着一铜碗粘米饭，又就近舀了一铜碗水，都摆到岩石上。围着看的人悄没声的，全都望着天空。

忽然有人悄悄说："来了！"天空里果然出现两只鸟，盘旋几圈，随后有一只翩然落到岩石上。这是一只白鸢，尾巴是黑的，头上的翎毛挺憔悴，老了！一下来便从老和尚手里吃起食来，养得熟的很。只是另一只怎么不见来呢？急得老和尚拿铜碗敲着石头，引它，到底也没引下来——总是先吃饱了。先前那只吃饱后，用嘴悠闲地剔剔翎子，也就飞了。

都相信这两只鸢是两个圣僧，几百年来每天从巴那拉斯飞往瑞姆穆萨罗姆去朝圣，好几千里行程，故而天天中途要在马德拉斯歇脚。

这类涂上神话色彩的宗教活动倒引起我极其邈远的幻想。我站在山顶上，望着孟加拉湾碧蓝的海水，望着苍苍茫茫的印度旷野，不觉想起玄奘。一千多年前，这个人物孤孤零零一个人，光着头，赤着脚，袈裟烂成布缕缕，就是跋涉在这片国土上，说不定还打这儿走过呢。走乏了，看见人家灯光，便去叫开门，双手合十，寻点吃的喝的，歇歇脚，然后又往前走。他不是茫然前进，他追求的是一种理想，一种信仰。

德里郊外有座"柯特"高塔，是十二世纪的建筑，一色是砂岩造的，塔身上刻着可兰经文，乍一看，形成十分精致的花纹。高塔进口的大门上刻着这样的字句：

……为神建筑庙堂的人，神将为他在天上建筑同样的庙堂。

从这几句铭文里，我领会到一个道理：为什么在印度全境有这么多精美的寺院。这些寺院，正表现出印度人民对于美的人生的想望。在现实生活里追求不到这种美的人生，便把理想寄托到虚无飘渺的天上。建造庙堂，正是动手建造他们的理想。

这种美的理想，你还可以从多方面得到更强烈的感染。残冬将尽，天气正好，不妨且到印度西南方奥兰格巴古城做一次短短的旅行。奥兰格巴城本身美是美，更美的却在别处。

翻过一座叫不上名的山岭，车子开进南印度平原，放眼一望，满地的甘蔗正在开花，飘着白穗，仿佛是雪白的芦花。转弯抹角，车子又插进一条空谷，停到山脚下。现在我们来到著名的阿旃陀石窟。

碰巧山根底正有庙会，沿路摆满小摊，有卖各种甜食的，有卖镶着玻璃珠子的手镯的，还有卖色彩浓艳的披巾的……许多妇女嘴里嚼着豆蔻，围在各种小摊前挑选自己心爱的物件。她们的服装不是大红大紫，就是大绿大黄，都带着强烈的热带色彩。一些吉普赛女人打扮的更鲜艳：头顶上高高支起尖顶的绸子披巾；两鬓插着珠子花；鼻子的左面挂着环子，也有的嵌着一朵小小的金梅花；脚脖子上戴着几串小铃铛，一走路，哗啦哗啦响，好听得很。看起来，无论女人男人，眼神都显得那么急切，好像是在期待着什么——他们究竟是期待什么呢？

我杂在红红绿绿的人群里，爬上山去，开始欣赏那些石窟里精彩无比的壁画。这不是篇艺术论文，我不想多费笔墨去研究阿旃陀绝世的艺术。可是，这些从纪元前二世纪到纪元后七世纪陆续凝结成的精品，实在有吸引人的魔力。传统的宗教主题和真实的印度生活紧紧结合着，每幅画都是那么优美，那么和谐，而表现力又是那么强烈。一两千年前的人物，都用神采动人的眼睛，从墙壁上直望着你。可是你瞧，怎么那眼神就跟我身旁的活人一样，又急切又热烈。

从古到今，善良的印度人民究竟一直在期待什么呢？一个印度向导说："你知道么？我们昨天刚过'迪拉三瑞'节。"

这是个历代相传的节日。在这一天，人们一见面就互相给点糖，握握手。

我问道："糖表示什么呢？"

向导说："糖就是爱，就是友情，就是幸福，一年一度，谁不盼望这个节日呀。"

我的心不觉一亮。千秋万世，印度人民期待的不正是这些人生最美好的事物么？

他们还把自己最美好的理想刻到石头上。我指的是爱楼拉那个神奇的地方。爱楼拉坐落在奥兰格巴城西北上，约莫十七哩远，那里一共有三十四座石窟，一律是石刻，内中有佛教的、印度教的、还有耆那教的石雕。有一本书上这样记载着："当阿旃陀的僧侣艺术家正忙于显示短促生命中的永恒时，爱楼拉的山岭响彻着雕刻巨匠们斧锤的声音，开凿出他们幻想中的凯拉萨石头神宫。"

我认为，印度全国的名胜古迹要算爱楼拉最绝，而凯拉萨神宫又是爱楼拉最绝的一处。我走到凯拉萨前，这座神宫一百六十四呎长，一百零九呎宽，九十六呎高，是从一座大山上劈下来的一个角，又把这一角石山雕成一座精美无比的宫殿，上下两层，里里外外还刻着许多男女神像，以及跟原石一般大的石像等。神宫背后和左右，又依据原山开凿出三面石廊，廊里的石壁上刻着好多幅十分动人的神话故事。

有一幅石刻最打动我的心。一个叫鲁万纳的国王，长着十颗头，每天要献给神十九朵花。一天，神要试试他的心，暗地拿走十枝花。鲁万纳一发现花的枝数不够，他是这样虔诚，便砍他的头代替花，已砍下九颗头，正要砍最后一颗，神感动了，出面止住他。据说这个神话人物后来竟变成恶魔。且不管结尾怎样，这段故事总是值得深思的。

当夜，我临时歇在爱楼拉附近一座古帝王的行宫里，心情极其舒畅。我是完全沉醉在美的境界里去了。天上有月亮，满野铺着新鲜的月色，静得很，只有不知名的草虫齐声唱着。我想起当年那些刻石的人们。祖父带着儿子，儿子传给孙子，子子孙孙，前后几百年，如果没有坚定的信仰、深刻的智慧，加上像鲁万纳那样献身的精神，如何能最终创造出这样伟大的艺术啊？生命是有限的，那些人早不在了，没有人知道他们的名字。他们从来也没想到把自己的名字刻到石头上，他们刻上的只是自己的生命，他们留给后世的却正是这种用生命创造的美。我不能不好好想一想：作为人类的这一代，我们又能为后世美好的生活做点什么呢？

月亮地里，远处旷野上闪着一点野火，有人吹起怪凄凉的管子。印度人民真实的生活可远不像理想的那样美好。我知道，这个吹管子的人，睡在绳子结的床上,能吃到红高粱饼,放点辣子,就是好的。不过我也知道,印度人民像自己的祖先一样,永远抱着美好的理想;而且有毅力,有勇气,他们会为他们千秋万世所想望的美好的人生而奋斗,而抗争。

(选自《收获》1957年第2期)

导 读

杨朔于1956年以后,主要从事外事工作,曾任中国保卫世界和平委员会副秘书长、亚非团结委员会副主席、亚非人民团结理事会书记处中国书记等职。任职期间,他穿梭于亚非欧三大洲之间,观看过日本的樱花、埃及的金字塔、印度的宗教活动、加纳的蚁山、印度尼西亚的巴厘岛,写下了《樱花雨》《金字塔夜月》《印度情思》《蚁山》《巴厘的火焰》等脍炙人口的散文篇章。

《印度情思》是一篇游记散文,文章从自然到风俗,从宗教到艺术,从传说到古迹,突出了印度"到处是诗情,是哲理,是神话,最能引起人的美妙的幻想"。作者笔下孔雀、大象、小鸟、小松鼠、猴子等飞禽走兽的各种神态,凸显了印度这个南亚神奇国度绮丽的自然风光;而"三河女神"、"神鸢"、"柯特"高塔、阿旃陀石窟、凯拉萨神宫,则表现了印度这个古老又新奇的国度里浓厚的宗教氛围。杨朔"完全沉醉在美的境界里",并坚信"印度人民像自己的祖先一样,永远抱着美好的理想;而且有毅力,有勇气,他们会为建造他们千秋万世所想望的美好的人生而奋斗,而抗争"。

寻找意境,是杨朔散文构思的核心。他从那些富有诗意的事物身上寻找到其感情的寄托点,确立文章的立意。本文由自然风光的美,写到文化艺术的美,进而写出印度人民的美,步步深入揭示出美的奥秘,引出发人深省的哲理思考。

秦牧（1919—1992） 原名林觉夫，广东澄海人。散文家。散文集有《星下集》《贝壳集》《花城》《艺海拾贝》《长街灯语》等。

海滩拾贝

在艺术摄影中，常常看到这样的画面：无边无际的海滩上，一个人俯身在拾些什么；天上漂浮着云彩，远处激溅着浪花……这样的画面引人走进一个哲理和诗情水乳交融的境界。

这种情景是很引人入胜的。但是这样的画图，人却不难走到里面去。一个人只要到海滩去拾拾贝壳，就会很自然地变成那种影片里面的人物了。

许许多多的人都有爱贝壳的习性。有些人生活趣味本来很少，但一见到贝壳却会爱不释手，一跑到海滩去捡起贝壳来就往往兴奋得像个小孩。在这方面，似乎我们中有许多人还保持着我们远代的老祖先的审美观念，他们曾经震惊于贝壳的美丽，一致同意把贝壳采用做货币。也许由于爱贝壳的人的众多吧，广州文化公园的水产馆里陈列贝壳的那些玻璃柜旁总是挤满了观众。广州近年还有一间有趣的商店出现，它专门贩卖贝壳和珊瑚。香港也有这一类的商店。因为这样的缘故，现在开到南海群岛去的船只，就不止是运的海味、鸟粪，还有运贝壳和珊瑚的了。

但是从商店里买回来的贝壳，比较自己从海滩亲自捡回来的，风味毕竟不同。无论商店里的贝壳是怎样的五光十色，实际上比我们在海滩上所见到的，却总要贫乏得多。

凡是有海滩的地方，就有贝壳。但是有些著名的海滩，那种贝壳丰富的情形，却不是一般的小海滩可以比拟的。像海南岛三亚附近渔村一带的海滩，你走到上面去，可以发现每一步都有贝壳，而且构造千奇百怪，用句古话来形容，真可以说是"鬼斧神工"。据到过西沙群岛的人说，那边的情形就更可观了。要找到特别美丽、离奇的贝壳就得到特别荒僻的小岛去。贝壳究竟有多少种呢？这样的题目正像问天上的星，问地上的树，问草丛里的昆虫，问碳水化合物有多少种那样的不易回答。有一些专门收集贝壳的"贝壳迷"，他们像古币迷、邮票迷……收集古币、邮票那样地搜集着贝壳。据说，世界各个角落的贝壳是千差万别的。有一个贝壳迷花了近十年心血，搜集到几千种远东出产的贝壳；而这，在贝壳所有品种中所占的仍然是一个很小的百分比。

令人目迷五色的各种贝壳，有大得像一颗椰子、一顶帽子、一支喇叭的，它们的名字就叫做"椰子螺"、"唐冠贝"、"天狗螺"。也有一些小得像颗珍珠，可以让女孩子串起来做项链的。它们有形形色色的状貌，因此人们也就给起了一些五花八门的名字。像伞的叫做"伞贝"，像钟的叫做"钟螺"，像小扇的叫做"扇贝"，像蜘蛛的叫做"蜘蛛螺"，像髑髅的叫做"骨贝"，还有鹅掌贝、鸭脚贝、冬菇贝等等。有一些贝壳，只从它们的名字就可以想见它们令人惊艳的容貌，像锦身贝、凤凰贝、花瓣贝、初雪贝等就是。还有一些贝壳，给人叫做"波斯贝"、"高丽贝"，使人想见古代各国船舶往来，外国商人拿出新奇的贝壳来，人们围观啧啧赞美的情景。种类无比丰富的贝壳，使人不禁想起了一切瓷器的精品。所有歌咏瓷器的诗句，美丽的贝壳都可以当之无愧。像什么"大邑烧瓷轻且坚，叩如哀玉锦城传"啦，什么"雨过天青云破处，这般颜色作将来"啦，许多贝壳的模样儿、颜色儿，完全足以体现那种神韵。你细细看海滩上的贝壳，它们有像白陶的，有像幼瓷的，有的像上了釉，有的颜色复杂，竟像是"窑变"的产品。历史家们考据出来：地球上的各个区域，古代的人们日中为市的时代，一般都曾经采用贝壳做过流通手段，当铜和金还在地下酣睡的时候，这些海滩小动物建造的小房子就已经信用卓著地成为人们的良币了。在殷墟里面，和牛骨龟甲混在一起的，也还有贝币，说明三千五百年前这些奇妙的小东西已经普遍被人们用做交易的媒介了。直到今天，我们的文字里，许许多多和价值有关的字，像财、宝、买、卖、赏、赐、贵、贱等等，不写简笔字的时候，都还留有个"贝"字在里头。这情形，使我们想起了古代各洲的人们，在海滩上拾到美丽的贝壳的时候，那种欣赏赞叹的情景。在这方面，好像对自然景物的审美观念，千万代的人类之间，也还有一脉相通之处似的。自然，贝壳不容易损坏，不容易伪造，尤其是使它在人类货币史上占有光荣一席的主要原因。几千年前的贝币，我们今天在博物馆里看到的不是还很完好么？至于那么一种小玩意儿，似乎直到今天，聪明的人类也还未能制造出一枚赝品来。

爱贝壳的不仅是初到海滩的人们。渔民和在沿海区域的一切居民，实际上也都是爱贝壳的。从这一点看来，可以说爱美的心理原很普遍。初到海滩的人兴高采烈地捡着贝壳，渔民和他们的孩子看到你那一种发痴的模样儿，也许抿着嘴善意地嘲笑着。但其实他们何曾不捡贝壳呢？只是他们"曾经沧海难为水"，一般平凡的贝壳，他们不放在眼里罢了。许多渔民的家庭，其实都藏有几枚美丽的贝壳，当我有一次在海南岛三亚附近的海滩上捡贝壳时，一个渔家老妇笑嘻嘻而又慷慨地说："来，我送两个给你。"于是她返身登上高脚的渔家棚屋里，拿出一个"小海星"和两枚"星宝贝"来像给小孩似的给了我。也还有一些渔家小孩，看到客人们拾贝壳拾得入了迷，也从他的家里拿出几枚美丽的贝壳让你看看的。一比较，你就知道他们目力不凡，通常的那种粗陶器或者素色瓷器似的贝壳他们是看不上眼的。他们所捡的贝壳都是像髹了上等彩釉的珍品。例如那种"眼球贝"，四围一圈宝蓝色或墨绿色，中心雪白的地方有许多美丽的斑点。类似这样的东西，住在海边的人们才肯俯身去拾起来。

海滩上的人们和城市里的贝壳商店，也有把贝壳制成各种用具的。有的人用贝壳做成饭瓢水勺，有的用贝壳做了台灯。还有的人用各种各样的贝壳堆成假石山，有一些贝壳适宜做塔，有些可以做桥，有的可以做垂钓渔翁的斗笠。海南的渔村里就常有这样一些"贝壳石山"出卖，正像农民中有许多工艺美术家一样，这是渔民工艺美术家们的杰作。贝壳的工艺美术，在中国原有很悠久的历史。像"嵌螺钿"，那种用精磨过的贝壳，嵌在雕镂和髹漆过的器具上面的工艺美术，在中国已有千年左右的历史。当玻璃还没有大量制造和流行的时候，有一种半透明的叫做"窗贝"的贝壳，已经被人用来代替玻璃。人们用贝壳做各种器具的历史是很悠久的，而且一直盛行不衰，看来这类工艺美术将来还要大放光彩。最近，粤东又有人用它来制造客厅里悬挂的屏条了，贝壳在这些屏条上给砌成了美丽的字画。

我们在海滩的时候，就是不去思念贝壳在人类生活上的价值，也没有找到什么珍奇的品种，我觉得，单是在海滩俯身拾贝这回事，本身就使人踏入一种饶有意味的境界。试想想：海水受月亮的作用，每天涨潮两次，在高潮线和低潮线之间有这么一片海滩。这里熙熙攘攘地生长着各种小生物，不怕干燥的贝壳一直爬到高潮线，害怕干燥的就盘桓在低潮线，这两线之间，生物的类别何止千种万种！潮水来了，石头上的牡蛎、藤壶、海滩里的蛤贝，纷纷伸手忙碌地扑食着浮游生物，潮水退了，它们就各各忙着闭壳和躲藏。这看似平静的一片海滩，原来整天在演着生存的竞争。这看似单纯的一片海滩，内容竟是这样的丰富，单是贝类样式之多就令人眼花缭乱。这看似很少变化的一片海滩，其实岩石正在旅行，动物正在生死，正在进化退化。人对万事万物的矛盾、复杂、联系、变化的辩证规律认识不足时，常常招致许多的不幸。而一个人在海滩漫步，东捡一个花螺、西拾一块雪贝，却是很容易从中领会这种事物之间复杂、变化的道理的。因此，我说，一个人在海滩走着走着，多多地看和想，那情调很像走进一个哲理和诗的境界。

当你拾着贝壳，在那辽阔的海滩上留下两行转眼消灭的脚印时，我想每个肯多想一想的人都会感到个人的渺小，但看着那由亿万的沙粒积成的沙滩和亿万的水滴汇成的海洋，你又会感到渺小和伟大原又是极其辩证地统一着的。没有无数的渺小，就没有伟大。离开了集体，伟大又一化而为渺小。那个从落地的苹果悟出万有引力的牛顿是常到海滩去的，他在临终的床上说过这样的话："我不知道世人怎样看我，但我自己却以为我是在未知的真理的大海前面，在海滩上拾一些光滑的石块或者美丽的贝壳就引以为乐的小孩……"这一段话是很感人的。人到海滩去常常可以纯真地变成小孩，感悟骄傲的可笑和自卑的无聊，把这历史常常馈赠给我们每个人的讨厌的礼物，像抛掉一块破瓦片似的抛到海里去。

我抚弄着从海滩上拾回来的贝壳，常常想起的就是这么一些事物……

1959 年

（选自《花城》，作家出版社 1961 年 6 月版）

导 读

20世纪50年代后期，秦牧有感于当时散文创作题材狭窄，形式单一，曾呼吁："除了国际、社会斗争、艺术理论、风土人物志一类散文外，我们应该有知识小品、谈天说地、个人抒情一类的散文。通过各种各样的内容给人以思想启发、美的感受、情操的陶冶。"因此，当杨朔把散文拿着"当诗一样写"，总是"寻求诗的意境"时，秦牧却发挥知识和思想的魅力，主张"用一根思想的线串起生活的珍珠"，使知识性、思想性、艺术性相结合。散文评论家佘树森指出："大家公认，秦牧散文以知识性见长，特别是在60年代，当我们还处于视野比较封闭、信息不畅通的情况下，他的散文向读者启开了一扇扇知识的窗户，使人感到新鲜与惊喜。"

秦牧常常选择生活中新鲜、奇警、独特而富于知识性的事物，夹叙夹议。在《海滩拾贝》一文中，他向我们介绍了一系列令人目迷五色的贝壳，还告诉我们，"三千五百年前这些奇妙的小东西已经普遍被人们用做交易的媒介了"。作者不但善于选择生活中这些新奇有趣的素材，而且通过对它反复思索，抒发一种人生哲理。他从"看似平静"却"整天在演着生存的竞争"的海滩，领会到事物之间矛盾、复杂、联系、变化的辩证规律；从海滩上"转眼消灭的脚印"，感到"个人的渺小"；从"亿万的沙粒积成的沙滩和亿万的水滴汇成的海洋"，感到"渺小和伟大原又是极其辩证地统一着的"。读秦牧的这篇散文，感觉就如他在文中所写的："一个人在海滩走着走着，多多地看和想，那情调很像是走进一个哲理和诗的境界。"

秦牧在《花城·后记》中说过："每个人把事物和道理告诉旁人的时候，可以采取各种各样的方式。这里采取的是像和老朋友在林中散步，或者灯下谈心那样的方式。我在这些文章中从来不回避流露自己的个性，总是酣畅淋漓地保持自己在生活中形成的语言习惯。我认为这样可以谈得亲切些。"确实，秦牧的散文总是以富有个性的语言直抒胸臆，文章处处融合着作者的感情，流露出作者的个性，其笔墨给人以自然亲切之感，具有较强的艺术感染力。

> **傅雷**（1908—1966） 上海南汇人。翻译家。散文集有《傅雷家书》等。

傅雷家书（选一）

1961年2月6日上午

昨天敏自京回沪度寒假，马先生交其带来不少唱片借听。昨晚听了维伐第的两支协奏曲，显然是斯卡拉蒂一类的风格，敏说"非常接近大自然"，倒也说得中肯。情调的愉快、开朗、活泼、轻松，风格之典雅、妩媚，意境之纯净、健康，气息之乐观、天真，和声的柔和、堂皇，甜而不俗：处处显出南国风光与意大利民族的特性，令我回想到罗马的天色之蓝、空气之清冽、阳光的灿烂，更进一步追怀两千年前希腊的风土人情，美丽的地中海与柔媚的山脉，以及当时又文明又自然、又典雅又朴素的风流文采，正如丹纳书中所描写的那些境界——听了这种音乐不禁联想到亨特尔，他倒是北欧人而追求文艺复兴的理想的人，也是北欧人而憧憬南国的快乐气氛的作曲家。你说他humain是不错的，因为他更本色，更多保留人的原有的性格，所以更健康。他有的是异教气息，不像巴哈被基督教精神束缚，常常匍匐在神的脚下呼号，忏悔，诚惶诚恐地祈求。基督教本是历史上某一特殊时代，地理上某一特殊民族，经济政治某一特殊类型所综合产生的东西；时代变了，特殊的政治经济状况也早已变了，民族也大不相同了，不幸旧文化——旧宗教遗留下来，始终统治着两千年来几乎所有的西方民族，造成了西方人至今为止的那种矛盾、畸形，与十九、二十世纪极不调和的精神状态，处处同文艺复兴以来的主要思潮抵触。在我们中国人眼中，基督教思想尤其显得病态。一方面，文艺复兴以后的人是站起来了，到处肯定自己的独立，发展到十八世纪的百科全书派，十九世纪的自然科学进步以及政治经济方面的革命，显然人类的前途、进步、能力，都是无限的；同时却仍然奉一个无所不能无所不在的神为主宰，好像人永远逃不出他的掌心，再加上原始罪恶与天堂地狱的恐怖与期望，使近代人的精神永远处于支离破碎、纠结复杂、矛盾百出的状态中，这个情形反映在文化的各个方面，学术的各个部门，使他们（西方人）格外心情复杂，难以理解。我总觉得从异教变到基督教，就是人从健康变到病态的主要表现与主要关键——比起近代的西方人来，我们中华民族更接近古代的希腊人，因此更自然，更健康。我们的哲学、文学即使是悲观的部分也不是基督教式的一味投降，或者用现代语说，一味的"失败主义"；而是人类一般对生老病死、春花秋月的慨叹，如古乐府及我们全部诗词中提到人生如朝露一类的作品；或者是愤激与反抗的表现，如老子的《道德经》——就因为此，我们对西方艺术中最喜爱的还是希腊的雕塑、文艺复兴的绘画、十九世纪的风景画——总而言之是非宗教性非说教类的作品——猜想你近年来愈来愈喜欢莫扎特、斯卡拉蒂、亨特尔，大概也是由于中华民族的特殊气质。在精神发展的方向上，我认为你这条路线是正常的、健全的——你的酷好舒伯特，恐怕也反映你爱好中国文艺中的某一类型。亲切，熨帖，温厚，惆怅，凄凉，而又对人生常带哲学意味极浓的深思默想；爱人生，恋念人生而又随时准备飘然远行，高蹈，洒脱，遗世独立，解脱一切等等的表现，岂不是我们汉晋六朝唐宋以来的文学中屡见不鲜的吗？而这些因素不是在舒伯特的作品中也具备的呢？——关于上述各点，我很想听听你的意见。关山远阻而你我之间思想交流，精神默契未尝有丝毫间隔，也就象征你这个远方游子永远和产生你的民族，抚养你的祖国，灌溉你的文化血肉相连，息息相通。

(选自《傅雷家书》，三联书店 1981 年 8 月版)

导读

周作人在《日记与尺牍》里说过:"日记与尺牍是文学中特别有趣味的东西,因为比别的文章更鲜明地表出作者的个性。诗文小说戏曲都是做给第三者看的,所以艺术虽然更加精练,也就多有一点做作的痕迹。信札只是写给第二个人,日记则给自己看的(写了日记预备将来石印出书的算例外),自然是更真实更天然的了。"《傅雷家书》写作时本无意发表,不料二三十年后却风行一时,成为脍炙人口的读物。

这里选录的一封家书,是傅雷1961年2月6日写给傅聪的。傅聪于1954年赴波兰参加第五届肖邦国际钢琴比赛并在那里留学,从此傅雷开始给儿子写了数百封饱含真挚感情的家书。这些家书不是普普通通的家信,正如傅雷告诉傅聪:"长篇累牍地给你写信,不是空唠叨,不是莫名其妙的gossip,而是有好几种作用。第一,我的确把你当做一个讨论艺术、讨论音乐的对手;第二,极想激出你一些青年人的感想,让我做父亲的得些新鲜的养料,同时也可以间接传布给别的青年;第三,借通信训练你的——不但是文笔,而尤其是你的思想;第四,我想时时刻刻,随处给你做个警钟,做面'忠实的镜子',不论在做人方面,在生活细节方面,在艺术修养方面,在演奏姿态方面。"因此,贯穿整部《傅雷家书》的情意,是他要傅聪知道国家的荣辱、艺术的尊严,能够用严肃的态度对待一切,做一个"德艺俱备、人格卓越的艺术家"。

傅雷生前好友楼适夷在《读家书,想傅雷》中指出,傅雷不仅是一位优秀的翻译家,他的成就不只是留下了大量世界名著的译本,而且他还写过不少在思想、理论、艺术上都卓有特色的散文作品。楼适夷特别提到"在遥遥数万里的两地之间,把父子的心紧紧地联系在一起的"《傅雷家书》,认为:"这是一部最好的艺术学徒修养读物,这也是一部充满着父爱的苦心孤诣、呕心沥血的教子篇……在这儿所透露的,不仅仅是傅雷的对艺术的高深的造诣,而是一颗更崇高的父亲的心,和一位有所成就的艺术家,在走向成才的道路中,所受过的陶冶与教养,在他才智技艺中所积累的成因。"

> **刘白羽**（1916—2005） 北京人。散文家、小说家。散文集有《火炬与太阳》《早晨的太阳》《红玛瑙集》《芳草集》《海天集》等。

长江三日

十一月十七日

……

雾笼罩着江面，气象森严。十二时，"江津"号启碇顺流而下了。在长江与嘉陵江汇合后，江面突然开阔，天穹顿觉低垂。浓浓的黄雾，渐渐把重庆隐去。一刻钟后，船又在两面碧森森的悬崖陡壁之间的狭窄的江面上行驶了。

你看那急速漂流的波涛一起一伏，真是"众水会万涪，瞿塘争一门"。而两三木船，却齐整的摇动着两排木桨，像鸟儿扇动着翅膀，正在逆流而上。我想到李白、杜甫在那遥远的年代，以一叶扁舟，搏浪急进，那该是多么雄伟的搏斗，会激发诗人多少瑰丽的想象啊！……不久，江面更开朗辽阔了。两条大江，骤然相见，欢腾拥抱，激起云雾迷蒙，波涛沸荡，至此似乎稍为平定，水天极目之处，灰蒙蒙的远山展开一卷清淡的水墨画。

从长江上顺流而下，这一心愿真不知从何时就在心中扎下根子，年幼时读"大江东去……"、读"两岸猿声……"辄心向往之。后来，听说长江发源于一片冰川，春天的冰川上布满奇异艳丽的花朵，而长江在那儿不过是一泓清溪；可是当你看到它那奔腾叫啸，如万瀑悬空，砰然万里，就不免在神秘气氛的"童话世界"上又涂了一层英雄光彩。后来，我两次到重庆，两次登枇杷山看江上夜景，从万家灯光、灿烂星海之中，辨认航船上缓缓浮动而去的灯火，多想随那惊涛骇浪，直赴瞿塘，直下荆门呀。但亲身领略一下长江风景，直到这次才实现。因此，这一回在"江津"号上，正如我在第二天写的一封信中所说：

"这两天，整天我都在休息室里，透过玻璃窗，观望着三峡。昨天整日都在朦胧的雾罩之中。今天却阳光一片。这庄严秀丽气象万千的长江真是美极了。"

下午三时，天转开朗。长江两岸，层层叠叠，无穷无尽的都是雄伟的山峰，苍松翠竹绿茸茸的遮了一层绣幕。近岸陡壁上，背纤的纤夫历历可见。你向前看，前面群山在江流浩荡之中，则依然为雾笼罩，不过雾不像早晨那样浓，那样黄，而呈乳白色了。现在是"枯水季节"，江中突然露出一块黑色礁石，一片黄色浅滩，船常常在很狭窄的两面航标之间迂回前进，顺流驶下。山愈聚愈多，渐渐暮霭低垂了，渐渐进入黄昏了，红绿标灯渐次闪光，而苍翠的山峦模糊为一片灰色。

当我正为夜色降临而惋惜的时候，黑夜里的长江却向我展开另外一种魅力。开始是，这里一星灯火，那儿一簇灯火，好像长江在对你眨着眼睛。而一会儿又是漆黑一片，你从船身微微的荡漾中感到波涛正在翻滚沸腾。一派特别雄伟的景象，出现在深宵。我一个人走到甲板上，这时江风猎猎，上下前后，一片黑森森的，而无数道强烈的探照灯光，从船顶上射向江面，天空江上一片云雾迷蒙，电光闪闪，风声水声，不但使人深深体会到"高江急峡雷霆斗"的赫赫声势，而且你觉得你自己和大自然是那样贴近，就像整个宇宙，都罗列在你的胸前。水天，风雾，浑然融为一体，好像不是一只船，而是你自己正在和江流搏斗而前。"曙光就在前面，我们应当努力。"这时一种庄严而又美好的情感充溢我的心灵，我觉得这是我所经历的大时代突然一下集中地体现在这奔腾的长江之上。是的，我们的全部生活不就是这样战斗、航进，穿过黑夜走向黎明的吗？现在，船上的人都已酣睡，整个世界也都在安眠，而驾驶室上露出一片宁静的灯光。想一想，掌握住舵轮，透过闪闪电炬，从惊涛骇浪之中寻到一条破浪前进的途径，这是多么豪迈的生活啊！我们的哲学是革命的哲学,我们的诗歌是战斗的诗歌,正因为这样——我们的生活是最美的生活。列宁有一句话说得好极了:"前进吧!——这是多么好啊!这才是生活啊!"……"江津"号昂奋而深沉的鸣响着汽笛向前方航进。

十一月十八日

在信中,我这样叙说:"这一天,我像在一支雄伟而瑰丽的交响乐中飞翔。我在海洋上远航过,我在天空上飞行过,但在我们的母亲河流长江上,第一次,为这样一种大自然的威力所吸慑了。"

朦胧中听见广播到奉节。停泊时天已微明。起来看了一下,峰峦刚刚从黑夜中显露出一片灰蒙蒙的轮廓。启碇续行,我到休息室里来,只见前边两面悬崖绝壁,中间一条狭狭的江面,已进入瞿塘峡了。江随壁转,前面天空上露出一片金色阳光,像横着一条金带,其余天空各处还是云海茫茫。瞿塘峡口上,为三峡最险处,杜甫《夔州歌》云:"白帝高为三峡镇,瞿塘险过百牢关。"古时歌谣说:"滟滪大如马,瞿塘不可下;滟滪大如猴,瞿塘不可游;滟滪大如龟,瞿塘不可回;滟滪大如象,瞿塘不可上。"这滟滪堆指的是一堆黑色巨礁。它对准峡口。万水奔腾一冲进峡口,便直奔巨礁而来。你可想象得到那真是雷霆万钧,船如离弦之箭,稍差分厘,便撞得个粉碎。现在,这巨礁,早已炸掉。不过,瞿塘峡中,激流澎湃,涛如雷鸣,江面形成无数漩涡,船从漩涡中冲过,只听得一片哗啦啦的水声。过了八公里的瞿塘峡,乌沉沉的云雾,突然隐去,峡顶上一道蓝天,浮着几小片金色浮云,一注阳光像闪电样落在左边峭壁上。右面峰顶上一片白云像白银片样发亮了,但阳光还没有降临。这时,远远前方,无数层峦叠嶂之上,迷蒙云雾之中,忽然出现一团红雾,你看,绛紫色的山峰,衬托着这一团雾,真美极了。就像那深谷之中向上反射出红色宝石的闪光,令人仿佛进入了神话境界。这时,你朝江流上望去,也是色彩缤纷:两面巨岩,倒影如墨;中间曲曲折折,却像有一条闪光的道路,上面荡着细碎的波光;近处山峦,则碧绿如翡翠。时间一分钟一分钟过去,前面那团红雾更红更亮了。船越驶越近,渐渐看清有一高峰亭亭笔立于红雾之中,渐渐看清那红雾原来是千万道强烈的阳光。八点二十分，我们来到这一片晴朗的金黄色朝阳之中。

抬头望处，已到巫山。上面阳光垂照下来，下面浓雾滚涌上去，云蒸霞蔚，颇为壮观。刚从远处看到那个笔直的山峰，就站在巫峡口上，山如斧削，隽秀婀娜，人们告诉我这就是巫山十二峰的第一峰，它仿佛在招呼上游来的客人说："你看，这就是巫山巫峡了。""江津"号紧贴山脚，进入峡口。红通通的阳光恰在此时射进玻璃厅中，照在我的脸上。峡中，强烈的阳光与乳白色云雾交织一处，数步之隔，这边是阳光，那边是云雾，真是神妙莫测。几只木船从下游上来，帆篷给阳光照的像透明的白色羽翼，山峡却越来越狭，前面两山对峙，看去连一扇大门那么宽也没有，而门外，完全是白雾。

八点五十分，满船人，都在仰头观望。我也跑到甲板上来，看到万仞高峰之巅，有一细石耸立如一人对江而望，那就是充满神奇缥缈传说的美女峰了。据说一个渔人在江中打鱼，突遇狂风暴雨，船覆灭顶，他的妻子抱了小孩从峰顶眺望，盼他回来，一天一天，一月一月，他终未回来，而她却依然不顾晨昏，不顾风雨，站在那儿等候着他——至今还在那儿等着他呢！……

如果说瞿塘峡像一道闸门，那么巫峡简直像江上一条迂回曲折的画廊。船随山势左一弯，右一转，每一曲，每一折，都向你展开一幅绝好的风景画。两岸山势奇绝，连绵不断，巫山十二峰，各峰有各峰的姿态，人们给它们以很高的美的评价和命名，显然使我们的江山增加了诗意，而诗意又是变化无穷的。突然是深灰色石岩从高空直垂而下浸入江心，令人想到一个巨大的惊叹号；突然是绿茸茸草坡，像一支充满幽情的乐曲；特别好看的是悬岩上那一堆堆给秋霜染得红艳艳的野草，简直像是满山杜鹃了，峡急江陡，江面布满大大小小漩涡，船只能缓缓行进，像一个在崇山峻岭之间慢步前行的旅人。但这正好使远方来的人，有充裕时间欣赏这莽莽苍苍、浩浩荡荡长江上大自然的壮美。苍鹰在高峡上盘旋，江涛追随着山峦激荡，山影云影，日光水光，交织成一片。

十点，江面渐趋广阔，急流稳渡，穿过了巫峡。十点十五分至巴东，已入湖北境。十点半到牛口，江浪汹涌，把船推在浪头上，摇摆着前进。江流刚奔出巫峡，还没来得及喘息，却又冲入第三峡——西陵峡了。

西陵峡比较宽阔,但是江流至此变得特别凶恶,处处是急流,处处是险滩。船一下像流星随着怒涛冲去,一下又绕着险滩迂回浮进。最著名的三个险滩是:泄滩、青滩和崆岭滩。初下泄滩,你看着那万马奔腾的江水会突然感到江水简直是在旋转不前,一千个、一万个漩涡,使得"江津"号剧烈震动起来。这一节江流虽险,却流传着无数优美的传说。十一点十五分到秭归。据袁崧《宜都山川记》载:秭归是屈原故乡,是楚王子熊泽建国之地。后来屈原被流放到汨罗江,死在那里。民间流传着:屈大夫死日,有人在汨罗江畔,看见他峨冠博带,美髯白皙,骑一匹白马飘然而去。又传说:屈原死后,被一大鱼驮回秭归,终于从流放之地回归楚国。这一切初听起来过于神奇怪诞,却正反映了人民对屈原的无限怀念之情。

秭归正面有一大片铁青色礁石,森然耸立江面,经过很长一段急流绕过泄滩。在最急峻的地方,"江津"号用尽全副精力,战抖着,震颤着前进。急流刚刚滚过,看见前面有一奇峰突起,江身沿着这山峰右面驶去,山峰左面却又出现一道河流,原来这就是王昭君诞生地香溪,它一下就令人记起杜甫的诗:"群山万壑赴荆门,生长明妃尚有村。"我们遥望了一下香溪,船便沿着山峰进入一道无比险峻的长峡——兵书宝剑峡。这儿完全是一条窄巷,我到船头上,仰头上望,只见黄石碧岩,高与天齐,再驶行一段就到了青滩。江面陡然下降,波涛汹涌,浪花四溅,当你还没来得及仔细观看,船已像箭一样迅速飞下,巨浪为船头劈开,旋卷着,合在一起,一下又激荡开去。江水像滚沸了一样,到处是泡沫,到处是浪花。船上的同志指着岩上一片乡镇告诉我:"长江航船上很多领航人都出生在这儿……就是木船要想渡过青滩,都得请这儿的人引领过去。"这时我正注视着一只逆流而上的木船,看起来这青滩的声势十分吓人,但人从汹涌浪涛中掌握了一条前进途径,也就战胜了大自然了。

中午,我们来到了崆岭滩眼前,长江上的人都知道:"泄滩青滩不算滩,崆岭才是鬼门关。"可见其凶险了。眼看一片灰色石礁布满水面,"江津"号却抛锚停泊了。原来崆岭滩一条狭窄航道只能过一只船,这时有一只江轮正在上行,我们只好等下来。谁知竟等了那么久,可见那上行的船只是如何小心翼翼了。当我们驶下崆岭滩时,果然是一片乱石林立,我们简直不像在浩荡的长江上,而是在苍莽的丛林中找寻小径跋涉前进了。

十一月十九日

早晨,一片通红的阳光,把平静的江水照得像玻璃一样发亮。长江三日,千姿万态,现在已不是前天那样大雾迷蒙,也不是昨天"巫山巫峡色萧森",而是苏东坡所谓的"楚地阔无边,苍茫万顷连"了。长江在穿过长峡之后,现在变得如此宁静,就像刚刚诞生过婴儿的年轻母亲一样安详慈爱。天光水色真是柔和极了。江水像微微拂动的丝绸,有两只雪白的海鸥缓缓地和"江津"号平行飞进,水天极目之处,凝成一种透明的薄雾,一簇一簇船帆,就像一束一束雪白的花朵在蓝天下闪光。

在这样一天,江轮上非常宁静的一日,我把我全身心沉浸在"红色的罗莎"——卢森堡的《狱中书简》中。

这个在1918年德国无产阶级革命中最坚定的领袖,我从她的信中,感到一个伟大革命家思想的光芒和胸怀的温暖,突破铁窗镣铐,而闪耀在人间,你看,这一页:

> 雨点轻柔而均匀地洒落在树叶上,紫红的闪电一次又一次地在铅灰色中闪耀,遥远处,隆隆的雷声像汹涌澎湃的海涛余波似地不断滚滚传来。在这一切阴霾惨淡的情景中,突然间一只夜莺在我窗前的一株枫树上叫起来了!在雨中,闪电中,隆隆的雷声中,夜莺啼叫得像是一只清脆的银铃,它歌唱得如醉如痴,它要压倒雷声,唱亮昏暗……
>
> 昨晚九点钟左右,我还看到壮丽的一幕,我从我的沙发上发现映在窗玻璃上的玫瑰色的反照,这使我非常惊异,因为天空完全是灰色的。我跑到窗前,着了迷似的站在那里。在一色灰沉沉的天空上,东方涌现出一块巨大的、美丽得人间少有的玫瑰色的云彩,它与一切分隔开,孤零零地浮在那里,看起来像是一个微笑,像是来自陌生的远方的一个问候。我如释重负地长舒了一口气,不由自主地把双手伸向这幅富有魅力

的图画。有了这样的颜色,这样的形象,然后生活才美妙,才有价值,不是吗?我用目光饱餐这幅光辉灿烂的图画,把这幅图画的每一线玫瑰色的霞光都吞咽下去,直到我突然禁不住笑起自己来。天哪,天空啊,云彩啊,以及整个生命的美并不只存在于佛龙克,用得着我来跟它们告别?不,它们会跟着我走的,不论我到哪儿,只要我活着,天空、云彩和生命的美会跟我同在。

"江津"号在平静的浪花中缓缓驶行。我读着书,一种非常珍贵的感情渗透我的全身。我必须立刻把它写下来,我愿意把它写在这奔腾叫啸而又安静温柔的长江一起,因为它使我联想到我前天想到的"战斗——航进——穿过黑夜走向黎明"的想象,过去,多少人,从他们艰巨战斗中想望着一个美好的明天呀!而当我承受着像今天这样灿烂的阳光和清丽的景色时,我不能不意识到,今天我们整个大地,所吐露出来的那一种芬芳、宁馨的呼吸,这社会主义生活的呼吸,正是全世界上,不管在亚洲还是在欧洲,在美洲还是在非洲,一切先驱者的血液,凝聚起来,而发射出来的最自由最强大的光辉。我读完了《狱中书简》,一轮落日那样圆,那样大,像鲜红的珊瑚球一样,把整个江面笼罩在一脉淡淡的红光中,面前像有一种细细的丝幕柔和地、轻悄地撒落下来。

最后让我从我自己的一封信中抄下一段,来结束这一日吧:

  夜间,九时余——从前面漆黑的夜幕中,看见很小很小几点亮光。人们指给我那就是长江大桥,"江津"号稳稳地向武汉驶近。从这以后,我一直站在船上眺望,渐渐地渐渐地看出那整整齐齐的一排像横串起来的珍珠,在熠熠闪亮。我看着,我觉得在这辽阔无边的大江之上,这正是我们献给我们母亲河流的一顶珍珠冠呀!……再前进,江上无数蓝的、白的、红的、绿的灯光,拖着长长倒影在浮动,那是无数船只在航行,而那由一颗颗珍珠画出的大桥的轮廓,完全像升在云端里一样,高耸空中,而桥那面,灯光稠密的简直像是灿烂的金河,那是什么?仔细分辨，原来是武汉两岸的亿万灯光。当我们的"江津"号，嘹亮地向武汉市发出致敬欢呼的声音时，我心中升起一种庄严的情感，看一看！我们创造的新世界有多么灿烂吧！……

（选自《人民文学》1961年3月号）

导 读

  刘白羽与杨朔、秦牧并称20世纪60年代散文"三大家"，不过，他们三人的写作时代虽然相同，文风却迥然有异。早在1962年，易征等人在评论秦牧的散文时，就指出"三大家"在风格上的差异：刘白羽的散文以笔力雄浑、格调高亢见长，恰似万里长江直奔东海，滚滚的波涛震撼着读者的心弦；杨朔的散文以文笔清秀、诗意沛然取胜，有如一池春水印上新月，使人流连忘返；秦牧的散文旁征博引，知识丰富，仿佛是一个五光十色的"贝壳博览会"，一座琳琅满目的"花城"。

  刘白羽的散文擅长以生活中那些雄浑粗犷的事物、惊心动魄的自然现象，以及具有庄严崇高素质的文学背景材料作为抒情的载体，特别是航船在急风暴雨或夜雾迷茫中破浪前进的景观，更是常常出现在他的散文里，他将这看做是"生活中最崇高至上的境界"。《长江三日》正是表现了作者"战斗——航进——穿过黑夜走向黎明"的想象。他说："我觉得如若仅仅描绘得栩栩如生，还不是艺术。艺术在于创造，关键是想象。作者通过自己的思想、感情、性格、精神赋予现实以生命。不仅写出现实风貌，而且体现出现实的神魄。这现实才属于你，这才是你的创作。"刘白羽认为，他的经历、修养、人格、精神、气魄融而为一，形成了他对长江的独特理解："一道万里长江，古今诵咏者何止万千，'两岸猿声啼不住，轻舟已过万重山'是一境界，'大江东去，浪淘尽、千古风流人物'，又是一种境界。我写长江自不敢跟人比。但我写长江激流勇进之美，这是我所得之长江，我所爱的长江，我的长江之美。"

刘白羽在散文中跟随时代的脉搏，创造崇高壮美的意境，往往忽视了复杂的现实矛盾。因此，正如散文评论家张振金所言："他常常来不及对客观事物进行细致深入的观察与体验，写出自己真实、深切、独特的内心感受，而急于以共同的政治理念来替代。所以，有的作品给人以空泛的感觉。尤其是当政治形势一旦发生了变化，作品的思想和价值就会发生偏差。"

邓拓（1912—1966） 原名邓子健，福建福州人。记者、历史学家、诗人、杂文家。杂文集有《燕山夜话》等。

"伟大的空话"

有的人擅长于说话，可以在任何场合，嘴里说个不停，真好比悬河之口，滔滔不绝。但是，听完他的说话以后，稍一回想，都不记得他说的是什么了。

这样的例子可以举出不少。如果你随时留心，到处都可以发现。说这种话的人，有的自鸣得意，并且向别人介绍他的经验说："我遵守古人语不惊人死不休的遗训，非用尽人类最伟大的语言不可。"

你听，这是多么大的口气啊！可是，许多人一听他说话，就讥笑他在做"八股"。我却以为把这种话叫做"八股"并不确切，还是叫它做"伟大的空话"更恰当一些。当然，它同八股是有密切关系的，也许只有从八股文中才能找到它的渊源。

举一个典型的例子吧，有一篇八股文写道：

夫天地者，六合宇宙乾坤，大哉久矣，数千万年而非一日也。

你看，这作为一篇八股文的"破题"，读起来不是也很顺口吗？其中不但有"天地"、"六合"、"宇宙"、"乾坤"等等大字眼，而且音调铿锵，煞是好听。如果用标准的八股调子去念，可以使人摇头摆尾，忘其所以。

但是，可惜得很，这里所用的许多大字眼，都是重复的同义语，因此，说了半天还是不知所云，越解释越糊涂，或者等于没有解释。这就是伟大的空话的特点。

不能否认，这种伟大的空话在某些特殊的场合是不可避免的，因而在一定的意义上有其存在的必要。可是，如果把它普遍化起来，到处搬弄，甚至于以此为专长，那就相当可怕了。假若再把这种空话的本领教给我们的后代，培养出这么一批专家，那就更糟糕了。因此，遇有这样的事情，就必须加以劝阻。

凑巧得很，我的邻居有个孩子近来常常模仿大诗人的口气，编写了许多"伟大的空话"，形式以新诗为最多，并且他常常写完一首就自己朗诵，十分得意。不久以前，他写了一首《野草颂》，通篇都是空话。他写的是：

> 老天是我们的父亲，
> 大地是我们的母亲，
> 太阳是我们的保姆，
> 东风是我们的恩人，
> 西风是我们的敌人。
> 我们是一丛野草，
> 有人喜欢我们，
> 有人讨厌我们，
> 但是不管怎样，
> 我们还要生长。

你说这叫做什么诗？我真为他担忧，成天写这类东西，将来会变成什么样子！如果不看题目，谁能知道他写的是野草颂呢？但是这个孩子写的诗居然有人予以夸奖，我不了解那是什么用意。

这首诗里尽管也有天地、父母、太阳、保姆、东风、西风、恩人、敌人等等引人注目的字眼，然而这些都被他滥用了，变成了陈词滥调。问他本人，他认为这样写才显得内容新鲜。实际上，他这么搞一点也不新鲜。

任何语言，包括诗的语言在内，都应该力求用最经济的方式，表达最丰富的内容。到了有话非说不可的时候，说出的话才能动人。否则内容空虚，即便用了最伟大的字眼和词汇，也将无济于事，甚至越说得多，反而越糟糕。因此，我想奉劝爱说伟大的空话的朋友，还是多读，多想，少说一些，遇到要说话的时候，就去休息，不要浪费你自己和别人的时间和精力吧！

（选自《前线》1961 年第 21 期）

导 读

邓拓于1949年秋出任《人民日报》总编辑，1956年7月1日，他主持《人民日报》改版工作，推动了当代杂文创作的第一次繁荣。20世纪60年代，他写作的《北京晚报·燕山夜话》和《前线》杂志的《三家村札记》杂文专栏，名盛一时。杂文集《燕山夜话》在当时共发行一百多万册，影响远及海内外。法国巴黎第七大学东亚出版中心出版的《中国当代文学史稿（1949—1965大陆部分）》，称《燕山夜话》"在中国当代文坛上，恐怕只有这样一部以小块文章而结集成为这样伟大而辉煌的巨著"。

本文写于1961年，正是我国经历着"总路线""大跃进""人民公社"以浮夸为特点的灾难时期。当时与"浮夸风""共产风"一道泛滥成灾的是，社会上假话、大话、空话——"假、大、空"现象十分猖獗。邓拓在文章中所说的"伟大的空话"，正是对这一现象的批评与反思。

应该注意的是，邓拓写得比较含蓄，他没有正面从政治上进行剖析，而是从侧面切入，以八股文为例说明伟大的字眼掩盖不了空洞的实质。在进入实质性讽喻的时候，他也回避了当时政治上许多人所共知的、后果极其严重的事实，仅仅举小孩子写浮夸性的诗歌为例，小孩子写诗浮夸，本来是极其表面的现象，也没有多大的危害性，但是，这仍然是一种旁敲侧击。当时敏感的读者不难从中引发联想，得到启示。但是仅仅这样温和的讽喻，居然也不被容忍。五年以后，也就是"文化大革命"的初期，邓拓以《"伟大的空话"》为代表的杂文就首当其冲，遭到了严酷的批判，被上纲到"反党、反社会主义"的可怕高度，最后导致他痛苦地结束了自己的生命。

> **张洁** 1937年生,辽宁抚顺人。小说家、散文家。散文集有《在那绿草地上》《一个中国女人在欧洲》《何必当初》等。

拣 麦 穗

在农村长大的姑娘,谁还不知道拣麦穗这回事。
我要说的,却是几十年前的那段往事。

或许可以这么说,拣麦穗的时节,也是最能引动姑娘们遐想的时节。
在那月残星疏的清晨,挎着一空篮子,顺着田埂上的小路走去拣麦穗的时候,她想的是什么?
等到田野上腾起一层薄雾,月亮,像是偷偷地睡过一觉重又悄悄地回到天边,她方才挎着装满麦穗的篮子,走回自家那孔破窑的时候,她又想的是什么呢?
唉,她能想什么呢!
假如你没在那种日子里生活过,你永远不能想象,从这一颗颗丢在地里的麦穗上,会生出什么样的痴想。
她拼命地拣呐,拣呐,一个拣麦穗的季节或许能拣上一斗?她把这麦子卖了,再把钱攒起来,等到赶集的时候,扯上花布、买上花线,然后她剪呀、缝呀、绣呀……也不见她穿,也不见她戴。谁也没和谁合计过,谁也没找谁商量过,可是等到出嫁的那一天,她们全会把这些东西,装进新嫁娘的包裹里去。
不过当她们把拣麦穗时伴着的痴想,一同包进包裹里去的时候,她们会突然感到那些幻想全部变了味儿，觉得多少年来她们拣呀、缝呀、绣呀是多么傻。她们要嫁的那个男人，和她们在拣麦穗、扯花布、绣花鞋的时候所幻想的那个男人，又有多么的不同。

但是，她们还是依依顺顺地嫁了出去。只不过在穿戴那些衣物的时候，再也找不到做它、缝它时的情怀了。

这算得了什么呢？谁也不会为她们叹上一口气，谁也不会关心她们还曾经有过的那份痴想。甚至连她们自己也不会感到过分的悲伤，顶多不过像是丢失了个美丽的梦。有谁见过哪个人会死乞白赖地寻找一个丢失的梦呢？

当我刚刚能够歪歪趔趔地提着一个篮子跑路的时候，我就跟在大姐姐们的身后拣麦穗了。

对我来说，那篮子显得太大，总是磕碰着我的腿和地面，时不时就让我跌上一跤，我也少有拣满一个篮子的时候，我看不见地里的麦穗，却总是看见蚂蚱和蝴蝶，而当我追赶它们的时候，好不容易拣到的麦穗，还会从篮子里跳出来，重新回到地上。

有一天，二姨看着我那稀稀拉拉盛着几个麦穗的篮子说："看看，我家大雁也会拣麦穗了。"然后，她又戏谑地问我："大雁，告诉二姨，你拣麦穗做啥？"

我大言不惭地说："我要备嫁妆哩！"

二姨贼眉贼眼地笑了，还向围在我们周围的姑娘、婆姨眨了眨她那双不大的眼睛："你要嫁谁呀？"

是呀，我要嫁谁呢？我忽然想起那个卖灶糖的老汉。我说："我要嫁那个卖灶糖的老汉！"

她们全都放声大笑，像一群鸭子一样嘎嘎地叫着。笑啥嘛！我生气了。难道做我的男人，他有什么不体面的吗？

卖灶糖的老汉有多大年纪了？不知道。他脸上的皱纹一道挨着一道，顺着眉毛弯向两个太阳穴，又顺着腮帮弯向嘴角。那些皱纹，为他的脸增添了许多慈祥的笑意。当他挑着担子赶路的时候，他那剃得如半个葫芦的脑袋后面残留着的、尽显旧代遗风的齐颈白发,便随着颤悠悠的扁担一同忽闪着。

我的话,很快就传进了他的耳朵。

那天,他挑着担子来到我们村,见到我就乐了。说:"娃呀,你要给我做媳妇吗?"

"对呀!"

他张着大嘴笑了,露出了一嘴的黄牙。他那残留在半个葫芦后的白发,也随着笑声一齐抖动着。

"你为啥要给我做媳妇?"

"我要天天吃灶糖呢!"

他把旱烟锅子往鞋底上磕了磕:"娃呀,你太小哩。"

我说:"你等我长大嘛!"

他摸着我的头顶说:"不等你长大,我可该进土了。"

听了这话,我着急了。他要是死了,那可咋办呢?我那淡淡的眉毛,在满是金黄色的茸毛的脑门上拧成了疙瘩。我的脸也皱巴得像个核桃。

他赶紧拿块灶糖塞进了我的手里。看着那块灶糖,我又咧着嘴笑了:"你莫死啊,等着我长大。"

他笑眯眯地答应着我:"我等你长大。"

"你家住在呵哒?"

"这担子就是我的家,走到呵哒,就歇在呵哒。"

我犯愁了:"等我长大,上呵哒寻你呀!"

"你莫愁,等你长大我来接你。"

这以后,每逢经过我们这个村子,他总是带些小礼物给我。或一块灶糖、或一个甜瓜、或一把红枣……还乐呵呵地对我说:"看看我的小媳妇来。"

我呢,也学着大姑娘的样子让我娘找块碎布给我剪了个烟荷包,还让我娘在布上描了花。我缝呀,绣呀……烟荷包绣好了,我娘笑得个前仰后合,说那不是烟荷包,皱皱巴巴,倒像个猪肚子。我让我娘给我收了起来,我说了,等我出嫁的时候,我要送给我男人。

我渐渐地长大了。到了知道认真地拣麦穗的年龄了。懂得了我说过的那些个话，都是让人害臊的话。卖灶糖的老汉也不再开那玩笑，叫我是他的小媳妇了。不过他还是常带些小礼物给我。我知道，他真的疼我呢。

我不明白为什么，我倒真是越来越依恋他，每逢他经过我们村子，我都会送他好远。我站在土坎坎上，看着他的背影，渐渐地消失在山坳坳里。

年复一年，我看得出来，他的背更弯了，步履也更加蹒跚了。这时我真的担心了，担心他早晚有一天会死去。

有一年，过腊八节的前一天，我约摸着卖灶糖的老汉那一天该会经过我们村。我站在村口上一棵已经落尽叶子的柿子树下，朝沟底下的那条大路上望着、等着。

那棵柿子树的顶梢梢上，还挂着一个小火柿子。小火柿子让冬日的太阳一照，更是红得透亮。那个柿子多半因为长在太高的树梢上，才没有让人摘下来。真怪，也没让风刮下来、雨打下来、雪压下来。

路上来了一个挑担子的人。走近一看，担子上挑的也是灶糖，人可不是那个卖灶糖的老汉。我向他打听卖灶糖的老汉，他告诉我，卖灶糖的老汉老去了。

我仍旧站在那个那棵柿子树下，望着树梢上的那个孤零零的小火柿子。它那红得透亮的色泽，依然给人一种喜盈盈的感觉。可是我却哭了，哭那陌生的、但却疼爱我的卖灶糖的老汉。

后来，我常想，他为什么疼爱我呢？无非我是一个贪吃的，因为丑陋而又少人疼爱的孩子吧？

等我长大以后，我总感到除了母亲，再也没有谁能够像他那样朴素地疼爱过我——没有任何希求、没有任何企望的。

我常常想念他，也常常想要找到我那个像猪肚子一样的烟荷包。可是，它早已不知被我丢到哪里去了。

（选自 1979 年 12 月 16 日《光明日报》）

导读

张洁是新时期享有盛誉的小说家，她的散文虽然被认为是"小说之余"，却在中国当代"女性散文"中独具特色，成绩卓著，是新时期"女性散文"的发轫者。在新时期"伤痕文学"的余响中，张洁从1978年5月开始连续创作"大雁系列"散文，追忆美好的童年生活，展示"一片单一而天真的心境"，挖掘人世间最珍贵的关怀、同情、温馨和友爱的感情，洋溢着对失落的"爱"和"美"的真诚渴求。

《拣麦穗》是"大雁系列"散文中最具代表性的一篇。作品切入穷乡僻壤生活的一角，描绘了一个朴实而带点野性的女孩，朦胧地执着追求爱情理想的率直个性。小姑娘天真无邪的"倾心"与饱经沧桑的卖灶糖老汉真诚的同情和爱怜，构成了一幅飘荡着淡淡哀愁的令人伤感的画面。有论者认为她散文开创性的意义有二：一是把"伤痕文学"的视线从"文革十年"的近景中拉开，而返归更为遥远的童年时代，这自然更易造就一种与审美对象拉开一段观照距离的审美态度，实际上蕴含了走出"伤痕"的最初信息；二是第一次在散文中显露了性别的色彩，透露出女性特有的声音。张洁以优美纯情、娴熟动人的笔致，塑造了天真单纯、童心无欺的小姑娘"我"。"我"的童年视角所见，正是一个充满温馨、委婉动人，人与人之间洋溢着爱的温情、追求美的纯净的"女性世界"。

牧惠（1928—2004） 原名林颂葵，广东新会人。杂文家。杂文集有《湖滨拾翠》《当代杂文选粹·牧惠之卷》《金瓶风月话》《古经新说》等。

华表的沧桑

在北京住了这么多年，经常路过天安门，也就总见着竖在金水桥前的华表。可这华表到底是代表怎么回事呢？从来也没有想到过要打听。后来读《史记》，才终于晓得，这华表原来大有来历。

据说，在唐虞盛世，"圣君"们很重视接受群众的监督，注意听取各种意见。除了在朝廷里设有史官、谏官之外，对来自民间的意见也很重视，"士传言谏过，庶人谤于道，商旅议于市"，知识分子、平民百姓、做生意的人，都可以公开议论政事。尧又是其中一个很得人心的圣君。他在治理国家的时候，有一项措施是，树一根有一条横木像个"午"字那样的"表"在外头，叫做"诽谤之木"，让人们把他在政治上的缺点写在上面。这"诽谤之木"，相当于意见箱、意见簿之类。它就是华表的前身。

这"诽谤之木"如何一步步演化成华丽的装饰品华表呢？照我看，大概同"诽谤"这个词的含义的变迁有着很密切的联系。

如果我们细心地分析一下，确实可以找到不少这样的现象：一个词，本来的意思是好的、褒的，由于种种原因，它开始同它本来的含义区别、分开甚至闹到对立起来，变成一个坏的贬的意思。例如"辩论"这个词，按照字典的解释，按照过去的理解，应当是持不同意见的各方互相讨论，分清是、非、真、假的意思。讨论问题的各方面应当是平等的，讨论的方法应当是说理的。然而，曾几何时，"辩论"这个词儿却变得有点可怕。"辩他一辩"、"这个人挨辩论过",这话给人的印象,是这个人犯了非同小可的错误,最少挨批判过。"造反"这个词,在封建社会、解放前,等同作恶;解放后,明白"造反"其实就是革命;后来,又给林彪、"四人帮"把它搞成同捣乱、破坏一样意思。诸如此类,例子不少,"诽谤"这个词,同样有过这种经历。

现在我们讲"诽谤",那意思,同歪曲、造谣、污蔑之类的词义是相同或接近的。其实,在最先,"诽谤"只是非议的意思。对政事有什么非议,你就写在"诽谤之木"上头,如同今天写在意见簿上一样,既然是非议,是意见,粗分起来,最少有两种。一种是符合事实的,正确的;一种是不符合事实的,错误的。为什么后来"诽谤"就只剩下后一种含义呢?一种可能是,"诽谤之木"老是写着一些造谣污蔑的谎言,因而慢慢把"诽谤"这个词败坏得如同造谣;一种可能是,那上头写的其实是一些实实在在的值得听听的意见,统治阶级不喜欢,把一切非议都说成是坏的,得定罪的,慢慢地也会把"诽谤"同恶毒攻击混同起来。看来,在封建社会,后一种可能性要大些。诽谤变成恶毒攻击,"诽谤之木"给塑上龙凤,成为摆设,也是自然而然的了。

这也不纯是靠推理。大家都晓得,秦始皇那时就是不欢迎提意见的。刘邦数秦的罪状,说它"诽谤者族,偶语者弃市",只要非议一下秦始皇,就有灭族之祸。贾山给汉文帝上书,也讲到秦所以失败得那样快,就是由于他"纵恣行诛,退诽谤之人,杀直谏之士"。从这里看,在汉那时,"诽谤"两个字还并没有等同造谣污蔑;但是,秦始皇却早已把它看成是很坏很坏的字眼了。也许在秦那时,"诽谤之木"就早成为阿房宫前面的华表了吧?

在封建社会,一些开国的皇帝,一些比较清醒的政治家,多少懂得设立这个意见牌之类的必要性。唐太宗李世民的纳谏且不去讲了。朱元璋也是个开国皇帝,他设了一个通政使司,就颇有点竖"诽谤之木"的味道。按规定,"凡四方陈情建言,申诉冤滞,或告不法等事",可以密封交到通政使司,然后直接送到朱元璋那里。洪武十年,他任命曾秉正当通政使,对曾"训谕"一番。意思说,政治好比水,得经常流通,使下情容易上达,天下才得太平,所以管这个单位叫"通政司"。朱元璋让人民有机会直接向皇帝非议政事,这个制度应当说是好的。

但是,封建帝皇到底不可能同人民群众有真正的"流通",更多的时候是堵塞,搞"诽谤者族"。朱元璋自己当政时都未必通,他才死不久,一切更是告吹。不要说来自民间的非议他的子孙听不进,因为进谏而被皇帝下令廷杖至死的,多得难以统计。到后来,好几个皇帝索性根本不大同大臣照面。当了十几年皇帝,见过一次大臣,被歌颂为"盛事"了。仅仅因为谏阻正德皇帝老是去游玩,就有数以百计的大臣罚跪午门,关入囚狱,廷杖至死。如此这般,浑浑噩噩地过了一百六十多年。

于是,明朝永乐皇帝修建的宫殿在,华表在,而明朝的江山却被这些未必懂得华表的作用的子孙断送了。竖立在那里的华表,就成了这一切的见证。

1980年1月

(选自1980年2月18日《羊城晚报》)

导 读

牧惠的杂文创作曾经走过一段弯路,在20世纪五六十年代写过一些宣传极左思想的"速朽之作"。经过"文化大革命"的思考,他深切感到封建愚昧专制是阻挠中国前进的最严重的历史惰力之一,生活在当代中国的杂文家,"抨击封建与愚昧,讴歌民主与科学,是他的最佳选择"。于是,牧惠杂文的锋芒始终对准与民主相对立的封建专制和同科学背道而驰的愚昧无知,诅咒黑暗,歌颂光明。《华表的沧桑》通过华表的来龙去脉,它从供人谏议的"诽谤之木",逐渐演化成华丽的装饰品的历史,揭示了封建统治者不可能同人民群众有真正的"沟通",更多的时候是堵塞,搞"诽谤者族",因此,封建专制统治不可避免地走向灭亡。

牧惠的杂文,以知识性和观察的敏锐取胜,这源于他的学养和个性。他在"文化大革命"期间,阅读了大量正史和野史笔记,具有十分丰富的历史知识。他的杂文很见思想和学识的功力,与他博览群书而又融会贯通分不开。杂文家严秀认为:"他的文章是根柢深厚的、以思想见解深广见长的杂文,能给人以思想、学术、艺术三个方面的提高和享受。"

贾平凹 1953年生,陕西丹凤人。小说家、散文家。散文集有《月迹》《商州散记》《抱散集》《贾平凹散文大系》等。

秦 腔

山川不同,便风俗区别,风俗区别,便戏剧存异。普天之下人不同貌,剧不同腔,京、豫、晋、越、黄梅、二簧、四川高腔,几十种品类。或问:历史最悠久者,文武最正经者,是非最汹汹者?曰:秦腔也。正如长处和短处一样突出便见其风格,对待秦腔,爱者便爱得要死,恶者便恶得要命。外地人——尤其是自夸于长江流域的纤秀之士——最害怕秦腔的震撼;评论说得婉转的是:唱得有劲;说得直率的是:大喊大叫。于是,便有柔弱女子,常在戏台下以绒堵耳,又或在平日教训某人:你要不怎么怎么样,今晚让你去看秦腔!秦腔成了惩罚的代名词。所以,别的剧种可以各省走动,唯秦腔则如秦人一样,死不离窝;严重的乡土观念,也使其离不了窝,可能还在西北几个地方变腔走调的有些市场,却绝对冲不出往东南而去的潼关呢。

但是,几百年来,秦腔却没有被淘汰,被沉沦,这使多少人有大惑而不得其解。其解是有的,就在陕西这块土地上。如果是一个南方人,坐车轰轰隆隆往北走,渡过黄河,进入西岸,八百里秦川大地,原来竟是:一抹黄褐的平原;辽阔的地平线上,一处一处用木椽夹打成一尺多宽墙的土屋,粗笨而庄重;冲天而起的白杨、苦楝、紫槐,枝干粗壮如桶,叶却小似铜钱,迎风正反翻覆……你立即就会明白了:这里的地理构造竟与秦腔的旋律惟妙惟肖得一统!再去接触一下秦人吧,活脱脱的一群秦始皇兵马俑的复出:高个,浓眉,眼和眼间隔略远,手和脚一样粗大,上身又稍稍见长于下身。当他们背着沉重的三角形状的犁铧，赶着山包一样团块组合式的秦川公牛，端着脑袋般大小的耀州瓷碗，蹲在立的卧的石碌子碌碡上吃着牛肉泡馍，你不禁又要改变起世界观了：啊，这是块多么空旷而实在的土地，在这块土地挖爬滚打的人群是多么"二愣"的民众！那晚霞烧起的黄昏里，落日在地平线上欲去不去的痛苦的妊娠，五里一村，十里一镇，高音喇叭里传播的秦腔互相交织，冲撞，这秦腔原来是秦川的天籁、地籁、人籁的共鸣啊！于此，你不渐渐感觉到了南方戏剧的秀而无骨吗？不深深地懂得秦腔为什么形成和存在而占却时间、空间的位置吗？

八百里秦川，以西安为界，咸阳，兴平，武功，周至，凤翔，长武，岐山，宝鸡，两个专区几十个县为西府，三原，泾阳，高陵，户县，合阳，大荔，韩城，白水，一个专区十几个县为东府。秦腔，就源于西府。在西府，民性敦厚，说话多用去声，一律咬字沉重，对话如吵架一样，哭丧又一呼三叹。呼喊远人更是特殊，前声拖十二分地长，末了方极快地道出内容。声韵的发展，使会远道喊人的人都从此有了唱秦腔的天才。老一辈的能唱，小一辈的能唱，男的能唱，女的能唱：唱秦腔成了做人最体面的事，任何一个乡下男女，只有唱秦腔，才有出人头地的可能，大凡有出息的，是个人才的，哪一个未曾登过台，起码不能哼一阵乱弹呢？！

农民是世上最劳苦的人，尤其是在这块平原上，生时落草在黄土炕上，死了被埋在黄土堆下；秦腔是他们大苦中的大乐，当老牛木犁疙瘩绳，在田野已经累得筋疲力尽，立在犁沟里大喊大叫来一段秦腔，那心胸肺腑、关关节节的困乏便一尽儿涤荡净了。秦腔与他们，要和西凤白酒、长线辣子、大叶卷烟、牛肉泡馍一样成为生命的五大要素。若与那些年长的农民聊起来，他们想象的伟大的共产主义生活，首先便是这五大要素。他们有的是吃不完的粮食，他们缺的是高超的艺术享受，他们教育自己的子女，不会是那些文豪们讲的，幼年不是祖母讲着动人的迷丽的童话，而是一字一板传授着秦腔。他们大都不识字，但却出奇地能一本一本整套背诵出剧本，虽然那常常是之乎者也的字眼从那一圈胡子的嘴里吐出来十分别扭。有了秦腔，生活便有了乐趣，高兴了，唱快板，高兴得像被烈性炸药爆炸了一样，要把整个身心粉碎在天空！痛苦了，唱慢板，揪心裂肠的唱腔却表现了多么有情有味的美来，给了别人以享受，美也熨平了自己心中愁苦的皱纹。当他们在收获时节的土场上，在月挂中央的庄院里大吼大叫唱起来的时候，那种难以想象的狂喜、激动、雄壮，与那些献身于诗歌的文人，与那些有吃有穿却总感空虚的都市人相比，常说的什么伟大的永恒的爱情是多么渺小、有限和虚弱啊！

我曾经在西府走动了两个秋冬，所到之处，村村都有戏班，人人都会清唱。在黎明或者黄昏的时分，一个人独独地到田野里去，远远看着天幕下一个一个山包一样隆起的十三个朝代帝王的陵墓，细细辨认着田埂上、荒草中那一截一截汉唐时期石碑上的残字，高高的土屋上的窗口里就飘出一阵冗长的二胡声，几声雄壮的秦腔叫板，我就痴呆了，感觉到那村口的土尘里，一头叫驴的打滚是那么有力，猛然发现了自己心胸中一股强硬的气魄随同着胳膊上的肌肉疙瘩一起产生了。

每到农闲的夜里，村里就常听到几声锣响：戏班排演开始了。演员们都集合起来，到那古寺庙里去。吹，拉，弹，奏，翻，打，念，唱，提袍甩袖，吹胡瞪眼，古寺庙成了古今真乐府，天地大梨园。导演是老一辈演员，享有绝对权威，演员是一家几口，夫妻同台，父子同台，公公儿媳也同台。按秦川的风俗：父和子不能不有其序，爷和孙却可以无道，弟与哥嫂可以嬉闹无常，兄与弟媳则无正事不能多言。但是，一到台上，秦腔面前人人平等，兄可以拜弟媳为帅为将，子可以将老父绳绑索捆。寺庙里有窗无扇，屋梁上蛛丝结网，夏天蚊虫飞来，成团成团在头上旋转，熏蚊草就墙角燃起，一声唱腔一声咳嗽。冬天里四面透风，柳木疙瘩火当中架起，一出场一脸正经，一下场凑近火堆，热了前怀，凉了后背。排演到什么时候，什么时候都有观众，有抱着二尺长的烟袋的老者，有凳子高、桌子高趴满窗台的孩子。庙里一个跟斗未翻起，窗外就哇的一声叫倒好，演员出来骂一声：谁说不好的滚蛋！他们抓住窗台死不滚去，倒要连声讨好：翻得好！翻得好！更有殷勤的，跑回来偷拿了红薯、土豆，在火堆里煨熟给演员做夜餐，赚得进屋里有一个安全位置。排演到三更鸡叫，月儿偏西，演员们散了，孩子们还围了火堆弯腰踢腿，学那一招一式。

一出戏排成了，一人传出，全村振奋，扳着指头盼那上演日期。一年十二个月，正月元宵日，二月龙抬头，三月三，四月四，五月初五过端午，六月六日晒丝绸，七月过半，八月中秋，九月初九，十月一日，再是那腊月五豆，腊八，二十三……月月有节，三月一会，那戏必是上演的。戏台是全村人的共同的事业，宁肯少吃少穿也要筹资积款，买上好的木石，请高强的工匠来修筑。村子富不富，就比这戏台阔不阔。一演出，半下午人就扛凳子去占地位了，未等戏开，台下坐的、站的人头攒拥，台两边阶上立的卧的是一群顽童。那锣鼓就叮叮咣咣地闹台，似乎整个世界要天翻地覆了。各类小吃趁机摆开，一个食摊上一盏马灯，花生、瓜子、糖果、烟卷、油茶、麻花、烧鸡、煎饼，长一声短一声叫卖不绝。锣鼓还在一声儿敲打，大幕只是不拉，演员偶尔从幕边往下望望，下边就喊：开演呀，场子都满了！幕布放下，只说就要出场了，却又叮叮咣咣不停。台下就乱了，后边的喊前边的坐下，前边的喊后边的为什么不说最前边的立着；场外的大声叫着亲朋子女名字，问有坐处没有，场内的锐声回应快进来；有要吃煎饼的喊熟人去买一个，熟人买了站在场外一扬手，"日"的一声隔人头甩去，不偏不倚目标正好；左边的喊右边的踩了他的脚，右边的叫左边的挤了他的腰，一个说：狗年快完了，你还叫啥哩？一个说：猪年还没到，你便拱开了！言语伤人，动了手脚；外边的趁机而入，一时四边向里挤，里边向外扛，人的漩涡涌起，如四月的麦田起风，根儿不动，头身一会儿倒西，一会儿倒东，喊声、骂声、哭声一片；有拼命挤将出来的，一出来方觉世界偌大，身体胖肿，但差不多却光了脚，乱了头发。大幕又一挑，站出戏班头儿，大声叫喊要维持秩序，立即就跳出一个两个所谓"二杆子"人物来。这类人物多是头脑简单、四肢发达，却十二分忠诚于秦腔，此时便拿了树条儿，哪里人挤，往哪里打去，如凶神恶煞一般。人人恨骂这些人，人人又都盼有这些人，叫他们是秦腔宪兵，宪兵者越发忠于职责，虽然彻夜不得看戏，但大家一夜满足了，他们也就满足了一夜。

终于台上锣鼓停了，大幕拉开，角色出场。但不管男的女的，出来偏不面对观众，一律背身掩面，女的就碎步后移，水上漂一样，台下就叫：瞧那腰身，那肩头，一身的戏哟！是男的就摇那帽翎，一会儿双摇，一会儿单摇，一边上下飞闪，一边纹丝不动，台下便叫：绝了，绝了！等到那角色儿猛一转身，头一高扬，一声高叫，声如炸雷豁啷啷直从人们头顶碾过，全场一个冷颤，从头到脚，每一个手指尖儿、每一根头发梢儿都麻酥酥的了。如果是演《救裴生》，那慧娘站在台中往下蹲，慢慢地，慢慢地，慧娘蹲下去了，全场人头也矮下去了半尺，等那慧娘往起站。慢慢地，慢慢地，慧娘站起来了，全场人的脖子也全拉长了起来。他们不喜欢看生戏，最欢迎看熟戏，那一腔一调都晓得，哪个演员唱得好，就摇头晃脑跟着唱，哪个演员走了调，台下就有人要纠正。说穿了，看秦腔不为求新鲜，他们只图过过瘾。

　　在这样的地方，这样的环境，这样的气氛，面对着这样的观众，秦腔是最逞能的，它的艺术的享受，是和拥挤而存在，是有力气而获得的。如果是冬天，那风在刮着，像刀子一样，如果是夏天，人窝里热得如蒸笼一般，但只要不是大雪、冰雹、暴雨，台下的人是不肯撤场的。最可贵的是那些老一辈的秦腔迷，他们没有力气挤在台下，也没有好眼力看清演员，却一溜一排地蹲在戏台两侧的墙根，吸着草烟，慢慢将唱腔品赏。一声叫板，便可以使他们坠入艺术之宫，"听了秦腔，肉酒不香"，他们是体会得最深。那些大一点的，脾性野一点的孩子，却占领了戏场周围所有的高空，杨树上，柳树上，槐树上，一个枝杈一个人。他们常常乐而忘了险境，双手鼓掌时竟从树杈上掉下来，掉下来自不会损伤，因为树下是无数的人头，只是招致一顿臭骂罢了。更有一些爬在了场边的麦秸积上，夏天四面来风，好不凉快，冬日就扒个草洞，将身子缩进去，露一个脑袋。也正是有闲阶级享受不了秦腔吧，他们常就瞌睡了，一觉醒来，月在西天，戏毕人散，只好苦笑一声悄然没声儿地溜下来回家敲门去了。

　　当然，一次秦腔演出，是一次演员亮相，也是一次演员受村人评论的考场。每每角色一出场，台下就一片喊喊喳喳：这是谁的儿子，谁的女子，谁家的媳妇，娘家何处？于是乎，谁有出息，谁没能耐，一下子就有了定论。有好多外村的人来提亲说媒，总是就在这个时候进行。据说有一媒人将一女子引到台下，相亲台上一个男演员，事先夸口这男的如何俊样，如何能干，但戏演了过半,那男的还未出场,后来终于出来,是个国民党的伪兵,还持枪未走到中台,扮游击队长的演员挥枪一指,叭的一声,那伪兵就倒地而死,爬着钻进了后幕。

那女子当下哼了一声,闭了嘴,一场亲事自然了了。这是喜中之悲一例。据说还有一例,一个老头在脖子上架了孙孙去看戏,孙孙吵着要回家,老头好说好劝只是不忍半场而去,便破费买了半斤花生,他眼盯着台上,手在下边剥花生,然后一颗一颗扬手喂到孙孙嘴里,但喂着喂着,竟将一颗塞进孙孙鼻孔,吐不出,咽不下,口鼻出血,连夜送到医院动手术,花去了七十元钱。但是,以秦腔引喜的事却不计其数。每个村里,总会有那么个老汉,夜里看戏,第二天必是头一个起床往戏台下跑。戏台下一片石头、砖头,一堆堆瓜子皮、糖果纸、烟屁股,他撅撅这块石头,踢踢那堆尘土,少不了要捡到一角两角甚至三元四元钱币来,或者一只鞋,或者一条手帕。这是村里钻刁人干的营生,而馋嘴的孩子们有的则夜里趁各家锁门之机,去地里摘那香瓜来吃,去谁家院里将桃杏装在背心兜里回来分红。自然少不了有那些青春妙龄的少男少女,则往往在台下混乱之中眼送秋波,或者就悄悄退出,相依相偎到黑黑的渠畔树林子里去了……

秦腔在这块土地上,有着神圣的不可动摇的基础。凡是到这些村庄去下乡,到这些人家去做客,他们最高级的接待是陪着看一场秦腔,实在不逢年过节,他们就会要合家唱一会儿乱弹,你只能点头称好,不能耻笑,甚至不能有一点不入神的表示。他们一生最崇敬的只有两种人,一是国家领导人,一是当地的秦腔名角。即使在任何地方,这些名角没有在场,只要发现了名角的父母,去商店买油是不必排队的,进饭馆吃饭是会有座位的,就是在半路上挡车,只要喊一声:我是某某的什么,司机也便要嘎地停车。但是,谁要侮辱一下秦腔,他们要争死争活地和你论理,以致大打出手,永远使你记住教训。每每村里过红白丧喜之事,那必是要包一台秦腔的,生儿以秦腔迎接,送葬以秦腔致哀,似乎这个人生的世界,就是秦腔的舞台,人只要在舞台上,生,旦,净,丑,才各显了真性,恶的夸张其丑,善的凸现其美,善的使他们获得了美的教育,恶的也在丑里化作了美的艺术。

广漠旷远的八百里秦川，只有这秦腔，也只能有这秦腔，八百里秦川的劳作农民只有也只能有这秦腔使他们喜怒哀乐。秦人自古是大苦大乐之民众，他们的家乡交响乐除了大喊大叫的秦腔还能有别的吗？

1983年5月2日于五味村

（选自《贾平凹散文大系》第二卷，漓江出版社1993年6月版）

导 读

长期浸润于秦汉古老文化之中，贾平凹最为突出的创作特色和艺术成就，在于他通过描绘秦汉文化环境中特有的生存方式和风土人情，展现来自民间的美好情愫，以一种清新质朴的笔调营造出一个特别具有诗意美感的艺术世界。散文评论家刘锡庆认为贾平凹的《秦腔》等"风情散文"，有风有骨，雄浑厚重，其宏观的视角、细腻的描述和神韵的把握，令人称绝。他说："这些状难言'风情'于纸端，传不尽'神韵'于言外的'风情散文'是贾平凹的一大创造，是此前'散文'还从没有的他个人的贡献。"

文章揭示了八百里秦川西府民性敦厚，声韵发展，正是这样的厚土和人情孕育了秦腔的艺术形式。秦腔与秦人的生活密不可分，血肉相连，它不但是秦川农民大苦中的大乐，是他们生的要素之一，排戏、演戏还是全村人共同的事业和大事。秦腔之所以招惹秦人，是因为它有非凡的艺术魅力，台上演员的出色表演往往能够调动全场，在台下，则总上演着无数的戏迷逸事。总之，秦腔在秦地上，"有着神圣不可动摇的基础"，广漠旷远的八百里秦川，只有这秦腔，也只能有这秦腔，能使八百里秦川的劳作农民喜怒哀乐。

散文中的贾平凹最初是纯情的，比如《月迹》《丑石》，而所谓虚怀天下风雨、静观自然万象的超脱则是后来的事。对商州风情与秦汉文化的倾情抒写，展示了贾平凹最温柔平实的另一面。贾平凹在《关于散文的日记》中说过："听陕北民歌，陕南花鼓，关中秦腔清唱，一时脑袋里浮出所足涉过的陕北、陕南、关中的山川河流，知晓了这种歌舞产生的原因。我想，我是多少可以把握住我往后的散文语言的节奏了。"《秦腔》文字拙朴，叙事亲切生动，正是以心击心、以情击情的性灵之思、深沉之作。有论者指出："秦腔是和黄河及与黄河一样颜色的黄土地血脉相连的。秦腔出生的地方，苍凉、辽远、空阔、悠长，它影响了贾平凹的文风，既是生动而斑杂的，又是厚重而浑然的；这种文风作用于写作《秦腔》，便形成了这篇散文如此大气的艺术特色。"

叶梦 原名熊梦云，1950年生，湖南益阳人。散文家。散文集有《湘西寻梦》《灵魂的劫数》《叶梦新潮散文选》《月亮·生命·创造》等。

羞 女 山

我固执地不相信那些关于羞女山的传说，那沉睡的卧美人——凝固了几十万年的山石，怎么只会是一个弱女子的形象呢？

羞女山是资水边一座陡峭如削，状如裸女的峰峦。

我去羞女山，并不指望真能看到那据说是神形兼备的羞女的芳姿。我唯恐像在巫峡看神女峰，满怀着勃勃兴致去看，末了却大大地失望。

我盼望去羞女山，多半是为了那诱惑了我许多年的羞水。羞女山永远有神奇的泉水，永远有佳丽的女子。喝羞水的女子美，极古以来人们都这么说。

然而，仅仅由于一支关于桃花江的歌，便从此抹煞了羞女山。全中国乃至东南亚各地，谁不知道"桃花江美人窝"呢？

其实，这"窝"并不在桃花水源出之地，而在百里之外的羞女山。

为了却这多年的夙愿，我和一帮朋友相约去了一趟羞女山。

当我们饱餐了这远近闻名的"羞山面"，痛饮了果真妙不可言的羞水，还登上了羞女山的最高峰，我只觉得那山确是一座秀丽、峭美的山，虽有几分女人体态的特征，那多半还是借助人们想象。

当时我们只是带着一种凡夫俗子的满足离开了羞女山，踏上了归程。

不过，走的时候，我的心里老像牵挂着一点什么，仔细一想又找不着。

汽车离开羞山镇，渡过资水，开上去县城的公路。我忍不住侧首向对岸的羞女山作最后一瞥。

蓦地,我惊呆了。对岸的羞女山,什么时候变作了一尊充盈于天地之间的少女浮雕?车上顿时起了一阵惊呼。同车的本地老乡告诉我们:只有从我们现在这个处所,方能看出羞女的真面目。

我擦了擦眼睛,那斜斜地靠着陡峭的山岗,仰面青天躺着的,不就是羞女么?她那线条分明的下颌高高翘起,瀑布般的长发软软地飘垂,健美的双臂舒展地张开,匀称的长腿,两臂微微弯曲着,双脚浸入清清的江流。还有,她那软细的腰,稍稍隆起的小腹和高高凸出的乳峰。在暖融融的斜照的夕阳下,羞女"身体"的一切线条都是那样地柔和,那样地逼真,那样地凸现,那样地层次分明:活脱脱一个富有生气的少女,赤裸裸地酣睡在那夕阳斜照的山岗。我似乎感觉到了她身体的温馨,看得见她呼吸的起伏。我祈求汽车开慢一点再慢一点。我使劲盯着不敢眨眼。我耽心我眨眼那功夫,那"羞女"便会呼地坐了起来。

我被羞女完美的"体态"震慑了,心灵沉浸在一种莫名的颤栗之中。我感叹造化的伟力……

"妈妈,羞女在撒尿哩!"那是一个小女孩清亮亮的嗓音。我的心在颤抖。我害怕这小女孩的直率,一看,果真有白练般的一线山泉从"羞女"两腿间的山凹里飞流而下,悄然注入江中。我的脸陡然发烫了。我着急地想:只有从山那边扯来一卷白云,快快地给羞女裁一条纱裙。我恨不得车上所有的男同胞统统别过脸去……

这时,我的脑子里突然挤满了无数个"羞"字。

一位须发皆白的老爹坦然地说:"这叫'美女晒羞'呢!是我们咯乡里的一方景致。"倒是这位老爹那纯净无邪的眼神,松缓了我一颗紧张的心。

于是,我又大睁着双眼,从羞女"身"上寻找我们攀援的足迹。

哦!我们原来是攀着羞女的腰际上山的,沿着她那高耸的酥胸,登上她翘起的下颌,贴着她的温软的耳际,然后顺着她飘垂的长发下山的。

我的心底突然冒出一缕缕温热的情丝——我们曾经投身她那温软的怀抱,感受到了她那母亲一般的柔情。

我们一踏上羞女山那险峻而绵软的山径，脚下便发出一种来自山肚里的空濛而带共鸣音的回声。仿佛我们每走一步，那羞女便以她母亲般的心音招呼着我们。

我们一行人走在山径上，那铿铿之声此起彼伏。当时，我禁不住叮嘱那几位穿皮鞋的朋友："你们千万要轻点儿哟！小心惊醒了羞女！"

那羞女山的土层绵软而富有弹力，但因土层太薄，始终长不成大树，只有茸茸的绿草，疏疏的剑竹林，矮矮的灌木丛。这样，整个山倒现出一种柔秀的美。

我的不知倦的眼依然圆睁着。我仰望着羞女枕在高岗上的"头"——那是羞女山的最高峰。峰顶可是一个揽胜的好去处，只是风太大，在耳边呜呜地叫着。令人奇怪的是：陡峻得连空人也难攀上的峰顶居然葬着一拱新坟。据说是一位殉情的男子。这人也真有意思，婚姻失意干吗要去死？要死，哪儿不能呢？偏偏选择了这羞女山。许是想贴着羞女的耳际，絮絮地诉说他生前的怨情，让他那颗受伤的心永远安息在羞女那母亲般的怀抱，并让那呜呜呜叫的风载着他的声音飘到很远很远的地方……

他把生命连同不曾了却的情债全都交与了这位羞女。难道他果真相信这山原本是一座有人的灵性的神山么？

传说中的羞女原是一个美丽的村姑，贪色的财主得见，顿生邪念。作为弱女子的村姑，眼前只有一条路，逃！奔至江边，无路。财主赶上来扯落了她的衣裳，她纵身往江中一跳，"轰"地化成了石山。财主也变成了一块蛤蟆石，被江水远远地冲到了下游。

我不相信这后人杜撰的传说。大凡传说中的女子，对于强暴，只有消极抵抗的份，除了投江、上吊、变成石头，大概再没有其他法子了。可眼前的羞女明明不是这样的弱女子呢！她那样安闲自若，那样姿态恣肆地躺着。哪像一个投江自尽的村姑？她那拥抱苍天、纵览宇宙的气魄与超凡脱俗的气质表明：她完完全全是一个狂放不羁、乐知天命的强者。

她是谁呢？

她的存在已经很久远了，也许在有人类之前，在有人世间的善恶是非之前早就有了的。

她莫不是女娲么？

对了，只有女娲才配是她！

也许，她在炼石补天之后，又不殚辛勤地捏着小泥人儿。她累了，便倚着山岗睡了，多么惬意哟！头枕青山，脚踩绿水，伸臂张腿，任长发从那高高的云端飘垂下来。她睡得很香，做了千万年甜香的梦。

也许，会有人抱怨她仰天八叉地躺在那，未免不成体统，未免不像一个闺阁，未免太不知羞。但她为什么要怕羞呢？那是一个洪荒太古的年代，天刚刚补好。人，还没有呢！是她创造出了人类，她是一位博大宽宏的母亲。她裸着身子睡了，怎么会想到要害羞呢？她又怎么会想到：在她捏出的小泥人繁衍的人群里，会有那么一班道学家，居然忌讳她裸着身子，居然还嫌她的姿态不合乎《女儿经》的规范。那些人不仅忌讳这个实实在在存在着的酷似人形的山，还忌讳着仓颉所造的那个"羞"字。他们认为：裸着的人体是神秘的，更何况这光天化日之下毫无遮饰的羞女！于是，他们利用汉字同音异义，耍了一个小小的花招，改"羞山"为"修山"。在编撰地方志时，对此山真正的形态来历讳莫如深，仅用了"峻峰如削，卓列江滨"八个字。

难怪羞女山多少年来"养在深闺人未识"，原来全是这帮道学家捣的鬼哟！

我曾经十分珍爱希腊断臂的维纳斯，可相形之下，那毕竟是人工的雕琢，即算栩栩如生罢，也不过是造化而已。而羞女山呢，她不仅有惟妙惟肖的形体，还具备着豪放、坦荡的气质和神韵。她得天独厚的魅力在于：她是大自然的杰作，她是大地的女儿。她就是造化本身，这正是古往今来一切艺术家苦心追求的，然而却是可望而不可即的！她露宿苍天之下，饮露餐风，同世纪争寿，与宇宙共存，她才是真正的艺术、永恒的艺术！

从那汩汩的山泉——羞女醇甘的乳汁里，从那山径之上听到的羞女的实实心音里，我早已感到了她生命的存在，要不，羞水怎会那样甘醇，羞山女子怎会那样姣美，羞山地区怎会有"民淳俗美"的古风流传至今呢？

呵，羞女山，你不只是女神偶像的山，你是一种温暖，一种信念，一种感化的力量！

汽车终于无情地拉远了我们与羞女之间的距离。望着那渐渐远去了的、在暖红霞晖里依然十分真切的羞女，我的心底里突然轻轻地冒出一句：

"你醒来吧，羞女！"

（选自《青春》1983年第12期）

导读

叶梦被认为是"新时期女性散文中，开始得最早也走得最远的女性之谜及人性之谜的探索者"。她的散文大胆地表现了具有现代意义的女性自我意识、生命意识和主体意识的觉醒，成为新时期"女性散文"先声夺人的超前努力。《羞女山》是叶梦的成名作和代表作，也是新时期女性散文的一篇扛鼎之作。她在《月光小路——散文创作札记》一文中，曾介绍了这篇散文的创作背景："当我悠悠然然地来到羞女山下，那富于美的魅力的羞女山使我震慑了，在我情绪启动的那一瞬间（也许这也是一个契机，一个触发点罢），不容我作客观的描述，思考与想象同时张开了翅膀，一下子蹦出一个'女娲'来，让这位狂放不羁的人类之母与那些陈腐的观念对峙，于是，我那凌乱而纷杂的情绪便一股脑儿地倾泻了出来……"

在这篇散文中，叶梦将"羞女"比作人类的始祖女娲，自豪于女性的生命创造力和"拥抱苍天、纵览宇宙的气魄与超凡脱俗的气质"。叶梦揭去了千百年来那些别有用心的道学家和作茧自缚的平民百姓强加于羞女身上的种种阴翳，不仅高扬起女性不屈的宏阔的精神自我，更张扬出女性那充满创造之伟力的肉体生命自我，"概括了新时期十年女性散文当时尚未明确意识到，此后努力追寻和揭示的女性自我形象"（李虹语）。散文评论家刘锡庆也认为："这是一篇最富现代'女性'意识的佳构，它标志了中国'女性文学'的自觉。"

> **刘征** 1926年生，北京人。教育家、诗人、杂文家。杂文集有《清水白石集》《画虎居笑谈》《美先生和刺先生》等。

庄周买水

潮流不可阻挡，连梦想化为蝴蝶的庄周也变了。他的呕心之作《南华经》因征订数只有三本，被出版社恭恭敬敬退了回来。他一气之下弃文从商，在他小仨濠梁之上领悟了鱼的乐趣之后，居然想养鱼致富，挖起鱼塘来了。

养鱼得有水，天大旱，水十分紧俏，到哪里去买水呢？庄周首先想到的是东海的尊神若大人，这位大人是专管水的。他走了十天十夜，来到若大人的办事处。办事处的门上吊着一把大锁，旁边的通告牌上写着"水每吨一元＝无货"，看得出来，"无货"两个大字是后来写上去的，写的是仓颉体，苍劲有力。

庄周挨了"仓颉体"当头一棒，几乎哭出来，看那边走来一位西装笔挺的办事员，连忙迎上去苦苦哀求。那人说："没货，一滴也没有。听说河伯那里也许有些存项，你快去问问吧。"

庄周又走了十天十夜，来到河伯的办事处。一位长发披肩的女秘书挺和气地对他说：

"咱这河里的水，是从东海议价买来的。你是明白人，每吨当然不止一元。我们的售价是每吨十元，营利不多呢！有没有货，我给你问问。"她挂了个电话，耸耸肩说："Sorry，没货了。但，我可以帮忙弄到一百吨，好处费每吨只要两块钱。拿着我的信去找濠梁管理处的吴主任，他有办法。"庄周接过信往外走，听得背后一声"拜拜"，吓了一跳。

庄周又走了十天十夜来到濠梁。这里他虽然曾来旅游，可是这一回心情不同，鱼的乐趣早已抛到九霄云外了。因为有女秘书的信，庄周受到热情款待。把他让到外宾接待室里，还递过易拉罐可乐。吴主任又黑又圆的脸上凝着经久不息的笑容：

"嘿嘿，庄老，您要养鱼？您这么大学问，准能发财！有河伯那边的信，您要的货，再困难我们也得帮忙。一百吨就一百吨！我们的水，是从河伯那里议价买来的。我们的出售价是每吨五十元。您是高级知识分子，九折优惠。您办起渔场来，往后吃鱼什么的，还要您多关照啊。"

庄周东挪西借好不容易凑足了四千七百元钱。这一天他来取水。可是，吴主任收了款，却只给他一张提货单，要他到东海去取水。

"这是怎么回事？"庄周疑惑地问。

"哈哈，庄老！别看您学问大，可对水的买卖您不大在行哩！河伯从东海买到水。买是为了卖，为了赚钱。卖水多麻烦，不如卖提货单，一转手把提货单卖给我们了。我们也一样，再转手卖给了您。提货单尽管卖来卖去，水还躺在东海，纹丝儿没动。您是用水户，不到东海取水，哪里有水呢？"

"可是，原来的价钱每吨才一元。"

"不错，这么一转悠，涨了几十倍。生财有道嘛！就是买主儿吃点亏。可是买主儿有的是钱，这么贵还是抢着买哩。您老早就万元户了吧？光稿费就够肥的，现今又要养鱼。哈哈！"

庄周揣着提货单，赶着一辆大车，车上载着空水桶，急急忙忙向东海进发。又饥又渴又热又气恼，半路上实在挪不动了，坐在路边休息。忽然听见一个微弱的声音：

"只要有一勺水我就活命了，救救我吧！"

庄周顺着声音看去，原来呼救的是躺在车辙里的一条小鱼，拍着尾巴，两腮一张一合艰难地呼吸着。

庄周睁大了眼睛，不说也不动，好像一段干木头，只有棘刺般的花白胡子在微微颤抖。

猛听得一声雷响，油然云起，长养万物的甘霖就要下来了。庄周霍地跃起，敲着空桶唱道："秋水时至，百川灌河，泾流之大，两涘渚崖之间不辨牛马……"

（选自1988年8月6日《人民日报》）

导 读

刘征自称是杂文界的新兵，从新时期才开始写作杂文，但他却善于推陈出新，尤其擅长创作荒诞古怪奇趣的故事新编体杂文。他说："杂文应该是老虎与山羊的杂交，要搞一些非驴非马的东西。"因此，在他笔下古人今事掺杂，鬼神禽兽登场，妙趣横生，令人倾倒。

《庄周买水》把古代的情节和当代的生活混淆起来，令人产生一种不和谐、不统一之感，这在西方幽默理论中叫做不一致（incongruity）。因为不一致，就有了一点滑稽感。在这里，《南华经》的发行要经过"征订"、卖水的拼命涨价、披长发的女秘书、可口可乐，都是现代生活的特点，放在古代哲人身上就显得分外怪异。许多现代生活中司空见惯的现象，诸如官商作风、唯利是图、每个环节都从中渔利，如果直接作现实的描写，固然也可以有一定的艺术效果，但是就不如把古代人物现代化，突出其光怪陆离的程度，富有幽默的谐趣。

这种谐趣不但来自古代哲人在现代生活中遇到的苦恼，而且在于古代哲人的经历和背景，都有经典文献的根据。河伯、海若，还有躺在车辙里干得要命的鱼，都是一般读者所熟悉的。经典的庄重和现代社会的反常二者形成反差，既构成了荒谬感，又构成了深长的意味。有了深长的意味，就不仅仅是滑稽了，而是亦庄亦谐，上升到幽默的境界了。

邵燕祥（1933—2020） 浙江绍兴人。诗人、杂文家。杂文集有《蜜和刺》《忧乐百篇》《绿灯小集》《改写圣经》等。

大题小做

有了钱，造坟造庙，而且有的还占了耕地。小学校的危房，说是无钱修缮。让神鬼向人争地盘，让死人抢活人的饭碗，让过去堵了未来的路。

造坟造庙者，其无后乎！？

韩愈写碑记赚"谀墓"钱，吹捧死人，自觉有愧。他越觉得写来有愧的，人家越是夸好，"小愧小好，大愧大好"。

今世有替活人说话的，却只听称好，脸上毫无愧色。不如韩愈，还是胜于韩愈？

外祖母的箱底，翻出来变成时装。

"大清国"的龙旗重见天日，又成时髦；在北海与中南海间团城的女墙间林立，呼啦啦地飘响。明年倘照逢五逢十之例，国庆四十年大典，龙旗也要同五星红旗相映成趣吗？

二十多年前京郊某县一位爽直的耿书记说："搞文学的？文学就是捏造。"他指的是虚构。

文学创作离不开虚构。但虚构又不能离开真实。纪实的文字一夹上哪怕是合乎逻辑的虚构，也立即成了不折不扣的捏造。

被神化的并不是神。被鬼话的也并不就是鬼。这才叫真实。

甲说甲占有真理,乙说乙占有真理,还都是百分之百。此乃非此即彼的"两分法"。

丙出来说:你也不对,他也不对,唯我"允执厥中",百分之百的真理的化身。此"三分法"也,但不过是把原告被告各打五十大板的七品县官的看家本事。

然而真理并不是豆腐,可以这般切分的。

"群众闹事",多少会影响社会秩序。

细察三十年来历史,国之祸,民之殃,安定团结的破坏,倒大抵来自"领导闹事"的多。

"领导闹事"于前,"群众闹事"于后。"十年动乱"就是一例。自然,"群众闹事"是个别人,"领导闹事"也以冠上"个别"二字才妥帖。

有政治生活就要有人从政,有政府就要有官员。政治民主化,意味着对"官"的优化选择。

官与官不同:我们要政治家而不要政客;要能"管理众人之事"的现代管理人才而不要官僚。

清官总比贪官好,"好人政府"总比"坏人政府"强。

关于人和制度的关系,请问政治学家。而关于官之怎样叫好、怎样叫坏,请问选民。

鲁迅的《论雷峰塔的倒掉》和《再论雷峰塔的倒掉》,传诵半个多世纪,但不仅山脚乱挖,造成山崩,大砍森林,导致水旱成灾,而且如鲁迅所说的各样"奴才式的破坏"愈演愈烈,这不是说明杂文的无用吗?

鲁迅慨叹在寇盗掠夺的同时,日日偷挖国家柱石的奴才们"现在正不知有多少"？杂文是无用的，但我们在杂文之外能做些什么，又做了些什么？

常恐文化教育不亡于"文化大革命"中的政治手段，而在经济手段行时的今天不能调适以致凋残。友人有同忧，写七言古歌，结尾说："饮鸩止渴渴未消，画饼充饥饥益肆。一卵之求竟杀鸡，卵尽何从觅鸡饲。逼良为娼诚足怜，伤心娼已生机匮。十年树木欺人语，文化沙漠飘然至。"危言耸听，然而危言可鉴。倘若我们终于解决了文化教育危机之后，再以牢骚太盛、愤激偏颇见责，我这位老友必定会欣然认错的。

（选自 1988 年 8 月 9 日《人民日报》）

导读

邵燕祥一直以诗名世，但1984年以来开始大量地写作杂文，这是因为"时有不能已于言者"，需要用杂文这种"感应的神经，攻守的手足"，对社会生活及时作出反应，以求与人们"肝胆相照，声气相通"。在新时期，邵燕祥的杂文写作甚至盖过了他的诗名，成为杂文创作的代表作家。

作为一名诗人和杂文家，邵燕祥的杂文真正做到了诗与政论的完美结合。诗人的敏感、激情、纯真以及自觉的美学追求，和杂文家的锐气、理性、不留情面以及彻底的批判精神交织在一起，形成了"思想和激情的合力"，诗与史的笔致。《大题小做》类似五四时期的"随感录"，着墨不多，但立论鲜明，条理清晰，议论一针见血，击中要害，语言精粹简洁而富于感情。如谈及"闹事"，一般人们只会想到"群众闹事"影响社会秩序，而邵燕祥反思历史，指出："国之祸，民之殃，安定团结的破坏，倒大抵来自'领导闹事'的多。""'领导闹事'于前，'群众闹事'于后。'十年动乱'就是一例。"文学评论家何西来说，一句"领导闹事"，可谓石破天惊，让人茅塞顿开，"它不仅独特，而且因为包含了成千上万的中国人的悲剧和心酸，而有一种沉重、深邃的历史感"。

| **周涛** 1946年生,山西榆林人。诗人、散文家。散文集有《稀世之鸟》《游牧长城》《周涛散文》等。

捉不住的鼬鼠

——时间片论

我一出世就沉没在时间里了,时间如水我如鱼。

那是烟、雾、空气的包围,浑然不觉如影相随,我几乎不能明确是我拥有了它还是我正被它裹挟。

它是那样直接、迫近、强大地面临着所有的生命,但是为什么却最容易被忽略?

风无形,可是柳枝拂动、树弯腰,我们可以看到它的力量;空气无状,可是在阳光透射下,可以看到尘埃浮动、地气上升,目击它模糊的形态。

但是时间呢?

谁感受到它的力量、目击过它的形状?

有过一位诗人妄图正视它,结果那位诗人哭了。他突然发现了一种强大力量的隔离,感到面对一圈无形的墙壁无法穿越的痛苦。

还有一位也是诗人曾经试图接近它,结果他反而给推得更远了。他在江边痴想,人是什么时候开始见到月亮的?月亮是什么时候开始见到人的?这个问题是世界柔软的腹部,谁的拳头打向这里,谁就会因扑空而迷惘。

时间是空的。

它大到无边无际、无始无终,如宇宙天空,如一切生灵惟一裁判,如神。

它小到无影无踪、无孔不入,它甚至规矩渺小到了可以被任何一位钟表匠囚禁于方寸之间，如奴隶。

它操纵着生命而又似乎被人操纵。

它掌管了生杀予夺大权而又隐形无声。

处处有它而无它，处处无它而有它。

它是谁？

它是钟表里的刻度，是太阳和月亮的约会；是由黄转绿暗暗托出春天的一只看不见的手，是淹没着宇宙万物的滔滔洪流；是神秘的意志，神秘的脸，是一切生命的杀手和产婆。

谁能画出它的肖像呢？

在我们的想像力的铁路修不到的年代里，一个东方农耕民族，因为自己的生活方式认识了它，给它起了一个名字，叫"季"。"季"是以四种容颜出现的，循环往复，互相衔接，从未有过一次失误。

当然还是东方，一些狩猎民族，生活在白山黑水之间。因而他们看到的也主要是黑白两色，白天是白的，黑夜是黑的，他们把它叫"日子"。

另外是游牧者，他们很容易把它叫做"纪元"，漫长的动辄千里的迁徙和转移，使他们随着或逆着它移动，也使他们看到了它更真实的茫茫无声的面容。

漏、晷、钟、表。

这些都是人类妄图捕捉住它而设的夹子和陷阱。人们以为捉住了它，紧密地把它关在里面，非常珍惜，仿佛里面关了一只规矩而又准确的小松鼠。

在这种儿童游戏面前，它是宽容的。它不愿意拆穿这种幼稚的错觉。

人们经常爱问的一句话就是："你有没有时间？"

我们怎么能够有或者没有时间呢？因为我们的一切都是它赐予的，都为它拥有，就像我们不能说自己有没有天空一样。

它给了我们那么多时日，让我们饮食男女、劳动思考，让我们创造，它多么伟大仁慈！我们每每看到太阳饱满金红地升起，就把太阳想像为它的脸，心里流露出一个生命对它的崇拜和感激。

然而也许人们总的来说是让它失望的，人们不珍惜生命，人们不仅挥霍而且极其藐视时间,人们把它给予的一生随便地混过去……于是它使所有的人死去,让新的人诞生出来。结果差不多,于是它再让这批人死去,让新的一代再诞生。如此循环,无数代矣,它的希望竟还没有绝灭,这是多么伟大的耐心!

时间啊,我们最对不起的就是你了。

在您的忍耐和仁慈之下,我们究竟做了些什么?我们无所事事,没有目标;因为空虚,我们互相勾心斗角;因为无聊,我们把对同类的践踏当作平生乐事。

我们还崇拜金钱,就像小孩崇拜自己屙出来的屎一样。

我们不珍惜生命,但我们却贪生怕死。

我们以自私为核心,但我们经常向别人曲背弯腰、胁肩谄笑。

这些,当然你都看见了。

极度的灵活,超自然的伸缩性,不可思议的变幻速度。是的,鼬鼠一般,短肢、细长柔韧的身子,光滑的皮毛滴水不沾,豹头,双眼凝注而有神采。

无处不可穿越,无处不可逃遁。

闪电的一击,比一切猛兽凶猛。

它象征着"短暂"的残酷力量,而这正是时间的另一属性。在这寒冷的、毫无商量余地的时光匕首面前,谁也没有能力躲闪。这位快捷的剑客,它的暗杀从来没有落空过。

恐惧就是这么来的,和生命一起来的。植根于生命的底核,随着大无畏的生命一起生长。当生命吸收营养的时候,它也吸收;当生命衰弱老化的时候,它睁开了眼睛。

恐惧是灵魂中基本的颜色,是使灵魂活动的力量,梦是它的镜子。

不知畏者不足畏。

时间的弥天洪水在通过每一个具体的生命时,是细腻,是一根伸缩变化的悠长的皮筋。小女孩就是在猴皮筋上找到了它的对应物,她们像一群小鸟,在时间的枝上跳来跳去。她们正处在可以把时间当作玩具的年龄。

"一五六、一五七,马莲开花二十一。"

这种音韵上口毫无内容的歌谣，仿佛不是唱给人听的，因为它什么意思也没表达；但是只有小女孩们爱唱，这些精灵仿佛是唱给人类以外的什么东西听的。

时间对小孩子来说，是那样像老人，慢吞吞地难熬；

时间对老人来说，是那样像顽童，转眼就不见了，怎么也抓不住；

时间对那些伟大的男人来说，是女人，可以占有，可以利用它无形的躯体延续自己短暂的生存，所有伟大的男人都曾使时间怀孕，从而在历史上复印出自己的影像；

时间对那些美丽的女人来说，是男人，它是那样言而无信、轻浮短暂，那样轻易地摧毁和抛弃美。

人们不都是生活在时间的猴皮筋上么？

时间从来就没有公正过。

对排队的人，它磨蹭着；对有急事的人，它拖延着；

对"找时间"的人，它躲闪着；对"赶时间"的人，它飞跑着；

对没办法打发时间的人，它恶意地空洞着。

对美妙幸福的事，它吝啬着。

对辛酸痛苦屈辱的事，它挥霍放纵着。

它就是这样生性荒诞无稽，常常捉弄人。

我们以为时间是帝王，是最后的裁判。

我们总是把一代人解决不了的纠纷、矛盾、疑问留给它，寄希望给它来证明。

其实它根本就没有理睬过我们，既不关心也不评判，就像鱼在水中争吵并不与水有关，也像鸟在天上厮斗并不于天有碍。它静默地坐在一切之上，长河落日，大漠孤烟，坐地日行八万里，巡天遥看一千河。

同时它又有细致灵巧的手指，猫的无声脚步……悄然移行。

我是多么渴望看到那些已经消失了的事物再现！

这一切都是可能的吗？

在时间的尽头，在幽暗的内脏，在呈现着虚无假象的背面，在意识的深不可测的井底,那神秘的、那玄妙的、那不可洞察的创造万物之手——是什么?

1990年4月20日

(选自《中华散文珍藏本丛书·周涛卷》,
人民文学出版社1995年12月版)

导读

 这篇散文原名"时间漫笔",后来改题为"捉不住的鼬鼠"。文中这样形容鼬鼠:"短肢、细长柔韧的身子,光滑的皮毛滴水不沾,豹头,双眼凝注而有神采。"作者用它比喻时间,显得相当生动、形象、贴切。

 周涛采用漫笔方式,闲话人与时间之间的种种话题。首先,谈人对时间的认识和把握。有的诗人想正视它,结果感到无法穿越一圈无形的墙壁而痛苦;有的诗人想接近它,结果由于扑空而迷惘。因为时间是空的。但是人类仍然努力画出它的"肖像":东方的农耕民族叫它为"季",狩猎民族称它为"日子",另外一些游牧者把它叫做"纪元"。人类还妄图捕捉它而设种种的夹子和陷阱,诸如漏、晷、钟、表。但总的来说,人们总让时间失望,他们不珍惜生命,挥霍甚至藐视时间,把一生的时间随随便便地混过去……

 文章的后半部分是谈时间对人的态度,它象征着"短暂"的残酷力量,这是时间的另一属性。无论对小孩、老人、伟大的男人、美丽的女人,人们都是生活在时间的"猴皮筋"上。时间从来没有公正过,也根本没有理睬过我们。作者在这里企图用时间的"无情"击碎人们对它拥有不应有的幻想和奢望。

 周涛对这篇散文相当自负,自称是"神品",认为自朱自清之后,没有人写出过这样深刻地感悟时间的文章。他说:"《匆匆》显得更亲切,更精美,但是没有我这篇东西那样雄浑有力,那样重浊,有气势,在深刻的意义上,我更胜一筹……在跨越了半个世纪之后,我成功地完成了《匆匆》的续篇。"

> **南帆** 原名张帆,1957年生,福建福州人。文学评论家、散文家。散文集有《文明七巧板》《星空与植物》《叩访感觉》《追问往昔》等。

躯 体

一旦垂下眼帘,人们就看见了自己的躯体。人们珍惜地用五颜六色的服装裹藏身体,使之避免风吹日曝,同时还使之神秘。每一个人仅仅能够自由地考察自己的躯体。想象躯体内部无止歇的循环和交换,手指尖轻轻地抚过带有体温的光滑肌肤,驱动五官四肢进行种种微妙的动作,这一切令人体验到一种无比真实的存在。

这样,躯体就成了私有观念的一个物质起源。躯体所产生的一切感觉——痛,痒,饥饿,松弛,亢奋,紧张——均以物质的形式阐明或者注释"自我"这个概念。由于躯体的存在,"自我"的语义显得具象、坚实,伸手可触。尽管服装、寓所、私人交通工具以及种种日常用品构成了"自我"的外围形象,但是,这一切在某些时刻都将作为"身外之物"而丢弃。对于人们说来,唯有躯体不可能撇下、替换、遗失;不论人们背井离乡还是乔装打扮、出生入死,躯体始终忠诚不二,从未离异。为了回报躯体的追随,人们不懈地寻找食物喂养躯体,从无怨言。这使人们不假思索地将躯体看成人的内在之物。追溯起来可以看出,幼儿的蹒跚学步乃是人们改善躯体的一个重要步骤:躯体可以移动之后,意志将携带躯体自由穿行于万物之间;活动的躯体有效地迎合了意志的活跃品性,从而避免了灵与肉的重大分裂。

另一方面,躯体对于"自我"的意义还在于,躯体只能由个人独享。正常的时候,躯体不会追随他人的意志而手舞足蹈。即使一个人将某个器官移植于他人的体内，他的自愿仍然表明了他对自己躯体的支配权利。谁都应该承认，强行干预他人的躯体，这无异于对"自我"的重大冒犯。这时可以说，躯体的轮廓构成了"自我"的一个明晰无误的界限。人们可以将自己的精神敞开在文字之中，坦然地承受异己目光的入侵，但是，人们却警觉地守护着自己的躯体，绝不允许陌生的手指轻率地触摸。在这个意义上，躯体比精神更为神圣。

从躯体的观点看来，爱情确属无私之举。爱情的典型行为是分享。情人们起初尝试分享话语、风景、晚餐、财产、居室，最后终于分享了躯体。情人向对方无遗地陈露个人的躯体，并且在性抚爱之中互相进入对方的躯体。这是一种忘我的迷狂；充满爱情的性行为不是为自己使用躯体，这时，人们毋宁说是沉溺于交付躯体、奉献躯体的激情之中。反过来，一旦情人的爱情受挫，躯体将毫不犹豫地恢复私有观念。情人的争吵之间时常跳出一句尖叫："不要碰我！"他们不在乎对方触碰自己的书籍、手提包或者服装，维护个人权利的首要举动是庄严地将躯体收归个人所有。如果在无爱的情况下继续开放躯体，这意味着对于躯体的不敬乃至亵渎——人们正是因此谴责了娼妓行业。

可是，为什么社会文化却包含了如此强烈的贬抑躯体倾向？社会文化并不愿意向躯体表露公开的崇尚，社会文化更多地号召人们重视躯体之外的另一些高尚之物。不少人认为，躯体内部蕴藏了危险的能量。躯体的自私要求将对社会秩序形成威胁。由于这个缘故，专门以研究躯体为职业的医生无法赢得至高的社会地位。医生仅仅谈论躯体，他们并未在解剖刀下找到灵魂。医生的职责仅仅是维持躯体内部心脏的持续跳动，他们无法让精神不死。人们被告知，躯体的存在并非最重要的，重要的是灵魂，是人的精神。人们终于羞愧地发现，躯体是人类来自动物世界的遗迹。同高贵的精神相比，躯体不过是一堆低级的物质。躯体仅仅是存在的出发点，而不应当是最终的归宿。

人们可以在任何一本普通的字典里面查到社会文化贬抑躯体的策略。人们看到，展示精神的语汇如此丰富，呈现躯体感觉的语汇却如此贫乏。许多人可以专注倾听来自躯体内部的呐喊，但无法完整地将这些呐喊形诸社会语言——躯体内部许多微妙的疼痛、悸动、起伏仅是一种神秘的体验而难以名状。可以从一些精神大师的著作中看到,他们的哲学语言已将人们引入一个遥远的思辨之乡,引入精致的精神殿堂。然而,在另一方面,即使费尽心机地遣词造句,躯体也只能呈现出一个十分粗糙的影像。事实上,人类并不缺少描绘躯体的能力。人类学家证明,一些原始部族曾经拥有庞大的躯体语汇库,他们甚至能够用数十个不同的副词再现人们行走的不同步态。因此,躯体语汇的逐渐稀少更像是有意删除的后果。削减躯体在社会语言范围内的露面机会,无形之中也就削减了躯体在人们心目中价值。无名的存在终将导致不存在。这无疑是一个相当高明的文化计谋。

不言而喻,彻底否定躯体的主张出自宗教言论。中世纪宗教的禁欲主义思想取缔了躯体的享受权利。宗教戒律一直告诉人们,躯体是可耻的,有罪的,人们应当为种种生理性的蠢动而忏悔。正由于躯体的拘禁,精神无法自由地升上天空。只有毅然放弃这一副臭皮囊,人们才能进入至高的澄明之境。

然而,无论如何努力,躯体依然顽强而又刺眼地存在。躯体的感觉比任何言论更为真实。躯体潜行于社会文化的缝隙之间,无法祛除。躯体的语汇消失之后,人们都看到了许多以"体"为词根的词汇蔓延到四处:"体察","体会","体验","体谅","体统","体恤","体贴","体系",等等。另外,诸如"痛快"、"枯燥"、"圆润"、"阴暗"这一类形容词的本义显然是以躯体的感觉作为基础的。作为一个著名的哲学语汇,存在主义者干脆将"恶心"这种躯体经验引入人类生存境况的概括。在更大的范围内,思想家看到了一个朴素而又重大的真理:人类许多重要的文化活动都包含了对于躯体存在所作出的反应。人们首先必须吃、喝、住、穿,然后才能从事政治、科学、艺术、宗教等等活动。于是,人们终于承认:任何思辨都不能使躯体遁迹;相反,躯体的真实重量将时时迫使社会文化予以考虑。

这样,人们被迫再度论证躯体的重要意义。然而,人们提升躯体之际遇到了一个问题:应当怎样除去躯体的自然主义面目,从而使躯体成为精致的文化作品?在这个意图后面,人们看到了一个秘密的文化工程:对躯体进行文化编码。

社会学家考察过进餐之后发现，人们已经成功地将进餐改造成一个涵义丰富的文化符号。进餐远不止是躯体自我存活的一个手段，远不止是寻找食物的低级行为，进餐形式已经凝聚了重大的社会意义。餐具的使用包含了对强烈食欲的阻遏——这种食欲可能导致手抓饭的粗鄙之举（特殊的习俗不在此列）；进餐的时间规律致使聚餐成为可能，聚餐一方面限制了进食上赤裸裸的排他性，另一方面，聚餐人员又是表明敌友的重要信号；最后，许多人还时常利用进餐的姿势、言谈表明自己的出身阶层。总之，文化编码使进餐的意义从生理学进入了社会学。

迄今为止，这个秘密的文化工程已告完成。形形色色的躯体活动在文化意义上得到了再解释。人的躯体在服装的协助之下上升为一个美学形象，异性的结合通过结婚仪式转换为文化事件，躯体的发泄性扭动、弯曲被修正为舞蹈，人们的一颦、一笑、一啼、一泣、一举手、一投足均被指定为不同的社交表情。即使面对一个静止的赤裸躯体，文化修养也将促使人们用艺术的眼光加以甄别。这种文化编码如此周密，以至于一个躯体死去之后仍然无法逃脱：尸体并非仅仅表明大脑的沉寂与呼吸的中止，尸体还作为一个信号让围观者感到恐惧，让亲近者寄寓哀思，或者让忙忙碌碌的侦探接受一个待解的谜面。在这个意义上，躯体的所作所为不仅是为了体验，同时也是为了解读。

垂下眼帘，我看见了自己的躯体。这是一堆自然的物质，还是一件精致的文化作品？抚摸着躯体上光滑的肌肤，我深深为之迷惑。

（选自《文明七巧板》，上海文艺出版社1994年4月版）

导读

"五四"以来的散文，最为发达的是追求美化环境和自我心灵的抒情散文，其次是某种程度上追求"丑化"的幽默散文。"丑化"，打上了引号，是因为表面上幽默散文写些煞风景的事和情，但是从本质上来说，还是很有情感分量的，只要有情感占着相当重要的地位，就还只能说是审美的，只有完全冷漠的、没有感情的才叫审丑的散文。但是，20世纪90年代，文学评论家南帆为散文领域带来了一种新风格，这就是既不幽默又不抒情的散文，既不审美，也不审丑，他所追求的是智性和感觉的深化，还有话语内涵的"颠覆"。

南帆在《思想的凝聚》一文中，谈到他是如何走上散文创作道路的。他说："因为《北方文学》杂志的约稿，我撰写了一批随笔式的文化短论，以符号学、精神分析学或者社会学的眼光考察日常社会的种种景象。这样的考察从每个人都可能接触的事物——诸如姓名、证件、电话、电视、寓所、社团、玩具、预言，如此等等——开始，分析这些事物背面隐藏的难以觉察的文化寓意。在我看来，通过考察解开这些事物文化编码的秘密，这像是对于我们所置身的日常环境进行思想性的突围。这一批文章不仅汇成了《文明七巧板》一书；同时，这一批文章还诱发了我对于随笔、散文的重新定位和写作兴趣。"正是南帆在散文中把"描写体验，逻辑推理，臆测断想，引经据典，相异的话语形式自由地汇于一炉"，"让自己的思想穿透常规而不拘一格地飞翔"，因此，他离开了现当代散文艺术积累最为丰厚的叙事、抒情和幽默模式，超越情感和调侃，炫示他的智性的纷繁和深邃。文学评论家孙绍振认为："也许南帆并没有意识到他所开拓的这个逻辑世界对于中国当代学者智性散文的巨大意义。但是未来的文学史家想必不会忘记，在中国现代散文史上，还是第一次出现这种沟通智性与感性，结合审智和审美的途径。"

《躯体》是《文明七巧板》的第一篇，在读这篇文章之前，读者想必对于躯体、自我、肉体、灵魂、神圣、无私、妓女有着通常的感觉，读过这篇文章以后，你却不能不接受他所说的：躯体比精神更为神圣。关于男女在争吵时，女方所说："不要碰我！"你原来理解的话语内涵和经过他的缜密演绎，将发生相当深刻的变化。这就是南帆审智散文的妙谛。

> **鄢烈山** 1952年生，湖北仙桃人。杂文家。杂文集有《假辫子·真辫子》《正义的激情》《钢丝上的中国》《一个人的经典》等。

哪朝哪代《纤夫的爱》

先说几句题外但似非多余的话，我强烈地感觉到，时下要做一个不吹捧、不附和、有个性、独具慧眼的文艺批评家很难。因为人们不大习惯争鸣，撰文批评某个人某个作品，往往使编者感到很为难，怕被批评者不满乃至打官司，或者招致某些读者的抗议，"只好割爱"。其实，是非自有公论，好作品岂是能"骂"倒的？再说吾无"奉旨骂人"之辈的权威，你可以反批评嘛，怕什么！

有这些话垫底，今天我想批评批评《纤夫的爱》这首歌，这歌值得一评，是因为它在首届全国MTV大奖赛中榜上有名，本埠的某些传媒一再推荐它。

我们读过不少纤夫题材的作品，如李白的诗《丁都护歌》："吴牛喘月时，拖船一何苦！"施闰章的诗《牵船夫行》："十八滩头石齿齿，百丈青绳可怜子。赤脚短衣半在腰，裹饭寒吞掬江水……绳牵不断肠断绝，流水无情亦呜咽。"类似的还有沈从文的《湘西散记》，描述那些无所寄情的船工……从中分明可以看出，纤夫在旧时代是悲苦地生活在社会最底层的小人物，极少可能像这首歌曲描述的那么风流浪漫：一边在岸上意气昂昂地拉纤，一边侧脸向舟，与坐在船头的娇妻美女调情。得奖版（自然是正宗）的画面上，那"纤夫"营养真好，胖墩墩的像相扑力士，他的"妹妹"在一把漂亮的花伞映衬下更是艳若桃李！如此"恩恩爱爱纤绳荡悠悠"，生活在哪朝哪代？

恐怕只能生活在"不知有汉，无论魏晋"的桃花源。

或曰：这是"新历史主义"的作品，你何必死抠历史，君不见《戏说乾隆》的成功？它实际上是一首现代的城市民谣，不过是今日青年穿仿古装在谈情说爱嘛！且慢，你听船头的Lady唱的是什么：哥哥在岸上走，小妹妹坐船头。恩恩爱爱纤绳荡悠悠。哥哥拉纤汗水滴，小妹妹泪水在心里流……只盼早早落日头，让哥哥你亲个够（大意）。这种话是现代女子的口吻吗？

我们知道，旧时代的两性关系给女人定位，无非两种：一是操持家务的，曰"主中馈"（炊事），曰"执箕帚"（做清洁），曰"奉巾栉"（侍候丈夫梳洗）；一是供男子泄欲或传宗接代的工具，曰"荐枕席"，曰"侍寝"即陪睡。良家女子一般只用"主中馈"之类，讳言陪睡之类，而宫娥、姬妾和娼妓则多用侍寝之类。无论哪一种说法，表现的都是女人是男子附属品的观念。

而这《纤夫的爱》中的女人，显然是个"嫁汉嫁汉，穿衣吃饭"的货色。不过，她比较多情，心疼她的"哥哥"，觉得应当报答他。拿什么报答他的供养？拿什么交换他的辛劳？唯有肉体而已……从前的女子这么想不奇怪，那些甘于"傍大款"的时髦女郎这么想也不奇怪，若把这种女性意识当美德推销给当代稍有现代平等意识、稍有独立人格的新女性，我不知道她们如何能忍受这种富有"诗意"的贬损！

（选自 1994 年 7 月 29 日《南方周末》）

导读

画家李可染有句论画艺的箴言："所贵者胆，所要者魂。"鄢烈山认为，一个画家若有冒犯，也不过是冒犯传统师教冒犯时尚，一般情况不至于"捉将官府去，断送老头皮"。而写杂文则难免要冒犯弄权的权威和"杀人如草不闻声"的社会习俗，比弄钱塘潮更加弄险，没有姜维一般的大胆，最好改行。而杂文所要的魂，五分是别具只眼的见识，五分是服膺真理和主持正义的人格。因此，鄢烈山把杂文创作视为他人生的一种存在方式，他的杂文里没有奴颜和媚骨，没有犹豫和暧昧，充满了强烈的社会责任感、主持正义的良知和嫉恶如仇的热心肠。

鄢烈山说："只有胸怀理想恪守信念的人，才会不苟且不妥协，遇事较真必欲辩明是非而心始安。只有宁折不弯骨头硬朗的人，才会眼见不平，拍案而起。"因此，当流行歌曲《纤夫的爱》把旧时代悲苦地生活在社会最底层的小人物描绘成"恩恩爱爱纤绳荡悠悠"那么风流浪漫，而且竟然在全国首届MTV大奖赛中榜上有名时，鄢烈山直言不讳地批评道，这个作品不仅脱离纤夫"赤脚短衣半在腰，裹饭寒吞掬江水"的生活实际，而且它的思想观念十分陈腐，表现的是女子为男子附属品的旧观念。鄢烈山的杂文不仅言人所未言，而且洋溢着"新松恨不高千尺，恶竹直须斩万竿"的激情。诗人曾卓指出："他关心人民的疾苦，又善于思考和敢于思考，突破了一些思维定势，从一些人们习见的世态、现象、问题中，进行挖掘和探究，说出了他自己的看法和见解。由于他具有较丰富的学识，环绕问题，旁征博引，有助于他立论的雄辩性……更重要的是，跳动在其中的爱憎分明的心。感情的浸润使他的杂文不仅有说服力，而且也有感染力。"

> **苇岸**（1960—1999） 原名马建国，北京昌平人。散文家。散文集有《大地上的事情》《太阳升起以后》《上帝之子》。

大地上的事情（节选）

一

我观察过蚂蚁营巢的三种方式。小型蚁筑巢，将湿润的土粒吐在巢口，垒成酒盅状、灶台状、坟冢状、城堡状或松疏的蜂房状，高耸在地面；中型蚁的巢口，土粒散得均匀美观，围成喇叭口或泉心的形状，仿佛大地开放的一只黑色花朵；大型蚁筑巢像北方人的举止，随便、粗略、不拘细节，它们将颗粒远远地衔到什么地方，任意一丢，就像大步奔走撒种的农夫。

二

下雪时，我总想到夏天，因成熟而褪色的榆荚被风从树梢吹散。雪纷纷扬扬，给人间带来某种和谐感，这和谐感正来自于纷纭之中。雪也许是更大的一棵树上的果实，被一场世界之外的大风刮落。它们漂泊到大地各处，它们携带的纯洁，不久繁衍成春天动人的花朵。

三

写《自然与人生》的日本作家德富芦花，观察过落日。他记录太阳由衔山到全然沉入地表，需要三分钟。我观察过一次日出，日出比日落缓慢。观看落日，大有守侍圣哲临终之感；观看日出，则像等待伟大英雄辉煌的诞生。太阳从露出一丝红线，到伸缩着跳上地表，用了约五分钟。

世界上的事物在速度上，衰落胜于崛起。

五

麻雀在地面的时间比在树上的时间多。它们只是在吃足食物后，才飞到树上。它们将短硬的喙像北方农妇在缸沿砺刀那样，在枝上反复擦拭。麻雀蹲在枝上啼鸣，如孩子骑在父亲的肩上高声喊叫，这声音蕴含着依赖、信任、幸福和安全感。麻雀在树上就和孩子们在地上一样，它们的蹦跳就是孩子们的奔跑。而树木伸展的愿望，是给鸟儿送来一个个广场。

六

穿越田野的时候，我看到一只鹞子。它静静地盘旋，长久浮在空中。它好像看到了什么，径直俯冲下来，但还未触及地面又迅疾飞起。我想象它看到一只野兔，因人类的扩张在平原上已近绝迹的野兔，梭罗在《瓦尔登湖》中预言过的野兔："要是没有兔子和鹧鸪，一个田野还成什么田野呢？它们是最简单的土生土长的动物，与大自然同色彩、同性质，和树叶、和土地是最亲密的联盟。看到兔子和鹧鸪跑掉的时候，你不觉得它们是禽兽，它们是大自然的一部分，仿佛飒飒的树叶一样。不管发生怎么样的革命，兔子和鹧鸪一定可以永存，像土生土长的人一样。不能维持一只兔子的生活的田野一定是贫瘠无比的。"

看到一只在田野上空徒劳盘旋的鹞子，我想起田野往昔的繁荣。

七

在我的住所前面，有一块空地，它的形状像一只盘子，被四周的楼群围起。它盛过田园般安详的雪，盛过赤道般热烈的雨，但它盛不住孩子们的欢乐。孩子们把欢乐撒在里面，仿佛一颗颗珍珠滚到我的窗前。我注视着男孩和女孩在一起做游戏，这游戏是每个从他们身边匆匆走过的大人都做过的。大人告别了童年，就将游戏像玩具一样丢在一边。但游戏在孩子们手里，依然一代代传递。

九

黎明，我常常被麻雀的叫声唤醒。日子久了，我发现它们总在日出前二十分钟开始啼叫。冬天日出较晚，它们叫的也晚；夏天日出早，它们叫的也早。麻雀在日出前和日出后的叫声不同，日出前它们发出"鸟、鸟、鸟"的声音，日出后便改成"喳、喳、喳"的声音。我不知它们的叫法和太阳有什么关系。

十一

麦子是土地上最优美、最典雅、最令人动情的庄稼。麦田整整齐齐摆在辽阔大地上，仿佛一块块耀眼的黄金。麦田是五月最宝贵的财富，大地蓄积的精华。风吹麦田，麦田摇荡，麦浪把幸福送到外面的村庄。到了六月，农民抢在雷雨之前，把麦田搬走。

十四

冬天，一次在原野上，我发现了一个奇异的现象，它纠正了我原有的关于火的观念。我没有见过这个人，他点起火走了。火像一头牲口，已将枯草吞噬很大一片。北风吹着，火头很硬，火贴紧在地面上，火首却逆风而行，这让我吃惊。为了再次证实，我把火种引到另一片草上，火依旧溯风烧向北方。

十五

我时常忆起一个情景，它发生在午后时分。如大兵压境，滚滚而来的黑云，很快占据了整面天空。随后，闪电迸绽，雷霆轰鸣，分币大的雨点砸在地上，烟雾四起。骤雨像是一个丧失理性的对人间复仇的巨人。就在这万物偃息的时刻，我看到一只衔虫的麻雀从远处飞回，雷雨没能拦住它，它的儿女在雨幕后面的屋檐下。在它从空中降落飞进檐间的一瞬，它的姿势和蜂鸟在花丛前一样美丽。

十九

  1988年1月16日，我看见了日出。我所以记下这次日出，因为有生以来我从没有见过这样大的太阳。好像发生了什么奇迹，它使我惊得目瞪口呆，久久激动不已。哥伦比亚作家加西亚·马尔克斯在《百年孤独》中这样描述马贡多连续下了四年之久的雨后日出："一轮憨厚、鲜红、像破砖碎末般粗糙的红日照亮了世界，这阳光几乎像流水一样清新。"我所注视的这次日出，我不想用更多的话来形容它，红日的硕大，让我首先想到乡村院落的磨盘。如果你看到了这次日出，你会相信。

二十二

  立春一到，便有冬天消逝、春天降临的迹象和感觉。整整过了一冬的北风，到达天涯后已经返回。它们告诉站在大路旁的我：春天已经被它们领来。看着旷野，我有一种庄稼满地的幻觉。踩在松动的土地上，我感到肢体在伸张，血液在涌动。我想大声喊叫或疾速奔跑，想拿起锄头拼命劳动一场。我常常产生这个愿望：一周中，在土地上至少劳动一天。爱默生认为，每一个人都应当与这世界上的劳作保持着基本关系。劳动是上帝的教育，它使我们自己与泥土和大自然发生基本的联系。

  但是，在这个世界上，有一部分人，一生从未踏上土地。

二十六

  一次，我穿过田野。一群农妇，蹲在田里薅苗。在我凝神等待远处布谷鸟再次啼叫时，我听到了两个农妇的简短对话：

  农妇甲："几点了？"

  农妇乙："该走了，十二点多了。"

  农妇甲："十二点了，孩子都放学了，还没做饭呢。"

  无意听到的两句很普通的对话竟震撼了我。认识词易，比如"母爱"或

"使命",但要完全懂得它们的意义难。原因在于我们不常遇到隐在这些词后面的,能充分体现这些词涵义的事物本身;在于我们正日渐远离原初意义上的"生活"。我想起曾在美术馆看过的美国女画家爱迪娜·米博尔画展,前言有画家这样一段话,我极赞同:"美的最主要表现之一是,肩负着重任的人们的高尚与责任感。我发现这一特点特别地表现在世界各地生活在田园乡村的人们中间。"

四十一

与其他开端相反,第一场雪大都是零乱的。为此我留意好几年了。每次遇到新雪,我都想说:"看,这是一群初进校门的乡下儿童。"雪仿佛是不期而至的客人,大地对这些客人的进门,似乎感到一种意外的突然和无备的忙乱。没有收拾停当的大地,显然还不准备接纳它们。所以,尽管空中雪迹纷纷,地面依旧荡然无存。新雪在大地面前的样子,使我想象一群临巢而不能栖的野蜂,也想象历史上那些在祖国外面徘徊的流亡者。

(选自《大地上的事情》,中国对外翻译出版公司1995年4月版)

导读

苇岸最早是从事诗歌写作,并于1984年冬天结识诗人海子。1986年12月经海子推荐,苇岸阅读美国作家梭罗的散文集《瓦尔登湖》后,由诗歌转向散文写作。1988年他开始写作开放性系列散文作品《大地上的事情》。他在作品中把"大地道德"作为一个文学观念和基本主题,散文家林贤治认为"在中国现代文学中具有开创的意义"。

苇岸自称:"我是生活在托尔斯泰和梭罗的'阴影'中的人。"这是因为托尔斯泰代表了他的人生观,而梭罗表明了他的自然观。在苇岸眼里,列夫·托尔斯泰是一个"最伟大的全民艺术家,所有世纪最高尚的人物,人类的良心","从来作家都沉湎于文学本身,而托尔斯泰仅仅把文学看作自己伟大活动的一部分。托尔斯泰是历史罕有的,用他的人生和全部文字,为人类指明正确道路的人"。而梭罗的《瓦尔登湖》,则使苇岸获得了一次"新生",带给他"精神喜悦"和"灵魂颤动"。苇岸在致友人的信中谈道:"梭罗的本质主要还不在其对'返归自然'的倡导,而在其对'人的完整性'的崇尚。梭罗到瓦尔登湖去,并非想去做永久'返归自然'的隐士,而仅是他崇尚'人的完整性'的表现之一。对'人的完整性'的崇尚,也非机械地不囿于某一岗位或职业,本质还在一个人对待外界(万物)的态度:是否为了一个'目的'或'目标',而漠视和牺牲其他。这是我喜欢梭罗(而不是陶渊明)的最大原因,也是我写《梭罗意味着什么》的主要目的。"梭罗的文字对苇岸仿佛具有一种天然的血缘性的亲和力与呼应性,使他皈依于"梭罗这种自由、信意,像土地一样朴素开放的文字方式"。

苇岸自称"观察者",他像农人那样热爱田野大地上的一切美好事物。在他看来,"人应该诗意地栖居在大地上",只需充当大自然秘密谦卑的"旁观者"和"倾听者"。《大地上的事情》充分表现了他对大地上一切诗意的事物的倾听与观察,被认为是"整个当代散文领域最纯粹、也最为明确而有意识地从哲学的层面表达'人应该诗意地栖居在大地上'这一主题的优秀文本";"作为大地的代言人,苇岸先生'在大地上'的写作维度为中国当代散文树立起一种原初意义上的风貌和品格,汉语的承载量因他的写作而得以扩大和拓宽了"。

苇岸的散文不仅被当成是梭罗"超验主义"的中国版,而且他在作品中尽量地隐去虚浮和矫饰,并完全收敛主体情绪,从而进入一种类似于"零度写作"的状态。《大地上的事情》由表面上互不相干的几十个段落组成,它的语言像诗一样精湛简洁而富有诗意。苇岸认为,他早年的诗歌创作对散文写作具有非同寻常的意义,"除了一种根本的诗人特有的纯粹精神,恰如布罗茨基所讲,散文作家可以向诗歌学到:借助词语在一定的上下文中产生的特定含义和力量;集中的思路;省略去不言自明的赘语",因此,苇岸的散文写作可以看成是"诗歌以另一种手段的继续来写作"。

| **刘亮程**　1962年生,新疆沙湾人。诗人、散文家。散文集有《一个人的村庄》《风中的院门》等。

寒风吹彻

雪落在那些年雪落过的地方,我已经不注意它们了。比落雪更重要的事情开始降临到生活中。三十岁的我,似乎对这个冬天的来临漠不关心,却又好像一直在倾听落雪的声音,期待着又一场雪悄无声息地覆盖村庄和田野。

我静坐在屋子里,火炉上烤着几片馍馍,一小碟咸菜放在炉旁的木凳上,屋里光线暗淡。许久以后我还记起我在这样的一个雪天,围抱火炉,吃咸菜啃馍馍想着一些人和事情,想得深远而入神。柴火在炉中啪啪地燃烧着,炉火通红,我的手和脸都烤得发烫了,脊背却依旧凉飕飕的。寒风正从我看不见的一道门缝吹进来。冬天又一次来到村里,来到我的家。我把怕冻的东西一一搬进屋子,糊好窗户,挂上去年冬天的棉门帘,寒风还是进来了。它比我更熟悉墙上的每一道细微裂缝。

就在前一天,我似乎已经预感到大雪来临。我劈好足够烧半个月的柴火,整齐地码在窗台下;把院子扫得干干净净,无意中像在迎接一位久违的贵宾——把生活中的一些事情扫到一边,腾出干净的一片地方来让雪落下。下午我还走出村子,到田野里转了一圈。我没顾上割回来的一地葵花杆,将在大雪中站一个冬天。每年下雪之前,都会发现有一两件顾不上干完的事而被搁一个冬天。冬天,有多少人放下一年的事情,像我一样用自己那只冰手,从头到尾地抚摸自己的一生。

屋子里更暗了,我看不见雪。但我知道雪在落,漫天地落。落在房顶和柴垛上，落在扫干净的院子里，落在远远近近的路上。我要等雪落定了再出去。我再不像以往，每逢第一场雪，都会怀着莫名的兴奋，站在屋檐下观看好一阵，或光着头钻进大雪中，好像有意要让雪知道世上有我这样一个人，却不知道寒冷早已盯住了自己活蹦乱跳的年轻生命。

经过许多个冬天之后，我才渐渐明白自己再躲不过雪，无论我蜷缩在屋子里，还是远在冬天的另一个地方，纷纷扬扬的雪，都会落在我正经历的一段岁月里。当一个人的岁月像荒野一样敞开时，他便再无法照管好自己。

就像现在，我紧围着火炉，努力想烤热自己。我的一根骨头，却露在屋外的寒风中，隐隐作痛。那是我多年前冻坏的一根骨头，我再不能像捡一根牛骨头一样，把它捡回到火炉旁烤热。它永远地冻坏在那段天亮前的雪路上了。那个冬天我十四岁，赶着牛车去沙漠里拉柴火。那时一村人都是靠长在沙漠里的一种叫梭梭的灌木取暖过冬。因为不断砍挖，有柴火的地方越来越远。往往要用一天半夜时间才能拉回一车柴火。每次拉柴火，都是母亲半夜起来做好饭，装好水和馍馍，然后叫醒我。有时父亲也会起来帮我套好车。我对寒冷的认识是从那些夜晚开始的。

牛车一走出村子，寒冷便从四面八方拥围而来，把你从家里带出的那点温暖搜刮得一干二净，让你浑身上下只剩下寒冷。

那个夜晚并不比其他夜晚更冷。

只是这次，是我一个人赶着牛车进沙漠。以往牛车一出村，就会听到远远近近的雪路上其他牛车的走动声，赶车人隐约的吆喝声。只要紧赶一阵路，便会追上一辆、或好几辆去拉柴的牛车，一长串，缓行在铅灰色的冬夜里。那种夜晚天再冷也不觉得。因为寒风在吹好几个人，同村的、邻村的、认识和不认识的好几架牛车在这条夜路上抵挡着寒冷。

而这次，一野的寒风吹着我一个人。似乎寒冷把其他一切都收拾掉了。现在全部地对付我。

我披着羊皮大衣，一动不动爬在牛车里，不敢大声吆喝牛，免得让更多的寒冷发现我。从那个夜晚我懂得了隐藏温暖——在凛冽的寒风中，身体中那点温暖正一步步退守到一个隐秘的有时连我自己都难以找到的深远处——

我把这点隐深的温暖节俭地用于此后多年的爱情和生活。我的亲人们说我是个很冷的人，不是的，我把仅有的温暖全给了你们。

许多年后有一股寒风，从我自以为火热温暖的从未被寒冷浸入的内心深处阵阵袭来时，我才发现穿再厚的棉衣也没用了。生命本身有一个冬天，它已经来临。

天亮后，牛车终于到达有柴火的地方。我的一条腿却被冻僵了，失去了感觉。我试探着用另一条腿跳下车，拄着一根柴火棒活动了一阵，又点了一堆火烤了一会儿，勉强可以行走了。腿上的一块骨头却生疼起来，是我从未体验过的一种疼，像一根根针刺在骨头上又狠命往骨髓里钻——这种疼感一直延续到以后所有的冬天以及夏季里阴冷的日子。

太阳落地时，我装着半车柴火回到家里，父亲一见就问我：怎么拉了这点柴，不够两天烧的。我没吭声。也没向家里说腿冻坏的事。

我想很快会暖和过来。

那个冬天要是稍短些，家里的火炉要是稍旺些，我要是稍把这条腿当回事些，或许我能暖和过来。可是现在不行了。隔着多少个季节，今夜的我，围抱火炉，再也暖不热那个遥远冬天的我；那个在上学路上不慎掉进冰窟窿，浑身是冰往回跑的我；那个跺着冻僵的双脚，捂着耳朵在一扇门外焦急等待的我……我再不能把他们唤回到这个温暖的火炉旁。我准备了许多柴禾，是准备给这个冬天的。我才三十岁，肯定能走过冬天。

但在我周围，肯定有个别人不能像我一样度过冬天。他们被留住了。冬天总是一年一年地弄冷一个人，先是一条腿、一块骨头、一副表情、一种心情……尔后整个人生。

我曾在一个寒冷的早晨，把一个浑身结满冰霜的路人让进屋子，给他倒了一杯热茶。那是个上了年纪的人，身上带着许多个冬天的寒冷，当他坐在我的火炉旁时，炉火须臾间变得苍白。我没有问他的名字，在火炉的另一边，我感觉到迎面逼来的一个老人的透骨寒气。

他一句话不说。我想他的话肯定全冻硬了，得过一阵才能化开。

大约坐了半个时辰，他站起来，朝我点了一下头，开门走了。我以为他暖和过来了。

第二天下午，听人说村西边冻死了一个人。我跑过去，看见这个上了年纪的人躺在路边，半边脸埋在雪中。

我第一次看到一个人被冻死。

我不敢相信他已经死了。他的生命中肯定还深藏着一点温暖，只是我们看不见。一个人最后的微弱挣扎我们看不见；呼唤和呻吟我们听不见。

我们认为他死了。彻底地冻僵了。

他的身上怎么能留住一点点温暖呢？靠什么去留住。他的烂了几个洞、棉花露在外面的旧棉衣？底磨得快通、一边帮已经脱落的那双鞋？还有他的比多少个冬天加起来还要寒冷的心境……

落在一个人一生中的雪，我们不能全部看见。每个人都在自己的生命中，孤独地过冬。我们帮不了谁。我的一小炉火，对这个贫寒一生的人来说，显然微不足道。他的寒冷太巨大。

我有一个姑妈，住在河那边的村庄里，许多年前的那些个冬天，我们兄弟几个常手牵手走过封冻的玛河去看望她。每次临别前，姑妈总要说一句：天热了让你妈过来喧喧。

姑妈年老多病，她总担心自己过不了冬天。天一冷她便足不出户，偎在一间矮土屋里，抱着火炉，等待春天来临。

一个人老的时候，是那么渴望春天来临。尽管春天来了她没有一片要抽芽的叶子，没有半瓣要开放的花朵。春天只是来到大地上，来到别人的生命中。但她还是渴望春天，她害怕寒冷。

我一直没有忘记姑妈的这句话，也不只一次地把它转告给母亲。母亲只是望望我，又忙着做她的活。母亲不是一个人在过冬，她有五六个没长大的孩子，她要拉扯着他们度过冬天，不让一个孩子受冷。她和姑妈一样期盼着春天。

……天热了，母亲会带着我们，趟过河，到对岸的村子里看望姑妈。姑妈也会走出蜗居一冬的土屋，在院子里晒着暖暖的太阳和我们说说笑笑……

多少年过去了，我们一直没有等到这个春天。好像姑妈那句话中的"天"一直没有热。

姑妈死在几年后的一个冬天。我回家过年，记得是大年初四，我陪着母亲沿一条即将解冻的马路往回走。母亲在那段路上告诉我姑妈去世的事。她说："你姑妈死掉了。"

母亲说得那么平淡，像在说一件跟死亡无关的事情。

"咋死的？"我似乎问得更平淡。

母亲没有直接回答我。她只是说："你大哥和你弟弟过去帮助料理了后事。"

此后的好一阵，我们再没说这事，只顾静静地走路。快到家门口时，母亲说了句：天热了。

我抬头看了看母亲，她的身上正冒着热气，或许是走路的缘故，不过天气真的转热了。对母亲来说，这个冬天已经过去了。

"天热了过来喧喧。"我又想起姑妈的这句话。这个春天再不属于姑妈了。她熬过了许多个冬天还是被这个冬天留住了。我想起爷爷奶奶也是分别死在几年前的冬天。母亲还活着。我们在世上的亲人会越来越少。我告诉自己，不管天冷天热，我们都常过来和母亲坐坐。

母亲拉扯大她的七个儿女。她老了。我们长高长大的七个儿女，或许能为母亲挡住一丝的寒冷。每当儿女们回到家里，母亲都会特别高兴，家里也顿时平添热闹的气氛。

但母亲斑白的双鬓分明让我感到她一个人的冬天已经来临，那些雪开始不退、冰霜开始不融化——无论春天来了，还是儿女们的孝心和温暖备至。

随着三十年的人生距离，我感受着母亲独自在冬天的透心寒冷。我无能为力。

雪越下越大。天彻底黑透了。

我围抱着火炉，烤热漫长一生的一个时刻。我知道这一时刻之外，我其余的岁月，我的亲人们的岁月，远在屋外的大雪中，被寒风吹彻。

1996 年 5 月 20 日

（选自《天涯》1999 年第 5 期）

导 读

新疆作家刘亮程在20世纪末中国散文界的崛起富有戏剧性。他的第一本散文集《一个人的村庄》于1998年4月出版后，默默无闻。1999年经过《天涯》杂志以专辑方式重新推出，刘亮程散文中朴素沉静而又博大丰富的文字得到李锐、蒋子丹等人的高度评价，蒋子丹甚至认为："如果进入了城市的刘亮程能永远保持他这一份独特的生活方式和对生活的独特感悟，那么他的散文在当今文坛必然会独树一帜，蔚为大观，并且不可仿制"。刘亮程开始备受关注，被认为是"90年代的最后一位散文作家"。第二届冯牧文学奖也授予他"文学新人奖"，并作出了这样评价："刘亮程的写作赓续着中国悠久灿烂的散文传统。他单纯而丰饶的生命体验来自村庄和田野，以中国农民在苍茫大地上的生死衰荣，庄严地揭示了民族生活中素朴的真理，在对日常岁月的诗意感悟中通向'人的本来'。他的语言素淡、明澈，充满欣悦感和表达事物的微妙肌理，展现了汉语所独具的纯真和瑰丽。"

刘亮程说，他的散文所写的都是一些最最基本的东西，人、动物、土地、家园等。在他笔下，从寒风、大雪、炉火、牲畜，到一粒草籽、一只蚂蚁，都具有感情与灵性，成为人生活乃至生命的一部分。刘亮程能在日常生活最平淡处、最常见的现象中，发现生命意识而引出哲思。在《寒风吹彻》里，他悲悯地写道："落在一个人的一生中的雪，我们不能全部看见。每个人都在自己生命中，孤独地过冬。我们帮不了谁。我的一小炉火，对这个贫寒一生的人来说，显然微不足道。他的寒冷太巨大。"寒风吹彻人的一生，一个人生命中的冬天也终将到来。刘亮程从一个冻死老人那里，体会到了垂暮之年的悲怆。文学评论家崔卫平指出："把刘亮程向我们描述的这个地图上找不到的村庄，仅仅当做吹向大城市的一股'清新之风'，这样做有些不公平。我们从这部散文作品中了解的并不只是一个村庄，而是如何看待一个小小村庄的眼光，如何看待自己所处其中平凡无奇的生活的心情：温厚、持平、悲天悯人。"

潘向黎 1966年生,福建南安人。散文家、小说家。散文集有《红尘白羽》《相信爱的年纪》《纯真年代》《局部有时有完美》等。

独立花吹雪

"您赏过樱花了吗?"

"樱花真美呀!"

街头巷尾,处处可以听见这样的语声。多少年来,日本人一成不变地爱恋着樱花,老年人也总像第一次看见这种花似的,惊喜地发出赞叹。

学校附近有个"染井墓园",芥川龙之介的墓地也在其中,在东京小有名气。这儿是最有代表性、种植最广的樱花名种"染井吉野"的发祥地。园中遍植樱花,漫步小径,抬头便是云霞,低头又是落雪,叫人恍若掉进一个半透明的、粉色的梦幻之中。

禁不住风花雪月的旧病复发,我一得空便在樱花下流连。遇上几个人,都用那么善解人意的眼光看我。有一个须发皆白的老者,拄杖立定,和我一样抬起头,然后说:"真美啊!是不是?"说完径自走了。望着他蹒跚的步态,我心里竟冒出这样一句诗:年年岁岁花相似,岁岁年年人不同。

樱花开始飘谢了。在寂静的小径上,轻轻地,叹息似的飘落。那一声声叹息,该是从千百年前一个明艳绝伦的少女微启的樱唇中滑出的吧。一阵风过,枝上的樱花猛地一片疾雪,簌簌而下,地上的花瓣也被卷起,重新在空中飞舞,顿时天地间一片迷茫、凄丽。叫人且喜且叹,等到风住也不知如何举步。

这景象在日文中叫"花吹雪",意思是"花的风雪"。我觉得很美,颇耐咀嚼品味，不亚于"粉泪"、"花雨"等中国的字眼儿。

樱花啊，樱花，你这娇柔明艳又脆弱易凋的花呀！你能否告诉我，究竟是你的美使人格外惋惜你的短暂，还是你的短暂格外衬托出你的美，叫人更加怜惜、不忍辜负呢？

回答我的，只是一阵又一阵的花吹雪。

不过两天工夫，枝上已是嫩绿的世界了，只剩下暗红色的花萼在向路人低诉，这儿曾经上演过多么优美迷人的一幕。赏樱结束了吗？不。请低下头——在你面前是一片粉色的地毯，花儿们在向你作最后的谢幕呢。环顾四周，不少茶花正在开放。茶花的花期怕是有好几个星期，开过了也不轻易谢，就在枝头渐渐地褪去红颜，泛出锈色，与新蕾高下相映，有些不甚协调。

我们习惯于将"长久"、"永恒"当成美好的、崇高的，将短暂的叫做"昙花一现"、"一闪即逝"，总有些贬意在其中。其实短暂的美就不是真正的美吗？樱花，将一生的美丽与柔情，拼作一时的绚烂夺目，然后毫不迟疑地飘然而去，叫人留恋于一瞬，回味良久。甚至，正因为它谢得快而干脆，反而平添了几分空灵、飘逸的风韵。降临尘凡的仙子，不都是惊鸿一瞥、翩然而去的吗？

樱花下是墓地，容易使人产生生死无常、人生苦短之类的联想。尤其像我这样，读了几本破书在肚子里，又不曾真正悟道的人，很自然地想到"人生的终极意义"、"文章千古事"等愁不完的命题。看完樱花从盛开到凋尽的一幕，我忽然有了一点感触：人哪，何必自恃万灵之长而自苦不已呢？像樱花一样，当开时开，当谢时谢，能灿烂时灿烂，该寂寞时寂寞，何其超然，何其潇洒。有许多"永恒"、"千古"的事，不是我等芥草般的人担当得起的，今生今世但求不错过自己的花期，吾愿足矣。

吾心安处是故乡。心安理得地过自己的日子，便可以和樱花一样坦然地回到大自然的怀中了。

想到这儿，长舒一口气，挟好书，自向来时的路走去。身畔樱花树上却又传来一声清脆的鸟啼。

(选自《红尘白羽》，百花文艺出版社 1996 年 12 月版)

导读

潘向黎说，由于工作和写作的缘故，经常要回答一些诸如"你的散文观"之类的问题。她认为："散文是一种自觉或不自觉的记录。有关自己，有关岁月。多少年后，我们还可以从中找到当年的自己，或者自己的当年。"《独立花吹雪》就是她留学日本时期生活和思考的真实记录。"花吹雪"是日文，意思是"花的风雪"。当整片整片的花瓣从树上陨落时，晶莹、澄澈，像雪一般美，又像雪一般易逝，掉在土里，便"零落香泥碾作尘"，让人怅惘，让人追念。以至于好几年后潘向黎在另一篇散文《美啊，请为我停留》中，还深情款款地写道："一直忘不了樱花'花吹雪'的情景。小径寂静，树林幽深，没有人迹也没有风声，樱花却微微颤动，就有花一瓣一瓣地飘落，像轻轻滑落的叹息。一阵风过，猛地一片疾雪，簌簌而下，像一群小精灵且歌且舞地奔赴凡间的约会；而先期到达地面的花瓣也被卷起，在空中迎接自己的伙伴。在那一瞬间，天地间一片迷茫、凄丽，令人为之失神错愕，等到风住还想不起自己刚才从哪里来，要到哪里去。仿佛你走过千山万水来到这里，就是为了和刚才的一幕相遇。"

樱花是一种娇柔明艳又脆弱易凋的花，独立花吹雪，不由引动作者一连串的思绪：究竟是樱花的美使人格外珍惜它的短暂，还是由于它的易逝格外衬托出它的美呢？由樱花生命的短暂，作者又进而提到生命的意义：是追求"永恒""千古"呢？还是像樱花一样，当开时开，当谢时谢，能灿烂时灿烂，该寂寞时寂寞，只求踏踏实实，活出自己的精彩？应该说，两种追求并无高下之分，英雄有英雄的伟大，凡人在他一生中的某个时刻也会绽放出耀眼的光芒。重要的是，作者经由观赏樱花，获得了一份属于自己的对生命的感悟，这份樱花中的感悟，将陪伴她继续人生的追求和探索。

冯骥才在为潘向黎的散文集《红尘白羽》做序时，指出："她的散文告诉我，她不是理想主义者。她喜欢冷静的品味而不是浪漫的想象；她富于很敏感的悟性却更善于思辨。她不大容易被生活的图像所迷惑，所以她不喜欢描述。她更喜欢分析、界定行文的逻辑，因而她的文章很少迷雾与幻梦，很少朦胧感。也许她对生活的彻悟过早和过多，偶露情怀，总有一种浓重的气氛……她已然将抒情散文与思辨性随笔融为一体，驾轻就熟，这或许能成为她未来的独具魅力的一种文风？"

> 王小波（1952—1997） 北京人。学者、小说家、杂文家。杂文集有《思维的乐趣》《我的精神家园》《沉默的大多数》等。

一只特立独行的猪

　　插队的时候，我喂过猪，也放过牛。假如没有人来管，这两种动物也完全知道该怎样生活。它们会自由自在地闲逛，饥则食渴则饮，春天来临时还要谈谈爱情；这样一来，它们的生活层次很低，完全乏善可陈。人来了以后，给它们的生活作出了安排：每一头牛和每一口猪的生活都有了主题。就它们中的大多数而言，这种生活主题是很悲惨的：前者的主题是干活，后者的主题是长肉。我不认为这有什么可抱怨的，因为我当时的生活也不见得丰富了多少，除了八个样板戏，也没有什么消遣。有极少数的猪和牛，它们的生活另有安排。以猪为例，种猪和母猪除了吃，还有别的事可干。就我所见，它们对这些安排也不大喜欢。种猪的任务是交配，换言之，我们的政策准许它当个花花公子。但是疲惫的种猪往往摆出一种肉猪（肉猪是阉过的）才有的正人君子架势，死活不肯跳到母猪背上去。母猪的任务是生崽儿，但有些母猪却要把猪崽儿吃掉。总的来说，人的安排使猪痛苦不堪。但它们还是接受了：猪总是猪啊。

　　对生活作种种设置是人特有的品性。不光是设置动物，也设置自己。我们知道，在古希腊有个斯巴达，那里的生活被设置得了无生趣，其目的就是要使男人成为亡命战士，使女人成为生育机器，前者像些斗鸡，后者像些母猪。这两类动物是很特别的，但我以为，它们肯定不喜欢自己的生活。但不喜欢又能怎么样？人也好，动物也罢，都很难改变自己的命运。

以下谈到的一只猪有些与众不同。我喂猪时，它已经有四五岁了，从名分上说，它是肉猪，但长得又黑又瘦，两眼炯炯有光。这家伙像山羊一样敏捷，一米高的猪栏一跳就过；它还能跳上猪圈的房顶，这一点又像是猫——所以它总是到处游逛，根本就不在圈里呆着。所有喂过猪的知青都把它当宠儿来对待，它也是我的宠儿——因为它只对知青好，容许他们走到三米之内，要是别的人，它早就跑了。它是公的，原本该劁掉。不过你去试试看，哪怕你把劁猪刀藏在身后，它也能嗅出来，朝你瞪大眼睛，噢噢地吼起来。我总是用细米糠熬的粥喂它，等它吃够了以后，才把糠兑到野草里喂别的猪。其他猪看了嫉妒，一起嚷起来。这时候整个猪场一片鬼哭狼嚎，但我和它都不在乎。吃饱了以后，它就跳上房顶去晒太阳，或者模仿各种声音。它会学汽车响、拖拉机响，学得都很像；有时整天不见踪影，我估计它到附近的村寨里找母猪去了。我们这里也有母猪，都关在圈里，被过度的生育搞得走了形，又脏又臭，它对它们不感兴趣；村寨里的母猪好看一些。它有很多精彩的事迹，但我喂猪的时间短，知道得有限，索性就不写了。总而言之，所有喂过猪的知青都喜欢它，喜欢它特立独行的派头儿，还说它活得潇洒。但老乡们就不这么浪漫，他们说，这猪不正经。领导则痛恨它，这一点以后还要谈到。我对它则不止是喜欢——我尊敬它，常常不顾自己虚长十几岁这一现实，把它叫做"猪兄"。如前所述，这位猪兄会模仿各种声音。我想它也学过人说话，但没有学会——假如学会了，我们就可以做倾心之谈。但这不能怪它。人和猪的音色差得太远了。

后来，猪兄学会了汽笛叫，这个本领给它招来了麻烦。我们那里有座糖厂，中午要鸣一次汽笛，让工人换班。我们队下地干活时，听见这次汽笛响就收工回来。我的猪兄每天上午十点钟总要跳到房上学汽笛，地里的人听见它叫就回来——这可比糖厂鸣笛早了一个半小时。坦白地说，这不能全怪猪兄，它毕竟不是锅炉，叫起来和汽笛还有些区别，但老乡们却硬说听不出来。领导上因此开了一个会，把它定成了破坏春耕的坏分子，要对它采取专政手段——会议的精神我已经知道了，但我不为它担忧——因为假如专政是指绳索和杀猪刀的话，那是一点门都没有的。以前的领导也不是没试过，一百人也逮不住它。狗也没用——猪兄跑起来像颗鱼雷，能把狗撞出一丈开外。谁知这回是动了真格的，指导员带了二十几个人，手拿五四式手枪；副指导员带了十几人，手持看青的火枪，分两路在猪场外的空地上兜捕它。这就使我陷入了内心的矛盾：按我和它的交情，我该舞起两把杀猪刀冲出去，和它并肩战斗，但我又觉得这样做太过惊世骇俗——它毕竟是只猪啊；还有一个理由，我不敢对抗领导，我怀疑这才是问题之所在。总之，我在一边看着。猪兄的镇定使我佩服之极：它很冷静地躲在手枪和火枪的连线之内，任凭人喊狗咬，不离那条线。这样，拿手枪的人开火就会把拿火枪的打死，反之亦然；两头同时开火，两头都会被打死。至于它，因为目标小，多半没事。就这样连兜了几个圈子，它找到了一个空子，一头撞出去了；跑得潇洒至极。以后我在甘蔗地里还见过它一次，它长出了獠牙，还认识我，但已不容我走近了。这种冷淡使我痛心，但我也赞成它对心怀叵测的人保持距离。

  我已经四十岁了，除了这只猪，还没见过谁敢于如此无视对生活的设置。相反，我倒见过很多想要设置别人生活的人，还有对被设置的生活安之若素的人。因为这个原故，我一直怀念这只特立独行的猪。

（选自《我的精神家园》，文化艺术出版社 1997 年 6 月版）

导 读

  作为一个关怀整个社会和人类的自由主义知识分子，王小波在他的杂文中积极弘扬科学、理性、独立、自由、宽容的理念，坚决反对愚昧、专制、教条、虚伪、奴气等反文明的恶习，充分表现了知识分子"独立之精神，自由之思想"。他说过："作为一个人，要负道义的责任，憋不住就得说，这就是我写杂文的动机。"

  本文用主要篇幅讲了一个猪的故事，真正的主题却在文章的最后一段。作者用这只不听话的猪来暗示，对于现实环境的制约，人本来可以有所选择，甚至是可以拒绝的，然而，人却并没有把改变环境作为自己的天职。

文章把不听安排的猪写得奇趣横生，主要得力于语词的"歪用"。猪本是低贱动物，但是在描写这只猪的时候，所用语词却往往是本来只适用于人的。如：猪肉本来是供人吃的，对猪本身是杀身之祸，却被说成是猪的"主题"之一；把猪说成是"花花公子"也同样是词义的歪曲。有时，还用上了十分高雅的词语形容猪，如"特立独行""潇洒""浪漫"。在写到自己与猪的关系时，也用了一些形容人事关系的正规的词语，如：和猪"有交情"，可惜没有作"倾心之谈"。然而在这里，却是充满了独特的趣味，这就是幽默的谐趣。

散文评论家林贤治认为："幽默，玩笑，在中国作家中并不显得匮乏；在90年代，甚至因此酿成一种可恶的风气。幽默而可恶，就因为没有道义感，甚至反道义。能够把道义感和幽默感结合起来，锻炼出一种风格，不特五十年，就算新文学运动以来的近百年间，也没有几个人。鲁迅是唯一的。王小波虽然尚未达到鲁迅的博大与深刻，但他在一个独断的意识形态下创造出来的'假正经'文风，自成格局，也可以说是唯一的，难以替代的。"

张秀亚（1919—2001） 河北平原人，散文家、小说家。散文集有《三色堇》《牧羊女》《北窗下》《白鸽·紫丁花》等。

父 与 女

为翻寻一件秋衣，无意中又在箱底看到了那条围巾，那是用黑色绒绳结成的，编织着宽宽的条纹……在这素朴的毛织物里，编织着我终生难忘的故事。

是十多年前了，一个风雪漫天的日子，父亲自故乡赶来校中看我。

他着了件灰绸的皮袍，衰老的目光，自玳瑁边的镜片后滤过，直似秋暮夕阳，那般温爱、柔和，却充满了感伤意味……他一手提了个衣包，另一只手中呢，是一只白木制的点心盒，上面糊了土红的贴纸，一望而知是家乡的出品。

那宽敞的会客室里，在这大雪的黄昏，是如此冷落，只有屋角的长椅上，并坐着家政系的仪和她的男友。他们在写意地轻弹着吉他，低声吟唱之余，时而飘来好奇的目光，打量着我们父女。

父亲微微佝偻着身子，频频拂拭着衣领、肩头残留的雪花说：

"自从古城沦陷，不知情形如何，我和你母亲时刻记挂着你，只是火车一直不通……我真埋怨自己，当年只埋头读些老古书，自行车都不会骑，不然，阿筠，爸爸会骑自行车来看你的啊……"

外面仍然飘着雪，将窗外松柏，都渐渐砌成一座银色的方尖塔，那细弱树枝，似又不胜负荷，时有大团的积雪，飞落上空阶……随了那苍老的声韵，我的眼前出现了一幅图画——一个老人，佝偻着背脊，艰难而吃力的，在凝冻了的雪地上,一步一滑地踏着一辆旧的自行车……六十二岁的父亲,竟想踏自行车走六百里的路来看我……我只呆呆地偏仰着脸,凝望着那玳瑁镜架后夕阳般的温爱、柔和、感伤的目光,勉强做出一丝微笑,但一滴泪,却悄悄地自眼角渗了出来。

父亲自衣包中取了我最爱读的《饮冰室文集》,同母亲为我手缝的花条绒衬衣,他转身又解开那点心盒上的细绳,里面,是故乡的名产——蜂糕。

"你母亲说,这是你小时候最喜欢吃的东西……"他拿起一块,放在我的面前,又摆到我的手上。呵,那为烟蒂头熏染得微黄的衰老的手指,此刻还似在我的眼前晃动……

当时,也许是我的虚荣造成了我的腼腆吧?在那衣着入时、举止潇洒的两个男女同学注视下,(那时而自长椅上飘来的目光,对我直似在监视了!)对着这故乡土物,好像有什么梗在喉头,竟无法吞咽,只窘迫得涨红了脸。丁冬的吉他正奏出一支《南洋之夜》,婉美的曲子谱出的异国情调,又怎样揶揄着那一盒乡土味的蜂糕,又怎样地揶揄着人间最朴质、真挚的父爱呵!

天色渐渐地昏暗了,我终于拾起那只"原封没动的"点心盒,只和父亲说了一句:

"我拿回宿舍慢慢地留着吃吧,天快黑了,我去拿书包,顺便请个假到旅舍去看母亲!"

到了旅舍,母亲正在窗前等候着我们。我絮絮地向母亲诉说着学校的生活,父亲只在一旁翻看着我书包里的书稿,好像希望凭借了它们,来了解这逐渐变得古怪而陌生的女儿……

半晌,父亲放下了书,吸了一口烟,他嗫嚅着似乎要说什么话,却又在迟疑着:

"阿筠,你在同学中间,也有什么比较好的朋友吗?……我是说……"

"没有,谈这个做什么,我要读一辈子书!"没等他说完,我便悻悻地打断了他的话头。

最慈和体贴的母亲,向父亲做了个警告的眼光,似乎说:

"你还不知道这孩子的执拗性情,少惹她气恼吧!"

一时三个人都沉默了下来，在那寂静的雪夜，只听到楼窗外断续传来的更柝声。

我自书包中取出了纸笔，又在开始写我那歪诗了，稚气的心灵，充满了诗情、幻梦，又怎能体味出老父亲的心情！

父亲偶尔伸过颈来望望我的满纸画蛇，充满了爱意地叹息着：

"你还是小时候的性情，小鼠似的窸窸窣窣，拿了支笔，一天画到晚。"

直到夜阑，我才完成了我那"画梦"的工作，还自鸣得意地低吟着："苓苓静美如月明，苓苓的有翼幻梦，是飘飘的蓝色云，苓苓弦上的手指，是温柔三月的风……"自己还以为，过于"现实"的父母，是不能了解我的"诗句"的。终于展着我那"苓苓"一般的"有翼幻梦"，偎在母亲身边沉酣地睡去。

翌日天色微明，我便匆忙地整理好书包，预备赶回学校去听头一堂的文学史，父亲好似仍觉得我是个稚龄的学童，一手摸着花白的胡须：

"阿筠，我送你去搭电车！"北国的冬晨，天上犹浮着一层阴云，雪花仍然在疏落地飘着……路上，父亲又似想起了什么：

"阿筠，我和你母亲自故乡赶来看你，你也明白是什么意思吗？……如果同学中有什么要好一点的朋友，你莫太孩子气，也莫太固执，告诉你的母亲同我，我们会给你一点意见，对你总是有益的呵，傻孩子……"他见我不语，又叹息着：

"你，你知道，我同你母亲都是六十开外的人了……"我只气恼地歪过头去：

"没有就是没有！"

一路电车终于叮咚地驶来，打破了这窘迫的场面，我方才预备跳上车去，父亲忽地一把拉住了我：

"你不冷吗？"说着，那么匆遽地，自他的颈际一圈圈地解开那长长的黑色围巾，缠在我的颈际。

我记得那天我着了一件深棕色的呢大衣，镶着柔黄的皮领，那皮毛颜色，直似三月的阳光，又美丽，又温暖。但是，父亲却在那衣领外面，仍为我缠起那厚重的毛围巾,直把我装扮成南极探险的英雄了。我"暂时忍耐"着跳上了电车,赶紧找到一个座位就开始解去那沉甸甸的围巾……一抬头,车窗外,仍然瑟瑟地站着那个头发斑白的老人,依旧在向我凝望,雪花片片地飞上了那光秃的头顶,同那解去围巾的颈际……我的手指,感到一阵沁凉——我那围巾上,自父亲颈际带来的雪花,开始消融……我那只手,立时麻痹般地不能动转了,只任那松懈了一半的围巾,长长地拖在我的背上……

我一直不曾回答父亲的问题,"……你在同学中间,也有什么比较好的朋友吗?"只固执而盲目地,将自己投入那"不幸婚姻"的枷锁,如今落得负荷了家庭重载,孤独地颠簸于山石嶙峋的人生小径,幸福婚姻的憧憬,如同一片雪花,只向我作了一次美丽的闪眼,便归于消融……

那黑毛绳的围巾,如今仍珍贵地存放在我的箱底,颜色依然那么乌黑光泽,只是父亲的墓地,却已绿了几回青草,飞了几次雪花……

抚摸着那柔软的围巾,我似乎听到一声衰老而悠长的叹息!

(选自《牧羊女》,台北虹桥书店1953年版)

导 读

写亲情的文章大抵都是在舒缓平淡中渗出最为珍贵的情感体验。张秀亚的《父与女》写父女之间的感情,也是从一件普通的事情里抽拔出丝丝缕缕的情感体验,密集地编织成一张富有张力的情感之网,它紧紧地裹缚了读者的心。

《父与女》的开篇并无什么奇崛之处,只是淡淡起笔。"为翻寻一件秋衣,无意中又在箱底看到了那条围巾……在这素朴的毛织物里,编织着我终生难忘的故事。"这是一个简单的记忆,从中它生长出对质朴而有力的父爱的深切体味。

作者用感伤的笔触缓缓牵引出青春的往事来。故事的地点是冷落的,场面是平凡的,展现的内心却有不同的层面。作者是充满青春骄矜的虚荣,父亲是带着毫无保留的爱。虚荣与质朴的爱不可避免地发生了冲突，作者写出了自己对父亲无声的疏离，把两人间的隔阂写得那般细腻而具象。

作者也不作一番议论抒情。因为加入这些与疏淡的行文有悖，如果加入必定会显得生硬。而父亲在车站为"我"套上那条与"我"着装极不协调的围巾那一瞬，穿过十多年，只有仔细回味，只有历经岁月，才能体味父亲深挚而质朴的爱。它虽隐在沉默中，却分外有力量。

所以，"抚摸着那柔软的围巾，我似乎听到一声衰老而悠长的叹息"。这里折射出作者体味的绵长深远。

> **琦君**（1917—2006）　原名潘希真，浙江永嘉人。散文家。散文集有《红纱灯》《三更有梦书当枕》《桂花雨》《永是有情人》等。

髻

母亲年轻的时候，一把青丝梳一条又粗又长的辫子，白天盘成了一个螺丝似的尖髻儿，高高地翘起在后脑，晚上就放下来挂在背后。我睡觉时挨着母亲的肩膀，手指头绕着她的长发梢玩儿，双妹牌生发油的香气混着油垢味直熏我的鼻子。有点儿难闻，却有一份母亲陪伴着我的安全感，我就呼呼地睡着了。

每年的七月初七，母亲才痛痛快快地洗一次头。乡下人的规矩，平常日子可不能洗头。如洗了头，脏水流到阴间，阎王要把它储存起来，等你死以后去喝，只有七月初七洗的头，脏水才流向东海去。所以一到七月七，家家户户的女人都要有一大半天披头散发。有的女人披得头发美得跟葡萄仙子一样，有的却像丑八怪。比如我的五叔婆呢，她既矮小又干瘪，头发掉了一大半，却用墨炭划出一个四四方方的额角，又把树皮似的头顶全抹黑了。洗过头以后，墨炭全没有了，亮着半个光秃秃的头顶，只剩后脑勺一小撮头发，飘在背上，在厨房里摇来晃去帮我母亲做饭，我连看都不敢冲她看一眼。可是母亲乌油油的柔发却像一匹缎子似的垂在肩头，微风吹来，一缕缕的短发不时拂着她白嫩的面颊。她眯起眼睛，用手背拢一下，一会儿又飘过来了。她是近视眼，眯缝眼儿的时候格外的俏丽。我心里在想，如果爸爸在家，看见妈妈这一头乌亮的好发，一定会上街买一对亮晶晶的水钻发夹给她，要她戴上。妈妈一定是戴上了一会儿就不好意思地摘下来。那么这一对水钻夹子，不久就会变成我扮新娘的"头面"了。

父亲不久回来了，没有买水钻发夹，却带回一位姨娘。她的皮肤好细好白，一头如云的柔发比母亲的还要乌，还要亮。两鬓像蝉翼似的遮住一半耳朵，梳向后面，挽一个大大的横爱司髻，像一只大蝙蝠扑盖着她后半个头。她送母亲一对翡翠耳环。母亲只把它收在抽屉里从来不戴，也不让我玩，我想大概是她舍不得戴吧。

我们全家搬到杭州以后，母亲不必忙厨房，而且许多时候，父亲要她出来招呼客人，她那尖尖的螺丝髻儿实在不像样，所以父亲一定要她改梳一个式样。母亲就请她的朋友张伯母给她梳了个鲍鱼头。在当时，鲍鱼头是老太太梳的，母亲才过三十岁，却要打扮成老太太，姨娘看了只是抿嘴儿笑，父亲就直皱眉头。我悄悄地问她："妈，你为什么不也梳个横爱司髻，戴上姨娘送你的翡翠耳环呢？"母亲沉着脸说："你妈是乡下人，那儿配梳那种摩登的头，戴那讲究的耳环呢？"

姨娘洗头从不拣七月初七。一个月里都洗好多次头。洗完后，一个丫头在旁边用一把粉红色大羽毛扇轻轻地扇着，轻柔的发丝飘散开来，飘得人起一股软绵绵的感觉。父亲坐在紫檀木榻床上，端着水烟筒噗噗地抽着，不时偏过头来看她，眼神里全是笑。姨娘抹上三花牌发油，香风四溢，然后坐正身子，对着镜子盘上一个油光闪亮的爱司髻，我站在边上都看呆了。姨娘递给我一瓶三花牌发油，叫我拿给母亲，母亲却把它高高搁在橱背上，说："这种新式的头油，我闻了就泛胃。"

母亲不能常常麻烦张伯母，自己梳出来的鲍鱼头紧绷绷的，跟原先的螺丝髻相差有限，别说父亲，连我看了都不顺眼。那时姨娘已请了个包梳头刘嫂。刘嫂头上插一根大红簪子，一双大脚丫子，托着个又矮又胖的身体，走起路来气喘呼呼的。她每天早上十点钟来，给姨娘梳各式各样的头，什么凤凰髻、羽扇髻、同心髻、燕尾髻，常常换样子，衬托着姨娘细洁的肌肤，袅袅婷婷的水蛇腰儿，越发引得父亲笑眯了眼。刘嫂劝母亲说："大太太，你也梳个时髦点的式样嘛。"母亲摇摇头，响也不响，她撅起厚嘴唇走了。母亲不久也由张伯母介绍了一个包梳头陈嫂。她年纪比刘嫂大，一张黄黄的大扁脸，嘴里两颗闪亮的金牙老露在外面，一看就是个爱说话的女人。她一边梳一边叽哩呱啦地从赵老太爷的大少奶奶，说到李参谋长的三姨太，母亲像个闷葫芦似的一句也不搭腔，我却听得津津有味。有时刘嫂与陈嫂一起来了，母亲和姨娘就在廊前背对着背同时梳头。只听姨娘和刘嫂有说有笑，这边母亲只是闭目养神。陈嫂越梳越没劲儿，不久就辞工不来了，我还清清楚楚地听见她对刘嫂说："这么老古董的乡下太太，梳什么包梳头呢？"我都气哭了，可是不敢告诉母亲。

从那以后，我就垫着矮凳替母亲梳头，梳那最简单的鲍鱼头。我踮起脚尖，从镜子里望着母亲。她的脸容已不像在乡下厨房里忙来忙去时那么丰润亮丽了，她的眼睛停在镜子里，望着自己出神，不再是眯缝眼儿地笑了。我手中捏着母亲的头发，一绺绺地梳理，可是我已懂得，一把小小黄杨木梳，再也理不清母亲心中的愁绪。因为在走廊的那一边，不时飘来父亲和姨娘朗朗的笑语声。

我长大出外读书，寒暑假回家，偶然给母亲梳头，头发捏在手心，总觉得愈来愈少。想起幼年时，每年七月初七看母亲乌亮的柔发飘在两肩，她脸上快乐的神情，心里不禁一阵阵酸楚。母亲见我回来，愁苦的脸上却不时展开笑容。无论如何，母女相依的时光总是最最幸福的。

在上海求学时，母亲来信说她患了风湿病，手膀抬不起来，连最简单的螺丝髻儿都盘不成样，只好把稀稀疏疏的几根短发剪去了。我捧着信，坐在寄宿舍窗口凄淡的月光里，寂寞地掉着眼泪。深秋的夜风吹来，我有点冷，披上母亲为我织的软软的毛衣，浑身又暖和起来。可是母亲老了，我却不能随侍在她身边，她剪去了稀疏的短发，又何尝剪去满怀的悲绪呢！

不久，姨娘因事来上海，带来母亲的照片。三年不见，母亲已白发如银。我呆呆地凝视着照片，满腔心事，却无法向眼前的姨娘倾诉。她似乎很体谅我思母之情，絮絮叨叨地和我谈着母亲的近况。说母亲心脏不太好，又有风湿病，所以体力已不大如前。我低头默默地听着，想想她就是使我母亲一生郁郁不乐的人，可是我已经一点都不恨她了。因为自从父亲去世以后，母亲和姨娘反而成了患难相依的伴侣，母亲早已不恨她了。我再仔细看看她，她穿着灰布棉袍，鬓边戴着一朵白花，颈后垂着的再不是当年多彩多姿的凤凰髻或同心髻，而是一条简简单单的香蕉卷。她脸上脂粉不施，显得十分哀戚，我对她不禁起了无限怜悯。因为她不像我母亲是个自甘淡泊的女性，她随着父亲享受了近二十多年的富贵荣华，一朝失去了依傍，她的空虚落寞之感，将更甚于我母亲吧。

来台湾以后，姨娘已成了我唯一的亲人，我们住在一起有好几年。在日式房屋的长廊里，我看她坐在玻璃窗边梳头，她不时用拳头捶着肩膀说："手酸得很，真是老了。"老了，她也老了。当年如云的青丝，如今也渐渐落去，只剩了一小把，且已夹有丝丝白发。想起在杭州时，她和母亲背对着背梳头，彼此不交一语的仇视日子，转眼都成过去。人世间，什么是爱，什么是恨呢？母亲已去世多年，垂垂老去的姨娘，亦终归走向同一个渺茫不可知的方向，她现在的光阴，比谁都寂寞啊。

我怔怔地望着她，想起她美丽的横爱司髻，我说："让我来替你梳个新的式样吧。"她愀然一笑说："我还要那样时髦干什么，那是你们年轻人的事了。"

我能长久年轻吗？她说这话，一转眼又是十多年了。我也早已不年轻了。对于人世的爱、憎、贪、痴，已木然无动于衷。母亲去我日远，姨娘的骨灰也已寄存在寂寞的寺院中。

这个世界，究竟有什么是永久的，又有什么是值得认真的呢？

(选自《红纱灯》，台湾三民出版社 1969 年 11 月版)

导读

琦君被称为"以真善美的视角写童年故家的圣手"，题材在许多方面与"五四"时期的冰心相似，多写童年记忆、母女之情，但是"琦君却写出了新水平，她在一个新的散文水准线上营造了一个只属于她的艺术世界"（楼肇明语）。

在《髻》中，作者如一位讲故事的高手，以其独特细腻的文字，向读者娓娓述说一段旧式家庭的往事。平常的发髻，却隐含着人间欢情与愁怨，寓示着无数的人事变迁。

"髻"是文章里一个特别突出的意象。卡西尔曾说过，意象"不同于形象之长于经验世界的形形色色，它借助于某个独特的表象蕴含着独到的意义，成为形象叙述过程中的闪光的质点。但它对意义的表达，又不是借助议论，而是借助有意味的表象的选择，在暗示和联想中把意义蕴含于其间"。在《髻》里，作者就通过"暗示"和"联想"，赋予"髻"这一意象十分丰富深刻的内涵。

在童年琦君看来，母亲的尖髻、绕在指头上的长发梢以及散发的气息，都能给她安全感，它们象征着一种温馨的母爱。母亲与姨娘不同的发髻，也是她们各自性格的象征：才过三十岁的母亲梳的却是老太太式的"鲍鱼头"，表现了她朴素坚忍、守旧如仪、自甘淡泊的性格；而姨娘各式各样美丽的发髻，则充分刻画出她趋新唯恐不及的性格。

此外，意象的变化还透露出人物情感的变化，揭示人物的命运遭遇。母亲的发髻由原来的又粗又乌的"螺丝髻"变为紧绷绷的"鲍鱼头"，她的心情也由快乐幸福转成愁苦沉重，"紧绷绷"的不只是发髻，更是她的心灵世界。而到最后连稀稀疏疏的几根短发也剪掉，头发的无情衰落，隐含着心灵的寂寞与苍老、命运的每况愈下。其实剪断了三千烦恼丝，又何尝剪得掉无尽的愁绪？姨娘呢，最初的各式美丽的发髻时时显现其春风得意的神情，但随着父亲的去世，荣华富贵的消逝，她也变得空虚落寞，梳的只是"简简单单的香蕉卷"，最后如云青丝只剩下一小把，也终归如母亲一样，"走向同一个渺茫不可知的方向"。发髻的演变，暗示了母亲与姨娘坎坷曲折的人生之路。

这样，"发髻"作为全文的中心意象，不仅成为联贯情节线索的纽带，而且以其丰富的内涵，逐步引导、推进情节深入发展。

然而，作品吸引读者的，除了缘于"发髻"引发的风波、故事，更缘于作者那种流贯全篇"温柔敦厚的情绪"、"哀而不伤、怨而不怒的情怀"以及

"俯视历史，超越人生的悟解"。这些情愫，隐含于字里行间，成为一条感情的潜流。如果说"发髻"是文章一条明线的话，那么这股感情潜流则是一条暗线。作者一方面以发髻为线索，客观地追述了母亲和姨娘的历史纠葛、不同遭遇，逼真地再现人生的爱、憎、贪、痴等生命状态；另一方面又以净化的心灵为出发点，动情地揭示了两个女人殊途同归的命运，抒发了一腔超越芸芸众生的生命感慨。但是，这又不是一种简单的悲观厌世消极情绪，相反，正体现了作者深厚宽广的襟怀和超脱冷静的悟解。她把理解与同情给予了牺牲在"三从四德"枷锁下的母亲，同时也把宽容与怜悯之情给予了被时代造成错位的姨娘，豁达大度地将旧时代投影在家庭关系上的恩恩怨怨付诸东流，而放眼广阔的人生，把生命的意义指向一个富有永恒价值的目标。

琦君曾在文章中引用过一位外国女作家的一句话："眼因流多泪水而越发清明，心因饱经忧患而更加温厚"，读者或许可从中窥见她散文创作心路之一隅。

┌ **王鼎钧**　1925年生，山东临沂人。散文家。散文集有《人生观察》《情人眼》《碎琉璃》《左心房漩涡》等。　　　　　　　　　　　　　　　　　　　　┐

那　树

　　那棵树立在那条路边上已经很久很久了。当那路还只是一条泥泞的小径时，它就立在那里；当路上驶过第一辆汽车之前，它就立在那里；当这一带只有稀稀落落几处老式平房时，它就立在那里。

　　那树有一点佝偻，露出老态，但是坚固稳定，树顶像刚炸开的焰火一样繁密。认识那棵树的人都说：有一年，台风连吹两天两夜，附近的树全被吹断，房屋也倒坍了不少，只有那棵树屹立不摇，而且据说，连一片树叶都没有掉下来。这真令人难以置信。可是，据说，当这一带还没有建造新公寓之前，陆上台风紧急警报声中，总有人到树干上漩涡形的洞里插一炷香呢。

　　那的确是一株坚固的大树，霉黑潮湿的皮层上，有隆起的筋和纵裂的纹，像生铁铸就的模样。几丈以外的泥土下，还看出有树根的伏脉。在夏天的太阳下挺着颈子急走的人，会像猎犬一样奔到树下，吸一口浓荫，仰脸看千掌千指托住阳光，看指缝间漏下来的碎汞。有时候，的确连树叶也完全静止。

　　于是鸟来了，鸟叫的时候，几丈外幼稚园里的孩子也在唱歌。

　　于是情侣止步，夜晚，树下有更黑的黑暗，于是那树，那沉默的树，暗中伸展它的根，加大它所能荫庇的土地，一公分一公分地向外。

　　但是，这世界上还有别的东西，别的东西伸延得更快，柏油一里一里铺过来，高压线一千码一千码架过来，公寓楼房一排一排挨过来。所有原来在地面上自然生长的东西都被铲除，被连根拔起。只有那树被一重又一重死鱼般的灰白色包围，连根须都被压路机辗进灰色之下，但树顶仍在雨后滴翠，经过速成的新建筑物衬托，绿得很深沉。公共汽车在树旁插下站牌，让下车的人好在树下从容撑伞。入夜，毛毛细雨比猫步还轻，跌进树叶里汇成敲响路面的点点滴滴，泄漏了秘密，很湿，也很诗。那树被工头和工务局里的科员端详过计算过无数次，任它依然绿着。

　　计程车像饥蝗拥来。"为什么这儿有一棵树呢？"一个司机喃喃。"而且是这么老这么大的树。"乘客也喃喃。在车轮扬起的滚滚黄尘里，在一片焦躁恼怒的喇叭声里，那一片清荫不再有用处。公共汽车站搬了，搬进候车亭。水果摊搬了，搬到行人能悠闲地停住的地方。幼稚园也要搬，看何处能属于孩子。只有那树屹立不动，连一片叶也不落下。那一蓬蓬叶子照旧绿，绿得很问题。

　　啊，啊，树是没有脚的。树是世袭的土著，是春泥的效死者。树离根根离土树即毁灭。它们的传统是引颈受戮，即使是神话作家也不曾说森林逃亡。连一片叶也不逃走，无论风力多大。任凭头上已飘过十万朵云，地上叠过二十万个脚印，任凭在那枝桠间跳远的鸟族已换了五十代子孙，任凭鸟的子孙已栖息每一座青山。当幼苗长出来，当上帝伸手施洗，上帝曾说："你绿在这里，绿着生，绿着死，死复绿。"啊！所以那树，冒死掩覆已失去的土地，作徒劳无用的贡献，在星空下仰望上帝。

　　这天，一个喝醉了的驾驶者，以六十哩的速度，对准树干撞去。于是人死。于是交通专家宣判那树要偿命。于是这一天来了，电锯从树的踝骨咬下去，嚼碎，撒了一圈白森森的骨粉。那树仅仅在倒地时呻吟了一声。这次屠杀安排在深夜进行，为了不影响马路上的交通。夜很静，像树的祖先时代，星临万户，天象庄严，可是树没有说什么，上帝也没有。一切预定，一切先有默契，不再多言。与树为邻的一位老太太偏说她听见老树叹气，一声又一声，像严重的气喘病。伐树的工人什么也没听见，树缓缓倾斜时，他们只发现一件事：本来藏在叶底下的那盏路灯格外明亮，马路豁然开旷，像拓宽了几尺。

尸体的肢解和搬运连夜完成。早晨，行人只见地上有碎叶，叶上的每一平方公分仍绿。绿世界的残存者已不复存，它果然绿着生，绿着死，缓缓的，路面染上旭辉，缓缓的，清道妇一路挥帚出现。她们戴着斗笠，包着手臂，是都市的寄生者，是树的亲戚。扫到树根，她们围着年轮站定，看那一圈又一圈的风雨图，估计根有多大，能分裂成多少斤木柴。一个人说：昨天早晨，她扫过这条街，树仍在，住在树干里的蚂蚁大搬家，由树根到马路对面，流成一条细细的黑河。她用作证的语气说，她从没有见过那么多蚂蚁，那一定是一个蚂蚁国。她甚至说，有几个蚂蚁像苍蝇一般大。她一面说，一面用扫帚划出大移民的路线，汽车的轮胎几次将队伍切成数段，但秩序毫不紊乱。对着几个睁大了眼睛的同伴，她表现了乡间女子特有的丰富见闻。老树是通灵的，它预知被伐，将自己的灾祸先告诉体内的寄生虫。于是小而坚韧的民族，决定远征，一如当初它们远征而来。每一个黑斗士在离巢后，先在树干上绕行一周，表示了依依不舍。这是那个乡下来的清道妇说的。这就是落幕了，她们来参加了树的葬礼。

两星期后，根被挖走了，为了割下这颗生满虬须的大头颅，刽子手贴近它做成陷阱，切断所有的静脉动脉。时间仍是在夜间，这一夜无星无月，黑得像一块仙草冰。他们带着利斧和美制的十字镐来，带工作灯来，人造的强光把举镐挥斧的影子投射在路面上，在公寓二楼的窗帘上，跳跃奔腾如巨无霸。汗水超过了预算数，有人怀疑已死未朽之木还能顽抗，在陷阱未填平之前，车辆改道，几个以违规为乐的摩托车骑士跌进去，抬进医院。不过这一切都过去了，现在，日月光华，周道如砥，已无人知道有过这么一棵树，更没有人知道几千条断根压在一层石子一层沥青又一层柏油下闷死。

（选自《情人眼》，台北大林出版社1970年12月版）

导读

《那树》这篇散文是王鼎钧的力作之一。古往今来，以树为写作对象，围绕树进行描写、议论、抒情的作品不计其数。但是却很少有文章像王鼎钧的《那树》如此深刻，具有震撼力。

这篇文章值得细细品味之处颇多。无论是作者大胆丰富的想象、虚实相生的笔法，抑或那些扑朔迷离、具有神秘色彩和奇幻、朦胧之美的传说、神话、传闻，还是那种优美、凝练、含蓄的行文语言、诗化的比喻和悠远绵长的情韵，都给我们提供了极大的审美空间。而其中，构成文章最大艺术魅力、最耐人寻味的，还是文章中的意象丰厚深刻的象征蕴义。

作者在文章里精心经营了一个独具特色的意象——"老树"。说它"独具特色"，因为这是一个很不确定的意象。作者既没有提到老树所处的特定时间、空间，也没有"卒章显其志"式地点明老树象征着什么，甚至连树的名称都略而不提。老树的存在，无法从现实生活中确切地印证、寻找。这样一来，"老树"作为一个意象，已然超越了显明的比喻而进入了象征，而且是一种不确定象征。"象征是一种古老的表现手法。"它在文学中得到广泛的运用，象征的特点是象征体与象征指义既相分离又相联系。根据这种既分离又联系的两重性，一般把象征分为三种：固定象征、定向象征和不确定象征。前两种象征，由于指义单一，象征指义和象征主体距离过分切近，较功利化，很难建立真正的情感、审美空间，无法产生内在的张力和弹性。

而《那树》一文，作者没有对老树的品格作任何说明，但这一意象却饱含主体直接的情感体验，具有丰饶、多层的象征意蕴。作者首先强调树老："那棵树立在那条路边上已经很久很久了""有一点佝偻，露出老态"，但却充满勃勃生机。它坚固稳定，枝叶繁密，再大的台风暴雨都不能刮下一片叶子，甚至在公寓楼房的层层包围中，在"车轮扬起的滚滚黄尘里"和"焦躁恼怒的喇叭声里"，它仍旧灿烂地高扬着翠绿的生命旗帜。它"绿着生，绿着死，死复绿"。老树，可以说是一种顽强的原始生命力的体现：无所畏惧，即使仅存一息，也要坚持到底。这种极其繁盛的生命力，使老树显得似乎很有"灵性"。善男信女们在树身上插香祈求保护，而树也确实荫庇了人们。炎热的夏日，它为行人布施浓荫和清凉；在雨天，为行人带来从容；它为鸟儿造就歌唱和筑巢的天堂，让孩子们和情侣拥有各自想要的环境和氛围……

这让人不禁想起原始时代，大自然为以原始人类为首的所有动物提供了繁衍生息的食物与住所，人类和大自然相互依存。而在文章里，老树荫护了人们，为人及其他动物提供种种方便，老树是大自然的一部分，或者毋宁说就是象征着大自然，人和树的和睦相安即是表现了一种"天人合一"的和谐、理想境界。

然而，作者的用意并不仅止于此。在老树象征体系的更深层，提示着台湾现代社会中大机器工业文明对传统文明的步步进逼与蚕食。"柏油一里一里铺过来，高压线一千码一千码架过来，公寓楼房一排一排挨过来。"匆忙喧嚣的现代生活使人们变得烦躁易怒，再也无心悠闲地享受老树的清荫，却只是埋怨树挡住了路，使交通阻塞。这暗示着传统文化在大机器工业社会里逐渐受排挤、贬斥的事实。老树终于被"屠杀"了。与树为邻的老太太听到老树一声又一声的叹气，或许，它是在叹息人类的愚昧，叹息人类的忘恩负义？但伐树的工人却什么也没有听见，他们只发现树砍了以后，路灯格外明亮，马路豁然开旷。而最后，"已无人知道有过这么一棵树，更没有人知道几千条断根压在一层石子一层沥青又一层柏油下闷死"。这也是古朴、原始的传统文化的最终命运——在现代文明冲击下分崩离析，被短视、健忘的人们抛弃，并最终被彻底遗忘。

尽管文章字里行间流露出作者依恋哀悼之情，但他也清楚认识到老树被伐的必然性。这是时代变化发展的无情要求。正如有论者所说："在大变革时代，历史主义与伦理主义的二律背反，使社会总是不得不在悲剧的矛盾中行进。"作者深切感受体验到这种悲剧意识，将它内化于老树这一形象中，使老树成为一种酸楚的时代意识的承载体。这样，作者将自然、生命、文化、历史多个层次一体化，集聚于"老树"这一意象中，使其包含的总体情感与意蕴多重化、宽泛化、深刻化，从而也使读者由一般性的欣赏转化为一种震颤性的体验。

> 余光中（1928—2017） 福建永春人。学者、诗人、散文家。散文集有《左手的缪思》《逍遥游》《听听那冷雨》《记忆像铁轨一样长》等。

听听那冷雨

惊蛰一过，春寒加剧。先是料料峭峭，继而雨季开始，时而淋淋漓漓，时而淅淅沥沥，天潮潮地湿湿，即连在梦里，也似乎有把伞撑着。而就凭一把伞，躲过一阵潇潇的冷雨，也躲不过整个雨季。连思想也都是潮润润的。每天回家，曲折穿过金门街到厦门街迷宫式的长巷短巷，雨里风里，走入霏霏令人更想入非非。想这样子的台北凄凄切切完全是黑白片的味道，想整个中国整部中国的历史无非是一张黑白片子，片头到片尾，一直是这样下着雨的。这种感觉，不知道是不是从安东尼奥尼那里来的。不过那一块土地是久违了，二十五年，四分之一的世纪，即使有雨，也隔着千山万山，千伞万伞。二十五年，一切都断了，只有气候，只有气象报告还牵连在一起，大寒流从那块土地上弥天卷来，这种酷冷吾与古大陆分担。不能扑进她怀里，被她的裙边扫一扫也算是安慰孺慕之情。

这样想时，严寒里竟有一点温暖的感觉了。这样想时，他希望这些狭长的巷子永远延伸下去，他的思路也可以延伸下去，不是金门街到厦门街，而是金门到厦门。他是厦门人，至少是广义的厦门人，二十年来，不住在厦门，住在厦门街，算是嘲弄吧，也算是安慰。不过说到广义，他同样也是广义的江南人，常州人，南京人，川娃儿，五陵少年。杏花春雨江南，那是他的少年时代了。再过半个月就是清明。安东尼奥尼的镜头摇过去，摇过去又摇过来。残山剩水犹如是，皇天后土犹如是。纭纭黔首纷纷黎民从北到南犹如是。

那里面是中国吗？那里面当然还是中国永远是中国。只是杏花春雨已不再，牧童遥指已不再，剑门细雨渭城轻尘也都已不再。然则他日思夜梦的那片土地，究竟在哪里呢？

在报纸的头条标题里吗？还是香港的谣言里？还是傅聪的黑键白键马思聪的跳弓拨弦？还是安东尼奥尼的镜底勒马洲的望中？还是呢，故宫博物院的壁头和玻璃橱内，京戏的锣鼓声中，太白和东坡的韵里？

杏花，春雨，江南。六个方块字，或许那片土就在那里面。而无论赤县也好神州也好中国也好，变来变去，只要仓颉的灵感不灭，美丽的中文不老，那形象那磁石一般的向心力当必然长在。因为一个方块字是一个天地。太初有字，于是汉族的心灵他祖先的回忆和希望便有了寄托。譬如凭空写一个"雨"字，点点滴滴，滂滂沱沱，淅沥淅沥淅沥，一切云情雨意，就宛然其中了。视觉上的这种美感，岂是什么rain也好pluie也好所能满足？翻开一部《辞源》或《辞海》，金木水火土，各成世界，而一入"雨"部，古神州的天颜千变万化，便悉在望中，美丽的霜雪云霞，骇人的雷电霹雹，展露的无非是神的好脾气与坏脾气，气象台百读不厌门外汉百思不解的百科全书。

听听，那冷雨。看看，那冷雨。嗅嗅闻闻，那冷雨，舔舔吧，那冷雨。雨在他的伞上这城市百万人的伞上雨衣上屋上天线上，雨下在基隆港在防波堤海峡的船上，清明这季雨。雨是女性，应该最富于感性。雨气空而迷幻，细细嗅嗅，清清爽爽新新，有一点点薄荷的香味，浓的时候，竟发出草和树沐发后特有的淡淡土腥气，也许那竟是蚯蚓和蜗牛的腥气吧，毕竟是惊蛰了啊。也许地上的地下的生命也许古中国层层叠叠的记忆皆蠢蠢而蠕，也许是植物的潜意识和梦吧，那腥气。

第三次去美国，在高高的丹佛他山居住了两年。美国的西部，多山多沙漠，千里干旱，天，蓝似盎格鲁·萨克逊人的眼睛，地，红如印第安人的肌肤，云，却是罕见的白鸟，落矶山簇簇耀目的雪峰上，很少飘云牵雾。一来高，二来干，三来森林线以上，杉柏也止步，中国诗词里"荡胸生层云"或是"商略黄昏雨"的意趣，是落矶山上难睹的景象。落矶山岭之胜，在石，在雪。那些奇岩怪石，相叠互倚，砌一场惊心动魄的雕塑展览，给太阳和千里的风看。那雪，白得虚虚幻幻，冷得清清醒醒，那股皑皑不绝一仰难尽的气势，压得人呼吸困难，心寒眸酸。不过要领略"白云回望合，青霭入看无"的境界，仍须回来中国。台湾湿度很高，最饶云气氤氲雨意迷离的情调。两度夜宿溪头，树香沁鼻，宵寒袭肘，枕着润碧湿翠苍苍交叠的山影和万籁都歇的岑寂，仙人一样睡去。山中一夜饱雨，次晨醒来，在旭日未升的原始幽静中，冲着隔夜的寒气，踏着满地的断柯折枝和仍在流泻的细股雨水，一径探入森林的秘密，曲曲弯弯，步上山去。溪头的山，树密雾浓，郁郁的水气从谷底冉冉升起，时稠时稀，蒸腾多姿，幻化无定，只能从雾破云开的空处，窥见乍现即隐的一峰半壑，要纵览全貌，几乎是不可能的。至少入山两次，只能在白茫茫里和溪头诸峰玩捉迷藏的游戏。回到台北，世人问起，除了笑而不答心自问，故作神秘之外，实际的印象，也无非山在虚无之间罢了。云缭烟绕，山隐水迢的中国风景，由来予人宋画的韵味。那天下也许是赵家的天下，那山水却是米家的山水。而究竟，是米氏父子下笔像中国的山水，还是中国的山水上纸像宋画，恐怕是谁也说不清楚了吧？

  雨不但可嗅，可观，更可以听。听听那冷雨。听雨，只要不是石破天惊的台风暴雨，在听觉上总是一种美感。大陆上的秋天，无论是疏雨滴梧桐，或是骤雨打荷叶，听去总有一点凄凉，凄清，凄楚，于今在岛上回味，则在凄楚之外，再笼上一层凄迷了，饶你多少豪情侠气，怕也经不起三番五次的风吹雨打。一打少年听雨，红烛昏沉。二打中年听雨，客舟中，江阔云低。三打白头听雨的僧庐下，这更是亡宋之痛，一颗敏感心灵的一生：楼上，江上，庙里，用冷冷的雨珠子串成。十年前，他曾在一场摧心折骨的鬼雨中迷失了自己。雨，该是一滴湿漓漓的灵魂，窗外在喊谁。

  雨打在树上和瓦上，韵律都清脆可听。尤其是铿铿敲在屋瓦上，那古老的音乐，属于中国。王禹偁在黄冈，破如椽的大竹为屋瓦。据说住在竹楼上面，急雨声如瀑布，密雪声比碎玉，而无论鼓琴，咏诗，下棋，投壶，共鸣的效果都特别好。这样岂不像住在竹筒里面，任何细脆的声响，怕都会加倍夸大，反而令人耳朵过敏吧。

  雨天的屋瓦，浮漾湿湿的流光，灰而温柔，迎光则微明，背光则幽黯，对于视觉，是一种低沉的安慰。至于雨敲在鳞鳞千瓣的瓦上，由远而近，轻轻重重轻轻，夹着一股股的细流沿瓦槽与屋檐潺潺泻下，各种敲击音与滑音密织成网，谁的千指百指在按摩耳轮。"下雨了"，温柔的灰美人来了，她冰冰的纤手在屋顶拂弄着无数的黑键啊灰键，把响午一下子奏成了黄昏。

在古老的大陆上，千屋万户是如此。二十多年前，初来这岛上，日式的瓦屋亦是如此。先是天黯了下来，城市像罩在一块巨幅的毛玻璃里，阴影在户内延长复加深。然后凉凉的水意弥漫在空间，风自每一个角落里旋起，感觉得到，每一个屋顶上呼吸沉重都覆着灰云。雨来了，最轻的敲打乐敲打这城市。苍茫的屋顶，远远近近，一张张敲过去，古老的琴，那细细密密的节奏，单调里自有一种柔婉与亲切，滴滴点点滴滴，似幻似真，若孩时在摇篮里，一曲耳熟的童谣摇摇欲睡，母亲吟哦鼻音与喉音。或是在江南的泽国水乡，一大筐绿油油的桑叶被啮于千百头蚕，细细琐琐屑屑，口器与口器咀咀嚼嚼。雨来了，雨来的时候瓦这么说，一片瓦说千亿片瓦说，说轻轻地奏吧沉沉地弹，徐徐地叩吧挞挞地打，间间歇歇敲一个雨季，即兴演奏从惊蛰到清明，在零落的坟上冷冷奏挽歌，一片瓦吟千亿片瓦吟。

在日式的古屋里听雨，听四月，霏霏不绝的黄梅雨，朝夕不断，旬月绵延，湿黏黏的苔藓从石阶下一直侵到舌底，心底。到七月，听台风台雨在古屋顶上一夜盲奏，千寻海底的热浪沸沸被狂风挟来，掀翻整个太平洋只为向他的矮屋檐重重压下，整个海在他的蜗壳上哗哗泻过。不然便是雷雨夜，白烟一般的纱帐里听羯鼓一通又一通，滔天的暴雨滂滂沛沛扑来，强劲的电琵琶忐忐忑忑忐忑忑，弹动屋瓦的惊悸腾腾欲掀起。不然便是斜斜的西北雨斜斜，刷在窗玻璃上，鞭在墙上打在阔大的芭蕉叶上，一阵寒潮泻过，秋意便弥漫日式的庭院了。

在日式的古屋里听雨，春雨绵绵听到秋雨潇潇，从少年听到中年，听听那冷雨。雨是一种单调而耐听的音乐是室内乐是室外乐，户内听听，户外听听，冷冷，那音乐。雨是一种回忆的音乐，听听那冷雨，回忆江南的雨下得满地是江湖下在桥上和船上，也下在四川在秧田和蛙塘下肥了嘉陵江下湿布谷咕咕的啼声。雨是潮潮润润的音乐下在渴望的唇上舐舐那冷雨。

因为雨是最最原始的敲打乐从记忆的彼端敲起。瓦是最最低沉的乐器灰蒙蒙的温柔覆盖着听雨的人，瓦是音乐的雨伞撑起。但不久公寓的时代来临，台北你怎么一下子长高了，瓦的音乐竟成了绝响。千片万片的瓦翩翩，美丽的灰蝴蝶纷纷飞走，飞入历史的记忆。现在雨下下来下在水泥的屋顶和墙上，没有音韵的雨季。树也砍光了，那月桂，那枫树，柳树和擎天的巨椰，雨来的时候不再有丛叶嘈嘈切切，闪动湿湿的绿光迎接。鸟声减了啾啾，蛙声沉了咯咯，秋天的虫吟也减了唧唧。七十年代的台北不需要这些，一个乐队接一个乐队便遣散尽了。要听鸡叫，只有去诗经的韵里找。现在只剩下一张黑白片，黑白的默片。

正如马车的时代去后，三轮车的时代也去了。曾经在雨夜，三轮车的油布篷挂起，送她回家的途中，篷里的世界小得多可爱，而且躲在警察的辖区以外。雨衣的口袋越大越好，盛得下他的一只手里握一只纤纤的手。台湾的雨季这么长，该有人发明一种宽宽的双人雨衣，一人分穿一只袖子此外的部分就不必分得太苛。而无论工业如何发达，一时似乎还废不了雨伞。只要雨不倾盆，风不横吹，撑一把伞在雨中仍不失古典的韵味。任雨点敲在黑布伞或是透明的塑胶伞上，将骨柄一旋，雨珠向四方喷溅，伞缘便旋成了一圈飞檐。跟女友共一把雨伞，该是一种美丽的合作吧。最好是初恋，有点兴奋，更有点不好意思，若即若离之间，雨不妨下大一点。真正初恋，恐怕是兴奋得不需要伞的，手牵手在雨中狂奔而去，把年轻的长发和肌肤交给漫天的淋淋漓漓，然后向对方的唇上颊上尝凉凉甜甜的雨水。不过那要非常年轻且激情，同时，也只能发生在法国的新潮片里吧。

大多数的雨伞想不会为约会张开。上班下班，上学放学，菜市来回的途中。现实的伞，灰色的星期三。握着雨伞，他听那冷雨打在伞上。索性更冷一些就好了，他想。索性把湿湿的灰雨冻成干干爽爽的白雨，六角形的结晶体在无风的空中回回旋旋地降下来，等须眉和肩头白尽时，伸手一拂就落了。二十五年，没有受故乡白雨的祝福，或许发上下一点白霜是一种变相的自我补偿吧。一位英雄，经得起多少次雨季？他的额头是水成岩削成还是火成岩？他的心底究竟有多厚的苔藓？厦门街的雨巷走了二十年与记忆等长，一座无瓦的公寓在巷底等他，一盏灯在楼上的雨窗子里，等他回去，向晚餐后的沉思冥想去整理青苔深深的记忆。前尘隔海。古屋不再。听听那冷雨。

（选自《听听那冷雨》，纯文学出版社 1974 年 5 月版）

导读

文字在余光中手里是一个魔方，简简单单的方块字，竟能组合出无穷色彩、无穷变化，甚至有了味道，有了声音——《听听那冷雨》，他说，于是一整个雨季将人包裹，读的时候，请在白衬衫上添一件灰毛衣。

余光中的文章，是应当轻轻念出声来的。"先是料料峭峭，继而雨季开始，时而淋淋漓漓，时而淅淅沥沥，天潮潮地湿湿，即连在梦里，也似乎有把伞撑着"，读出了声，才体会得到双声、叠韵、重复如何让雨缠绵地在天地间徘徊，才能体会到长句与短句如何灵活地衔接，整饬中如何生了变化，雨是如何一阵大一阵小，歇下去了重又洒下来。让一个个音节在唇齿的摩擦间带出雨声，让雨声在空气中洇染了一片水汽——在文字幻化出的潮湿里，你可以体会出语气有如何的力量，艺术有如何的美。

"雨是最最原始的敲打乐从记忆的彼端敲起。"天地间的音乐，只能用心去聆听。从前有瓦，瓦是音乐的雨伞撑起——可是高楼大厦将天空越隔越远，一层楼的住客，不知道十九层楼之上，已经有一颗先行的雨珠造访。翩翩的瓦像纷纷的蝴蝶飞走，"前尘如海。古屋不再"，听那冷雨，是听自己诉说一段久远的往事。对故园的怀念，对文化的牵挂，织在雨声里，再通透的了悟也带了惆怅。三轮车的时代过去了，听雨的时代也过去了，那一双纤纤的手如今何在？流逝的不再回头，但因为余光中，因为有这样一篇《听听那冷雨》，仿佛有雨珠凝成水晶，美好的往事可以留驻。

陶然（1943—2019） 原名涂乃贤，广东蕉岭人，出生于印度尼西亚，后移居香港。小说家、散文家。散文集有《回音壁》《此情可待》《月圆今宵》《香港节拍》等。

别离的故事

一

那时是何等的青春年少。异国那四季如春的山城，是我出生的地方；离开它的前几天，我觉得我正在做一件大事。欢喜成天在我的眉间舞蹈，连走路，也轻飘飘地几乎要飞上天去了。

一天中午，妈妈带我上街，就在一家常去的面店，给我点了我最喜欢吃的饺子面汤。

"孩子，你离开家，最留恋的是什么？"看着我狼吞虎咽，妈妈忽然开口问道。

"我？"我一面吃，一面含糊地答道："我留恋的是我的学校，我的同学们。"

"家呢？"妈妈的语调中微微有些失望，"你一点也不留恋吗？"

"家？"这个问题几乎从来没有在我的心中引起过注意，我怔了一下，才觉得有些愧意，连忙补充，"家当然也留恋。"

妈妈大概听出这并不是我的真实想法，她轻轻地叹了一口气，便默然了。过了一会，她又抬起头来问我："你离开的时候，会不会哭？"

"哭？"我哈哈地笑了起来，"男孩子，怎么可以哭！"

妈妈笑了一笑，但我觉得好像有点勉强。我不大明白，她实在是怎么想。

离去的那天上午，我仍在兴高采烈地向邻居道别。自己一边想着，午饭一吃，我便要出发，横过太平洋，远走高飞，留下惊异的他们，心中便觉得过瘾。刹那间，我便以为自己是引人瞩目的人物，一种莫名其妙的虚荣心便得到了相当程度的满足。

时间毫不留情地在我的身边滑走，这"最后的午餐"，一下子就伸到我的面前，我突然觉得心沉了下去。全家围坐在一张桌子边，吃的是鸡粥。刚吃两口，妈妈突然掩面而去，我的眼泪一下涌了出来，但却拼命地忍着，只顾低头一口口把粥往嘴里塞。突然呛住了，我抬起头来，正想咳一下，却瞥见爸爸一边吃着，泪水却无声地流了一脸。

我怎样都抑制不住了，"哇"的一声，便冲向洗脸间，在那里没命地哭了起来。就在这时候，我才有些意识到，我这一去，就意味着永远不能再回头。但在这以前，不知为什么，我总有个错觉，以为这不过是一次远行，去了还会回来。

但，我就像只断线的风筝，永远也回不去了。

爸爸妈妈千里迢迢跑来探我的时候，已经是十五年以后的事情了。这一别，竟会如此长久，当初我怎么会想得到！

我只记得，那年，当我走向海关时，送行的人们被铁栅栏分隔在一百米以外。我提着手袋，一步挨着一步地走，并且频频地回过头去，往人丛中寻找爸爸妈妈的踪影。

我终于见到，爸爸和妈妈在那边挥舞着手。我的眼泪又涌了上来，我放下手袋，无力地举起手，招了一招，连再多看一眼也没有勇气，便回头顺着人群向前流去。等我想到再看他们一眼时，我的视野已经给建筑物挡住了。爸爸呢？妈妈呢？全都看不见了。

就这样，我便踏上人生的旅途。眼泪模糊了我的视线，心顿时好像给分隔成几片。

要知道，在那之前，我从来没有离开过父母的身边半步呀！

那时，我才十六岁。

二

一整夜，雪就下个不停。清早起来，映进眼帘的，是一片白茫茫的世界。我的心，也像外头的气温一样，冷到零下二三十度。

她为我送行，我们漫步在雪地上，一脚踩下去，雪就几乎涌到膝头上。阴霾的天空中，雪片仍在不断地飞旋着飘飘而下，轻灵灵的，密麻麻的。走了一大段路，彼此仍旧一言不发；大家都不知该说什么好，惟恐一句不恰当的话，会掘开暂时还隐藏在地下的伤感的泉源。

竟然到了火车站。竟然到了开车时间。

"这就走了？"她裹着蓝白方格头巾，隔着车窗，问我。

我点了点头，不吭声。我知道，只要一开口，我的泪水就会汹涌而来。

"还会来吧？"她又怯怯地问。

我又点了点头，尽管心中十分茫然，因为我知道我要走得很远很远。

火车猛然颤抖了一下。好像给铁锤敲了一下，我的心一缩，我看见她急遽地背转身去，两滴泪水似乎滴在我冰凉的心中。

在我的印象中，仿佛有一种朦胧的什么。然而大家从来没有承诺过什么，既无言，也未曾示意。

在大雪纷飞中，彼此心里都明白，这大约是最后一面了。而我不远千里，来到这边塞，原也只为说声"再见"。

三

由南向北，再由北到南。

但，路线已经不尽相同了。人的一次来回踱步，想要准确到一厘不差地回到原地，本来就不可能；何况人生的变化！那五千个日日夜夜，堆积在我的生命中，为脸上皱纹的出现，开了道路。

古都的最后一晚，流泻着令人留恋的柔意。我缓缓地在大街上走着，多少心头的浪花，又重新在记忆的长河中跳出。

在情感上，他是我的兄长；在事业上，他是我的师长。当我去告别时，他无言地笑着，拿出一堆刚蒸熟的螃蟹，招呼我一起吃下。

淡黄的灯光照了下来，院子里寂静一片。我们似乎没有很多话说，也许，该说的都已经说完了；也许，要说的也不知道应该怎么说。

"热爱生活，热爱人类，热爱书籍。"这是他对我的临别赠言，我一直记得一清二楚。它屡屡阻挡了偷懒和退却的想法，尽管历尽挫折，我总算还能够维持这份兴趣，直到今天。

今天经过码头，偶然见到小贩在那里摆卖螃蟹。我的心啊，不禁又飞到了那淡黄灯光下的屋子里，飞到了五年半以前的那个沉默的晚上。

他留我住那古都的最后一晚，然而我不能，我还要回去收拾行装；因为，第二天一早，我便要南飞了。

他送我到大门口，缓缓说道："再见。"

我知道他是个很洒脱的人，加上多年来惯于走南闯北，他说再见便再见，绝不拖泥带水；但我却仍听得出"再见"声中的伤感味道。

我们就这样分手了。巷子里灯光暗淡，街边没有青青的杨柳，只有一棵棵梧桐树。那些秋风吹送下的叶子，相互拍打着，怅然地在微带寒意的夜空中，"哗啦啦"地响动。

1979 年 3 月 10 日

（选自《香港散文选》，福建人民出版社 1980 年 10 月版）

导 读

"多情自古伤离别"。离别，是文学永恒的主题之一。古今中外，关乎离别的文学作品不计其数。尤其在中国这样一个特别重情的国度，文学家对离情别绪更是情有独钟：《诗经》里"昔我往矣，杨柳依依"，状写分别时的不舍；高适"莫愁前路无知己，天下谁人不识君"与王勃"海内存知己，天涯若比邻"，是临别时对朋友的安慰；柳永"今宵酒醒何处？杨柳岸，晓风残月"，则描述别离后柔肠寸结、愁苦无以排遣的情怀……一直到现代，别离仍是作家心中那根最隐密、最敏感的弦,轻轻拨动,就会流出优美动听的音符旋律:或是如朱自清模糊泪眼中父亲蹒跚而去的背影,或是像冰心手中小弟弟匆忙写下的字迹稚嫩的纸片……

而陶然也拨响心弦,弹奏一曲人间至情"别离的故事"。陶然经历过无数曲折的人生遭际,既积累了大量的社会生活素材,也获得了深切独特的情感体验。在作品里,他既致力于真实地再现生活场景,也注重表现自身情感。他在描摹客观场景时,笔端饱含真挚的情感;他在抒发主体情思时,不脱离对客观外物的再现。"再现"和"表现"就像鸟的两张羽翼,频率统一,动作和谐,从而使文章达到一个较高的审美境界。

《别离的故事》里,作者叙写了三个别离场景:一是少年时,离别印尼万隆及父母;二是青年时,不远千里去西北边疆和初恋的情人相见复相别;三是离开生活多年的北京南下定居香港前夕,与亦师亦友的友人分袂。每次叙写各有特色:第一次时间跨度最长,从"离别的前几天"写到"最后的午餐",人物对话、神情、动作、细节都刻画得栩栩如生;第二次只截取车站送别的一个断面,既绘景也写人;第三次主要是用叙述的笔法。

由于文章采取回忆视角,这些叙写又都带有追述性。三次别离虽然顺序成文,但其间又有倒转与交错。如第一次别离,在描写了午餐的情形后,又接着写十五年后父母去探望"我",然后再倒转回当年在海关挥别父母,写第三次别离时也有类似的倒转。这些倒转交错,犹如不断切换的镜头,使再现不是简单的平铺直叙,从而大大增强再现内容的丰富性。

在叙述事件描摹绘写现实场景的同时,作者又以此为媒介,倾注真挚充沛的情思,充分表现自己的心理情感和生命体验:"眼泪模糊了我的视线,心顿时好像给分隔成几片";"我的心,也像外头的气温一样,冷到零下二三十度";"人的一次来回踱步,想要准确到一厘不差地回到原地,本来就不可能;何况人生的变化"。

陶然在表述自己的散文观时说:"就我个人的愿望来说,总是力求一篇散文写出来后,多多少少有点韵味。"因而,他在文章中总是精心营造诗的意境,如:

巷子里灯光暗淡，街边没有青青的杨柳，只有一棵棵梧桐树。那些秋风吹送下的叶子，相互拍打着，怅然地在微带寒意的夜空中，"哗啦啦"地响动。

这里，既是别时的场景绘写，又寓示着别时心情，场景描绘里融和着浓浓的、化解不开的情思。

> **陈冠学**（1934—2011） 台湾屏东人。学者、散文家。散文集有《田园之秋》《父女对话》《访草》《蓝色的断想》。

田园之秋（一章）

9月3日

　　这秋来的第三天，我还没有意思想着下田做活，很想再到田园间徜徉个一天半天，前两日的优游不惟兴未尽，反惹起兴致更旺。但是我没有真的出去。我留在家里，想查察秋到家来。秋是到家来了，家里头显得澄澄的静，再没有夏日蒸蒸的翕了。南国的田野里虽是看不到，在家里却隐隐的有叶落之感了。静静地坐在斗室里，仿佛枯叶正飘落屋顶，正从窗边轻轻地下着。在家里，这是一年里一段安详的时节。

　　时间缓缓地过去，从窗内明暗的变换，可觉知太阳的高度。这三天里一直是晴朗的天气，连这一幢平屋，也默默地表示十分的满意。

　　鸟有巢，兽有窝，人有家。我庆幸也有个家，一幢坐北朝南的平屋，坐落在大野之中。西面是一片已辟的田畴，直延伸到地平线，无尽的田园之美，就在这一片土地上，供我逐日采撷。东边隔着三里地的荒原和林地，便是中央山脉，逶迤伸向南去。大武山矗立东北角上，南北两座高峰巍然对峙，母亲叫它南太母和北太母。日脚落在北回归线上时，这一片田野，每个早晨似乎都落在这两座山峰的阴影里。小时候读神仙小说，看见山腰间一片白云出岫，以为是仙人下凡了。隆冬寒流过境，两个山头就蒙了一层凝定的白，大约有半里方圆的雪，可望不可即。那上面据说有个湖，登山家叫它鬼湖，是小时候幻想所注的奇境。南面，对着窗，隔着一小片田野，远远地是几户人家，都是族亲。再过去是硗野一带，是夏季山洪奔腾而下的驰道，冬季是干涸的溪床，极目望去，白石磷磷，南接对岸的高岸，西达于海，宽约七里，长则自山脚至海，不下二三十里。前眺这一片空旷的硗野，后顾那巍峨的南北太母，胸臆为之豁朗，更无纤尘。北面是一片更辽阔的田野，此去红尘万丈，并且那是北风的来处，挟着一股冷，我是南国里的土生土长，我愿永远朝南，迎那阵阵薰风。头上是一片蓝天，尤其是秋末以后，直到次年的春末，整整有半年的时间，就是你不抬头，那无尽的蓝也要映进你的眼里。一个小小的家，坐落在这样阔气的天地间，不由你不心满意足。

下午割了屋前两分地的番薯藤。向晚时起阴，满天乌云自西北弥漫而来，四里外的东北方，不停地电掣雷轰，凌空压来，威力万钧，可怪直到赶完工，黄昏不见人面，竟都不雨。一路上踏着土蜢的鸣声，不由撩起了童年的兴致。摸索着捡起了一截小竹片，选定最接近的一道声穴，于是我重温了儿时的故事。

童年时我是斗土蜢的能手。土蜢是对草蜢而名。在草上叫草蜢，在土里便叫土蜢。公的土蜢最爱决斗。小时候每到此时，家里总饲着两三个洋罐的公土蜢。每罐盛几寸厚的湿土，采几片叶子，饲两三只。若是骁勇善战者，便一罐一只，以示尊优。此时差不多正逢暑假末，整天提着水桶，庭前庭后，田野里去灌。灌时先将土蜢推在洞口的土粒除去，把洞口里的塞土清掉，开始注水，快的一洋罐的水便灌出洞门来，此时早在洞门后两寸许处插了一片硬竹片，用力一按，便把退路截断，然后伸进两指，将土蜢夹出。公母强弱，只靠运气，很难预先判定。要是公的，并且生气活泼雄赳赳的，便喜之不胜，赶紧放进单独的洋罐里，再盖上一片破瓦片；直灌到兴尽才罢休。然后是向别人的土蜢挑战。先挖个三指宽半尺长的壕沟，形状像条船，各人拿大拇指和食指倒夹着自己土蜢的颈甲，用力摇晃几下，再向土蜢的肚皮上猛吹气。如此反复作法，务使土蜢被作弄得头昏昏，且恼怒万分，才各从壕沟的一端将土蜢头朝壕沟底放下去，于是不等过两秒钟，猛烈的决斗便开始了。败者逃出，鸣声不断发自胜利者的背翅。这是种残酷的决斗，往往啮断肢节，剪光了触须。一场决斗之后，不仅败者很难全身而退，就连胜者也不能确保完璧。但土蟋得来还有一法，那是黄昏后儿童的一项乐子。约莫暮霭苍苍起自天边，较大胆的公土蟋便打开了洞门开始振翅而鸣，此时最早不会超过六点。但是这是极大的冒险，伯劳是可怕的猎者，往往就蹲在附近的高处。通常都是六点半开洞门，这时天色虽不曾全黑，鸟只是很少有活动的了。可是在鸟只去后，公土蟋却才出现真正的猎者。等到七点左右，男童就蹑手蹑脚地走来了，循着鸣声的来向，一步一步地接近。鸣声近一步便有一步的声量之激增。进入六步之内，耳膜便开始感受到连续紧迫的捶击，直叫人觉得震入脑门，把整个耳朵完全灌满，并且在耳室里急剧回撞；若再踏进五步内，耳膜便觉到更紧的鼓胀，如再逼近，耳室整个就像鼓满过量氢气的气球，即便能不爆破，也不能不立即飞升，若侥幸可逼到第二步内，则感受立即变质，有似触电，好在此时若非竹片截住了它的洞喉，便是它已警觉退藏于密，总之，下一瞬间电击嘎地而止，不论得手不得手，都脱了险。这就是夜探土蟋穴口的全部情况。

我哪里能得手，人太大了。儿童轻微的步震它都能觉察，何况我这体重！一连探了八个魔咒般的声穴，只得了惯性的耳震。最后只好认输，跟它们挥挥手直走回家。没想到这儿趣真的也有了限制。

(选自《田园之秋》，台北前卫出版社1983年2月版)

导 读

《田园之秋》是陈冠学隐逸田园时所著的散文集。作品一发表，就得到极高评价。散文家林文月赞赏作者"躬耕自持的精神"和作品中体现的"人文的思考和高层次的人生观照"。台湾大学外文系教授颜元叔则是"读每一句都觉得恰到好处而又有难以预期的惊讶"。这本集子因而获台湾"中国时报文学奖"散文推荐奖、"吴三连文艺奖"散文奖。

在作品里，作者以日记的形式，描写了田园秋天的风光景物，记下了自己在秋天田园里的起居活动。本篇是其中的一则日记，选自"初秋篇"，是作者到田园的第三天，也是秋天降临田园的第三天的记述。

陈冠学笔下的秋，既不像郁达夫所描绘的——破壁枯花，秋蝉哀鸣，闲人微叹，显得深沉幽远，萧索清冷（《故都的秋》）；也不同于峻青所热情赞颂的——稻谷遍野，硕果压枝，缤纷夺目，欢欣鼓舞（《秋色赋》）。他所心仪的秋天，呈现一派从容安详、澄澈明净：广阔的田畴，巍然对峙的南北大母山，疏落的农家，空旷的硗野，白石磷磷的溪床，无不古朴自然。

英国作家斯密兹认为："欲写小品文者，只须有一伶俐的耳目，有一沉着的心思，而能自平凡事物中找出无数的暗示。"也就是说，作家要善于体察，并细细吟味思考。这里"体察"是指不停留于对事物表面客观的观察，而是肉眼与心灵并用，观察与思考相结合。作家只有在体察过程中同事物"融合谐和，神晤默契""同其情感""同其生命"，才能发现事物的真谛。而体察能力的强弱、锐钝，又往往与作者思想和经验有密切关系。

陈冠学执教中学，又主持过出版社工作，对文字学、台湾地方学都颇有研究，"见闻广博，常识丰富"。他对田园生活充满由衷的热爱，因而对周围事物的观照带有一种发自内心的温情，能与事物融合交契，于是别人看来平淡无奇的景观在其笔下却焕发出迷人的魅力："家里头显得澄澄的静，再没有夏日蒸蒸的翕了。南国的田野里虽是看不到，在家里却隐隐的有叶落之感了。静静地坐在斗室里，仿佛枯叶正飘落在屋顶，正从窗边轻轻地下着。"流露出一种别致的情调。

作者以其"伶俐的耳目"，往往能准确地捕捉到种种景物内在的神韵。他对景物的描写采用的是一种粗线条的勾勒，较少作精细繁复的描绘，与同样是隐逸山林的另一台湾作家萧白相比，两者风格大相径庭。前者古朴本色，晓畅明白；后者精雕细刻，空灵朦胧而又流光溢彩。

而"沉着的心思"又使得作者感情内敛，在绘景过程中，很少直接倾吐强烈炽热的感情，只是偶尔流露出心中的喜悦："连这一幢平屋，也默默地表示十分的满意""一个小小的家，坐落在这样阔气的天地间，不由你不心满意足"，平和真实而又深切动人。作者还会淡淡点化出天机："前眺这一片空旷的硗野,后顾那巍峨的南北太母,胸臆为之豁朗,更无纤尘。"

但作者的叙写并非一成不变。当他的视线转移到童年趣事时,笔触立即变得轻快活泼。无论是灌土蜢洞、斗土蜢,都描述得生动有趣,童真顿现。而"夜探土蜢穴口"一段,更是具体形象,充满紧张感,让人读时如身临其境,也体味到冒险的快乐。这些天机童趣,令读者不觉陶然忘机,并兴起回归自然、涤滤尘俗之心。

总之,陈冠学在对田园之秋传神的绘写记述中,既表现了对朴实田园生活的依恋和眷恋,也隐含着对淳朴民风、无邪童真的追怀与寻求,而这一切,又都源于他"有一伶俐的耳目,有一沉着的心思"。

| 张晓风　1941年生，江苏铜山人。学者、散文家。散文集有《地毯的那一端》《愁乡石》《步下红毯之后》《我在》等。

一个女人的爱情观

忽然发现自己的爱情观很土气，忍不住自笑了起来。

对我而言，爱一个人就是满心满意要跟他一起"过日子"，天地鸿濛荒凉，我们不能妄想把自己扩充为六合八方的空间，只希望彼此的火烬把属于两人的一世时间填满。

客居岁月，暮色里归来，看见有人当街亲热，竟也视若无睹，但每看到一对人手牵手提着一把青菜一条鱼从菜场走出来，一颗心就忍不住恻恻地痛了起来，一蔬一饭里的天长地久原是如此味永难言啊！相拥的那一对也许今晚就分手，但一鼎一镬里却有其朝朝暮暮的恩情啊！

爱一个人原来就只是在冰箱里为他留一只苹果，并且等他归来。

爱一个人就是在寒冷的夜里不断在他的杯子里斟上刚沸的热水。

爱一个人就是喜欢两人一起收尽桌上的残肴，并且听他在水槽里刷碗的音乐——事后再偷偷把他不曾洗干净的地方重洗一遍。

爱一个人就有权利霸道地说：

"不要穿那件衣服，难看死了，穿这件，这是我新给你买的。"

爱一个人就是一本正经地催他去工作，却又忍不住躲在他身后想捣几次小小的蛋。

爱一个人就是在拨通电话时忽然不知道要说什么，才知道原来只是想听听那熟悉的声音，原来真正想拨通的，只是自己心底的一根弦。

爱一个人就是把他的信藏在皮包里，一日拿出来看几回、哭几回、痴想几回。

爱一个人就是在他迟归时想上一千种坏可能，在想象中经历万般劫难，发誓等他回来要好好罚他，一旦见面却又什么都忘了。

爱一个人就是在众人暗骂："讨厌！谁在咳嗽！"你却急道："唉，唉，他这人就是记性坏啊，我该买一瓶川贝枇杷膏放在他的背包里的！"

爱一个人就是上一刻钟想把美丽的恋情像冬季的松鼠秘藏坚果一般，将之一一放在最隐秘最安妥的树洞里，下一刻钟却又想告诉全世界这骄傲自豪的消息。

爱一个人就是在他的头衔、地位、学历、经历、善行、劣迹之外，看出真正的他不过是个孩子——好孩子或坏孩子——所以疼了他。

也因此，爱一个人就喜欢听他儿时的故事，喜欢听他有几次大难不死，听他如何淘气惹厌，怎样善于玩弹珠或打"水漂漂"，爱一个人就是忍不住替他记住了许多往事。

爱一个人就不免希望自己更美丽，希望自己被记得，希望自己的容颜体貌在极盛时于对方如霞光过目，永不相忘，即使在繁花谢树的冬残，也有一个人沉如历史典册的瞳仁可以见证你的华彩。

爱一个人总会不厌其烦地问些或回答些傻问题，例如："如果我老了，你还爱我吗？""爱！""我的牙都掉光了呢？""我吻你的牙床！"

爱一个人便忍不住迷上那首白发吟：

亲爱，我年已渐老
白发如霜银光耀
唯你永是我爱人
永远美丽又温柔……

爱一个人常是一串奇怪的矛盾，你会依他如父，却又怜他如子，尊他如兄，又复宠他如弟，想师事他，跟他学，却又想教导他把他俘虏成自己的徒弟，亲他如友，又复气他如仇，希望成为他的女皇，他唯一的女主人，却又甘心做他的小丫鬟小女奴。

爱一个人会使人变得俗气，你不断地想：晚餐该吃牛舌好呢？还是猪舌？蔬菜该买大白菜？还是小白菜？房子该买在三张犁呢？还是六张犁？而终于在这份世俗里，你了解了众生，你参与了自古以来匹夫匹妇的微不足道的喜悦与悲辛，然后你发觉这世上有超乎雅俗之上的情境，正如日光超越调色盘上的色样。

爱一个人就是喜欢和他拥有现在，却又追记着和他在一起的过去。喜欢听他说，那一年他怎样偷偷喜欢你，远远地凝望着你。爱一个人又总期望着未来，想到地老天荒的他年。

爱一个人便是小别时带走他的吻痕，如同一幅画，带着鉴赏者的朱印。

爱一个人就是横下心来，把自己小小的赌本跟他合起来，向生命的大轮盘去下一番赌注。

爱一个人就是让那人的名字在临终之际成为你双唇间最后的音乐。

爱一个人，就不免生出共同的、霸占的欲望。想认识他的朋友，想了解他的事业，想知道他的梦。希望共有一张餐桌，愿意同用一双筷子，喜欢轮饮一杯茶，合穿一件衣，并且同衾共枕，奔赴一个命运，共寝一个墓穴。

前两天，整收房间，理出一只提袋，上面赫然写着"××孕妇服装中心"，我愕然许久，既然这房子只我一人住，这只手提袋当然是我的了，可是，我何曾跑到孕妇店去买衣服？于是不甘心地坐下来想，想了许久，终于想出来了。我那天曾去买一件斗篷式的土褐色短褛，便是用这只绿色袋子提回来的，我是的确闯到孕妇店去买衣服了。细想起来那家店的模特儿似乎都穿着孕妇装，我好像正是被那种美丽沉甸的繁殖喜悦所吸引而走进去的。这样说来，原来我买的那件宽松适意的斗篷式短褛竟真是给孕妇设计的。

这里面有什么心理分析吗？是不是我一直追忆着怀孕时强烈的酸苦和欣喜而情不自禁地又去买了一件那样的衣服呢？想多年前冬夜独起，灯下乳儿的寒冷和温暖便一下子涌回心头，小儿吮乳的时候，你多么希望自己的生命就此为他竭泽啊！

对我而言，爱一个人，就不免想跟他生一窝孩子。

当然，这世上也有人无法生育，那么，就让共同教育的学生，共同经营的事业，共同爱过的子侄晚辈，共同谱成的生活之歌，共同写完的生命之书来做他们的孩子。

也许还有更多更多可以说的，正如此刻，爱情对我的意义是终夜守在一盏灯旁，听车声退潮再复涨潮，看淡紫的天光愈来愈明亮，凝视两人共同凝视过的长窗外的水波，在矛盾的凄凉和欢喜里，在知足感恩和渴切不足里细细体会一条河的韵律，并且写一篇叫《爱情观》的文章。

（选自《我在》，台北尔雅出版社1984年9月版）

导 读

张晓风曾在《爱情篇》中宣称："相爱的人未必要朝朝暮暮相守在一起。"但这仅是小说话语，她其实要告诉大家的是："我们不是小说，我们要朝朝暮暮，我们要活在同一个时间，我们要活在同一个空间，我们要相厮相守，相牵相挂，于是我们放弃飞腾，回到人间，和一切庸俗的人同其庸俗。"相爱的人就应该平平实实过日子。《一个女人的爱情观》在一系列日常举动中再现了这一观点。

篇首"自己的爱情观很土气"奠定了全文的基调——平淡绵远。所谓"土气"，非真土气也，它只是和热烈绚烂相比较而言的平淡。绚烂之后趋于平淡而缠绵的爱情，或许是诸多爱情品种中的上品。爱情滋润中的人需要朝朝暮暮相拥相守，但也有分开的日子。婚姻并不是爱情的坟墓，相爱之人需要共同生活，共同期望未来，直至走进真正的坟墓。于是，作者用一系列排比段，从衣食住行、吃喝玩乐、分别想念等方面，细细叙说着自己平淡真诚的爱情理想。爱情是你中有我，我中有你，爱情生活也应是两人共同拥有。在作者的眼里，夫妇一起上街买菜，蕴含着比当街亲热更丰富、更让人心动的内容。作者从日常生活入手，用一系列如此平凡的琐事诠释着自己心底的这份挚情。这里，没有轰轰烈烈动人心魄的爱情事件，没有海枯石烂惊天动地的誓言，所呈现的只是两条小河汇合形成一条平缓的河流，没有怪石、险滩、湍流，有的只是澄明水面上不时溅起的欢快的小水花。

张晓风在《爱我少一点，我请求你》中写道：之所以答应爱一个人是因为要"一起去爱这个世界，一起去爱人世，并且一起去承受生命之杯"。理想的爱情是两个人共同面对生活，于平凡的生活中延续平凡的爱情。毕竟现实生活中能有多少人的爱情可以"惊天地，泣鬼神"？更多的是两心相印、彼此默契的平平淡淡：在冰箱里为他留一个苹果，寒夜中为他斟杯热水，分别后只是想听听那熟悉的声音……日常的生活，终生的期盼，只在心有灵犀的了解与默契，世界、人世、生命之杯就应这样由两人一起去面对、经历、体味。每一种希冀都是心弦的温柔跳动，都有如"行到水穷处，坐看云起时"的朴素自然，毫不妆饰，展现给我们的是一幅素雅的两情相依的情爱图。面对这幅画卷，熟悉的温馨扑面而来，真挚何须炫目的外表。平凡的生活赋予我们平凡的情感、平凡的爱情，它是洗尽铅华后的平凡，是热闹后的静寂。平凡的生活是"一条河的韵律"，爱情该是那隐在薄雾里清清浅浅地拨响韵律的纤纤玉手。

余光中称张晓风散文的艺术风格是"亦秀亦豪"，这一特点在此篇中已见端倪。行文中的亦婉柔亦奔放，亦深情亦戏谑，使笔法摇荡生姿。全文大量以"爱一个人"开头的排比段，看似兴之所至，随手拈来，实有行云流水般的活泼感。作者于细腻的描绘和真切的琐事中，诉说着一个平凡而美丽的爱情梦，它真实深切，虽"土气"却实际，能引起读者强烈的共鸣。

> **陶里** 原名危亦健，1937年生，广东花都人。诗人、小说家。散文集有《静寂的延续》。

春夜灯语

今夜，意外地没有雾，本来不冷，却突然刮风，叫没有春意的树林纷纷抖下黄叶，簌簌声里带来料峭寒意。

我漫步于有限的广场，让季节的晚风吹醒悸动的沧桑情绪。我仿佛看见金色的岁月被绑架上历史的残破车轮远去，没入蛮荒小径。

我枉自追寻，捡拾着一个个褪色音符，夜夜敲击，哑然无声。

可怜春夜乍寒还暖，缤纷憧憬又展翼飞来。淡淡的蓝纱垂下，我又望见一个诗画境界。

惯于做梦的人，梦里得不着东西，何况春梦最短？我收拾起轻纱走回房间，把自己抛弃在狭小的黑魆魆的空间。

我的幽思在驰骋。假如一个熟悉的脚步声来到门外，假如一个沉重的呼声响起来："起来，出去，是时候了！"假如我的手中还握着剑，还握着宣言，我将如何？

我挺然出去！

我霍然坐起，眼前漆黑。我需要灯。绿罩黄座的案头灯撑给我一伞小小的杏色的温暖。

夜夜，在杏色的光景下，流泻着莫扎特小夜曲般的温馨。而音符踏浪而来，把金发碧瞳的感情向这小杏灯小心倾泻，生怕它外溢流去。

夜夜，李商隐带了他成灰的蜡烛来到杏灯下，我问他是否满意人们解释

"沧海月明珠有泪"？问他为什么"碧海青天夜夜心"都是名词？可怜他被偷灵药的嫦娥害得苦，什么都不可解！

可解的是母亲夜夜灯下的线线手中情。我是一个远行儿，三十年里不回家，三十年里夜夜一灯如豆。

我曾守着茅舍听炮声，我曾踏着水漉漉的乡途夜行，我曾倚着冰冷的海岸岩石等归舟。我多么需要灯！

案头的小杏灯叫我的心又热起来。假如那个熟悉的脚步声来到，假如那个沉重的呼唤声响起来，我便挺然去出，纵使我的手里没了剑，没了宣言。

呵，春夜，我需要灯！

（选自《静寂的延续》，中国友谊出版公司1985年7月版）

导读

陶里曾旅居印支半岛三十年，经历过第二次世界大战和多次战火，足迹遍及越南、柬埔寨、老挝和泰国，直至20世纪70年代中期才返回香港，后定居澳门。他生活坎坷，阅历丰富，对人生有真切的体验。《春夜灯语》虽然写的是梦境，但里面也充满了对人世沧桑的喟叹，对漂泊流离的感慨。他说："我是一个远行儿，三十年里不回家，三十年里夜夜一灯如豆。"可是即使在漂泊和寂寞中，他仍然思念"母亲夜夜灯下的线线手中情"；同时更加渴望光明和美好的生活："我曾守着茅舍听炮声，我曾踏着水漉漉的乡途夜行，我曾倚着冰冷的海岸岩石等归舟。我那么需要灯！"

陶里曾任澳门五月诗社社长，以诗著称，不过他的散文也写得独出机杼，富有诗意。如《春夜灯语》，感物言志，倚景起兴，充分体现了他散文创作中深沉的感情和高远的意境的特点。

> **柏杨**（1920—2008） 原名郭立邦，河南辉县人。杂文家。杂文集有《玉雕集》《圣人集》《死不认错集》《丑陋的中国人》等。

酱缸国医生和病人

话说，从前，有个"酱缸国"，酱缸国里每天最大的事就是辩论他们是不是酱缸国，而最热闹的事就是医生和病人的争执，结果当然是医生大败，大概情形是这样的——

病人：我下个月就要结婚了，大摆筵席，你可要赏光驾临，做我的上宾。我的病化验的结果如何？

医生：对不起，我恐怕要报告你一个坏消息，化验的结果就在这里，恐怕是三期肺病，第一个是咳嗽……

病人：怪了，你说我咳嗽，你刚才还不是咳嗽，为什么不是肺病？

医生：我的咳嗽跟你的不一样。

病人：有什么不一样？你有钱、有学问，上过大学堂，喝过亚马孙河的水，血统高人一等，是不是？

医生：不能这么说，还有半夜发烧……

病人：不能这么说，要怎么说才能称你的心、如你的意？半夜发烧，我家那个电扇，用到半夜能把手烫出泡，难道它也得了三期肺病！

医生（委屈解释）：吐血也是症候之一。

病人：我家隔壁是个牙医，去看牙的人都被他搞得吐血，难道他们也都得了三期肺病！

医生：那当然不是，而是综合起来……

病人：好吧，退一万步说，即令是肺病，又是七八期肺病，又有什么关系？值得你大呼小叫！外国人还不照样得肺病？为什么你单指着鼻子说我。我下个月结婚，谁不知道，难道你不说些鼓励的话，为什么要打击我？我跟你有什么怨？有什么仇？你要拆散我们？

医生：你误会了我的意思，我只是说……

病人：我一点也不误会，我一眼就看穿了你的肺腑，你幼年丧母，没有家庭温暖，中年又因强奸案和谋财害命，坐了大牢，对公平的法律制裁，充满了仇恨，所以看不得别人幸福，看不得国家民族享有荣耀。

医生：我们应该就事论事……

病人：我正是在就事论事，坦白告诉我，你当初杀人时，是怎么下得手的？何况那老太太又有恩于你。

医生（有点恐慌）：诊断书根据你血液、唾液的化验，我不是凭空说话。

病人：你当然不是凭空说话，就等于你当初的刀子，不会凭空插到那老太太胸膛上一样。你对进步爱国人士的侮辱已经够了，你一心一意恨你的同胞，说他们都得了三期肺病，你不觉得可耻？

医生：老哥，我只是爱你，希望你早日康复，才直言提醒，并没有恶意。

病人（冷笑兼咳嗽）：你是一个血淋淋的刽子手，有良心的爱国人士会联合起来，阻止你在"爱"的障眼法下，进行对祖国的谋杀。

医生：我根据的都是化验报告，像唾液，那是天竺国大学化验……

病人：崇洋媚外、崇洋媚外，你这个丧失民族自尊心的下流胚、贱骨头，我严肃地警告你，你要付出崇洋媚外的代价。

医生（胆大起来）：不要乱扯、不要躲避，不要用斗臭代替说理，我过去的事和主题有什么关系？我们的主题是："你有没有肺病"？

病人：看你这个"丑陋的中国人"模样，嗓门这么大，从你的历史背景，可看出你的恶毒心肠，怎么说没有关系？中国就坏在你们这种人手上，使外国人认为中国人全害了三期肺病，因而看不起我们，对你这种吃里扒外的头号汉奸，天理不容！锦衣卫（努力咳嗽），拿下！

当然不一定非锦衣卫拿下不可（柏杨先生就被拿下过一次），有时候是乱棒打出,有时候是口诛笔伐。

1985 年 7 月 23 日于台北

(选自《丑陋的中国人》,花城出版社 1986 年 12 月版)

导读

这是一篇幽默散文,表面上很是荒谬,甚至有些读者可能觉得有点"油",但是,从根本上说,是很严肃的。像柏杨的许多幽默散文一样,是带着严肃批判的锋芒的。从这一点上来说,这又不是一篇普通的幽默散文,而是具有杂文色彩。

作者的创造性在于两个方面:第一,很大胆地虚构了一个荒唐的故事。第二,故事越是荒唐,思想就越是严肃:中国国民性中的麻木、讳疾忌医、自我欺骗的严重性昭然若揭。

柏杨的另外一个长处是:一方面把很深刻的思想化为非常简明的故事;一方面又不停留在单层次的揭示上,而用相当丰富的层次展开故事。

在这里,故事的层次有两个:第一是孤立症状,否认疾病的严重性,在逻辑上胡搅蛮缠,把健康人与病人的根本区别混为一谈。第二是将对方的动机和人格毫无根据地加以污蔑。

逻辑上越荒谬,就越是好笑;越是好笑,思想就越是显豁,同时也就越是有趣。

当你为文章中的病人莞尔一笑的时候,柏杨批判的锋芒就被他的幽默软化了。这正是幽默之所以常常和杂文的艺术质量联系在一起的原因。

林燿德（1962—1996） 福建同安人。诗人、散文家、小说家。散文集有《一座城市的身世》《梦的都市导游》《迷宫零件》等。

宠 物 K

他也写日记吗？在都市灰濛濛的天空下，随着阴晴冷暖而变化色泽的背纹就是K的日记吧。

在铁盆的角落，墨绿色的圆壳聚拢成堆，好像在争执什么惊世的秘藏，又如同商量好一齐抵抗桶底不知何时会卷上的旋风。谁的头忍不住伸出水面透口气，全体的恐惧皆被牵动了，个个缩着尾向假想的核心点挤去。这些待售的乌龟通常有二十三年的银圆大小，银圆上铸着双桅巨帆，它们则背负着永恒的地图。它们不像银圆拥有完全雷同的式样、大小与币面价值，每只乌龟的体积有所出入，成交的数目也取决于腹部的图案和色泽。买主并不考虑智慧、操守等等形上因素，一味地只管从水中拣起四肢悬空划舞的小家伙，窥探它腹部害羞的隐私。人间现有的哲学流派显然生产过剩，世界似乎仍然没有停止转坏的意思，那么乌龟们也实在没有再插足其间的必要。它们只须成为称职的宠物。

不错，成为称职的宠物，是它们唯一的任务，也是它们得以生存人间的唯一凭借。在这种连弄臣都不再可靠的世纪，人类饥渴的性灵益加需要宠物来弥补情绪上的失落。

丢下几个沉甸甸的镍质通货，没有讲价。我拎起它。并名之曰K。

由于我习惯用相当近的距离觑视它，在K的眼中，我永远只是一群零碎的器官，一些被界定空间解析的拼图：巨大并且善溜动的眼球，湿润而富血色的唇，清晰的新萌胡根……我的脸被切割成一页页展读，刚开始，每翻一页，他的不安便增加一分，渐渐地，塑料桶中的K还是习惯了这样无趣的阅读：定时出现在圆形平面上的系列印象。

我也逐渐理解，没有颜面肌的K并非没有表情。

早晨，我开窗掷下饲料，K迟缓地把头拉出略呈混浊的水面，使我充分感到悚栗的是：那般细小的瞳孔竟能完整地表露出K内心的怨毒。

已经好几天了，K忍着没有吃去水面上剩下的两只孑孓，只是用鼻端触碰成S形游动的幼虫，然后静静看着它们焦虑地撞上桶壁。我想，K正尝试拥有自己的宠物。

（选自《一座城市的身世》，台北时报文化出版公司1987年8月版）

导读

20世纪80年代，台湾社会都市化进程加速，表现崭新"都市精神"的作品也逐渐成为文坛主流。以林燿德为代表的都市散文开始崛起，成为台湾散文界"一支突起的异军"，"在中国散文史上却有革命性的意义"（郑明娳语）。

在林燿德的都市散文中，他并非仅仅停留于对都市外观表面的观察、描绘，而是更细微地诠释整个社会发展中的冲突与矛盾。林燿德对于都市的荒诞有着特殊的敏感，他的目光穿透了有形的都市景观而直指都市神话。他的散文在对都市符号、都市人生存状态的深层思考中，透露出现代荒诞意识。《宠物K》借物喻人，写出了都市中那种看似高贵的冷漠。宠物是一只乌龟，无名无姓而称之为"K"。由于乌龟被当成物品，因此任人买卖操纵，玩弄于股掌之上，在交易过程中，"买主并不考虑智慧、操守等等形上因素"。可是，乌龟并非物！它有表情，它不满于当宠物的命运，并"尝试拥有自己的宠物"。文中人与乌龟、乌龟与孑孓都是饲主与宠物的关系，宠物K正指涉人类。郑明娳指出："人类被物化的程度正暗示人类地位的沦落。"

> **董桥** 1942年生,福建晋江人。编辑、散文家。散文集有《另外一种心情》《这一代的事》《跟中国的梦赛跑》《乡愁的理念》等。

中年是下午茶

一

中年最是尴尬。天没亮就睡不着的年龄。只会感慨不会感动的年龄。只有哀愁没有愤怒的年龄。中年是吻女人额头不是吻女人嘴唇的年龄;是用浓咖啡服食胃药的年龄。中年是下午茶:忘了童年的早餐吃的是稀饭还是馒头;青年的午餐那些冰糖元蹄葱爆羊肉都还没有消化掉;老年的晚餐会是清蒸石斑还是红烧豆腐也没主意;至于八十岁以后的宵夜就更渺茫了:一方饼干?一杯牛奶?总之这顿下午茶是搅一杯往事、切一块乡愁、榨几滴希望的下午。不是在伦敦夏蕙那么维多利亚的地方,也不是在成功大学对面冰室那么苏雪林的地方,更不是在北平琉璃厂那么闻一多的地方;是在没有艾略特、没有胡适之、没有周作人的香港。诗人庞德太天真了,竟说中年乐趣无穷,其中一乐是发现自己当年做得对,也发现自己比十七岁或者二十三岁那年的所思所为还要对。人已彻骨,天尚含糊;岂料诗人比天还含糊!中年是看不厌台静农的字看不上毕加索的画的年龄:"山郭春声听夜潮,片帆天际白云遥;东风未绿秦淮柳,残雪江山是六朝!"

二

中年是杂念越想越长、文章越写越短的年龄。可是纳波可夫在巴黎等着去美国的期间，每天彻夜躲在冲凉房里写书，不敢吵醒妻子和婴儿。陀思妥耶夫斯基怀念圣彼得堡半夜里还冒出白光的蓝天，说是这种天色教人不容易也不需要上床，可以不断写稿。梭罗一生独居，写到笔下约翰·布朗快上吊的时候，竟夜夜失眠，枕头下压着纸笔，辗转反侧之余随时在黑暗中写稿。托玛斯·曼临终前在威尼斯天天破晓起床，冲冷水浴，在原稿前点上几支蜡烛，埋头写作二三小时。亨利·詹姆斯日夜写稿，出名多产，跟名流墨客夜夜酬酢，半夜里回到家里还可以坐下来给朋友写十六页长的信。他们都是超人：杂念既多，文章也多。

中年是危险的年龄：不是脑子太忙、精子太闲；就是精子太忙、脑子太闲。中年是一次毫无期待心情的约会：你来了也好，最好你不来！中年的故事是那只扑空的精子的故事：那只精子日夜在精囊里跳跳蹦蹦锻炼身体，说是将来好抢先结成健康的胖娃娃；有一天，精囊里一阵滚热，千万只精子争先恐后往闸口奔过去，突然间，抢在前头的那只壮精子转身往回跑，大家莫名其妙问他干嘛不抢着去投胎？那只壮精子喘着气说："抢个屁！他在自渎！"

三

"数卷残书，半窗寒烛，冷落荒斋里。"这是中年。《晋书》本传里记阮咸："七月七日，北阮盛晒衣服，皆锦绮灿目。咸以竿挂大布犊鼻于庭。人或怪之。答曰：'未能免俗，聊复尔耳！'"大家晒出来的衣服都那么漂亮，家贫没有多少衣服好晒的人，只好挂出了粗布短裤，算是不能免俗，姑且如此而已。

中年是"未能免俗，聊复尔耳"的年龄。

（选自《跟中国的梦赛跑》，台北圆神出版社1990年1月版）

导读

读董桥的文字，总会觉得其中洋溢着一股浓郁的文化气息。这气息并不游离于文字之外，只作华丽的修饰，而是以其独有的韵味，融于作者的笔端。"润物细无声"，它积淀成董桥的审美意识，又被不同的创作情感外化出来，形成自己的风格。

《中年是下午茶》一文分为三部分，每一部分的感触略有不同，但都源于文化的触发。"中年最是尴尬"，何以尴尬，展开漫长的文字画卷看看，维多利亚、苏雪林、闻一多、艾略特……他们的文字或美轮美奂，或清淡雅致；或激情澎湃，或忧虑绝望。然而这么极端化的情感却都不属于中年。中年是不偏不倚，不前不后的。难怪董桥无奈地说道："中年是下午茶。"

"中年是杂念越想越长，文章越写越短"的危险年龄。为了说明这一点认识，董桥竟孩子似地铺列出几个例子来，一气呵成，直迫得你接受他的说法。这还不够，再添一段带着拟人化的譬喻，说"中年的故事是那只扑空的精子的故事"，很有趣，而且经典。

第三部分算是文章的结束，没有太多的感触和议论，仍是说故事一样地引经据典，告诉你关于阮咸的故事。董桥写它，是因为觉得阮咸的所为——随意晒出粗布短裤、所言——"未能免俗，聊复尔耳！"其实都和中年的心境相符，所以他很认真地告诉你，中年就是这样的。

小思 原名卢玮銮，1939年生，广东番禺人。学者、散文家。散文集有《承教小记》《日影行》《彤云笺》《人间清月》等。

香港故事

香港，一个身世十分朦胧的城市！

身世朦胧，大概来自一股历史悲情。回避，是忘记悲情的良方。如果我们说香港人没有历史感，这句话不一定包含贬斥的意思。路过宋皇台公园，看见那块有点呆头呆脑的方块石，很难想象七百多年前，那大得可以站上几个人的巨石样子，自然更无法联想宋朝末代小皇帝，站在那儿临海饮泣的故事了。

香港，没有时间回头关注过去的身世，她只有努力朝向前方，紧紧追随着世界大流适应急剧的新陈代谢，这是她的生命节奏。好些老香港，离开这都市一段短时期，再回来，往往会站在原来熟悉的街头无所适从，有时还得像个异乡人一般向人问路，因为还算不上旧的楼房已被拆掉，什么后现代主义的建筑及高架天桥全现在眼前，一切景物变得如此陌生新鲜。

身为一个土生土长的香港人，我常常想总结一下香港的个性和特色，以便向远方友人介绍，可是，做起来原来并不容易，也许是她的多变，也许是每当仔细想起她，我就会陷入浓烈的感情魔网中……爱恨很不分明。只要提起我童年生命背景的湾仔，就可说明这种爱恨交缠的境况。

说湾仔是一个与海争地的旧区，并不过分，因她大部分土地都是从海夺过来的，老街坊站在轩尼诗道上，就会咀嚼着沧海桑田的滋味。当初在填海土地上建成的房子已经残旧，给人一幢一幢拆掉，代替的是更高更遮天的大厦。偶然一座不知何故可以苟延残喘夹在新厦中间的旧楼，寒伧得叫人凄酸。有时，我宁愿它也赶快被拆掉，可是，又会庆幸它的存在，正好牵系着我的童年回忆。洛克道、谢菲道，曾经是有名的烟花之地，自从那苏丝黄故事出现之后，湾仔这个名字，在许多外国浪子心中，引起无数蛊惑联想。每逢维多利亚港口停泊着外国舰只时，我就很怕人家提起湾仔。我曾经厌恶自己生长在这个老区，但别人说她的不是，我又会非常生气，甚至不顾一切为她辩护。在回忆里，尽管是寻常街巷，都具温馨。现在，湾仔已经面目全新了，新型的酒店商厦，给予她另一种华丽生命。我本该为她高兴才对，但随着她容貌个性的变易，仿佛连我的童年记忆也逐渐褪色，湾仔已经变得一切与我无干了。

文化，是一座城的个性所在。香港的个性呢？有人说她中西交汇，有人说她是个沙漠。是丰腴多彩？还是干枯苦涩？应该如何描绘她？可惜，从来没有一个心思细密的丹青妙手，给她逼真造像。文化沙漠，倒是人人叫得响亮，一叫几十年，好像理所当然似的，也没有人认真地查根究底。难道几百万人就活在一片荒漠上么？多少年来，南来北往的过客，虽然未尝以此为家，毕竟留下许多开垦的痕迹，假如她到如今还是荒芜，那又该由谁来负责呢？这样说罢，香港的文化个性也很朦胧，不同文化背景的人为她添上一草一木，结果形成奇异园地。西方人来，想从她身上找寻东方特质；中国人来，又嫌她洋化；我们自己呢？一时说不清，只好顺水推舟，昂起头来接受了"中西文化交流中心"的称誉，又逆来顺受人云亦云地承认了"文化沙漠"的恶名。只求生存，一切不在乎，香港就这样成为许多人瞩目的城市了。

不知不觉，无声岁月流逝。蓦然，我们这一代人发现，自己的生命与香港的生命，变得难解难分。离她而去的，在异地风霜里，就不禁惦念着这地方曾有的护荫。而留下来的，也不得不从头细看这抚我育我的土地；于是，一切都变得很在乎。但，没有时间回头关注过去的身世了，前面还有漫漫长路要走。

远方朋友到香港来，我总喜欢带他们到太平山顶看香港夜景。不是为了旅游广告的宣传："亿万金元巨制的堂堂灯火"，而是——

乘缆车上山，我们不能不注意那种特殊感觉。车子自山下启程，人坐在车厢里，背靠着椅子，必须回过头来看山下的景物。在一种要把人往下吸拉的力度中，就看见沿途的建筑物都倾斜了，尽管我们不自觉地调校了坐姿，把视线与建筑物平行起来，但其实我们是用倾斜角度看山下一切。到了终站，当满城灯火在我们脚下时，我往往保持沉默，可以用什么语言来描述香港呢？倒不如就让在黑夜显得十分璀璨的人间灯火去说明好了。说实话，我也正沉醉在过客的啧啧称奇中。

香港的夜里风光，可谓最为耐人寻味。层层叠叠深深浅浅的闪烁，演成无尽的层次感。我总爱半眯着眼睛看山上山下的灯光，不如一幅迷锦乱绣。正因看不真切，那才迷人。过客也不必深究，这场灯火景致，永留心中，那就足够记住香港了。

我常对朋友说，香港既是一个朦胧之城，生长其中的人，自当也具备这种朦胧个性。香港人不容易让人理解，因为我们自己也无法说得清楚。生于斯长于斯，血脉相连着，我们已经与香港订下一种爱恨交缠的关系。对于她，我们有时很骄傲，有时很自卑，这矛盾缠成不解之结，就是远远离她而去的人，还会时时在心头。

倾城之恋，朦胧而缠绵，这是香港与香港人的故事。

1992 年 4 月

（选自台湾《联合文学》1992 年 8 月号）

导读

小思是香港中文大学的教授，以研治中国现代文学著称。在潜心学术钻研时，她笔耕不辍，创作了大量的散文。她的学术和创作都为人所称道。柯灵就曾指出："她的文史著述，谨肃如法官判案，殚见洽闻，而心细如发，真正做到了无一字无来历；知人论世，略迹原情，平心放眼，又表现出罕见的热忱与胆识。她的散文创作，纵横上下，挥洒自如，覃思遐想，蹁跹欲飞，则纯然是才人本色。"

小思散文题材十分广泛，有教育随笔、人物漫谈、悼怀师友的文章，也有记事杂感、游记小品、咏物抒情的作品，它们大多文笔轻盈、篇幅短小，但又意味深长、耐人咀嚼。香港学者黄继持就评价道："她笔名的'思'字下得恰当，几乎每一篇文章，都具思理，能清人神志而悦人心。"

《香港故事》是小思散文中较有代表性的篇章。作者以一个本土香港人的目光来审视评价香港。由于历史原因，香港曾脱离祖国母体而走了一长段截然不同的道路，因此很多人并不真正了解它。即使土生土长的作家，对它的感情亦处于爱恨交缠的矛盾景况。爱，是因为生于斯长于斯，血脉相连，这里的街道，这里的楼房，都记录着童年的欢声笑语；每一棵树，每一株草，都是成长心路的印证。恨，则是因为这里曾深烙着屈辱的印记；这里每一寸土地上都留有太多的汗水和泪水，留有太多的叹息和诅咒。

这不禁让我们想到另一位作家——沈从文。对于故土湘西，他亦表现出这种矛盾心态。他深深地迷恋那个纯净、淳朴，充满原始野性的生命力的"湘西世界"，它就像一支叶笛吹奏出的曲子，清邈、幽邃，又洋溢着内在的活力，能涤荡喧嚣拥塞的城市生活在人心灵覆上的世俗的灰尘，能化解工业文明带来的人与人之间的冷漠、隔膜。然而，与外部世界的隔绝，又使它无法接受一些更先进、更开化的文明，因而它又很难摆脱自身文明的缺点：愚昧、野蛮、落后。而这，又是沈从文所深恶痛绝的。所以他在作品中总是以一种复杂的心情去展示、剖析那里的文明与人性。

而小思也如沈从文那样，用心去感受着香港的脉搏，用文字尝试着分析这个城市。在作者看来，香港是个朦胧的城市。它的身世朦胧，因为快速的生命节奏使其无法细细辨认走过的脚印，思索逝去的岁月；它的文化个性亦朦胧，因其文化背景的繁杂。

尽管小思对香港怀着复杂矛盾的强烈情感，但是当她叙写这种情感时，却显得十分从容不迫。用"文如其人"来形容小思及其散文极为恰切。小思为人平和亲切，生性喜静，对现实总是保持乐观而宽容的心境。在散文中，小思也常以平静的人生态度与现实世界保持一定的距离，她推崇那种宁静的境界，笔端极少愤激不平或热情洋溢的语言，主张以朴实、素淡的笔墨表现对人生、社会、文化的思考。如写到香港的文化个性时，一直以来，不少人都理所当然地认为香港没有文学，是个"文化沙漠"。小思作为研治文学的教授，以其对香港文化的密切关注和深切了解，对这种肤浅、偏颇的说法很不赞同。但在文章里作者并没有盛气凌人地批驳，只是轻轻诘问："难道几百万人就活在一片荒漠上么？""假如她到如今还是荒芜，那又该由谁来负责呢？"心平气和，平静冲淡，却比那种尖刻锐利、咄咄逼人的驳斥更引人深思。

　　文章的语言简洁明了，精练含蓄，往往寥寥几句，却蕴含了十分深刻的内容。如写到太平山顶看夜景时乘缆车的体验："尽管我们不自觉地调校了坐姿，把视线与建筑物平行起来，但其实我们是用倾斜角度看山下一切。"又如写看夜景："正因看不真切，那才迷人。"这些叙写，都揭示了很深刻的哲理。

> 也斯（1949—2013） 原名梁秉钧，广东新会人。学者、诗人、小说家、散文家。散文集有《灰鸽早晨的话》《神话午餐》《山水人物》《越界书简》等。

在地下车读诗

灰灰的外衣。织针一上一下。渴睡的脸孔。早晨的百叶帘还未拉开。一个人坐在那里，不自觉地向另一个人滑过去，彼此连忙各自移开。拉上的百叶帘拉得更紧。座位间留下比刚才更阔的空间。车在太子站停下，一下子涌上来满车的人，把空间都填满了。我又低下头，准备手上的英诗。七时三十分的叶慈或艾略特或奥登，不见得比毛衣或早报或商业英语更加荒谬。一个年轻的学生，在对面努力记忆手上的英文笔记。同样是打字的白纸罢了。同样的时时分心，让眼前的世界涌进纸上的世界。人群中这些脸孔的魅影；潮湿黝黑树干上的花瓣。有了地下铁路，香港学生会对庞德的地下铁路车站感受深一点吗？城市是转变了。站在月台的这一边，隔着陷下去的轨道，眼睛瞪着对面一张大大的广告。我们走了很长的路来到这里，美国香烟广告企图左右你的看法，说服你照它的意思办才是一个独立女性。我离开的时候还没有地下铁路，也还没有许多其他东西。所以你一回来就着凉了，敢情你忘了这城市冬天的气温。地下车隆隆驶近来，又隆隆驶开去。在黑暗中隐没。总有一些灰暗的、黏滞的东西，逐渐围拢过来，环绕在事物周围，令事情失去光彩。我挤在地下车的人群中，留意看一个空着的扶手如何努力隐藏它的颤栗。我望出窗外，看见许多烦躁的脸孔。我坐在等待"钓泥鳅"的计程车里，忍受着早晨节目主持人对人生和爱情一些定型的见解。人生就是这样了。一些混浊的烟雾，逐渐围拢过来。黄昏摊开朝着天空，好似病人麻醉在手术桌上。但也许讲艾略特也是不够的。我们这一代一开始就接受了艾略特对城市的看法，然后越长大就越离开他，希望有一个更广大更澄明的世界。那些潮湿的灵魂，沮丧地发芽。应该还有别的什么才好。我们面对的年轻的灵魂，希望不要再沮丧地发芽吧。他们生长在不同的背景之下，有自己的生命，需要找出自己的看法。我宁愿讲聂鲁达，在课程里偷偷插上孩子的脚。我宁愿讲里尔克。读了叶慈的丽达与天鹅也来比较读读里尔克的丽达吧，那不是关于暴力，那是关于爱的。来读读奥登吧，看他怎样写过澳门和香港，写过一个中国的士兵变成泥土，为了叫有山、有水、有房子的地方也可以有人。奥登也写过香港？你一定很奇怪了吧？你一定以为，英诗就是一些陌生、遥远，毫无关连又必须苦苦背诵的东西？纠缠在过去中六的考试课程、种种关于诗体和节拍和押韵的规则、读音和生字中，只有朦朦胧胧的了解，老师抄下的模范答案。本来有生命的英诗，不是很容易也变成资料？变成生硬的、破碎的、与现实无关的东西？车在太子站停下，一下子涌上来满车的人。我们挤在人群里，谈到对一首诗的解释，四周默默垂首的人，也进入我们所说的诗句之间了。当你在课室里说到佛洛斯特的树，你的手无意中就会指到窗外实在生长在那里的一列绿树。当他说到一首诗是关于年轻人、成长和期望的，他无疑会想起坐在他面前那些人的年龄和各自的环境，也会想到他们的将来吧。我又低下头，准备手上的诗。那首诗是关于一个正在恋爱的女子。她感到自己透明如水晶的深处，黝深，静默。她问：生命要伸往何处，黑夜要从何处开始？我可以逐渐感到某种安静、温柔的质素。在隆隆的地下车的节奏中，另外开始了一种新的节奏。我们在有花的路上行走，我们走上斜坡，我们开始一日的工作。白日逐渐成形。有时走过看见太阳从灰云后出来，满天散布云絮，巨大的天桥投下斑驳的影子在人家墙上。乍暖还寒的日子，我们一起来看印象派的绘画和史提芬斯的诗。那些蔷薇色的巧克力和穿上小丑彩衣的海洋。那些童真的眼光。拨开云雾，用新的眼光看这个世界。不过云雾会一次又一次围拢过来。史提芬斯也知道的，所以他说他那些成群的鸽儿，在黄昏时，一边沉下一边画出暧昧的波纹，坠向黑暗，但却伸展着翅膀。不，现在还不是黄昏，是一天的开始，像我们说的那样。我坐在双层巴士上，经过公园，突然瞥见从来没留意过的一角风景。我坐在小巴上，旁边一个瘦小的男子不断向胶袋呕吐。他在怡东附近的油站下车，向前走，小巴赶上他身旁，司机问遗在椅上的胶袋可是他的？他慌张地摇头，乡音令人想到他是新来的移民；他加快脚步，瘦小的个子消失在前面的人潮中。我在小巴上准备史提芬斯，并不特别感到荒谬。因为诗本来也包括各种各类的人，那些怀抱中的小孩、自闭的女子、那些伤残和孤独的人、充满了孤僻或怀了恨意的人，我们不都在里尔克的诗中见过？在诗，比如里尔克的诗，本来就可以是包容一切、抚慰一切、承托一切的一只手掌。如果我们没法把这些说出来，那是我们还不够深厚罢了，并不是说诗是可笑的。当然了，关于诗，也有那些狭隘的话，又像烟尘一样围拢过来。说诗该有怎样的格式，该有怎样的规则，又想把每人的自然节奏，压扁成划一的节奏。大概是地下车这样隆隆的划一的声音吧。奇怪，为什么总有些灰暗的、黏滞的东西。早晨电台里那些人生金句，彩色周刊里琐琐碎碎的冷言冷语。车在太子站停下，一下子涌上来满车的人。地下车里每个人垂下头，拉上自己的百叶帘。我有点丧气，但我正在准备的真是一首好诗。我慢慢地看，感到里面的那种温柔，那种又是放开又是紧抱的感觉，感到心胸那么广大，可以连星星也包容在内的感觉。看一首诗总是需要缓慢地仔细地反复地看，然后你逐渐感到开朗一点、舒畅一点，好像在没有空间的地方开辟了一个空间。看到一首好诗我总会认得的。你（我为什么不可以把任何一个他称作你呢）这个坐在对面努力记忆手中的英文笔记的年轻学生，你看我手中的白纸一眼，你是觉得纸上朦胧的字体是斑驳的投影、暧昧的波纹？呵，不是，你茫然地朝前看，只是为了背诵，想把纸上的东西记牢，回去考试的时候说得出来。我也是想捉住什么，刚才读到想到的那一种轻柔的感觉，我想让它留得长久一点，直至回到课堂，可以让我完整地，尽管有点笨拙地把它说出来，告诉其他人。

（选自《香港散文名家作品精选》，中国文联出版公司1993年12月版）

导读

正如也斯在小说和诗歌创作中借鉴外国现代主义和后现代主义艺术手法一样，他在散文的写作上也以现代和后现代理论来透视香港的现实，来认识现实中存在的问题，来进行文体实验。他说："以前对我来说，散文总像私人的感觉。散文从静观开始、散文从个人的体验牵引出反思、在过程中形成了个人的生活态度。但个人面对诡变的时代，也面对了许多暧昧的处境，不再是一套简单的态度可以应对得了的。"因而，他想写作一种"新的散文"，用"新的语言"来言说那些"难以言尽的暧昧的角落"。他向往的散文"包容性更大、探索范围更阔、视野也更宽敞"。

也斯的后现代散文常按照世界无序的原生状态构制散文的形式，以散文本体的形式去对应一个世界表象，而不仅仅是以其内容表达对应一个世界的观念。后现代社会杂乱无序，纷陈的都市符号如汽车、广告、疲于奔命的现代人等各自按照自己的逻辑并存于都市这一文明空间中，彼此间并无一定意义的联系。《在地下车读诗》就是以繁富密集的意象，按照无序状态呈现出香港这一后现代都市的原生态。车上疲而未醒的乘客、努力记忆英文笔记的学生、英诗、广告、节目主持人的陈词滥调、艾略特、聂鲁达、奥登，等等，艺术家及其创作的经典意象和现实事物、高雅和平庸混陈，使读者分不清真实与幻觉。一切都通过作者视野移动、意识流动铺泄在纸面上，因而各意象间跳跃空间极大。正是这种跳跃消除了事物之间的人造联系，从而除去了具有虚构能力的作者的主体性。各物只是在作者的发现中以原始面目出现，从不同侧面投射不同含义。也斯自己曾说，不应强调把内心意识笼罩在万物上，而应走近万物，观看感受所遇的一切并发现他们的道理。他把这一审美方式称为"发现的诗学"，认为外在世界并不是创作主体内在世界的投射符征。因有这种审美观，在《在地下车读诗》中便可见到无规则自由登场的各种事物，作者仅是一个观察者，只是进入体验，而无直接的评判。但正是在观察中，纷呈的意象作为都市符号复制出香港这一后工业社会。现实充满各种符号，符号的无所不在使人们生活于超现实的虚拟世界中。这种超现实的本质特征便是可复制性。也斯首先用散文意象复制了后现代的虚拟世界，这是外部的整体复制。

后现代社会本身也充满了复制。技术崇拜使后现代社会过分利用技术，时间和空间在技术中被缩短距离而复制；人们生活环境中的都市符号被技术复制，大量的复制又规导着人们的日常生活；人们的行为也被复制……"车在太子站停下，一下子涌上来满车的人"，三次出现，时间和空间被复制，时空感几尽消失；香烟广告企图左右人的看法，节目主持人对人生爱情定型的见解，有生命的英诗变成死的资料，隆隆地驶来驶去的地下车……一切都被"压扁成划一的节奏"，都市中总是充满了这些令人不快的"灰暗的、黏滞的东西"。这些灰暗黏滞让人生活于无意义的空虚的主体性消失的世界中，人的心灵空间越来越小，人作为主体越来越丧失自我。后现代文艺理论家鲍德里亚尔认为，人们"一方面是面对无限增多的信息、代码，而另一方面则是人们精神和心智越来越趋向惰性"，人的精神心智被淹没在众多的信息代码中，也就是淹没在复制中。

也斯一方面以物观物，让作者主体"表面"缺席，复制着香港这一后工业都市空间；一方面又以诗人的沉思寻求自救之路，以寻回被异化得消失了的主体、自我、自由。

> **钟怡雯** 广东梅县人,1969年生于马来西亚,现居中国台湾。学者、散文家。散文集有《河宴》《垂钓睡眠》《听说》《我和我豢养的宇宙》等。

渐渐死去的房间

多少年后,我依然记得那种气味,以及尾随而来的,重复低缓的叹息:"她养了我这么多年……"

那混浊而庞大的气味,像一大群低飞的昏鸦,盘踞在大宅那个幽暗、瘟神一般的角落。斑驳的木板隔出阴暗的房间,在大宅的后方,宽敞厨房的西南隅。它偏离大家活动的中心,瑟缩于没有阳光眷顾的所在,仿佛在等待一种低调而哀伤的诠释。曾祖母就在那儿,亲手了结了自己近百岁的生命。晚年的她无法控制自己的排泄,末了,却用安眠药轻而易举地主控自己的身体,永远不再排泄。

我想我是刻意去遗忘丧礼的细节。那种公式化的礼仪早已简化成中性的符号搁置一旁;纠缠不清的,是黏稠的污秽和痛苦。那个房间是大宅的毒瘤,病菌的温床,刻意被冷落、忽视,一个大人裹足、小孩止步的所在。只有未婚的满姑婆——曾祖母的养女,拖着疲惫而哀伤的影子在穿梭忙碌。

我记得她说话时平和的语调,和不急不缓的步子。她是那么不愠不文,像道不咸不淡的菜肴,不存在的存在。她长斋,每日诵经。若是不说话,便没有人会意识到她确实存在。

然而,她低缓的叹息总是无所不在:"她养了我这么多年……"它与混浊的气味搅拌之后,充塞大宅。

曾祖母早已失去咀嚼的能力。满姑婆炖得稀烂的糊状食物或黄或绿,一种混合失败的色调。我总是躲在大柱子背后，远远观望满姑婆把食糜送入那张瘪嘴，耳边却响起大人残酷而无情的话语。

再美味的食物被人体加工之后，终究会变成废料。就此而言，食物和废物是可以画上等号的。食物之于曾祖母，是废物外加人力负荷。负荷的受力者，就是满姑婆。她必须说服自己，由于这道荒谬的消化流程，曾祖母的生命才得以延续。

我还记得高悬大厅中央，那张风韵犹存的遗照，分明的黑白两色构成陌生的亮丽，完全不像晚年没有人气的曾祖母。房间是一道记忆的屏障，令我无法准确勾勒她的容颜；我亦无法描绘她的声音和衣饰，挥之不去的，只有她奄奄的病态和死亡的气息。

我不禁怀疑，每一个从大宅走出去的人身上，或多或少都沾染了阴惨的气息。为了调节房间里的浊气，曾祖母的檀香木柜子上，持续摆设盛放的鲜花；房外窗边，是一排蓊郁的白茉莉。花开的时候，整个房子充满了说不出来的忧郁。茉莉花香很努力地抗拒腐朽的死亡。至于忧郁，是甜美的生命与死亡妥协之后的情绪。

曾祖母的卧病实在是生命最尴尬的情境。人类只有在尚未识得人事规范礼仪的婴儿期，才有随意排泄的权利。婴儿期一过，那便成为不足启齿的羞耻和禁忌——社会如是教育我们，必得把诸如此类的行为隐藏在光明正大的衣食住行之下，类似某些不能张扬的感情，必须压入潜意识里。

曾祖母反其道的行为，先是令庞大的家庭羞辱、无措，继而催化出疏离，以及明显的厌恶。曾祖母变成一堵逐客的人墙，大宅果真是名副其实的"稀客罕至"。即使是有血缘关系的亲戚来访，我也能嗅出家人的局促和紧张。"味道"是必须避讳的字眼。它是一种导致过敏的病菌，在大宅的空气里活跃地流窜。堂伯对这位比他的父亲、她的儿子"歹活"的老者，充满掩饰不住的厌恶。

小朋友坚持不肯踏入我家门槛，他们畏惧声名远播的"怪物"。我心仪的"小"男朋友和他的死党们的耳语像鞭炮般传回来："她家有个可怕的怪物，我才不要理她。"

我噙着委屈的眼泪,忍着混浊的味道,跑进房间,狠狠地撒了一把沙,转身就跑,却再次被生命腐朽的味道深深震撼——死神早已恭候这个阴暗的角落多时了。我仿佛又听到满姑婆低缓的叹息:"她养了我这么多年……"一遍又一遍,回荡在古老的大宅里。

妈妈说我在蹒跚学步时,常常跌跌撞撞地跑进曾祖母的房里。当时她拄着拐杖,尚能在大宅四下活动,有时就坐在客厅里逗曾孙,像个"正常"的长寿老者,也有一般高龄长辈的健忘、好热闹和怕孤单的特征。

我也经常兴致勃勃地去抓弄一切两手能及之物。檀木几上的水粉常常泄漏我的行踪。曾祖母用雪白的水粉抹在我稚嫩的脸颊、圆润的手臂;放纵我去掀她的茶碗盖子,喝她的人参茶,一点也不担心我会打翻她昂贵的青瓷茶碗。尔后,我长期不断的小病小痛,大家都归咎于曾祖母让我喝下太多的"老人茶"。

也许我确实喝了太多甘苦参半的"人参茶"。它令我对那股不快的气味始终无法释怀,不断地提醒我美好生命背后的苦涩和阴暗,使我幼小的生命背负了过于早熟的记忆。

我总是梦见那方用褐色麻将纸糊去大半的窗户。当年我身高未及窗框,得垫高脚尖方能窥见那个不带人气的房间。

曾祖母畏光,好多次以巍颤颤的手指遮眼,要求把窗户仅余十公分左右的透光地带糊死。一匹灰布了遂她的心愿,同时也完全隔绝月光雨露的探望。她成了一截藏在暗室的朽木,与死神的爪牙为伍。直到最后,连猫狗都回避那片灰暗地域,房间在曾祖母的病情里渐渐死去。

满姑婆不动声色,家里却隐隐地可以嗅出蠢动和焦虑。我们可以确定那些聚在屋瓦下的残酷意念,大家都在期待死神对曾祖母的垂青。曾祖母一日不蒙恩召,这个家族心里的怨怼和不满就不会融消。我无法忘记堂姊蓄满怨恨的眼神。她正值青春期,却从来没有半个男客敢登门造访,堂姊连同她的"幸福"一起被囚禁在房间里。

白天,做事或上学的家人各有一片舒适且相对芳香的天地,到了晚上,暮色逼得大家不得不归返的时候,大宅才有飘浮的热闹。

被夜色逼亮的灯光，把大宅变成一个装上电池的灯笼，散发着虚假的温暖。我渐渐发现，自大宅飞出去的家族成员，就像逃出囚笼的鸟儿，非不得已，绝不言归。曾祖母的自我解脱，无疑是大家噩梦的结束。大人们一致对外发出言不由衷的哀痛。实际上，丧礼进行时，堂姊嘴角那抹无法掩饰的笑容，透露了屋檐下所有家人的共同心声。

除了满姑婆。我瞥见她眼里的雾光。

曾祖母的逝世对满姑婆的意义，应该是复杂的。许多次，我看见她从曾祖母的房间出来，没有血色的脸上泛青。手提秽衣，脸上却淡淡的，就好像提的是一桶日常用水。远远的，我仿佛听见她的呢喃："她养了我这么多年……"

我站在后院的杨桃树下，透过木板的缝隙窥见她朝天井走来。雨后的地下凌乱地铺满紫色的杨桃花，她浮肿的眼睛锁定不知名的远方。我微微一怵，她麻木的表情与曾祖母如出一辙。她们的心思，都已经流放到另一个世人无法到达的地方，在人间活动的，仅仅是一副皮囊。

如今，满姑婆大部分的时间都待在曾祖母"遗传"给她的房间。实在难以想象，她怎么能够与那种常人避之犹不及的空气一起生活。其实，她的寡言亦是另一种无形的房间，阻隔了她和家人的沟通，也同时封闭起她内心的秘密。

在我的梦里，她和曾祖母的角色时常混淆。两人的话语都带着难以确认的游移；连串的词汇无法凝聚，星散在无垠的黑夜里。

在现实世界中，满姑婆异常的沉默令家人不知不觉把她透明化。然而她无怨的付出在村人口里，却又带着牺牲的崇高意义。何况，她是曾祖母六十几岁时收养的孤女，从长辈闪烁的言辞中，我捕捉到了微妙的暧昧。

满姑婆的低姿态按捺了大家的猜疑，视她为服侍曾祖母的"专业看护"，忽视了她坚忍、沉默的性格，其实是女人捍卫自己的最佳利器。当曾祖母典藏的古董和首饰被发现一件一件稳当地躺入满姑婆的抽屉，没有人曾经反省，那些闪亮的饰物，是从他们掩鼻的秽物提升出来的人性光辉。

我不知道满姑婆是如何说服曾祖母克服畏光的病障，听话地戴上墨镜，坐到藤椅上从容地沐浴暖阳。两人很少交谈，却凭一个细微的动作来理解对方的意念。

其实，我对曾祖母的恐惧多于厌恶。稀落的头发勉强成髻，头皮却清楚得令人心惊。她的嘴角萎缩得几剩唇线，被岁月搓皱、长斑的枯瘦双手，持续地发抖。满姑婆手里恒常紧捏方帕，只要曾祖母嘴角牵动，便拭去她涎流的分泌。她的动作那么轻细，似乎面对的是一件易碎的名贵陶瓷，或是婴儿的细嫩肌肤。曾祖母有时会迟缓而困难地抬起手来，企图握住满姑婆粗大的手掌。

也曾有那么一次，在庭院小盹的曾祖母忽然急躁地奋力扭动，不旋踵，一股恶臭刺鼻。我满头大汗从侧门拐进大宅，立刻掉头。满姑婆若无其事地拍拍老人家的背脊，使劲儿把曾祖母连人带椅半拖半拉送入房间，掩上门，留下不知所措的我，和残留的浊气。

我不知道那样单刀直入的问题，对满姑婆是否锥心之痛。她抖了一下，轻轻地说："不，不，不会肮脏。"

不会肮脏？我穷追不舍，抛出第二个问题、第三个问题。面对这串不容思索的连珠炮，她不禁红了眼眶。是的，曾祖母养了她这么多年，不是生母又何妨……

她哀伤的背影没入曾祖母的房间，噢，不！现在应该叫"满姑婆的房间"。

在宽敞厨房的西南隅，大宅的后方，这毒瘤般的房间在我的记忆中渐渐死去，复活了再渐渐死去。

（选自《垂钓睡眠》，台北九歌出版社1998年3月版）

导读

钟怡雯出生在蕉风椰雨的马来西亚，从小与油棕园为伴，经常在广袤美丽的大园丘里尽情呼吸林野的香气，因而形成对气味的敏感。她自述："安静的油棕园慢慢投下大束大束的阳光，刚睡醒的园子有一种很好闻的香气,我无法形容,但是它让我学会了以气味去记忆。每一个人每一样东西都有它的气息,只要记住了那独特的味道,就等于拥有,我不需要霸占一个容易改变和毁灭的实体。"在这篇散文中,钟怡雯玄秘的想象悠游于深邃、奇诡的心理空间和感受世界,迟缓的节奏和阴暗的意象织染了环境的老去深沉,和曾祖母的濒死交相呼应。腐朽的气息居然具有了动感和韧性。它像昏鸦一样,利用自己的飞翔能力,无所不在,强硬地以自己的黑色涂满房屋和他人的心灵。通感的伶俐运用,赋予那间阴暗的房间一种等待的姿势和心情。在这里,钟怡雯充分利用她灵敏的感觉能力,巧妙地在嗅觉、触觉、听觉和视觉之间自由滑翔。气味、昏鸦、房间、诠释等意象的排列,营造了昏黑的氛围。

诗人焦桐认为,钟怡雯擅长用气味来挖掘记忆,用气味思索,甚至营造狐鬼般奇诡的意境。他特别指出:"《渐渐死去的房间》对人事的追忆和怀念,也通过气味来实践。叙述者借家里一个毒瘤般的房间,凭吊住在这房间里的两个人——自杀身亡的曾祖母和满姑婆。由于曾祖母长年卧病、排泄失禁,被家族隔离在一个阴暗、污秽的房间,叙述者以气味来经营这个房间的氛围,那是一种生命腐朽的气味,'混浊而庞大的气味,像一大群低飞的昏鸦,盘踞在大宅那个幽暗、瘟神一般的角落'。钟怡雯经营的这种气味不仅表现于嗅觉,更高明的是表现于听觉,如满姑婆低缓的叹息总是无所不在:'她养了我这么多年……''它与混浊的气味搅拌之后,充塞大宅'。嗅觉搅拌听觉,使得记忆中的气味更加浓重,徘徊不去,这种手法,带着聊斋般的狐鬼氛围,正是钟怡雯糅合想象之狐、现实之鬼的文学魅力。"

诗人兼散文家余光中虽然认为焦桐说钟怡雯的文路笔法如狐如鬼,是言重了一点,不过,他也同意:"读她的散文,每到返丑为美的段落,我就会想到李贺与爱伦坡,想到这两位鬼才满纸的狐、鬼、鸦、猫。"余光中进一步指出:"令我印象最为深刻的,却是钟怡雯对沧桑的魂梦纠缠。最蛊人的一篇是《渐渐死去的房间》,记年近百岁的曾祖母老病而死的一幕,把现实的阴郁、丑陋、厌恶化成了艺术之美,令人想到罗特列克与孟克的绘画。这篇散文富于辛烈的感性,对于久病恶疾盘踞古屋的重浊气味,发扬得最为刺鼻锥心。'那混浊而庞大的气味,像一大群低飞的昏鸦,盘踞在大宅那个幽暗、瘟神一般的角落'。这样可怕的反风景,对于有洁癖的钟怡雯说来,该是倍加难受。"

第四版后记

中国是个散文大国,有着悠久灿烂的散文历史。尤其是"五四"新文学运动兴起之后,现代散文应运而生,名家辈出,佳作连篇。鲁迅、周作人、冰心、朱自清、林语堂、郁达夫、丰子恺、何其芳、王力、钱钟书等人的散文创作"确是绚烂极了:有种种的样式,种种的流派,表现着、批评着、解释着人生的各面,迁流曼衍,日新月异:有中国名士风,有外国绅士风,有隐士,有叛徒,在思想上是如此。或描写,或讽刺,或委曲,或缜密,或劲健,或绮丽,或洗炼,或流动,或含蓄,在表现上是如此"(朱自清语)。可以说,中国现代散文风格多彩多姿,体式多样共荣,成就"几乎在小说戏曲和诗歌之上"(鲁迅语)。

1949年之后,无论是在大陆,还是台湾、香港、澳门地区,散文创作依然保持繁荣,形成多元发展、共生互补的整体格局,堪称20世纪中国文学中一个独特的人文景观。两岸四地的散文虽说是在相对隔绝的情况下各自发展起来的,但它们同属发端于"五四"新文学的现代散文的延伸,共同渊源于中华民族的文化母体,有着相同或相近的语言形态,以及隐含在语言之中的民族性格、心理、情感、思维方式和浮现于语言之上的道德规范、价值取向、人格理想、生活态度、审美观照,因此,半个多世纪以来的当代散文史是"一部民族文化性格的演变史,一部民族审美性格的变迁史和发展史"(楼肇明语)。

《中国现当代散文导读》分为三部分。现代部分选编了1949年以前鲁迅、周作人、冰心、朱自清等散文名家的代表作品,当代部分侧重选编了1949年以后祖国大陆杨朔、邓拓、王小波、苇岸等散文名家的代表作品,台港澳部分则选编了1949年以后台湾、香港、澳门地区余光中、张晓风、董桥、小思等散文名家的代表作品。三部分作品编排均以写作或发表的时间先后为序，构成一幅五彩斑斓的中国现当代散文长卷。开篇有长篇导言，分别介绍不同阶段、不同区域散文的总体风貌和发展脉络，每篇选文后面都有导读文字，具体剖析不同风格、不同流派作家作品的文体特征和语言风格。

《中国现当代散文导读》是我主持的国家"十五"社会科学基金青年项目"中国散文的现代化与民族化"、教育部高等学校优秀青年教师教学和科研奖励基金项目"世界华文文学研究"、霍英东教育基金会第九届高等院校青年教师基金项目"世界华文文学史料学研究"、福建省高等学校社会科学研究课题"九十年代两岸散文比较研究"系列成果之一，同时也是我主讲的2014年国家级精品资源共享课"中国现当代散文研究"、2010年国家精品课程"中国现当代散文研究"和MOOC"中国现当代散文研究"的配套教材。感谢中国市场出版社的胡超平副总编和责任编辑辛慧蓉女士，她们为本书的出版付出了大量的心血。

需要说明的是，虽然我早在20世纪80年代末期忝列为福建师范大学俞元桂教授主持的"中国现代散文研究"学术梯队之一员，参加编选过大量中外散文选本，并于20世纪90年代末期到复旦大学中文博士后流动站师从潘旭澜教授，研究涵盖祖国大陆、台港澳地区和海外的"当代汉语散文"，出版过曾荣获第二届"冰心散文奖"的学术专著《当代汉语散文流变论》，但是，《中国现当代散文导读》既不是"一个人的排行榜"，也不是"散文专家的权威选本"，更不是"面面俱到的散文大系"，散文作品的入选与否，仅仅是出于我日常教学工作的需要，丝毫没有厚此薄彼之意，恳请海内外散文作家鉴谅。有些名家名作未能入选，则是由于版权的原因。

由于本人无法与部分权利人取得联系，为尊重作者的著作权，特别委托北京版权代理有限责任公司向权利人转付本书中部分文字的稿酬。除了已过版权保护期的作品，其他选文的版权费用均已支付给该公司，请相关著作权人直接与北京版权代理有限责任公司取得联系并领取稿酬。联系方式如下：

吴文波　方芳

北京版权代理有限责任公司

北京海淀区知春路23号量子银座1403室　邮编：100083

电话：（010）82357056（57，58）转230/229

传真：（010）82357055

袁勇麟

2020年冬于福州